Micaela Jary

Sterne über der Alster

Roman

PIPER

Mehr über unsere Autorinnen, Autoren und Bücher:
www.piper.de
Aktuelle Neuigkeiten finden Sie auch auf Facebook, Twitter und YouTube.

Von Micaela Jary liegen im Piper Verlag vor:
Wie ein fernes Lied
Sterne über der Alster

Inhalte fremder Webseiten, auf die in diesem Buch (etwa durch Links) hingewiesen wird, macht sich der Verlag nicht zu eigen.
Eine Haftung dafür übernimmt der Verlag nicht.

Originalausgabe
ISBN 978-3-492-30697-3
1. Auflage November 2015
4. Auflage August 2021
© Piper Verlag GmbH, München 2015
Umschlaggestaltung: Mediabureau Di Stefano, Berlin
Umschlagabbildung: Lee Avison/Arcangel Images (Frau)
Satz: Fotosatz Amann, Memmingen
Gesetzt aus der Aldus
Druck und Bindung: CPI books GmbH, Leck
Printed in the EU

Es ruht auf dir der Väter Segen;
Den heil'gen Hort, o woll' ihn hegen,
Dass stets in Freud' und in Gedeih'n
Sich Hamburg' spätste Enkel freu'n.

Hamburg-Hymne, 5. Strophe der Urform
von Georg Nikolaus Bärmann

ERSTER TEIL
1918–1919

*Die Zeit steht uns nur
in Raten zur Verfügung.*

Albert Ballin, Reeder
(1857–1918)

HAMBURG

1

Die Villa besaß definitiv zu viele Türen.

Jedes Mal, wenn sie durch das Haus ging, um die Schlösser zu überprüfen, dachte Klara Tießen, dass ihre Tätigkeit angesichts der vielen Ein- und Ausgänge völlig sinnlos war.

Neben dem Hauptportal gab es die Dienstboteneingänge auf der Vorder- und der Rückseite, die Terrassentüren im Hochparterre und in der ersten Etage sowie die Luke zum Kohlenkeller und eine weitere Kellerpforte. Darüber hinaus boten auch die hohen Fenster des mehrstöckigen hochherrschaftlichen Gebäudes am Harvestehuder Weg recht bequeme Einstiegsmöglichkeiten für jedermann, der sich unerlaubt Zutritt verschaffen wollte. Einen wirksamen Schutz vor Raubüberfällen konnte Klara daher selbst bei verschlossenen Türen nicht erkennen. Und seit drei Tagen lauerte die Gefahr praktisch überall. Zum ersten Mal in den sieben Jahren, die sie nun bei dem Reeder Victor Dornhain in Stellung war, fühlte sie sich in seinem Haushalt nicht mehr sicher.

Gesetz und öffentliche Ordnung schienen außer Kraft, seit der in Wilhelmshaven und Kiel begonnene Aufstand meuternder Matrosen nach Hamburg gespült worden war. Kriegsmüde Soldaten schlossen sich der Revolution der Seeleute ebenso an wie hungernde Arbeiter, die Krieg und Blockade zu Bettlern gemacht hatten. Die im Hafen liegenden Kriegsschiffe und die Kaserne des Infanterieregiments sechsundsiebzig an der Bundesstraße sowie das Arsenal des Großkommandos in Altona waren erstürmt worden und Gewehre praktisch für jeden greifbar. Unterschiede zwischen einem ehrenwerten Mann und einem Kriminellen wurden keine mehr gemacht und nach der Erlaubnis zum Waffenbesitz fragte heutzutage auch niemand.

Es herrschte Chaos in der einst so wohlhabenden, von ihrem stolzen Bürgertum regierten Hansestadt, die nach vier Jahren wirtschaftlichen Stillstands praktisch ausgeblutet war. Aufwiegler hatten inmitten dieser katastrophalen Verhältnisse leichtes Spiel. Die einfachen Menschen forderten Frieden, ausreichend Nahrung, Arbeit und Mitspracherecht in der Bürgerschaft. Eigentlich verstand Klara diese Wünsche. Doch die Idee, sich den radikalen Spartakisten oder wenigstens den gemäßigteren Sozialisten anzuschließen, kam ihr nicht in den Sinn. Politik war ihre Sache nicht. Nichts zog sie zu den Kundgebungen am Heiligengeistfeld, wohin derzeit die Massen strömten. Als bekannt wurde, wie gut die Marodeure ausgerüstet waren, fühlte sich Klara von den Rebellen schließlich sogar eher bedroht als vertreten.

Leider war die Gefahr nicht von der Hand zu weisen, dass irgendein Aufrührer sein gerade erbeutetes Schießeisen benutzte und die Falschen traf. Zwar versuchte der herrschende Arbeiter- und Soldatenrat mittels fast stündlich veröffentlichter Bekanntmachungen, Befehle und Erlasse, gewisse Direktiven aufrechtzuerhalten, doch Klara glaubte nicht so recht an deren Wirksamkeit. Plünderungen etwa waren verboten, Plünderern drohte die standrechtliche Erschießung. Aber das Dienstmädchen der mit den Dornhains befreundeten Bankiersfamilie Schulte-Stollberg hatte gestern geläutet und berichtet, dass es bereits Raubzüge durch andere Häuser und deren Vorratskammern am Mittelweg gegeben hatte und niemand eingeschritten war. Vielleicht wurden die Überfälle ja auch nur geahndet, wenn es sich um Raubzüge in den Armenvierteln handelte. Für die weißen Landhäuser in Harvestehude galten andere Regeln. Schon immer. Und jetzt wieder.

Klara fand es angesichts der politischen Lage nicht nur sinnlos, die Türschlösser zu überprüfen. Sie mochte es auch nicht, am frühen Abend allein durch das dann meist stille Erdgeschoss zu streifen. Es war Anfang November und um diese Uhrzeit natürlich bereits dunkel. Klara hasste es, als Erste in das finstere Esszimmer zu gehen, um die Lichter anzuschalten. Ihre Fantasie spielte ihr dann stets einen Streich, weil die aufgebauschten Portieren wirkten, als verstecke sich dahinter ein Einbrecher.

Doch statt wegzulaufen, wie es ihr Instinkt immer wieder gebot, begann sie auftragsgemäß einzuheizen. Die gnädige Frau legte größten Wert darauf, keine Kohlen zu verschwenden, das hieß, manche Räume gar nicht zu beheizen oder eben erst unmittelbar vor und während ihrer Benutzung. Statt sich räumlich einzuschränken und in wenigstens einem ständig warm gehaltenen Salon zu leben, zelebrierte Charlotte Dornhain, die Mutter des verwitweten Reeders, unverdrossen einen von Traditionen geprägten Alltag. Geradeso, als gäbe es keine neuen Verhältnisse – und als frören die Hausbewohner nicht andauernd, weil es selbst in diesem milden Winter überall stets zu kalt blieb.

Eine Tür schlug. Glas klirrte.

Klara zuckte zusammen.

Der Eimer, randvoll mit Briketts, die sie gerade aus dem Keller geholt hatte, wäre ihr vor Schreck beinahe aus der Hand geglitten. Sie blieb mitten in dem kleinen, nur für das Personal zum Anrichten vorgesehenen Verbindungsraum neben dem Speisezimmer stehen, hielt den Griff fest umklammert und horchte atemlos, um die Herkunft des Geräuschs zu orten.

Doch auf dem Haus lastete die um diese Uhrzeit gewohnte Stille. Klara meinte zwar, über sich Schritte zu hören, die darauf hinwiesen, dass Frieda zwischen den Schlafzimmern der Herrschaften hin und her lief, doch diese vertraute, beruhigende Wahrnehmung konnte sie sich auch einbilden. Das erste Hausmädchen, das in der Dienstbotenhierarchie über Klara stand, war am frühen Abend für gewöhnlich in den Schlafgemächern in der ersten Etage unterwegs, schüttelte Bettwaren auf und richtete alles für die Nachtruhe von Victor Dornhain, seiner Mutter und seiner ältesten Tochter Ellinor, die als einzige der drei Töchter noch zu Hause wohnte.

Wieder klapperte es.

Es klang, als hätte jemand vergessen, eine der Terrassentüren zu schließen.

Die gnädige Frau würde schimpfen, wenn sie wüsste, dass kalte Zugluft in den Salon drang. An die Sicherheit der Hausbewohner, den Wert der Einrichtungsgegenstände und vor allem den Inhalt der Speisekammer gar nicht zu denken.

Einen Atemzug später wurde Klara bewusst, dass niemand im Haus ein Fenster oder eine Tür unkontrolliert offen stehen lassen würde. Und sie hatte sich selbst vor kaum einer halben Stunde vergewissert, dass im Salon alles in Ordnung war.

Waren Fremde durch die Parkanlagen geschlichen und unbemerkt eingedrungen?

Klaras Herz klopfte noch stärker als zuvor, das Pochen schien sich in ihrem Hals zu fangen.

In diesem Moment schallte ein kurzer spitzer Schrei durch den Schacht des Speiselifts, der das Vestibül mit der Küche im Souterrain verband.

Der Schrei kam von unten und nicht aus dem Empfangsraum, auch nicht von der Terrasse. Unverkennbar handelte es sich um die Stimme der Köchin.

Klara brauchte nicht lange, um sich vorzustellen, wie Banditen in die Wirtschaftsräume eindrangen und den weiblichen Majordomus der Dienerschaft bedrohten.

Ida benötigte Hilfe.

Was immer im Salon geschah, es musste warten.

Nach der ersten Schrecksekunde handelte Klara erstaunlicherweise nicht überstürzt, sondern besonnen und zielorientiert. Sorgsam stellte sie den Eimer ab, dann schlich sie auf Zehenspitzen die Personaltreppe hinunter. Je weniger Lärm sie verursachte, desto größer der Überraschungsmoment. Vielleicht konnte sie den oder die Täter überrumpeln und Ida sowie deren Vorräte retten. Dass sie nur eine zarte, viel zu dünne junge Frau von dreiundzwanzig

Jahren war, deren Körperkraft nichts gegen die Muskeln der Marodeure ausrichten könnte, kam ihr nicht in den Sinn. Mit jedem Schritt festigte sich Klaras Mut.

SPA, BELGIEN

2

»Ich stelle die Verbindung her, bitte warten Sie«, flötete Lavinia in den Lautsprecher. Sie stöpselte den Leitungsstecker in die zu dem gewünschten Anschluss gehörende Buchse. »Hier kommt ein Gespräch für Sie«, teilte sie dem Empfänger des Anrufs mit.

Einen Moment später leuchtete die Glühbirne über einem anderen Klappschalter auf, eine neue Vermittlung wurde gewünscht. Es schien Lavinia, als liefen die Drähte im wahrsten Sinne des Wortes heiß. Sie war als Telefonistin des Nachrichtenkorps heute dermaßen beschäftigt, dass sie kaum die Zeit fand, einmal in Ruhe durchzuatmen. Und bei all der Hektik legte sich langsam ein sich mit jeder Stunde verschlimmernder Kopfschmerz um ihren Schädel.

Es waren pure Verzweiflung und wohl vor allem verletzter Stolz, die Lavinia Dornhain an die Westfront geführt hatten. Sie wollte weg aus Hamburg, sich darüber hinaus irgendwie nützlich machen, um ihrem verkorksten Leben einen Sinn zu geben. Zunächst war sie von ihrer Freundin verlassen worden, kurz darauf hatte sie erfahren, dass ihr Ehemann ihre Schwester liebte. Selbst nach der langen Zeit konnte Lavinia nicht sagen, welcher Umstand bei ihrer Entscheidung schwerer wog: die Trennung von Alice von Finkenstein oder Konrad Michaelis' Betrug. Jedenfalls war es richtig gewesen fortzugehen, davon war sie auch zwei Jahre nach diesen Ereignissen noch restlos überzeugt.

Mit ihrem Wunsch, in den Krieg zu ziehen, war sie anfangs auf Widerstand in ihrer Familie gestoßen. Selbst ihre Schwester Nele, die ihr versprochen hatte, sich für sie einzusetzen, konnte ihr kaum helfen. Denn Lavinia war nicht geeignet, den Weg der meisten vornehmen jungen Damen zu gehen und eine Ausbildung zur Krankenschwester zu absolvieren. Schon beim Gedanken an blutige Verbände und volle Bettpfannen drehte sich Victor Dornhains behütetster Tochter der Magen um. Zwar nahmen Lazarettschwestern in der Gesellschaft inzwischen die Stellung von Engeln auf Erden ein, aber selbst dieses hohe Ansehen brachte Lavinia nicht dazu, sich zu überwinden. Alle wussten das – und deshalb förderte niemand ihre Ambitionen.

Die zweite Möglichkeit, dem Vaterland zu dienen, war im Etappendienst. In der Regel wurden diese Tätigkeiten von Frauen ausgeübt, für die es bei Dornhains Personal gab. Schlimmer noch: Frauen, die ihren Dienst als Erdarbeiterinnen oder Pferdemusterer, in Munitionsdepots und Feldküchen leisteten, standen sogar meist auf einer – äußerst niedrigen – Stufe mit den Lohndienern zu Hause. Glücklicherweise wurden an der Front jedoch auch Sekretärinnen und Telefonistinnen benötigt, die aufgrund der erwarteten Vorkenntnisse bessergestellt sein mussten. Schreibarbeiten lagen Lavinia nicht, aber sie hatte immer schon gern telefoniert; ihre gebildete Sprache und ihre angenehme Stimme schienen sie für diese Aufgabe zu qualifizieren. Einzig ihre Ehe bedeutete anfangs ein Hemmnis, denn nur unverheiratete Frauen durften den Postdienst aufnehmen. Victor Dornhain erreichte jedoch schließlich eine Sondererlaubnis für seine jüngste Tochter, zumal Lavinia keine Beamtenlaufbahn anstrebte und ihren Lohn von knapp tausend Mark im Jahr der Kriegskasse spenden würde.

Also wurde sie im Fernmeldeamt an der Schlüterstraße ausgebildet, wo sie sich ausgesprochen gut machte, und anschließend dem weiblichen Nachrichtenkorps an der Westfront zugeteilt. Dass sie ihren Dienst inzwischen im Großen Hauptquartier Seiner Majestät des Kaisers und Königs bei der Obersten Heeresleitung versah, lag allerdings weniger an ihrem Fleiß oder einer besonderen Geschicklichkeit an der Schalttafel, sondern vor allem wieder einmal an ihrer Herkunft. Sie war zwar nicht adelig, wie dies im Bürgertum der Hansestadt trotz tief verwurzelter Kaisertreue traditionell selbst für die ältesten und reichsten Familien üblich war, aber ihr Stand kam dem eines preußischen Junkers sehr nahe. Der Tochter eines Hamburger Reeders trauten die Offiziere anscheinend mehr zu als vielen anderen jungen Frauen mit gleicher Qualifikation.

Lavinia sollte dies nur allzu recht sein. Da fast alle ihre Kolleginnen zwar auch aus gutem Hause, jedoch aus eher bescheidenen Verhältnissen stammten, befand sie sich in ihrem neuen Kreis in einer gehobenen Stellung. Das war etwas, das sie aus vollem Herzen genoss. Dafür nahm sie militärische Disziplin, strenge Regeln und die Unbeugsamkeit der Aufseherinnen in Kauf, selbst die Kleidervorschriften machten ihr kaum zu schaffen. Sie war grundsätzlich gern mit Frauen zusammen, hatte aber bislang nie das passende Podium gefunden. Ihre einstigen Schulkameradinnen waren längst anderer Wege gegangen, und damals, als sie zu den Damen des wohltätigen Freundinnenkreises um die Fürstin Marie Karoline zu Erbach-Schönberg stieß, war sie zu jung und unerfahren, um die erhoffte Beachtung zu finden. An der Westfront indes galt sie unter den Etappenhelferinnen als etwas Besonderes.

Normalerweise machte ihr die zehnstündige Arbeitszeit nichts aus. Sie litt auch nicht so oft wie ihre Kolleginnen unter elektrischen Stromschlägen, Kopfschmerzen, Ohrensausen und ähnlichen bei der Telefonvermittlung üblichen Krankheitserscheinungen. Heute allerdings fühlte sich Lavinia lange vor Ende ihres Dienstes wie gerädert. Das allerdings war kein Wunder nach der Hektik, die bereits seit gestern im Großen Hauptquartier herrschte.

Fast ununterbrochen gingen in der Telefonzentrale des von der Armee besetzten Hotels Britannique Gespräche ein, mussten neue Vermittlungen über das in der benachbarten Villa Buenos-Ayres untergebrachte Telegrafenamt hergestellt werden. Nach Berlin, was zunehmend schwieriger wurde, weil die Leitungen überlastet waren, zu den Feldtelefonen der Truppenkommandeure, zur Station für drahtloses Telefonieren auf einem Anwesen am Stadtrand, auch zur Villa La Fraineuse, wo sich der Kaiser derzeit aufhielt. Lavinia vermied es, in die Telefonate hineinzuhören. Nicht nur weil es verboten war, sondern weil es sie schlichtweg nicht interessierte, was Politiker und Militärs zu besprechen hatten. Dennoch schnappte sie vor allem die Namen des Reichstagsabgeordneten Matthias

Erzberger, des Reichskanzlers Max von Baden und des französischen Marschalls Ferdinand Foch auf. Über diese Männer wurde anscheinend in den Verbindungen gesprochen, die Lavinia unter anderem an die Adjutanten von Generalfeldmarschall Paul von Hindenburg vermittelte. Warum diese Herren über einen in einem Waldstück nördlich von Paris abgestellten Zug debattierten, versuchte sie gar nicht erst zu verstehen. Sie hatte sich noch nie für Politik interessiert und die Anspannung und zunehmende Arbeitsbelastung raubte ihrem Hirn überdies jedes Urteilsvermögen.

Nach einer kurzen Nacht, in der sie traumlos und tief geschlafen, sich aber irrwitzigerweise ständig wach gefühlt hatte, ging es heute nicht besser. Weder Lavinias Gesundheit kam ins Lot – noch der Ansturm auf die Telefonvermittlung ließ nach. Tapfer nahm sie fast ununterbrochen Anrufe entgegen oder schaffte Verbindungen zu den diensttuenden Generaladjutanten, den Militärbevollmächtigten des Königs von Bayern und Sachsen oder den in Spa anwesenden Staatssekretären. Einen speziellen Kopfhörer übergestülpt, hörte sie am späten Nachmittag kaum noch, wer am anderen Ende der Leitung gewünscht wurde. Das unangenehme Rauschen in ihren Ohren, das sie schon den ganzen Tag begleitete, wurde heftiger. Gleichzeitig traten Schweißperlen auf ihre Stirn, kräuselten die Haarsträhnen, die sich aus dem Knoten in ihrem Nacken lösten, die Feuchtigkeit sammelte sich unter ihren Achseln und rann in ihr Korsett, während Schüttelfrost über ihre Arme kroch.

Die junge Frau im Dienst neben Lavinia neigte sich zu ihr. »Du bist ganz rot im Gesicht. Regt es dich so auf, was in Berlin los ist?« Friederike warf einen verstohlenen Blick zur Aufsicht, doch die Frau, die jedem Feldwebel zur Ehre gereichte, schien von irgendetwas am eigenen Schreibtisch abgelenkt zu sein.

Lavinia schüttelte unwillig den Kopf und legte den Finger an ihre Lippen. »Psst!«

»Also, wenn die Abdankung des Kaisers mal kein Grund ist, sich aufzuregen ...«

»Bitte?« Lavinia konnte nicht verhindern, dass ihr der Mund offen stehen blieb. Die Hand, die gerade zu einem der Schalthebel greifen wollte, verharrte in der Luft.

»Uns sagt man wieder einmal nichts!«, stieß Friederike hervor. Eiligst fuhr sie fort: »In Berlin hat der Reichskanzler die Thronentsagung bekannt gemacht und der Staatssekretär Philipp Scheidemann hat von einem Fenster im Reichstag herunter die deutsche Republik ausgerufen und zwei Stunden später hat der Abgeordnete Karl Liebknecht vor dem Schloss die Gründung der sozialistischen Republik verkündet. Stell dir vor, alle Truppen in Berlin sind übergelaufen. Sogar das Garderegiment. Wir leben hier wie hinter dem Mond und wissen nicht einmal, dass daheim der Krieg aus ist. Ich sage dir, Weihnachten sind wir demobilisiert!«

»Ich glaube dir kein Wort!«

Ein Deutschland ohne Wilhelm II. war für Lavinia unvorstellbar. Sie war kaisertreu erzogen worden, ihr Vater glaubte an die traditionellen Werte Preußens wie die meisten Mitglieder der Hamburger Bürgerschaft. Die Gerüchte über Aufstände und Streiks in deutschen Großstädten hatten zwar auch die Westfront erreicht, aber Proteste gab es immer mal wieder. Sogar hier in den besetzten Gebieten. Lavinia machte sich deswegen keine großen Sorgen. Vor ein paar Jahren war sie beinahe selbst einmal in eine der Hungerrevolten in Hamburg geraten, aber diese Demonstrationen waren schließlich auch niedergeschlagen worden. Es war an dem Tag gewesen, an dem Alice ihre Freundschaft aufkündigte ...

Die Birne an der Schalttafel, die Lavinia seit Minuten ignorierte, flackerte nervös. Irgendjemand wartete auf eine Verbindung, aber sie wusste nicht mehr, welche Leitung betroffen war. Ihre Gedanken waren abgeschweift – in eine andere Zeit, fern von ihrer nun gar nicht mehr so neuen Welt im Nachrichtenkorps. Allein der Gedanke an ein sorgloses Weihnachtsfest im Kreis ihrer Familie berührte sie mehr als ihr lieb war. Es kam selten vor, dass Wehmut, Heimweh oder der tiefe Schmerz von damals nach ihr griffen ...

Sie versuchte, sich wieder auf ihre Arbeit zu konzentrieren, da wisperte Friederike noch einmal: »Ich wette, dass wir Weihnachten zu Hause sind.« Und einen Atemzug später rief die Kollegin ins Mikrophon: »Hier Zentrale, was belieben?«

Aus den Augenwinkeln nahm Lavinia wahr, dass sie von der Aufseherin beobachtet wurde. Die Lampe vor ihr flackerte noch immer. Um endlich etwas zu tun, stöpselte Lavinia an dem Schaltbrett herum.

Sie wollte sich gerade mit der vorgegebenen kurzen Redewendung aller Fräuleins vom Amt melden, als eine Männerstimme unerwartet in ihr Ohr drang: »... von den Verhandlungen ist nichts Gutes zu erwarten. Dennoch muss der Ruf der Heeresleitung so unbelastet wie möglich bleiben. Das versteht sich natürlich von selbst.«

Die Stimme klang sehr tief, sonor und so angenehm, dass Lavinia den Wunsch verspürte, dem Sprechenden noch einen Moment länger zu lauschen als erlaubt. Es war ebenso verrückt wie verboten, aber Lavinia schien es, als könne sie nicht anders. Deshalb schaltete sie nicht um, sondern verweilte als heimliche Zuhörerin in der Leitung.

»Selbstverständlich«, erwiderte der Gesprächspartner. »Die Verantwortung für einen möglichen Waffenstillstand und alle weiteren Schritte wird auf die Zivilisten geschoben. Es ist von Vorteil, wenn die Heeresleitung bei diesen unsäglichen Verhandlungen in Compiègne außen vor bleibt.«

Lavinia war egal, was geredet wurde, sie wollte nur zuhören und sich an dem volltönenden Bariton erfreuen. Die Sprache des ersten Mannes erschien ihr so wohltuend wie ein Aspirin, selbst als dieser sagte: »Es wird diskutiert, Seine Majestät den Heldentod an der Front sterben zu lassen. Notfalls könnte man dem ein wenig nachhelfen. Die amerikanischen Angriffe östlich der Maas wurden zwar von dem Brandenburgischen Reserve-Infanterie-Regiment erfolgreich abgewehrt, aber Verluste gibt es immer zu beklagen, nicht wahr?«

»Die Notwendigkeit einer solchen Überlegung ist nicht von der Hand zu weisen. Gestern Abend drohte Seine Majestät, mit den Truppen nach Berlin zurückzukehren und die Stadt zusammenzuschießen, wenn es sein müsste. Überdies machte er heute Morgen noch einmal klar, dass er keinesfalls abdanken werde.«

Mit einiger Verspätung begriff Lavinia, worum es ging. Es war schockierend und klang nach Hochverrat. Selbst einer unpolitischen Frau wie ihr war die Dimension der Äußerungen bewusst. Sie hielt erschrocken die Luft an, verschluckte sich jedoch an ihrem eigenen Atem. Der aufkommende Hustenreiz ließ sie würgen. Sie konnte nicht verhindern, dass sie sich laut räusperte.

Die Antwort war ein rhythmisches Schlagen, das in ihrem Trommelfell dröhnte, als würde jemand mit den Fingern auf den Telefonhörer trommeln.

»Hallo? Hallo! Hören Sie mich noch?« Der Mann mit der schönen Stimme schien aufgebracht. »Da ist irgendetwas in der Leitung. Ich hoffe, wir werden nicht abgehört. Wir sprechen uns später. In der Sache ist ohnehin bereits alles entschieden.« Ohne ein weiteres Wort beendete er das Gespräch.

Von Panik erfasst zog Lavinia den Stecker des Anschlusses aus dem Schaltkasten. Der Hustenanfall raubte ihr den Atem, das eben Gehörte wirbelte ihren Verstand durcheinander wie eine Fahrt im Kettenkarussell – nur dass das Gefühl dabei nicht so angenehm prickelnd war.

Es passte nichts zusammen. Friederikes Bericht über die Ausrufung einer deutschen Republik in Berlin ebenso wenig wie die Behauptungen des unbekannten Mannes am Telefon zur Weigerung des Kaisers abzudanken. Sicher war nur, dass sie eben mit angehört hatte, wie zwei Männer einen Mord an Seiner Majestät planten. *Heldentod* – was für ein harmloser Begriff für eine so schändliche Tat. Es war wie in einer der antiken Tragödien, die ein hilfloser Lehrer Lavinia einst in der Milberg'schen Privatschule für höhere Töchter nahezubringen versuchte und von denen sie wenig mehr behielt als die dramatischen Todesumstände der jeweiligen Hauptfiguren. Nun war sie offenbar Zeugin eines vergleichbaren Komplotts geworden. Wie sollte sie damit umgehen? War es nur dummes Gerede gewesen, das sie zufällig belauscht hatte? Oder drohte dem Kaiserreich tatsächlich eine Gefahr unvorstellbarer Dimension?

Schon allein wegen ihres Vaters musste sie etwas unternehmen, entschied Lavinia. Victor Dornhain verehrte Wilhelm II. so sehr, dass er für ihn zu sterben bereit wäre. Sie starrte auf die Schalttafel, konnte aber nicht mehr nachvollziehen, in welche Verbindung sie unbeabsichtigt geraten war. Auch konnte sie sich nicht entsinnen, den überaus melodischen Klang der ersten Männerstimme zuvor einmal gehört zu haben. Wahrscheinlich wäre er ihr aufgefallen. Vielleicht aber auch nicht. Genau genommen befand sie sich in einer Zwickmühle. Sie hatte jemanden belauscht, wusste aber nicht, wen. Sie hatte Schreckliches erfahren, konnte das aber eigentlich nicht zugeben, weil sie einem Verbot getrotzt hatte.

»Nun lassen Sie doch endlich diese Husterei«, unterbrach die Aufseherin Lavinias Gedanken. »Man hört Sie bestimmt schon bis ins Arbeitszimmer von Generalfeldmarschall von Hindenburg persönlich.«

»Ich kann nicht«, japste Lavinia.

»Bitte melden!«, sprach Friederike neben ihr ins Mikrophon, die Augen neugierig auf Lavinia und die Aufseherin gerichtet. »Hier kommt ein Gespräch für Sie.« Friederikes Blicke flogen zwischen den beiden anderen Frauen und der Schalttafel hin und her, als sie die Verbindung herstellte.

»Gehen Sie besser an die frische Luft und beruhigen Sie sich, bevor Sie Ihre Kollegin von der Arbeit abhalten«, forderte die Aufseherin prompt vorwurfsvoll. »Ich übernehme solange Ihren Platz.«

Lavinia blieb nichts anderes übrig als zu weichen. Mit wackeligen Knien erhob sie sich. Als sie sich die Hände an der dunklen Kittelschürze abwischte, die alle Telefonistinnen im Deutschen Reich über eine vorgeschriebene Garderobe ziehen mussten, spürte sie, dass sie schweißgebadet war. Ihre Finger klebten an dem Baumwollstoff. Während sie zu dem kleinen Schrank taumelte, in dem sich ihre Uniformjacke befand, fuhr plötzlich mit der Helligkeit einer leuchtenden Erscheinung eine Idee durch ihr Gehirn.

Mit einem Mal wusste sie, was sie zu tun hatte.

Es war eigentlich ganz einfach: Sie musste in die Villa La Fraineuse und den Kaiser warnen. Natürlich würde sie Seine Majestät nicht selbst sprechen dürfen, aber sie konnte den Wachdienst seiner Leibgarde informieren. Sie würde zu ihrer Reputation angeben, dass sie dem Kaiser in der Vergangenheit mehrfach persönlich begegnet war. Sie war Wilhelm zwar niemals vorgestellt worden, sie hatte ihn nur aus relativer Nähe sehen dürfen, aber ihr Vater genoss das Privileg der Vorstellung. Der Kaiser war früher oft zu Besuch nach Hamburg gekommen, manches Jahr bis zu drei Mal. Er war regelmäßig Gast des Galopp-Derbys gewesen und hatte in der Hansestadt Station auf der Durchreise zur Kieler Woche gemacht, er war auch zum Durchstoß des Elbtunnels und zu anderen Großereignissen angereist. Genau genommen gab es also eine Verbindung zwischen ihr und dem Monarchen. Wenn sie diese glaubhaft vortrug, würde gewiss niemand an ihren Worten zweifeln.

Gedankenverloren streifte Lavinia die Kittelschürze ab und zog die graue Uniformjacke über ihre Bluse. Während sie die Knöpfe schloss, überlegte sie, dass sie sich Ärger mit der Aufseherin einhandeln würde, wenn sie ihr Vorhaben in die Tat umsetzte. Sie würde länger als erlaubt ihrem Platz fernbleiben müssen. Vom Hotel Britannique zur Residenz des Kaisers war es eine halbe Stunde Fußmarsch, vielleicht auch etwas weniger, wenn sie quer durch die Parkanlagen auf der Rückseite des Hotels lief. Aber was bedeutete schon ein Verweis, wenn es um das Leben Seiner Majestät ging? Nachdem bekannt würde, was sie alles auf sich genommen hatte, um die Ermordung des Herrschers zu verhindern, würde man ihr bestimmt gratulieren. Dann wären ihr Vater und ihre Großmutter mächtig stolz auf sie. Wahrscheinlich würde man ihr sogar einen Orden verleihen, frohlockte Lavinia still.

Dieser Voraussicht folgend, verließ sie den fensterlosen Bereich der Telefonistinnen. Sie war so übereifrig in der Umsetzung ihres Vorhabens, dass sie beinahe ihre Kopfbedeckung vergaß. Zwei Schritte zurück, dann griff sie nach ihrer Kappe und stülpte diese im Weiterlaufen über. Zum ersten Mal ärgerte sie sich nicht über den Mangel an Spiegeln in den Hinterzimmern des ehemaligen Luxushotels, das erst im vergangenen Frühjahr zum Hauptquartier umfunktioniert worden war. Ihr Aussehen spielte nun eine untergeordnete Rolle. Auch das war eine neue Erfahrung.

Ein paar Schritte weiter und sie betrat das mit klassizistischen Rundbögen und Stuckornamenten verzierte Foyer.

Hinter den hohen Fenstern senkte sich die Dämmerung über das uralte wallonische Kurstädtchen. Im Licht der Kronleuchter glänzten die Abzeichen, Knöpfe und Eisernen Kreuze an den Uniformen der Offiziere, denen Lavinia auf ihrem Weg zum Parkeingang begegnete. Sie achtete auf niemanden, folgte forsch ihrem Plan. Sie blieb nicht einmal stehen, um die aufkommende Kurzatmigkeit zu bekämpfen, die ihr vor lauter Aufregung zu schaffen machte.

Erst eine lebende Mauer beendete diese Zielstrebigkeit. Eine nach einem Holz und schwach nach Nikotin duftende Mauer aus demselben grauen Tuch, aus dem ihre eigene Uniformjacke geschneidert war. Lavinia konnte dem Rücken, der plötzlich vor ihr stand, gerade noch ausweichen, aber im Vorbeigehen verlor sie das Gleichgewicht und stieß gegen den Offizier.

»Was erlauben Sie sich…?«, hob dieser empört an, drehte sich zu ihr um, wirkte kurz verwirrt und fügte dann deutlich galanter hinzu: »Bei anderer Gelegenheit wäre mir diese Annäherung höchst willkommen. Unter den gegebenen Umständen muss ich aber leider auf ein Kennenlernen verzichten.«

Die Stimme!

Unwillkürlich wich Lavinia einen Schritt zurück. Bevor sie den Mann richtig ansah, erkannte sie seine Stimme. Blankes Entsetzen bemächtigte sich ihrer. Sie blickte zu ihm auf, erwartete, dass sich hinter dem melodischen Tonfall ein Monstrum verbarg. Doch sie erkannte ein gut geschnittenes, ungewöhnlich glatt rasiertes Gesicht mit feinen Linien an den Mundwinkeln und um bernsteinbraune, goldgesprenkelte Augen. Er schob seine Mütze über aschblondem, früh ergrautem Haar zurecht, als wollte er einen Hut lüften und es dann doch nicht tun.

Sie öffnete den Mund, traute sich aber nicht, etwas zu sagen. Angst griff mit eiserner Umklammerung nach ihrem Herzen. Diesmal war es nicht die Furcht vor einem Anschlag auf Seine Majestät, sondern um das eigene Leben. Was tat ein Mörder, der einer unfreiwilligen Mitwisserin begegnete?

»Geht es Ihnen nicht gut, mein Fräulein? Sie wirken, als hätten Sie Feindberührung gehabt.«

So ist es, fuhr es Lavinia durch den Kopf.

Langsam begann ihr Verstand wieder zu arbeiten. Wie ein Rad, das sich ruhig zu drehen begann. Ihr fiel ein, dass er nichts von ihrer kleinen Spionage wusste. Sie hatte am Telefon nicht gesprochen und er konnte nicht ahnen, dass er und sein Gesprächspartner ausgerechnet von ihr belauscht worden waren. Erleichtert holte sie Luft. Zudem sagte sie sich, dass ein Mann, der den Heldentod des Kaisers forcieren wollte, in ihrer Gesellschaft nicht zur Tat schreiten konnte. Sie brauchte ihn bloß aufzuhalten …

»Ich bin auf dem Weg zu einem Spaziergang«, erwiderte sie in dem neckischen Tonfall, mit dem sie als junges Mädchen ihre Verehrer zur Begleitung aufzufordern gelernt hatte. Auf dem hohen Niveau des albernen Small Talks wohlerzogener junger Damen war Lavinia eine Meisterin.

Der Offizier reagierte prompt: »Ich würde Sie gerne begleiten, aber leider ruft die Pflicht.«

Seine Antwort alarmierte Lavinia. Als er ansetzte, sich langsam zu entfernen, raffte sie ihren Mut zusammen und benahm sich absolut undamenhaft, um ihn zurückzuhalten: »Wie heißen Sie?«

Es war auf jeden Fall natürlich sinnvoll, dass sie seinen Namen kannte, wenn sie sein Vorhaben zur Anzeige bringen wollte. Um ihn herauszufinden, nahm sie auch unkonventionelle Wege in Kauf. Trotz des guten Vorsatzes zog jedoch glühende Röte über ihre Wangen. Ihr Herz begann zu rasen, als hätte sie diese Ungeheuerlichkeit in Gegenwart ihrer Großmutter begangen.

Verblüfft hielt er inne. »Hauptmann Freiherr von Amann«, erwiderte er nach einer kleinen peinlichen Pause. »Gernot von Amann. Und mit wem habe ich das Vergnügen?«

»Lavinia Dornhain.«

Sie nannte ihm automatisch ihren Mädchennamen, wie sie es meistens tat, obwohl sie in den Verzeichnissen des Nachrichtenkorps natürlich unter dem Namen ihres Mannes aufgeführt war. Als *Lavinia Michaelis* hatte sie an der Westfront jedoch eigentlich nirgendwo Vorteile. Überdies war ihr recht, wenn Gernot von Amann sie später nicht über die Listen ausfindig machen konnte. Vielleicht schwor er ja Rache, wenn sie seinen Plan vereitelte.

Für einen Moment flackerte in ihr der Gedanke auf, dass es schmeichelhaft wäre, wenn er nach ihr suchte. Ein attraktiver Mann mit angenehmer Stimme und einem Adelsprädikat wäre früher ein ernst zu nehmender Kandidat für einen Flirt gewesen. Damals, bevor sie sich eigensinnig in eine Mesalliance stürzte. Glücklicherweise erinnerte sie sich gerade noch vor dem Einsatz eines tiefen Blicks und entsprechenden Augenaufschlags daran, dass ihr Gegenüber anscheinend ein Teufel in der Verkleidung eines Galans war.

»Achtung!«, brüllte in diesem Moment eine Wache von der Tür, die zum Park hinausging. »Seine Majestät...!«

»Großer Gott«, entfuhr es Gernot von Amann. »Damit hat niemand gerechnet.«

Atemlose Stille senkte sich über die Hotelhalle. Das Pochen ihres eigenen Herzens dröhnte in Lavinias Ohren. Jetzt ist er da, durchfuhr es sie. Der entscheidende Moment für ihren Einsatz war gekommen.

HAMBURG

3

Ebenso leise wie langsam schlich sie die Stiege hinunter. Am Fuß der Treppe beschleunigte Klara ihren Schritt. Im Vorbeilaufen griff sie nach einem Schirm, der sich in der dafür geeigneten Metallvase an der Dienstbotengarderobe befand. Besser dies als nichts zur Verteidigung gegen die Einbrecher. Der Überraschungsmoment allein würde sicher weder Ida beschützen noch den Inhalt der Speisekammer retten.

Sie holte tief Luft, schloss für eine Sekunde die Augen und stieß dann die Küchentür auf. Den Schirm wie einen Degen schwenkend, stürzte sie tapfer vorwärts.

Ein Messer flog unmittelbar an ihrem Gesicht vorbei.

Klaras Herz machte einen Salto. Es pochte plötzlich nicht mehr nur an Ort und Stelle, sondern überall in ihrem Körper.

Für einen Atemzug fassungslos, wich sie zurück, um im nächsten Moment mit dem Schirm auf den Fremden zu zielen, den sie vage aus den Augenwinkeln ausmachte. Er war viel größer als sie und wirkte sehr kräftig, aber das spielte keine Rolle. Sie stach blind zu, von ihrer Furcht und Wut angetrieben. Dabei brüllte sie aus Leibeskräften, ähnlich einem wilden Stier beim Angriff. In ihren Ohren hallte ihre eigene, plötzlich so fremde Stimme.

Den Tumult um sich herum nahm sie kaum wahr. Sie

hörte weder Idas neuerlichen Aufschrei noch die von dem Mann ausgestoßenen Worte, als sich Klara auf ihn stürzte.

»Hör auf damit!« Ida packte Klaras Oberkörper. »Was is'n mit dir los, *Deern*? Was machst du mit dem Henning? Der hat doch nichts getan!«

Holz barst. Der Stock brach in Klaras Hand. Fast zeitgleich schoss ein stechender Schmerz durch ihren rechten Arm zur Schulter. Erschrocken jaulte Klara auf. Ihr wurde schwindelig. Hätte Ida sie nicht festgehalten, wäre sie womöglich in die Knie gegangen. Der Schirm fiel aus ihrer Hand.

Langsam kam sie zur Besinnung. Henning? Wer war Henning? Sie kannte keinen Mann dieses Namens. Warum sprach Ida so milde von dem Kerl, der sie überfallen und mit einer spitzen Klinge bedroht hatte?

»Das Messer…«, keuchte Klara. Es klang wie ein Stöhnen.

Ein Stuhl wurde unter ihre Knie geschoben. »Hinsetzen!«, befahl Ida.

Widerwillig sank Klara nieder. Sie hielt den rechten Arm mit der linken Hand umschlossen. Ihr Denkvermögen war eingeschränkt. Deshalb dauerte es eine Weile, bis sie den Fehler in ihrer Wahrnehmung begriff: Die Köchin war offenbar bei bester Gesundheit und bedurfte ihrer Hilfe nicht. Aber Ida hatte geschrien! Klara hatte das aufgeregte Kreischen genau gehört. Warum wirkte die ältere Frau dann so fidel und gar nicht, als wäre sie um ihre Vorräte besorgt?

»Na, hier geht ja ganz schön die Post ab«, meinte eine raue Männerstimme amüsiert. »Hätt ich nicht gedacht.«

»Das Mädchen hat sich erschreckt. Kein Wunder bei alldem, was auf den Straßen passiert.«

Klara fühlte sich wie im Spiegelkabinett auf dem Hamburger Dom. Alles wirkte auf sie wie verzerrt. Bevor sie sich jedoch Klarheit verschaffen konnte, donnerte eine dritte Stimme von der Tür her: »Was ist hier los?«

Sie wischte sich über die feuchten Augen, ohne die Tränen aufhalten zu können, die ihr über die Wangen strömten. Angst und Erschöpfung lösten sich in Erleichterung auf. In der Gewissheit, dass nun alles gut würde, blickte sie zur Tür.

Herr Richter stand da, ein Gewehr im Anschlag. Der Vorname des langjährigen Kontorboten, Morgenmanns und Chauffeurs von Victor Dornhain war Klara nicht bekannt; sie brauchte ihn auch nicht zu wissen, da er eine Respektsperson war, die man nicht anders ansprach als mit der Höflichkeitsform.

»Ach Gott! Ach Gott!« Ida schlug die Hände über dem Kopf zusammen. »Sind denn nun alle hier im Haus von den guten Geistern verlassen? Nehmen Sie bloß die Waffe runter, bevor Sie jemanden verletzen!«

Richter kam der Aufforderung unverzüglich nach. »Ich hörte fürchterliches Geschrei«, rechtfertigte er sich.

»Nicht der Rede wert«, mischte sich der Mann ein, den Ida Henning genannt hatte. Er trat vor und zog das Messer aus der großen Kartoffel, die auf dem Gewürzschrank neben der Tür lag. »Ich habe Frau Ida nur gezeigt, dass man Dinge, die man als Kind lernt, nicht vergisst. Mit dem Messerwerfen klappt es seit meiner Zeit beim Zirkus ziemlich gut.« In einer Mischung aus Stolz, Bewunderung und Zuneigung wog er das Wurfgerät in seiner Hand. »Meine *Franziska* hier hat mich noch nie enttäuscht.«

»Maat, Sie sind angestellt, die Speisekammer zu bewachen. Nicht, um das Personal mit irgendwelchen Spielereien zu erschrecken!«, polterte Richter.

»Aye, aye!«

»Lassen Sie man, lieber Richter«, schritt Ida besänftigend ein. »Gönnen Sie einer alten Frau in diesen schweren Zeiten doch ein kleines Vergnügen.«

Sie maß den hochgewachsenen, mageren Mann, dessen Haar unter der Mütze im Lauf der Jahre fast vollständig ergraut war, mit einem skeptischen Blick. Richter hatte die Uniform seit Kriegsbeginn nicht abgelegt, obwohl er seit einer Verwundung nur noch Reservist war. In fast vorwurfsvollem Ton fragte sie: »Was machen Sie eigentlich hier? Ich habe das Automobil gar nicht vorfahren hören.«

Richters bleiche Wangen färbten sich rot vor Zorn. »Herr Dornhain musste sich beeilen, nach Hause zu kommen, weil die Ausgangssperre auf sechs Uhr vorverlegt wurde. Beinahe hätten wir den Alsterdampfer verpasst. Der Wagen ist nämlich vom Arbeiterrat beschlagnahmt worden! Sie werden nicht glauben, wer aus dem Gefängnis befreit wurde und jetzt damit durch die Gegend fährt ...«

»Wo sind sie?«

Klara erhob sich automatisch. Ihre Knie fühlten sich an wie Butter, die zu lange in der Sonne gelegen hatte, sodass sie auf wackeligen Beinen stand, als Ellinor Dornhain in die Küche stürmte, einen Brieföffner in der Hand. Es stand außer Frage, dass das gnädige Fräulein diesen benutzen würde, wenn es sein musste. Das energische Auftreten der ältesten

Reederstochter verlangte Respekt und wirkte irgendwie despotisch. Ihr Körper in der stets schlichten Garderobe wirkte angespannt, in den attraktiven Gesichtszügen der Neunundzwanzigjährigen stand jener Mut, für den Klara sie schon immer zutiefst bewundert hatte.

Verwirrt sahen alle zur Tür.

Richter fand als Erster die Sprache wieder: »Es ist nichts passiert, gnädiges Fräulein, nur ein Missverständnis. Klara hat sich über die Anwesenheit von Maat Claassen erschrocken und …«

»Maat Claassen?!«, wiederholte Ellinor ungehalten.

»Zur Stelle, gnädiges Fräulein!« Henning tippte mit der Hand an seine Matrosenmütze. Klara fiel auf, dass an seiner Kopfbedeckung in goldfarbenen Metalllettern nur »S.M.S.« für »Seiner Majestät Schiff« prangte und nicht, wie es meist üblich war, der Name des Schiffs, auf dem er gedient hatte.

Die Spitze des Dolchs in Ellinors Hand richtete sich auf den Fremden. »Was tun Sie hier, Maat Claassen?«

»Ihr Herr Vater hat mich vom Heuerbüro direkt hierhergeschickt, gnädiges Fräulein. Ich soll Wache schieben.«

»Warum sieht es dann nicht danach aus?« Ellinor klang, als würde sie keine Stellungnahme erwarten, und tatsächlich antwortete ihr betretenes Schweigen. Langsam senkte sie den Brieföffner. Sie kniff die Lider zusammen, ihre blauen Augen wanderten von einem zum anderen, verweilten einen Moment länger auf Klara. »Was ist mit deiner Schulter passiert?«

Sowohl Ida als auch Richter und Henning hoben gleichzeitig zu einer Erklärung an.

Nur Klara blieb still. Es war ihr peinlich, plötzlich im Mittelpunkt des allgemeinen Interesses zu stehen. Ihr Kopf dröhnte von dem Stimmengewirr, das über sie hereinbrach. Nach einer kleinen unbedachten körperlichen Regung raste wieder der stechende Schmerz durch ihre Glieder. Am liebsten hätte sie aufgeschrien. Doch statt einen Laut von sich zu geben, presste sie die Lippen aufeinander. Sie setzte sich wieder hin, obwohl sie in Anwesenheit des gnädigen Fräuleins hätte stehen bleiben müssen. Aber auf Formalitäten konnte Klara keine Rücksicht nehmen, wenn sie nicht in Ohnmacht fallen und möglicherweise mit dem Kopf auf den Fliesen aufschlagen wollte. War ihr so schummerig von den Schmerzen? Oder war der Schwindel eine Folge der Mangelernährung, die längst auch das Personal in den Villen an der Alster erreicht hatte?

Nachdem sie eine Weile lang abgewartet hatte, übertönte Ellinors autoritäre Stimme das Durcheinander: »Bitte der Reihe nach!«

Unverzüglich kehrte Ruhe ein.

Bevor jedoch Ellinor oder jemand anderer wieder das Wort ergriff, durchschnitt ein Knall das kurze Schweigen. Der Laut klang wie die Feuerwerkskörper, die an den fast vergessenen friedlichen Sommerabenden der Vorkriegszeit von der Terrasse des Uhlenhorster Fährhauses abgeschossen wurden. Dem einen Böller folgte allerdings kein zweiter – so wie damals, als Sterne in die Alster regneten. Die plötzlich eintretende seltsame Stille schien kein noch so leises Geräusch zu stören. Der Begriff *Totenstille* fuhr durch Klaras Gedanken. Ein Frösteln kräuselte die rotblonden Haare in ihrem Nacken.

Mit einem ungewöhnlich lauten Zischen stieß Ida die angehaltene Luft aus. »Da bringt wohl einer das Automobil des gnädigen Herrn zurück«, meinte sie, »und kündigt sich mit einer Fehlzündung an.«

»Nein!«, widersprach Henning Claassen. »Das war ein Schuss! Und der ist nicht auf der Straße abgefeuert worden.«

4

Ellinor Dornhain kam es vor, als hätte die Explosion direkt neben ihr stattgefunden. Das schreckliche Geräusch hallte in ihr nach wie ein Echo. Nicht, dass der Schuss besonders laut gewesen wäre. Sie hatten ihn zwar deutlich gehört, aber ohrenbetäubend war er nicht. Doch Ellinor fühlte sich wie selbst getroffen.

Unfähig, sich zu rühren, sah sie zu, wie Richter gefolgt von Maat Claassen an ihr vorbei zum anderen Ende des Souterrains in Richtung Gartentür stürmte. Sie wollte den Männern nacheilen, doch ihre Beine versagten ihr den Dienst. Das Rauschen und Sausen in ihren Ohren wurde fast unerträglich, brachte sie aber wenigstens wieder zur Besinnung.

Sie fürchtete nichts so sehr wie den Verlust ihrer Contenance. Ein hysterischer Anfall erschien Ellinor schlimmer noch als ein Überfall durch hungrige Aufrührer. Die Leute wollten ja eigentlich vor allem Brot, was sie ihnen nicht verdenken konnte. Sie, die seit Jahren ehrenamtlich in Armenküchen arbeitete, sich für eine Verbesserung der Situation vor allem von minderjährigen Prostituierten einsetzte und für das Frauenwahlrecht kämpfte, hatte viel Verständnis für die Arbeiterbewegung. Dennoch legte sie in ihrem Zuhause größten Wert auf die Einhaltung gewisser Standesregeln.

Dieser Sinn für Haltung gewann endlich wieder die Oberhand. Mit einer Geste, die einer Königin zur Ehre gereicht hätte und das Ergebnis der traditionsbewussten Erziehung ihrer Großmutter war, bedeutete Ellinor den in der Küche verbliebenen Dienstboten, auf ihren Plätzen zu bleiben.

»Wir brauchen uns keine Sorgen zu machen«, versicherte sie Ida und Klara, wobei der Klang ihrer Stimme sie irgendwie sogar selbst beruhigte. »Richter und Maat Claassen werden sich davon überzeugen, dass alles in Ordnung ist. Hauptsache, alle Hauseingänge sind gut verschlossen.«

»Die Tür ... die Terrassentür zum Salon stand offen, als ich eben oben war ...«, haspelte Klara. Sie richtete sich etwas auf, um halb stehend, halb sitzend zu Ellinor zu sprechen.

»Hast du sie nicht verschlossen?«

»Nein, gnädiges Fräulein. Es tut mir leid. Ida schrie und ... und ... da bin ich gleich nach unten gelaufen ...«

Zum zweiten Mal binnen weniger Minuten fürchtete Ellinor, die Nerven zu verlieren. Sie zwang sich zu einer Art Galgenhumor, mit dem sie ihren Ärger herunterzuspielen versuchte: »Nun ja, dann haben die Banditen eben freien Eintritt ins Haus.« Sie atmete tief durch und wandte sich zum Gehen. »Ida, Klara, sorgt dafür, dass wenigstens die Speisekammer und die Seitentür gesichert sind. Ich sehe oben nach dem Rechten.«

Während Ellinor die Treppe hinauflief, betete sie, dass ihnen ein Vorfall wie den Schulte-Stollbergs erspart bliebe. Glücklicherweise waren die Freunde nicht zugegen gewesen, als ihre Villa ausgeraubt wurde. Ellinor befürchtete, dass Schulte-Stollbergs unter anderen Umständen weit mehr als den Verlust irgendwelcher Silberwaren oder Flaschen vorzüglichen Rotweins, einiger Räucherwürste und Dosen mit Kaffeebohnen beklagen müssten. Das Herz der alten Lucia Schulte-Stollberg hätte die Aufregung womöglich noch schlechter verkraftet als Charlotte Dornhains Gesundheit jeglichen Skandal in der Familie. Doch die Freundin ihrer Großmutter befand sich seit Längerem in ihrem Landhaus in Blankenese und damit wohl in Sicherheit, Gegenteiliges war nicht bekannt. Und Christian Schulte-Stollberg, Ellinors alter Verehrer, weilte noch immer in Berlin, wobei sie nicht wusste, wie es ihm in den Wirren, von denen man hörte, als Mitarbeiter im Reichsschatzamt erging.

Von ferne vernahm Ellinor Rufen. Sie verstand zwar kein Wort, aber der Tonfall beruhigte sie. Offenbar streiften Richter und Maat Claassen durch die zur Außenalster hin abfallenden Anlagen auf der Suche nach dem Schützen. Der bis zum Wasser reichende Privatpark wurde – wie die Gärten der Nachbarn – von dem mit Kastanien gesäumten Harvestehuder Weg durchschnitten, der einst zu Ausritten und Spaziergängen eingeladen hatte, als man sich noch zu Ausflügen vor die Tür wagte. Bei den gegenwärtigen Verhältnissen war die Straße ein idealer Fluchtweg.

Ellinor blieb mitten in der Eingangshalle stehen. Als sie

sah, dass die Tür zum Salon nur angelehnt war, hörte sie auch schon das Klappern der Terrassentür, die wahrscheinlich in der Zugluft hin- und herschwang. Wie dumm von Klara, zu Ida in die Küche zu rennen, statt sich um die Sicherheit im Parterre zu kümmern!

Sie wollte gerade in den Salon treten, als sie von einem ungewohnten Geräusch aufgehalten wurde, das aus dem Arbeitszimmer ihres Vaters nach draußen drang. Seltsamerweise hatte sie nicht daran gedacht, dass ihr Vater bereits im Haus sein musste.

Wahrscheinlich brachte Victor gerade irgendwelche Papiere oder Wertgegenstände in Sicherheit vor einem möglichen Einbrecher. Dennoch irritierte Ellinor diese logische Erklärung. Eigentlich hätte sie ihren Vater eher an der Terrassentür vermutet, wo er aus der Sicherheit des Salons die Vorgänge in seinem Garten beobachtete, als in seinem Arbeitszimmer. Immerhin war am Alsterufer geschossen worden!

Oder befand sich ein Räuber bereits vor dem in die Bücherwand eingelassenen Tresor?

Ellinor zögerte. Wie gehetzt blickte sie sich um. Unbestimmte Gedanken schlugen über ihr zusammen wie Meereswellen über einer Schwimmerin.

Schließlich folgte sie ihrem Instinkt. Sie packte den Brieföffner fester und trat in das Arbeitszimmer ihres Vaters.

Im nächsten Moment wich sie zurück. Der ungewöhnliche Anblick ließ sie die Bedrohung vergessen.

Am Schreibtisch des Hausherrn saß Charlotte Dornhain. Die alte Dame wirkte in dem Lederstuhl ein wenig versunken und trotz ihrer stets aufrechten Haltung klein und zerbrechlich.

Ellinor hatte ihre Großmutter nie zuvor auf diesem Platz gesehen. Unwillkürlich flogen ihre Blicke zu dem tiefen Sessel, in den sich die alte Dame für gewöhnlich setzte. Er war leer.

Die Schreibtischlampe warf ihren gelben Lichtkegel auf die blau geäderten, mit braunen Altersflecken übersäten Hände der alten Dame. In ihren zitternden Fingern hielt Charlotte offensichtlich eng beschriebene Briefbögen. Ellinor konnte sich nicht erinnern, dass die Hände ihrer Großmutter jemals gezittert hatten. Schwäche passte nicht zu Charlottes Charakter. Aber offenbar fürchtete sie sich vor den Aufrührern.

»Uns droht keine Gefahr. Richter und dieser Maat, den Vater engagiert hat, sehen im Garten nach dem Rechten«, erklärte Ellinor hastig.

»Mein Sohn ist desertiert!«

»Wie bitte?« Ellinor hatte nicht die geringste Ahnung, was ihre Großmutter meinte. Sie trat näher. Das kalte Metall des Brieföffners brannte auf ihrer Haut. Sie legte den Dolch vorsichtig auf den Schreibtisch, vor dem sie stehen blieb.

Charlotte hob ihren Blick und Ellinor stellte bestürzt fest, dass die Augen der Alten in Tränen schwammen. »Setz dich hin«, Charlottes Stimme klang jedoch fest wie immer. Die leichte Heiserkeit begleitete ihren rauen Ton, seit Ellinor denken konnte. Dennoch schwang eine seltsame Leere in ihren Worten, als Charlotte ungeduldig wiederholte: »Setz dich endlich hin, Ellinor. Glaube mir, das ist besser für dich.«

Wie hypnotisiert folgte sie der Aufforderung.

»Hier ist ein Brief für dich. Lies ihn!«

Sie wollte ablehnen, aber natürlich widersetzte sie sich nach einem kurzen Aufflackern von Trotz nicht dem Wunsch der alten Dame. Schweigend nahm sie die Bögen zur Hand, welche die Großmutter ihr reichte. Ellinor erkannte die Schrift ihres Vaters. Das Bild verschwamm kurz vor ihren Augen, gewann jedoch rasch an Konturen, etwa so wie eine Landschaft hinter sich lichtendem Nebel. Überrascht las sie die erste Zeile mit dem heutigen Datum – *Hamburg, den 9.November 1918* – und dann die Anrede: »*Liebe Ellinor...*«

Sie sah ihre Großmutter über den Rand des ersten Blattes an. »Das Schreiben ist für mich bestimmt.«

»Ja«, lautete die knappe Antwort.

»Wieso hast du einen Brief von meinem Vater an mich gelesen?«

»Warum nicht? Anscheinend bin ich die einzige vernunftbegabte Person in diesem Haushalt.« Charlotte machte eine wegwerfende Handbewegung. »Lies das und dann kannst du dich immer noch aufregen, wobei sich der Grund ändern dürfte.«

Der potenzielle Einbrecher geriet in den Hintergrund. Ellinor wagte nicht, ihre Großmutter an den Schuss zu erinnern. Ergeben begann sie, die Worte ihres Vaters zu entziffern.

Er erklärte ihr, wie sehr er ihre Zuverlässigkeit schätzte und dass er sie deshalb zu seiner Nachfolgerin erzogen hatte. Das wusste sie alles. Deshalb hatte sie ihm sogar heute Morgen noch gezürnt. Sie hatte ihn gebeten, sie zu der eiligst einberufenen Sitzung des *Vereins Hamburger Rheder* mitzunehmen. Doch ihr alter Herr hatte ihr – ebenso wie allen anderen weiblichen Mitgliedern des Haushalts, gleichgültig ob Herrschaft oder Personal – eine Art Stubenarrest auferlegt. Die Lage in der Stadt sei zu unübersichtlich und gefährlich, Frauen hätten dort nichts verloren. Das mochte stimmen, aber Ellinor wollte sich unbedingt selbst ein Bild von den Geschehnissen machen. Es hieß, dass Barrikaden errichtet worden seien, Schüsse knallten am Hafen, rund um Rathaus und Stadthaus, beim Polizeipräsidium sowie beim Gewerkschaftshaus am Besenbinderhof. Und nun auch in ihrem eigenen Garten! Es gab also hier wie dort keinen Schutz vor dem Chaos. Sein Befehl erwies sich sogar rückwirkend als blanker Unsinn.

Wieder drangen aufgeregte Männerstimmen in Ellinors Bewusstsein. Die Doppelfenster waren nicht dicht genug, um den Schall abzufangen. Sie vernahm ein Rufen, das wie »hier« und »schnell, schnell« klang. Aber sie verstand nicht wirklich, was in den Anlagen jenseits der hohen Fenster vor sich ging. Wieder war sie ausgeschlossen.

Ellinor richtete sich kerzengerade auf. »Wo ist Vater?«
»Lies weiter!«
Etwas am Verhalten ihrer Großmutter riet ihr, nicht zu insistieren. Mit gerunzelter Stirn ließ sich Ellinor über die zweite Sache in dem Brief informieren, die ihr bereits bestens bekannt war: dass nämlich Nele, ihre jüngere Schwester, den Mann von Lavinia, dem Nesthäkchen der Familie, liebte. Konrad Michaelis musste Livi vor sechs Jahren auf Druck des Vaters heiraten, nachdem die kleine Närrin

einen Skandal provoziert hatte, der dem aufstrebenden Architekten keine Wahl ließ. Es hing alles irgendwie mit dem damaligen zweiten Hausmädchen zusammen, das seine Stellung überschätzte, eine Indiskretion beging und die Privatpost der Herrschaft las. Meta war die Freundin des Gesindemaklers gewesen und ihre Entlassung brachte schließlich auch Bruno Sievers in Verruf. Dem Schreiben ihres Vaters entnahm Ellinor, dass dieser Sievers im zweiten Kriegsjahr ins Gefängnis kam. Meta war tot, das hatte Ellinor schon vor Längerem gehört, aber der frühere Liebhaber trumpfte offenbar wieder auf. Er war zu Beginn der Unruhen vor drei Tagen befreit worden und hatte sich heute erdreistet, Victor Dornhain in dessen Kontor aufzusuchen, zu bedrohen und anscheinend auch zu erpressen ...

Ellinor starrte auf den Brief. Wieder und wieder las sie die dem Bericht über Sievers folgenden Zeilen. Die Worte ergaben für sie keinen Sinn. Es war das Geständnis eines Mannes, der offensichtlich nicht ganz bei Trost war. Unmöglich, dass diese Sätze von ihrem Vater stammten.

Das ist eine Fälschung, fuhr es Ellinor durch den Kopf. Böswillig und vernichtend. Sie warf die Schriftstücke auf den Tisch, wobei die einzelnen Blätter durcheinandergerieten.

»Warum hast du diese Ungeheuerlichkeit nicht vernichtet?«, fuhr sie ihre Großmutter in ungewohnt harschem Ton an. »Ich weigere mich, auch nur ein Wort mehr von diesem diffamierenden Dreck zu lesen.«

»Es ist die Wahrheit«, presste Charlotte hervor. »Ich weiß, dass es die Wahrheit ist!«

»Du willst sagen...« Ellinor unterbrach sich, benetzte die Lippen mit der Zungenspitze, schluckte. Dann: »Großmutter, ich verstehe dich nicht. Du meinst, dass dieses Gewäsch wirklich von Vater geschrieben wurde und dass sich alles so zugetragen hat, wie es hier«, sie tippte mit dem Zeigefinger auf den Brief, »dargestellt wird? Entschuldige, das kann ich nicht glauben!«

»Lies weiter«, wiederholte Charlotte tonlos.

Ellinor schüttelte den Kopf. Sie konnte jedoch eine gewisse Neugier nicht unterdrücken. Ihre Augen flogen erneut zu den Papieren, blieben zufällig irgendwo zu Beginn des vorletzten Absatzes hängen: »*Ich fühle mich dem Leben nicht mehr gewachsen. Meine Welt ist zerbrochen. Ich werde gehen...*«

»Gnädiges Fräulein! Fräulein Ellinor!« Das aufgeregte Rufen kam näher. Es gehörte zu Richter.

Ellinor sprang auf. Sie wusste plötzlich nicht, wohin mit ihren angstgelähmten Gedanken. Sie konnte nicht mehr sortieren, was ihr durch den Kopf ging. Fast verzweifelt versuchte sie, auf das vertraute Pochen des Gehstocks zu lauschen, das Victors Schritte ankündigte.

Die Frage sprudelte über ihre Lippen, bevor sie die Worte bewusst gewählt hatte: »Wo ist Vater?«

Ihre Großmutter schloss die Augen – und das war eine eindeutige Antwort.

»Fräulein Ellinor!« Plötzlich stand Richter schwer atmend im Raum. Er ließ die Schultern hängen und drehte seine Mütze in den Händen. Sein Gesicht war kalkweiß, der Blick wässrig und seltsam unstet. »Gnädige Frau«, brachte er zwischen zwei schweren Luftstößen respektvoll hervor. Er wirkte, als sei er zu schnell gelaufen. Oder als stehe er unter Schock.

»Ist er …?«, murmelte Charlotte. Sie sprach das schreckliche Wort nicht aus, aber Ellinor hatte das Gefühl, es so deutlich gehört zu haben wie die Glocke von St. Johannis, wenn sie als kleines Mädchen an der Hand ihres Vaters zum Gottesdienst gegangen war.

Tot.

»Es ist furchtbar!« Die Antwort des langjährigen Dienstboten von Victor Dornhain klang wie ein Schluchzen. »Wir haben ihn unter der Weide am Alsterufer gefunden.«

»Bewahren Sie Haltung, Richter«, erwiderte Charlotte ruhig. »Mein Sohn würde das von Ihnen erwarten.«

Ellinor weigerte sich zu begreifen, was ihr Verstand ihr zuflüsterte. »Könnte ich bitte erfahren, was los ist?«

Obwohl sie zu Richter gewandt stand, registrierte sie, wie ihre Großmutter mit einer raschen Bewegung die Briefbögen zusammenraffte und in einer Schreibtischschublade verschwinden ließ.

»Der Schuss, Fräulein Ellinor«, hob Richter mit zitternder Stimme an. »Ihr Herr Vater … er hat … er hat sich erschossen …« Während er sprach, war sein Ton immer leiser geworden, bis er ganz erstarb.

»Was?«

Hilflos blickte Ellinor von dem Dienstboten zu ihrer Großmutter und wieder zurück.

Erst mit einiger Verzögerung wurde sie sich der Tragweite dessen bewusst, was Richter gesagt hatte.

Vater ist tot.

In Gedanken wiederholte sie die Worte in der Hoffnung, etwas missverstanden zu haben. Wie eine Schallplatte, die unaufhörlich dieselbe Tonsequenz auf dem Grammophon abspielte, drehte sich dieser eine Satz in ihrem Gehirn: Vater ist tot.

Das konnte nicht sein. So viele Freunde waren in den vergangenen Jahren im Feld gestorben. Fast alle Familien mussten schreckliche Verluste beklagen. Überdies tobte nun auf den Straßen der Stadt eine Revolution mit ungewissem Ausgang. Warum hatte der Vater sie ausgerechnet in diesem Moment verlassen? Wie sollte sie der Bedrohung allein standhalten? Es konnte doch nicht sein, dass sie die größte Stütze ihres Lebens mit einem Mal verloren hatte!

Aber natürlich bestand kein Zweifel an seiner Tat. Sie hatte ja eben seinen Abschiedsbrief gelesen.

»Wo ist er? Ich will zu ihm ...«

Ellinor machte Anstalten, an Richter vorbei aus dem Arbeitszimmer zu stürzen, doch der ältere Mann hielt sie ungeachtet seiner gesellschaftlichen Stellung fest. Seine großen Hände umschlossen ihre Oberarme. »Nein!«, verkündete er mit erwachender Energie. »Nein, Fräulein Ellinor. Sie können Ihren Herrn Vater jetzt nicht sehen.«

»Was erlauben Sie sich ...?« Sie versuchte vergeblich, sich seinem Griff zu entwinden.

»Setz dich wieder hin, Ellinor!« Der Befehlston ihrer Großmutter. »Fasse dich, bitte. Wir werden hier warten, bis Herr Richter die nötigen Schritte eingeleitet hat.« Ihr Tonfall verlor etwas an Schärfe, als sie sich an den langgedienten Morgenmann und Chauffeur wandte: »Was gedenken Sie zu tun, Richter?«

»Der Maat, der vom gnädigen Herrn zum Schutz der Vorratskammer engagiert wurde, wartet im Park bei … bei seinem Leichnam. Wir werden Herrn Dornhain gemeinsam ins Haus bringen. Ist es Ihnen recht, gnädige Frau, wenn wir ihn in seinem Schlafzimmer aufbahren?«

»Danke, Richter. Frieda soll Ihnen zur Hand gehen. Vorher möchte ich das Personal aber versammelt vor mir sehen.« Charlotte griff sich mit zitternder Hand an die Stirn, als befielen sie Kopfschmerzen. »Hoffentlich kommt keiner der Nachbarn auf die Idee, wegen des Lärms die Polizei zu verständigen. Ich möchte nicht, dass der Freitod meines Sohnes untersucht wird oder gar zum Klatsch in den Dienstbotenquartieren führt. Haben wir uns verstanden, Richter?«

Ellinor konnte nicht glauben, was sie hörte. Ihre Großmutter sprach mit einer Kälte vom Selbstmord Victor Dornhains, die in ihr Herz stach. Seit jeher ging es der alten Dame nur darum, einen Skandal zu vermeiden. Niemals wurden die Gefühle des Einzelnen geachtet. Wenn stimmte, was sie, Ellinor, eben in dem Abschiedsbrief ihres Vaters gelesen und ursprünglich als Lüge abgetan hatte, so war auf diese Weise sogar das Lebensglück einiger Menschen zerstört worden. Die Vorstellung von einer tiefen Liebe, die schmachvoll endete, war grausam. Ihr Herz flog zu ihrem Vater. Sie wollte ihm sagen, dass sie ihn verstand – auch wenn er sie nie wieder hörte.

Nachdem Ellinor für einen Moment stillgehalten hatte, versuchte sie wieder, sich aus Richters Umklammerung zu befreien.

»Bitte, Fräulein Ellinor«, flehte er, ließ sie aber nicht los, »hören Sie auf die gnädige Frau und setzen Sie sich hin. Ich kümmere mich um alles. Verlassen Sie sich auf mich. Aber bitte nehmen Sie wieder Platz.«

»Würdest du dich besser fühlen, wenn Richter dir ein Glas Getreidebranntwein einschenkt?«, erkundigte sich Charlotte. »Ich glaube, in der Flasche im Bücherschrank befindet sich noch ein Rest. Bedienen Sie sich auch, Richter. Sie sehen aus, als könnten Sie einen Schluck vertragen.«

Zu durcheinander, um sich weiter zu wehren, ließ sich Ellinor schließlich nieder. Die Erinnerung an den alkoholischen Vorrat ihres Vaters, der durch den Mangel im Krieg reduziert war, verstörte sie. Die Vorstellung, dass er niemals mehr zu der Bibliothek treten und Gläser und Flasche herausnehmen könnte, erschien ihr bizarr. Vollkommen fern jeder Möglichkeit. Dass ihre Großmutter Richter erlaubte, sich ein eigenes Glas zu nehmen, hätte Ellinor unter anderen Umständen in schallendes Gelächter ausbrechen lassen. Stattdessen traten ihr Tränen in die Augen und ein unkontrollierbares Zittern zog durch ihren Körper.

Der Diener lehnte ab. »Vielen Dank, gnädige Frau, sehr freundlich. Aber ich möchte lieber verzichten, so lange noch nicht alles erledigt ist. Ich kümmere mich. Machen Sie sich bitte keine Sorgen. Die Polizei wird nicht kommen. Es existiert keine mehr. Jedenfalls schienen die Machtbefugnisse im Stadthaus völlig ungeklärt, als der gnädige Herr und ich das Kontor verließen.«

Er schluckte hörbar. Die Erinnerung an seinen letzten

Weg zu Lebzeiten von Victor Dornhain drohte ihn anscheinend zu überwältigen. Er drehte sich rasch zu der Bücherwand um. Seine Schultern zuckten, als er die Handgriffe vollzog, die bislang immer nur seinem Chef vorbehalten waren. Kurz darauf schien er sich wieder gefasst zu haben. Schweigend reichte er Ellinor eines der schweren Gläser aus Bleikristall, das er mit einem Fingerbreit der bernsteinbraunen Flüssigkeit gefüllt hatte.

»Branntwein ist gut gegen den Schock«, versicherte er ihr.

Während Ellinor gehorsam nippte, verneigte sich Richter vor ihrer Großmutter.

Die alte Dame nickte. »Ich vertraue auf Ihre Verbundenheit mit unserer Familie.«

»Stets zu Diensten, gnädige Frau.« Obwohl Richter wirkte, als würde er unter der Last der Verantwortung, die ihm nunmehr oblag, zusammenbrechen, schlug er die Hacken zusammen. Dann machte er kehrt und verließ gemessenen Schrittes den Raum. Sorgsam schloss er die Tür hinter sich.

»Gott sei Dank ist auf Richter Verlass«, murmelte Charlotte. Nervös trommelte sie mit den Fingern auf die Schreibtischplatte. »Er wird tun, was ich ihm sage. Es ist wichtig, dass wir alle die Nerven behalten. Hast du mich verstanden, Ellinor?«

Der Alkohol brannte in Ellinors Kehle. Sie wollte zu einem zweiten Schluck ansetzen, als ihr etwas einfiel: »Klara...«

»Vergiss den Brief«, fuhr Charlotte auf. »Was immer deinem Vater auf der Seele lag, bevor er uns verließ, er hat es aufgeschrieben und dich in sein Geheimnis eingeweiht. Du musst nun mit dem Wissen um die Schande leben, aber das ist auch alles, was du damit zu tun hast. Niemandem ist damit gedient, einen Skandal heraufzubeschwören.«

»Aber Großmutter, es ist sein letzter Wunsch ...«

Charlottes Miene verhärtete sich, ihre Stimme war so klar und schneidend wie ein Eiszapfen: »Na und? Dein Vater ist davongelaufen, Ellinor. Er hat sich aus dem Staub gemacht und uns alle der Gefahr und was sonst noch überlassen. Wenn sich dieser abscheuliche Sievers – wofür auch immer – an uns rächen will, wird er es tun. Dagegen können wir uns aber wappnen, wenn wir einen Plan ersinnen. Wir müssen diesem Menschen nicht in die Hände spielen. Die Lebenden halten ihr Schicksal in der Hand, Ellinor, nicht die Toten. Du bist jetzt verstört, aber du wirst mich verstehen, sobald du in Ruhe über die Angelegenheit nachgedacht hast.«

In Ellinor lehnte sich alles gegen ihre Großmutter auf. Wie wünschte sie sich, noch ein einziges Mal den Rat ihres Vaters einholen zu können. Wenn sie doch nur mit irgendeinem Menschen über den Inhalt seines Schreibens sprechen könnte. Aber es gab niemanden, dem sie so sehr vertraute, dass dies möglich gewesen wäre. Nele! Ihre jüngere Schwester wäre die einzige Person, mit der sie das Geheimnis teilen könnte. Schon immer hatte ihr Nele nähergestanden als die süße kleine Livi. Aber Nele weilte über tausend Kilometer entfernt in der Schweiz, nachdem Konrad schwer verwundet aus dem Krieg heimgekehrt war und nach einem langen Lazarettaufenthalt in Hamburg zur

Genesung in die Schweiz reisen durfte, wohin sie ihn begleitete.

Ellinor fiel ein, dass sie ihre Schwestern über den Tod des Vaters informieren musste. Existierte eigentlich noch ein zuverlässiges Postwesen? Die Telefonleitung hatte am Morgen funktioniert. Aber in der Künstlerkolonie, in der Nele lebte, gab es kein Telefon. Wie sie Livi erreichen sollte, wusste der Himmel. Sie würde im Kriegsministerium in Berlin nachfragen müssen. Dort würde man ja sicher noch ordentlich arbeiten, nachdem Millionen deutscher Soldaten weiterhin im Feld standen.

Langsam begannen sich Ellinors Gedanken in eine Richtung zu bewegen, die ihrer üblichen Tatkraft entsprach. Telegramme waren sicher eine bessere Idee als ein Ferngespräch und auf jeden Fall einem Brief vorzuziehen. Sie sollte so schnell wie möglich zwei Telegramme aufgeben. An den Lago Maggiore zu Nele und an die Behörde, von wo die Nachricht an die Westfront zu Lavinia weitergeleitet würde. Und dann würden Nele und Livi auf dem schnellsten Weg heimkehren. Hoffentlich funktionierten die Zugverbindungen. Überdies musste eine Beerdigung organisiert werden. Victor Dornhain verdiente eine große Trauerfeier, einerlei, wie die öffentlichen Verhältnisse gerade waren. Ellinor würde sich darum kümmern. Das war ihre Aufgabe als Nachfolgerin ihres Vaters. Sie musste jetzt stark sein und den Kampf mit ihrer persönlichen Trauer und vor allem den widrigen politischen Umständen aufnehmen.

Obwohl stumme Tränen über ihre Wangen rannen und der Schmerz auf ihre Brust drückte, reckte Ellinor ihr

Kinn. Sie war die Haupterbin! Wann sonst sollte sie sich bewähren, wenn nicht in diesem furchtbaren Augenblick?

SPA, BELGIEN

5

Es ging alles sehr schnell. Der Auftritt des Kaisers überrumpelte anscheinend nicht nur Lavinia und Hauptmann Gernot von Amann, sondern überraschte alle Anwesenden im Foyer des Hotels Britannique. Die Gespräche verstummten, niemand rührte sich vom Fleck. Köpfe wurden automatisch geneigt, Lavinia sank, ohne nachzudenken, in einen Hofknicks. Vor Aufregung hatte sie weder die Möglichkeit, sich vorzudrängen und ihre Warnung mitzuteilen, noch den nötigen Atem, um überhaupt das Wort zu ergreifen. Sie starrte Wilhelm II. nur an.

Der Kaiser wirkte müde und blass, es schien, als müsse er an seinem Militärmantel schwer tragen. Mit der üblichen Pose, die linke Hand auf dem Rücken, marschierte er dennoch energisch zur Treppe und in die erste Etage. Begleitet wurde er lediglich von einem Adjutanten, was Lavinia verwirrte, weil Seine Majestät sonst stets ein ganzer Pulk von Männern umgab.

Erst als der Herrscher aus ihrem Blickfeld verschwunden war, richtete sie sich langsam wieder auf. Die verpasste Chance trieb ihr Tränen in die Augen, die Kopfschmerzen trommelten stärker gegen ihre Schläfen. Mit einem leisen Seufzen wischte sie sich über die Stirn.

Der Mann neben ihr löste sich ebenso wie alle anderen mit einer gewissen Zeitverzögerung aus der Erstarrung. Er wollte wohl hinter einer sich bildenden Gruppe ebenfalls zur Treppe hasten, als ihn seine sicher anerzogene Ritterlichkeit noch bei Lavinia verharren ließ.

»Sie sollten sich hinsetzen und ausruhen«, schlug er ihr vor. »Leider kann ich mich nicht um Sie kümmern. Sie sehen ja, die Pflicht ruft!« Zur Unterstützung seiner letzten Worte schlug er militärisch die Hacken zusammen, bevor er sich anschickte, seines Weges zu gehen.

Was verstand Hauptmann von Amann unter seiner *Pflicht*?

Die eben abgeflaute Panik griff wieder nach Lavinia. Verschiedene Überlegungen liefen durch ihr Gehirn wie bunte Murmeln auf einer Kugelbahn. Hatte sich ihr Vorhaben für den Moment erübrigt? War die Wahrscheinlichkeit eines Mordkomplotts gegen Wilhelm II. im Hotel Britannique gebannt? Hier würden sich seine kaisertreuen Offiziere vor ihn stellen. Aber hatte Lavinias Kollegin Friederike nicht vorhin berichtet, dass in Berlin sogar das Gardeschützenregiment, also die Leibgarde Seiner Majestät, zu den Sozialisten übergelaufen war? Livi versuchte sich zu erinnern, wie die antiken Tragödien endeten. Könnte das Große Hauptquartier gar der gefährlichste Ort für den Kaiser sein?

Ihre Füße setzten sich in Bewegung, bevor sie sich bewusst machte, was sie tat.

Sie rannte die breite Treppe hinauf, den Rücken Gernot von Amanns fest im Blick. Zum ersten Mal war sie dankbar für die bequemen Schuhe, die sie im Dienst tragen musste, und den knapp über den Knöcheln endenden ausgestellten Rock, der es ihr ermöglichte, gleich zwei Stufen auf einmal zu nehmen. Es bedurfte nur weniger Schritte, bis sie den der Verschwörung Verdächtigten erreichte. Glücklicherweise waren vor, neben und hinter ihnen inzwischen auch andere Armeeangehörige unterwegs, sodass sie nicht sonderlich auffiel. Er marschierte, ohne auf sie zu achten, weiter nach oben.

Die Tür zum großen Saal im ersten Stock stand offen. Davor versammelte sich schweigend eine Gruppe von Offizieren, offenbar auf einer Art Lauschposten. Aufgeregte Stimmen wehten von innen auf den Flur, die auf eine hitzige Debatte schließen ließen. Lavinia konnte sie nicht mit der normalerweise gegenüber dem Kaiser gepflegten Etikette vereinbaren. Sie hielt sich im Hintergrund, ließ Amann aber nicht aus den Augen, als dieser sich zu den Wartenden gesellte. Um sich zu verbergen, stand sie ein Stück entfernt. Deshalb konnte sie außer der Lautstärke nichts von der Diskussion verstehen. Offenbar handelte es sich um einen Eklat zwischen Seiner Majestät und der Obersten Heeresleitung.

Das Geräusch einer auf den Tisch schlagenden Faust beendete schließlich das Streitgespräch.

Mit einem Mal war es im Saal wie auch auf dem Flur davor so still, dass Lavinia meinte, ihr eigenes Herz wie ein Maschinengewehrfeuer wummern zu hören.

Ein gequältes Aufstöhnen drang schließlich zu den Wartenden vor der Tür. Dann die wohlbekannte, von einem leichten Berliner Zungenschlag gefärbte Stimme Wilhelms: »Das Beste wird schon sein, ich schieße mich tot!«

Niemand sagte etwas. Keiner der Anwesenden widersprach oder versuchte auch nur, den Kaiser von seiner Meinung abzubringen. Das Schweigen sagte mehr als jedes Wort.

Lavinia fühlte sich wie gelähmt, war zutiefst verunsichert, weil sie nun nicht mehr wusste, was sie tun sollte. Ihr Verstand konnte nicht einmal ansatzweise einordnen, was sie gerade erlebte.

Für einen weiteren Moment war es still. Kurz darauf gerieten die Männer vor dem Eingang zum einstigen Ballsaal des Hotels jedoch in Bewegung. Die Offiziere wichen zurück, salutierten, manche verhalten, andere ehrerbietig.

Lavinia drängte sich in den Schatten der Türnische auf der anderen Flurseite, als Wilhelm II. den Raum verließ und wieder auf die Treppe zusteuerte. Er war aschfahl im Gesicht. Dennoch schritt er mit der gewohnten militärischen Energie und Disziplin an seinen Untergebenen vorbei und ins Foyer hinunter, als inspizierte er seine Truppe.

Wie die anderen auch folgte Lavinia Seiner Majestät. Sie stand noch etwas erhöht und konnte deshalb gut über die Köpfe der Anwesenden beobachten, wie Wilhelm II. das Hotel diesmal durch den Vordereingang verließ. Durch die Fenster machte sie am Rande der Rue de la Sauvenière Schaulustige aus, eine in dem herrschenden Nebel dunkle, wabernde Masse.

Der Kaiser verharrte einen Moment reglos vor der Tür. Als Lavinia sich noch fragte, ob er den Belgiern zuwinken würde oder einfach nur durchatmete, stieg er schon in das wartende Automobil. Der Chauffeur fuhr sofort los, nahm nicht die direkte Richtung zurück zur Villa La Fraineuse, sondern schlug einen anderen Weg ein. Es könnte eine Fahrt zum Bahnhof sein, fuhr es Lavinia durch den Kopf.

»Jetzt haben wir Geschichte erlebt.«

Erstaunt stellte Lavinia fest, dass sie neben Gernot von Amann stand. Seit der Kaiser aus dem großen Saal gekommen war, hatte sie den Hauptmann aus den Augen verloren.

»Wie meinen Sie das?«, fragte sie in einem Ton, als wäre ihre Unterhaltung vorhin nicht unterbrochen worden.

»Sie werden Ihren Enkelkindern eines Tages erzählen können, dass Sie dabei waren, als Kaiser Wilhelm II. die Abdankungsurkunde unterschrieb.«

Ihre Kehle fühlte sich seltsam trocken an, als sie automatisch antwortete: »Muss er ... sterben ...?«

Seine Augenbrauen hoben sich erstaunt. »Nein. An seinem Thronverzicht wird er gewiss nicht sterben. Das ist keine Krankheit. In Berlin wurde zwar bereits die Republik ausgerufen, bevor er tatsächlich formal abdankte, aber die Bolschewiken werden ihn kaum bis in seinen Zug verfolgen. Und für ausländische Flugzeuge mit dem Auftrag, den deutschen Kaiser zu erschießen, ist es zu neblig heute Abend. Nein«, wiederholte Gernot von Amann voller Überzeugung, »um das Leben Seiner Majestät brauchen wir nicht zu fürchten.«

Lavinia stieß den angehaltenen Atem aus. Die Aufregung um das unerwartete Erscheinen des Monarchen und Amanns wohlgesetzte, freundliche Wortwahl ließen sie fast vergessen, dass sie ihn selbst für den Mitwirkenden an einer Verschwörung gegen Wilhelm II. gehalten hatte. Offenbar würde der Hauptmann nun nicht zum Kaisermörder werden. Sie wusste nicht, was sie mehr erleichterte: Amanns wiederhergestellte Integrität oder das gesicherte Überleben Seiner Majestät.

»Gott sei Dank!«

»Wie schön, dass es noch so kaisertreue Etappenhelferinnen gibt«, kommentierte Amann ihr Seufzen amüsiert. »Ist Ihr Vater in Staatsdiensten tätig, Fräulein Dornhain?«

»Er ist Reeder«, erwiderte sie, mit den Gedanken bei der Schalttafel, an die sie umgehend zurückkehren sollte. Doch sie blieb auf der Treppe stehen, weil sie sich weiter in diesem gepflegten Ton unterhalten wollte. Wie lange war es her, dass sie mit einem attraktiven Herrn auf den Stufen zur Loge ihrer Großmutter im Hamburger Stadttheater geflirtet hatte? Es tat ihr wohl, sich in dieser fast vergessenen Situation wiederzufinden – und dazu noch dieser wundervollen Stimme lauschen zu dürfen.

»Der letzte Befehl des Kaisers, bevor er eben ins Exil aufbrach, lautete, Generalfeldmarschall von Hindenburg möge die Armee geordnet in die Heimat zurückführen«, erwiderte Amann scheinbar übergangslos. Seine Augen wanderten aufmerksam über ihre Figur, bevor er nach einem kurzen Schweigen hinzufügte: »Sie und ich sind damit natürlich auch gemeint. Wohin werden Sie heimkehren, Fräulein Dornhain?«

»Nach Hamburg. Sozusagen direkt ans Alsterufer.«

»Wie bedauerlich«, sein Ton erinnerte Lavinia jetzt an das Schnurren eines Katers. »Mein Zuhause befindet sich in der Nähe von Bremen. Ich hatte gehofft, Ihr Herr Vater würde zum Kreis der Reeder dort gehören. Dann hätte ich mir erlaubt, ihm unverzüglich nach meiner Rückkehr meine Aufwartung zu machen.«

Sie lächelte ihn an, ganz in ihrem Metier. »Es gibt einen alten Konkurrenzkampf zwischen den Eignern und Schiffsmaklern in Hamburg und Bremen. Der Unterschied zwischen beiden Gruppen ist wahrscheinlich geringer als die Entfernung zwischen den beiden Hansestädten. Aber selbst die ist nicht sonderlich groß. Meinen Sie nicht auch, man könnte sie gegebenenfalls überwinden?«

»Unbedingt«, pflichtete er ihr schmunzelnd bei. »Allerdings fürchte ich, dass wir nicht so schnell demobilisiert werden, wie ich es mir gerade wünsche. Darf ich mir erlauben, Sie deshalb bereits heute und ohne die Genehmigung Ihres Herrn Vaters in das Offizierscasino einzuladen? Sofern es Ihr Dienst gestattet, versteht sich.«

»Ich weiß nicht, ob ich es einrichten kann«, zierte sie sich, obwohl sie nichts lieber tat, als sich mit Gernot von Amann zu verabreden.

Wenn sie mit einem solchen Kavalier heimkehrte, wäre ihre Großmutter gewiss beeindruckt. Der höhere Offiziersrang garniert mit dem Adelsprädikat würde unter Charlottes strengem Blick auf jeden Fall besser bestehen als Konrads Beruf. Architekten hatten im Vorkriegs-Hamburg nicht zu den jungen Herren gehört, die man sich in Lavinias Kreisen für einen Goldfisch wie sie wünschte. Dennoch hatte sie die Heirat durchgesetzt – und bitter bereut. Deshalb war es an der Zeit, ihrem Vater und ihrer Großmutter einen Gefallen zu erweisen, nachdem sie auf gesellschaftlicher Ebene dermaßen versagt hatte. Wenn sie schon nicht einen Mord am Kaiser verhinderte und dafür einen Orden erhielt, dann mussten eben andere Möglichkeiten her.

Dass sie noch verheiratet war, hielt Lavinia nicht davon ab, ihre Hand leicht auf den Arm ihrer neuen Eroberung zu legen und ihre Blicke vielsagend in Amanns goldbraune Augen zu tauchen.

»Ich werde sehen, was ich tun kann«, zwitscherte sie.

Sein Lächeln wurde breiter. »Ich warte auf Sie!«

Ohne ein weiteres Wort lief sie an ihm vorbei und die Treppe hinunter. Sie bewegte sich zwar mit wohlgesetzten Schritten, konnte aber nicht verhindern, dass sie von der letzten Stufe mit einem kleinen freudigen Hüpfer sprang.

Als sie in den Raum einbog, in dem sich die Fernsprechvermittlung befand, waren ihre Kopfschmerzen verflogen. Ihre Gedanken kreisten um sie selbst, ihre äußere Erscheinung und um das Glück, an der Westfront einen akzeptablen Verehrer gefunden zu haben. Seltsam, dass ihr zuvor unter all den Soldaten im Feld keiner aufgefallen war, dem sie ihre Aufmerksamkeit zu schenken bereit war. Vielleicht lag das daran, sinnierte Livi während des Umziehens, dass sie kaum infrage kommende junge Männer kennengelernt hatte. Die meisten Gleichaltrigen waren gefallen, im Oberkommando gingen indes vorwiegend Offiziere einer früheren Generation ein und aus.

Auch Gernot von Amann war mindestens Ende dreißig und damit rund fünfzehn Jahre älter als sie. Aber der Altersunterschied interessierte sie ebenso wenig wie ihre Ehe. Dass sie eine verheiratete Frau war, würde sie ihm vorläufig nicht verraten. Jedenfalls nicht, bevor sie ihn nicht dazu gebracht hatte, um ihre Hand anzuhalten und einer Scheidung durch den gesellschaftlichen Aufstieg den schlechten Beigeschmack zu nehmen. Dass in seinem Zuhause bei Bremen eine Frau auf ihn warten könnte, schloss Lavinia aus. Ein deutscher Offizier war schließlich ein Ehrenmann!

HAMBURG

6

Wir sehen aus wie die Soldaten auf dem Rückzug, stellte Klara insgeheim fest, als sie sich mit den anderen Mitgliedern des Personals im Arbeitszimmer des Hausherrn versammelte. Alle wirkten mehr beunruhigt als neugierig, eher niedergedrückt als forsch, Klara selbst fühlte sich angeschlagen von den Schmerzen in der Schulter.

Was für eine müde Kompanie wir doch sind, grübelte sie weiter. Ihr Blick fiel auf das Flickwerk an Friedas Schürze. Den gestopften Riss versuchte das erste Hausmädchen durch eine geschickt gebundene Schleife zu verbergen, aber es gelang ihr nicht ganz. Auch Idas und Klaras Kleidung konnte kaum mehr über die Tatsache hinwegtäuschen, dass der Mangel an Stoffen überhandnahm und der Kauf neuer Zofentrachten nicht zu den vordringlichsten Anschaffungen gehörte. Richters Uniform hatte ebenfalls die besten Zeiten hinter sich. Seltsam, fuhr es Klara schließlich durch den Kopf, dass ihr im Souterrain und bei der Arbeit nie aufgefallen war, wie abgerissen sie alle wirkten.

Sie will uns entlassen!

Die Erklärung für die plötzlich einberufene Zusammenkunft des Personals blinkte in Klaras Kopf auf wie das Licht eines Leuchtturms in finsterer Nacht.

Klara war auf den ersten Blick irritiert gewesen, seine

Mutter auf dem Stuhl Victor Dornhains hinter dem Schreibtisch zu sehen, wahrscheinlich drückte sich der gnädige Herr vor derartigen Aufgaben. In den vergangenen Jahren hatte er sich immer seltener in die Haushaltsführung eingemischt. Damals, bei ihrem Einstellungsgespräch, hatte der Reeder allerdings das Wort geführt. Aber das war auch der besonderen Situation geschuldet, denn Klara war mit einem persönlichen Brief von ihrer Ziehmutter an Victor Dornhain vorstellig geworden. Den Inhalt des Schreibens kannte Klara nicht – und sie würde ihn wohl auch nie mehr erfahren, nachdem die Frau, die sie großgezogen hatte, im vorigen Sommer von einem auf den anderen Tag an der übel grassierenden Grippe gestorben war. Bis dahin hatte Klara niemals nach den möglicherweise triftigen Gründen gefragt, die zu ihrer Verpflichtung geführt hatten. Viel zu glücklich war sie über die Anstellung am Harvestehuder Weg Nummer zwölf.

Charlotte Dornhain wirkte sehr angespannt. Natürlich. Wenn sie das gesamte Personal entlassen wollte, stand es schlecht um die Familie.

Mein Gott, wo soll ich denn nur hin, wenn ich nicht mehr hierbleiben kann? Erst mit einiger Verspätung wurde Klara die Tragweite dessen bewusst, was sie vermutete. Sie hatte kein anderes Zuhause als das Dienstmädchenzimmer, das sie sich mit Frieda teilte! Es hatte zwar einmal eine Zeit gegeben, in der sie von einer eigenen Wohnung träumte, aber dieser Wunsch war in weite Ferne gerückt. Nichts war mehr so wie vor dem Krieg, als sie sich in den Sohn des Uhrmachers Rosenberg verliebte, und erst recht nicht wie nach Gabriels Heiratsantrag.

Ihr Verlobter war – wie die meisten anderen Männer – in den Krieg gezogen und befand sich seit nunmehr vier Jahren in russischer Gefangenschaft irgendwo in Sibirien. Lange hatte sie gehofft, dass er durch einen Gefangenenaustausch heimkehren könnte. Das Internationale Rote Kreuz hatte dergleichen organisiert, und Fräulein Nele, die damals in der Zentralstelle für Kriegsgefangene arbeitete, war eine große Hilfe gewesen, wenn auch mit vergeblicher Mühe.

Unwillkürlich erinnerte sich Klara an eine Szene in ebendiesem Raum, dem Arbeitszimmer Victor Dornhains. Sie hatte mit jeder Faser ihres Körpers, mit der Inbrunst ihrer Liebe, ihrem Herzen und ihrer Seele darauf gehofft, dass Gabriel Rosenberg heimkehrte. Sein Name stand auf der Liste des Transports, der in Sassnitz auf Rügen anlanden sollte. Dabei hatte es jedoch eine Verwechslung gegeben. Ein falsches Verzeichnis war weitergegeben worden. Der geliebte Mann befand sich nicht unter den Heimkehrern. Victor Dornhain überbrachte Klara die schreckliche Nachricht – und sie wurde ohnmächtig, hier vor seinem Schreibtisch. Der gnädige Herr fing sie auf, bevor sie zu Boden fallen konnte, und tröstete sie. Selbst im Nachhinein war Klara überzeugt davon, Worte wie »mein armes Kind, mein armes, armes Mädchen« gehört zu haben. Aber natürlich spielte ihr die Wahrnehmung einen Streich. Herr Dornhain hätte niemals dergleichen von sich gegeben. Außerdem war sie Gabriels Mädchen. Noch immer. Sie würde es bis an ihr Lebensende bleiben, das hatte sie geschworen …

»… mitteilen … verstorben ist …«

Plötzlich drang der Monolog der alten Dame in Klaras Bewusstsein. Sie war von ihren Gedanken so gefangen gewesen, dass sie nichts anderes wahrgenommen hatte. Vielleicht war es der kurze, spitze Schrei aus Idas Kehle, der sie aus ihren Träumen weckte, oder der wie eine Dampfmaschine zischende Atem von Frieda. Mit einem Mal war Klara hellwach.

Wie ein Schiff aus einer Nebelwand tauchte der Schmerz in Charlotte Dornhains Zügen vor ihr auf, sie sah Ellinor mit versteinertem Gesicht im Hintergrund stehen, bemerkte die stummen Tränen, die unaufhaltsam über Idas Wangen rannen und Friedas Augen füllten. Obwohl sie nicht zugehört hatte, breitete sich unter Klaras Blicken die schreckliche Wahrheit aus: Die gnädige Frau wollte niemanden entlassen. Sie hatte das Personal einberufen, weil der Hausherr nicht mehr am Leben war. Und deshalb saß sie auf seinem Stuhl.

Klara spürte, wie ihre Knie nachzugeben drohten. Sie biss die Zähne aufeinander und konzentrierte sich wieder auf die Erinnerung an den Tag, als sie hier in Ohnmacht fiel. Victor Dornhain war nicht mehr da, um ihr zu helfen, wenn sie zusammenbrach. Vor allem würde er sicher nicht wollen, dass sie sich seinetwegen verletzte oder gar eine Blöße gab. Er hatte sie immer gut behandelt. Streng, ja. Aber gerecht und freundlich. Klaras Hand griff in die Luft auf der Suche nach Halt.

»Wie ... wie konnte das geschehen?«, hörte sie eine fremde Frauenstimme fragen. Erst als sich die Aufmerksamkeit der Anwesenden auf sie richtete, begriff Klara, dass sie gesprochen hatte.

Charlotte Dornhain schluckte, rang offenbar um Worte.

»Der Schuss!«, platzte die Köchin in das Schweigen. »Ist der gnädige Herr ermordet worden? Sind diese Mistkerle etwa bis in unseren Garten vorgedrungen? Verzeihung, gnädige Frau«, setzte sie rasch hinzu, da ihr trotz aller Fassungslosigkeit anscheinend der Fehler in ihrer aufgeregten Frage auffiel.

»Es ist schon gut, Ida«, meinte Ellinor Dornhain matt.

»Wir brauchen uns nicht zu fürchten«, erklärte die alte Dame schließlich ruhig. »Niemand schwebt in Gefahr. Ich bitte darum, die Sache als gegeben hinzunehmen. Es ist einfach so passiert. Leider. Aber unabänderlich.«

Der zurückgehaltene Aufschrei entlud sich Idas Kehle mit einem Quieken. Sie schlug erschrocken die Hand vor den Mund.

»Ich erwarte, dass Stillschweigen bewahrt wird«, fuhr Charlotte Dornhain fort und ihr Ton wurde zunehmend fester und lauter. »Kein Wort über das, was am Alsterufer geschehen ist, darf dieses Haus verlassen. Sie können selbstverständlich den Tod Ihres Dienstherrn betrauern und auch an der Beerdigung teilnehmen, der Zeitplan wird Ihnen noch bekannt gegeben. Ansonsten geht in diesem Haushalt alles seinen gewohnten Gang. Ich möchte nicht, dass sich irgendetwas ändert. Haben wir uns verstanden?«

Einhelliges Murmeln antwortete.

»Mein Sohn muss aufgebahrt werden. Frieda, helfen Sie bitte Richter und Maat Claassen. Ida, ist noch ein Rest Kaffee im Haus? Ich glaube, ich hätte gerne eine Tasse. Die Nacht wird wahrscheinlich lang.«

Während das erste Hausmädchen und die Köchin sich

anschickten, das Arbeitszimmer zu verlassen, blieb Klara unschlüssig auf ihrem Platz stehen. Als die beiden anderen Dienerinnen bereits aus der Tür waren und sie noch immer keinen Auftrag erhalten hatte, stieg wieder die Angst in Klara auf, dass sie entlassen werden könnte. War es nicht von Anfang an so gewesen, dass Victor Dornhain seine Hand schützend über sie gelegt hatte? Wenn er nicht mehr lebte, besaß sie keinen Fürsprecher mehr, und ein Esser weniger wäre bei der gegenwärtigen Haushaltsführung sicher angenehmer als einer mehr.

Wieder war da diese fremde krächzende, leise Frauenstimme, die eine Frage stellte: »Und ich? Was kann ich tun, gnädige Frau?«

Es schien, als habe Charlotte Dornhain die Anwesenheit des zweiten Hausmädchens vergessen. Sie starrte Klara sekundenlang erschrocken an. »Wie bitte?«

»Soll ich Frieda zur Hand ...?«

»Nein«, warf Ellinor Dornhain rasch dazwischen und trat einen Schritt auf Klara zu. »Nein. Das sollst du nicht. Wir müssen miteinander reden und ...«

Die gnädige Frau unterbrach ihre Enkelin: »Am besten, du kontrollierst noch einmal gut alle Türen und Fenster, Klara. Ich wünsche, dass das Haus sicher verschlossen ist. Nun geh, Mädchen, und mach deine Arbeit.«

»Aber Großmutter ...«, hob Ellinor an.

Klara sah verwundert von der alten zu der jüngeren Dame. Dann knickste sie ergeben und ging langsam hinaus. Sie war dankbar, den Blicken der Herrschaften entfliehen zu können. Die Tatsache, dass Victor Dornhain nicht mehr dazuzählte, war kaum vorstellbar. Sie würde

Zeit brauchen, sich daran zu gewöhnen. Und es war besser, nicht gemeinsam mit Frieda oder Ida zu trauern. Zum ersten Mal war Klara dankbar, dass sie allein durch die Villa streifen musste, um ihre Pflicht zu erfüllen.

»... wir müssen mit ihr reden«, hörte sie Ellinor in ihrem Rücken sagen. »Es war Vaters letzter Wunsch.«

Der Kummer überdeckte ihre Neugier. Klara schloss die Zimmertür, bevor sie irgendetwas über den letzten Wunsch des Reeders belauschen konnte. Sie wischte sich mit den Händen über das Gesicht und wunderte sich, dass ihre Wangen feucht waren. Seltsamerweise hatte sie ihre Tränenflut nicht bemerkt.

»Was willst du, Ellinor?«, fragte Charlotte scharf. Sie stützte sich mit den Händen auf der Schreibtischplatte auf und stemmte sich aus dem Stuhl. »Willst du Klara auf die Straße setzen?«

»Nein. Eigentlich nicht. Aber auch wenn es eine Ungeheuerlichkeit ist, muss sie doch wissen, dass sie Vaters ...«

»Wenn ich ihr sage, dass sie sein Bastard ist, muss ich sie entlassen«, erwiderte die Großmutter und richtete sich zu ihrer trotz des Alters noch beeindruckenden Größe auf. Langsam ging sie um den Tisch herum. »Sie könnte nicht hierbleiben. Nicht als Hausmädchen und schon gar nicht als wiedergefundene Tochter. Was bliebe ihr also, Ellinor? Was? Sag es mir!«

Ellinor brauchte nicht lange zu überlegen, um die Frage zu beantworten. Allein der Gedanke an Meta war Erklärung genug. Das einstige Dienstmädchen war nach seiner Entlassung in einem Freudenhaus und schließlich auf der

Straße gelandet. Kein ungewöhnliches Schicksal für eine Hausangestellte, die gehen musste. Ellinor kannte Dutzende von Frauen, auf die ein vergleichbares Lebensmuster zutraf. Sie hatte sie im Stadthaus bei der entwürdigenden Gesundheitskontrolle durch die Polizei ebenso gesehen wie in den Frauenhäusern, die sie unterstützte, und in der Volksküche, wo sie regelmäßig bei der Armenspeisung aushalf. Der Krieg hatte die Situation natürlich verschärft und der Aufstand machte das Dasein dieser bedauernswerten Weibspersonen bestimmt nicht leichter. Aber gab es gerade für sie, Ellinor Dornhain, nicht so etwas wie Pflicht und Verantwortung gegenüber dem Wunsch ihres Vaters?

Deshalb insistierte sie: »Wir könnten ihr Geld geben...«

»Nein. Das kommt nicht infrage. Wir belassen alles dabei, wie es ist. Das ist das Beste für Klara. Und für uns auch.«

»Aber...« Ellinor brach in beredtem Schweigen ab.

Charlotte ging ein paar Schritte, dann drehte sie sich noch einmal zu ihrer Enkelin um. »Bedenke bitte den Skandal. Genügt es nicht, dass dich dein Vater in die schwierigste Situation deines Lebens gebracht hat? Wir werden genug damit zu tun haben, seinen Selbstmord geheim zu halten. Wirklich, Ellinor, du hast jetzt anderes zu tun, als dich um die Befindlichkeiten unseres Hausmädchens zu kümmern.« Sprach's und öffnete die Tür, um hinauszugehen.

»Ja, Großmutter«, raunte Ellinor, nicht sicher, ob die alte Dame diese halbherzige Zustimmung noch hörte.

Sie sah ihr gedankenverloren nach. Wahrscheinlich

würde sich Charlotte in den kleinen Salon zurückziehen und sich ihrem Kummer hingeben. Immerhin hatte sie ihren Sohn verloren, ihr einziges Kind. Auch Ellinor drängte es danach, in ihr Zimmer zu laufen, sich auf das Bett zu werfen und endlich den Tränen freien Lauf zu lassen, die sie nach dem ersten Schock mit eisernem Willen zurückhielt. Doch sie wusste, dass ihre Großmutter recht hatte. Die Erbin Victor Dornhains konnte sich jetzt keine persönlichen Gefühle leisten.

ZÜRICH, SCHWEIZ

7

Die ständige Müdigkeit zehrte an Nele. Sie fühlte sich seit Wochen wie ausgelaugt, aber heute fiel ihr allein das Aufstehen so schwer, dass sie ihr Bett nicht verlassen mochte. Außerdem war ihr mulmiger zumute als in den vergangenen Tagen. Da war ihr am Morgen stets so übel gewesen, dass sie trotz des ständigen Hungers selbst auf das einfachste Frühstück verzichtete. Nach einigen Stunden hatte sich ihr Befinden allerdings bislang immer deutlich gebessert. Es war Nele gelungen, ihren Alltag so zu leben, dass sich Konrad keine allzu großen Sorgen um sie machte. Nichts wollte sie so wenig wie den Geliebten ängstigen, der sich selbst endlich auf dem Weg der Rekonvaleszenz befand. Sie hatte sich in Ausflüchte und in irgendwelche erfundenen Geschichten gerettet, wenn er sie argwöhnisch beobachtete oder Fragen stellte. Doch heute war sie zusammengebrochen, hatte sich sogar übergeben müssen. Sie fühlte sich dem Tod näher als dem Leben und konnte Konrad nicht mehr verheimlichen, dass sie schwer erkrankt war.

Waren das die ersten Anzeichen der gefürchteten Influenza, die seit Monaten grassierte? Es hieß, dass überall in Europa die vom Krieg geschwächten Menschen wie Fliegen starben. In Zürich waren die Zeitungen voll mit den Todesanzeigen von Opfern der Grippeepidemie. Die Lücken, die in die Bevölkerung gerissen wurden, waren deutlich sichtbar. Sogar die Telefonverbindungen mussten zeitweise unterbrochen werden, weil den Fernmeldeämtern nicht mehr ausreichend Personal zur Verfügung stand.

Wenn Nele es sich recht überlegte, zeigte ihr Körper aber nicht die inzwischen weithin bekannten Symptome. Nicht einmal die Anzeichen von früher durchgestandenen Erkältungen oder der Lungenentzündung, die sie sich lange vor dem Krieg zugezogen hatte. Sie litt nicht unter starken Kopf- und Gliederschmerzen, wurde nicht von Schüttelfrost geplagt und konnte auch kein Fieber feststellen. Lediglich diese lähmende Müdigkeit entsprach dem Krankheitsbild, vor dem die Ärzte seit Monaten warnten. Aber wer wusste schon, ob es nicht Patienten gab, die ebenfalls beim Gedanken an eine Mahlzeit oder bei bestimmten Gerüchen von Magengrimmen befallen wurden? Möglicherweise gab es ja Fälle, bei denen sich die Körper der Erkrankten ebenso seltsam aufgebläht anfühlten wie Neles Leib. Ihre Brüste waren seit ihrer Backfischzeit nicht mehr so stark gewachsen und der Bund ihres Rocks kniff neuerdings ein wenig in der Taille. Dabei konnte sie sich kaum noch daran erinnern, wie es war, sich satt zu essen – und wollte es gerade auch nicht. Aber womit sollte sie sich angesteckt haben, wenn nicht mit der Grippe?

Ach, wären sie doch in Ascona geblieben! Dort war das Wetter angenehmer, das Leben billiger und ruhiger und die Ansteckungsgefahr geringer als in der Großstadt. Nele zog sich die Decke bis ans Kinn und wünschte, in einem anderen Bett zu liegen als in diesem Pensionszimmer.

Ihre Gedanken wanderten aber nicht zu der kleinen Wohnung am Lago Maggiore, in der sie und Konrad seit Anfang dieses Jahres ein Zuhause gefunden hatten. Zum ersten Mal seit langer Zeit sehnte sie sich nach Hamburg. Nach ihrem hübsch möblierten Mädchenzimmer im zweiten Stock der väterlichen Villa an der Alster, nach der Fürsorge ihrer Großmutter, der Unterhaltung mit ihren Schwestern, der Bedienung durch die Dienstmädchen. Obwohl als Helene Dornhain streng hanseatisch und daher nie zum Luxus erzogen, erschien ihr ein wenig mehr Behaglichkeit und die Zuwendung der Frauen, die ihr am nächsten standen, in diesen Stunden wie eine Rettung. Da ihre Familie jedoch weit, die politische Lage in der Heimat schwierig und eine Heimkehr ausgeschlossen war, rollten ihr die ersten Tränen über die Wangen.

Sie überließ sich dem Heimweh und begann, hemmungslos zu weinen. Konrad sah sie nicht, sie brauchte sich nicht seinetwegen zusammenzunehmen. Er hatte sie vorhin verlassen, um einen Arzt für sie zu holen. Ihren Protest hatte er zurückgewiesen. Sie stritten sich sogar, weil sie von keinem fremden Doktor untersucht werden wollte.

»Ich vertraue auf die heilende Kraft der Natur«, behauptete sie. »Auf dem Monte Verità ist niemand krank und das liegt gewiss an ...«

»Jeder studierte Arzt in Zürich ist mir lieber als der Quacksalber, der dort gerade das Sagen hat!«, protestierte Konrad. »Sei froh, dass du hier krank geworden bist und nicht in Ascona. Die medizinische Versorgung ist besser. Und darüber diskutiere ich nicht mit dir!«

Nele fühlte sich zu schwach für Widerworte. Wenn er unbedingt einen Doktor holen wollte, sollte er es eben tun. Sie verstand zwar nicht, was er gegen Theodor Reuß hatte, der in dem *Paradies* oberhalb von Ascona seit Kurzem moderne Methoden wie Yoga und anderes lehrte und gegen die herrschende Schulmeinung polemisierte. Seit Gründung der Kolonie auf dem Monte Verità oberhalb von Ascona ging es dort in erster Linie um alternative Lebensformen für einen gesunden Geist und Körper. Sie hatte sich dort vor Jahren von der Tuberkulose erholt – und auch Konrad profitierte von den unkonventionellen Heilmethoden der Emigranten im Tessin. Die Begegnung mit dem Berliner Lungenspezialisten Raphael Friedeberg etwa war ein Segen für Konrad – bis zu dem Tag, als dem Geliebten die zunehmend revolutionären und anarchistischen Thesen des Arztes zu viel wurden. Nele wusste, dass Konrad nicht so kaisertreu wie ihr Vater war, dass er offen für die neuen Ideen eintrat, aber Anarchie erschien ihm nicht als das Mittel zum Zweck – auch das wusste sie. Jedenfalls hatte sie ihn schließlich gehen lassen.

Wenn sie es jetzt überdachte, war er aber schon sehr lange fort. Ihr Zeitempfinden hakte wahrscheinlich, dennoch kam es ihr vor, als müsse er längst zurück sein. Selbst an einem Sonntag sollte er rascher einen Doktor finden. Hatte er einen Umweg gemacht, um dem Ärger über ihre Gegenrede davonzulaufen? Sie stritten sich selten – ging es ihm dieses Mal mehr zu Herzen?

War er vielleicht zur Ablenkung im Café Odeon eingekehrt, hatte dort Freunde getroffen und die Zeit vergessen? Nein. Nele konnte sich nicht vorstellen, dass er ihr Wohlergehen hintanstellte. Er hatte versprochen, einen Doktor zu holen, also würde er das auch auf direktem Wege tun. Daran bestand kein Zweifel. Konrad Michaelis war ein überaus zuverlässiger Mensch. Selbst wenn er wütend auf sie war, würde er sich nicht revanchieren, indem er ihr seine angekündigte Hilfe versagte.

Sein Fortbleiben verstärkte das Gefühl von Einsamkeit, das von Nele Besitz ergriff. Ihr Heimweh wurde stärker, unbändige Sehnsucht nach ihrem Vater erfasste sie. Sie dachte unwillkürlich daran, wie Victor an ihrem Bett in einem Münchner Krankenhaus gestanden und von einer unerfüllten großen Liebe gesprochen hatte. Damals, als sie schwer krank geworden war, weil sie es nicht ertragen konnte, dass Konrad ihre kleine Schwester heiraten musste. Ohne Namen zu nennen, hatte Victor von einer Frau erzählt, die ihn über den frühen Tod seiner Ehefrau, der Mutter seiner drei Töchter, hinweggetröstet hatte. Es war ein seltener Moment gewesen, in dem sie sich ihrem Vater unendlich nahe fühlte.

Allerdings kannte Victor keine Gnade: Er hatte die Liebe aus Rücksicht auf seine gesellschaftliche Stellung verloren – und das Gleiche verlangte er von ihr. Ein Skandal war undenkbar. Letztlich hatte Nele zwar triumphiert, aber genau genommen genügte es ihr heute nicht mehr, mit Konrad *nur* zusammenzuleben. Sie wollte seine Frau sein – auch auf dem Papier. Und sie wollte nach Hause. Deshalb würde sie aber nicht mehr auf den Mann verzichten, den sie liebte. Nicht noch einmal ...

Wo blieb er? War ihm etwas passiert? Das durfte nicht sein!

Möglicherweise war er versehentlich in einen Demonstrationszug geraten. Nicht auszudenken, wenn Konrad in einer Menschenansammlung zum Ziel von Aufständischen oder der Staatsgewalt würde. Der angekündigte Generalstreik war durchgesetzt worden – und der Himmel wusste, wie die Regierung in Bern nun darauf reagierte. Vor ein paar Tagen hatten die Verantwortlichen im Bundesrat das Militär in Zürich aufmarschieren lassen. Zur Wiederherstellung der Ordnung, hieß es, und als Abschreckung für die protestierenden Arbeiter. In der Schweiz herrschten seit geraumer Zeit Unruhen, genau genommen waren Nele und Konrad deshalb Mitte Oktober aus dem Tessin angereist. Nur ein paar Tage wollten sie sich ursprünglich in Zürich aufhalten, um nach der Beendigung des Streiks der Schweizer Bankangestellten gewisse finanzielle Dinge zu ordnen.

Obwohl Nele gegen alle gesellschaftlichen Regeln verstieß, als sie mit ihrem verwundeten Schwager in die Schweiz zog, gewährte ihr der Vater Zugriff auf sein Konto bei der Crédit Suisse. Die verzweifelten Monate, in denen Nele Tag für Tag an Konrads Lager in dem zu einem Lazarett umgewandelten Allgemeinen Krankenhaus Eppendorf gesessen und um das Leben des Geliebten gebangt hatte, stimmten Victor milde. Lavinia kümmerte sich in dieser Zeit um ihre Ausbildung für das weibliche Nachrichtenkorps, für ihren Ehemann zeigte sie dabei noch weniger Interesse als je zuvor. Nele konnte ihr das nicht verdenken, denn die Wahrheit über sie und Konrad war für Livi ein Schock gewesen. Dass sie sich schon geliebt hatten, bevor Lavinia eigensinnig die Mesalliance mit Konrad Michaelis erzwang, machte die Sache vielleicht noch schlimmer. Ein Flirt als Reaktion auf Lavinias Verbindung mit Alice von Finkenstein schien tolerabler als das Wissen, dass Konrad seine Angetraute niemals geliebt hatte. Jedenfalls gab Victor nach – unter der Bedingung, dass Nele mit Konrad fortging.

Natürlich verfügte Konrad über eigene Mittel, doch die waren weitaus geringer als die Möglichkeiten der Töchter eines wohlhabenden Reeders. Das war in seiner Ehe so gewesen und wiederholte sich nun, obgleich Nele bescheidener als Lavinia war und die Zeiten sich ohnehin zum Schlechteren gewandelt hatten. Nele sagte Konrad nicht, wenn sie die gemeinsame Haushaltskasse aufbesserte, und sie wusste auch nicht, ob er es ahnte. Sein Stolz hätte ihre offene Unterstützung niemals ertragen. Glücklicherweise war das Leben in Ascona relativ preiswert, das Ausbleiben der Postanweisungen aus Zürich führte aber schließlich doch zu einem kleinen Engpass. Vor allem, da Nele auf ein gewisses Polster für Notfälle bestand. In wirtschaftlicher Hinsicht war sie schon immer mehr bürgerliche Hamburgerin als verträumte Künstlerin gewesen.

Nun weilten sie seit gut drei Wochen am Zürichsee. Nele schätzte sich glücklich, hier viele Freunde aus ihrer Studienzeit in München zu treffen, die sich vor dem Krieg in die Emigration gerettet hatten. Ein Wiedersehen war heutzutage nicht selbstverständlich, zu viele Mitglieder der damaligen Künstlervereinigungen waren im Krieg gefallen: August Macke etwa gleich zu Beginn an der Somme, später Franz Marc und viele Kunstprofessoren der Akademie in Verdun. Und wer nicht im Feld umgekommen war, dem drohte inzwischen der Tod durch die Influenza. Also wurde gefeiert, als hätte für jeden das letzte Stündchen geschlagen. Die Freunde diskutierten nächtelang, versuchten, die Welt zu verbessern oder eine Zukunft ohne bürgerliche Schranken zu planen. Meist traf man sich dazu im Café Odeon. Dort machten Nele und Konrad auch rasch neue Bekanntschaften, und Nele beobachtete erleichtert, wie Konrad in dieser Gruppe wieder zu sich selbst fand. Deshalb widersprach sie nicht, als er vorschlug, noch ein wenig länger in Zürich zu bleiben.

Der Geliebte, bei seiner Heirat mit Lavinia ein aufstrebender Architekt, dessen Karriere durch die Einberufung beendet worden war, fand in ihrem Stammlokal Gesprächspartner, die seine modernen Ideen zum Bauwesen teilten. Anfangs hatte Nele befürchtet, die Verletzung durch den Gasangriff bei Ypern hätte Konrads Augenlicht und damit jede Hoffnung auf eine Rückkehr in seinen Beruf zerstört. Doch das stellte sich als Fehldiagnose des Feldarztes heraus. Konrads Sehvermögen war nur eingeschränkt, dafür seine Lungenfunktion stärker beeinträchtigt. Das feuchte Hamburger Wetter war dem natürlich nicht zuträglich und so war Konrad – auch durch Neles Kontakte zum Internationalen Roten Kreuz, für das sie im Krieg gearbeitet hatte – in ein milderes Klima geschickt worden. Neles Freundin Zofia, die inzwischen Neles alten Turm am Monte Verità bewohnte, bot den beiden Neuankömmlingen zwar die Unterkunft an, doch Konrad zog eine kleine Mietwohnung in einem der Palazzi am See vor. Selbst in dieser überaus katholischen Gegend beanstandete niemand, dass es sich bei Nele und Konrad um kein

Ehepaar handelte. Im Lauf der Jahre hatten die Künstler andere Lebensformen nach Ascona gebracht, sodass sich die Einheimischen schon lange nicht mehr wunderten über all die Zuzügler aus dem Norden.

Nun fühlte sich Nele wie gestrandet in Zürich, einer Stadt, in der seit Tagen offene Gewalt auf den Straßen herrschte. Wie hatte sie Konrad dieser Gefahr nur aussetzen können? Sie hätte ihn niemals gehen lassen dürfen!

Ein Klappern schreckte sie auf. Sie musste über ihrem Kummer eingenickt sein. Nele zwinkerte.

Vor das milchige Licht des grauen Novembertages, das ins Zimmer fiel, schob sich Konrads hochgewachsene Gestalt. Er wirkte abgekämpft, sein braunes Haar war zerzaust. Da er im Gegenlicht stand, konnte sie seine Züge nicht erkennen.

»Es tut mir leid, dass ich dich geweckt habe.«

Matt schüttelte sie den Kopf. Zum ersten Mal spürte sie einen stechenden Schmerz hinter ihrer Stirn.

Konrad beugte sich über sie, seine glänzenden blauen Augen unter den dichten braunen Brauen blickten besorgt. Er legte seine Hand an ihre Wange. »Es tut mir so leid«, wiederholte er leise, als befände sich eine weitere Person im Raum, die er nicht stören durfte, »ich habe keinen Arzt mitgebracht. In der Stadt ist der Teufel los. Es soll Schießereien zwischen den Soldaten und den Arbeitern geben, die zu Messern – oder was weiß ich für Waffen – greifen. Wer einigermaßen bei Verstand ist, geht heute nicht aus dem Haus. Oder kümmert sich um Verwundete.«

»Ich dachte, du wärst im Café Odeon«, wisperte sie.

»Was?« Er lachte bitter. Seine Finger tasteten über ihr Gesicht. »Das Kaffeehaus hat geschlossen. Alles hat zu, Nele. Jedes Geschäft, alle Lokale. Die Straßenbahnen fahren nicht und die Schifffahrt auf dem See wurde auch eingestellt. Stattdessen werden Barrikaden errichtet und Straßensperren. Die Lage ist nicht besonders angenehm ... Ich glaube, du hast kein Fieber!«, unterbrach er sich schließlich und zog die Hand zurück. »Liebste, warum weinst du?«

Sie schluckte. »Ich weine nicht.«

Ich weine andauernd, ging es ihr durch den Kopf. Und das törichterweise meist ohne Grund. Wenn sie es recht bedachte, war sie seit einer Weile näher am Wasser gebaut als sonst. Von der zupackenden Nele schien seit Ausbruch ihrer Krankheit nur ein Schatten übrig.

»Möchtest du ein Glas Wasser?«, fragte er hilflos. »Oder soll ich versuchen, etwas Tee für dich aufzutreiben?«

Sie wischte sich über die Augen, aus denen sich schon wieder die Tränen stahlen. »Ich habe an zu Hause gedacht«, entfuhr es ihr, bevor sie sich auf die Zunge beißen konnte. Es war zwischen ihnen wie eine stille Abmachung gewesen: Sie sprachen niemals über Hamburg und die Menschen, die sie dort zurückgelassen hatten. Doch nun braute sich das Heimweh über Nele zusammen wie ein drohendes Unwetter.

»Wir sitzen in Zürich fest. Auch die Eisenbahner sind in den Ausstand getreten. Es fahren keine Züge mehr.«

»Auch nicht nach Deutschland?«

»Nein, natürlich nicht.«

Ein bedrückendes Schweigen umfing sie.

Obwohl Nele die Lider gesenkt hatte, spürte sie Konrads Blick auf sich, als sähe sie ihm in die Augen. Dabei konnte sie ihn gar nicht anschauen. Sie wollte nicht den Zweifel – oder die Verzweiflung?! – erkennen, der womöglich in seinem Ausdruck lag.

Nach einer Weile räusperte er sich. »Ach, Nele, ich wünschte, ich könnte dich von deinem Leid erlösen.«

»Es ist nur ein wenig Heimweh«, beteuerte sie. Mit jedem tiefen Atemzug, der ihre Worte begleitete, stieg wieder die Übelkeit in ihrer Kehle hoch. Dennoch erschien ihr die Erklärung wichtig.

Er strich ihr zärtlich über den Kopf. »Das hat man automatisch, wenn es einem in der Fremde nicht gut geht. Aber selbst wenn wir wollten, es besteht keine Möglichkeit, nach Hamburg zu reisen. Außerdem würde ich dich so krank in keinen Zug setzen wollen, selbst wenn die Verbindungen funktionierten. Ich bin froh, dass du offenbar kein Fieber hast. Aber ich mache mich jetzt trotzdem auf die Suche nach einem Thermometer...«

»Das ist nicht nötig...«, murmelte sie – und wollte eigentlich damit sagen: Bleib hier!

»Doch, doch. Die Wirtin wird uns sicher weiterhelfen. Und so kann ich mich wenigstens nützlich machen.« Er trat von ihrem Lager fort und schickte sich an, das Zimmer wieder zu verlassen.

»Bitte, geh nicht!«, flüsterte sie. Seine Nähe tat ihr wohl. Außerdem wurde sie von Schuldgefühlen geplagt, weil sie befürchtete, er ginge, um einem Gespräch über ihre gemeinsame Heimat auszuweichen.

Doch Konrad hörte ihre erstickte Stimme nicht. Oder er flüchtete tatsächlich. Die Tür klappte zu.

Nele ließ ihren Tränen erneut freien Lauf. O Gott, sie hatte solche Sehnsucht danach, sich in die Arme ihres Vaters zu werfen!

HAMBURG

8

Der dritte Tag nach dem Tode Victor Dornhains war angebrochen – und Ellinor hatte noch keine ihrer beiden Schwestern von dem Unglück in Kenntnis setzen können. In regelmäßigen Abständen ging sie zu dem Telefonapparat, der auf einem Beistelltisch neben der Treppe in der Eingangshalle stand. Ihr Weg war immer wieder vergebens. Der Generalstreik in der Schweiz machte es unmöglich, ein Telegramm nach Ascona aufzugeben. Das war am späten Sonnabend so, am Sonntag und auch am Montag. Da es an einem Wochenende illusorisch war, jemanden im preußischen Kriegsministerium zu erreichen, verschob Ellinor die Nachricht für Lavinia auf den Montag. Nicht ahnend, dass ihre Telefonate mit dem Fernmeldeamt auch in dieser Sache erfolglos blieben: Die Leitungen nach Berlin waren entweder unterbrochen oder überlastet.

Am Dienstagmorgen begann sie sich mit dem Gedanken auseinanderzusetzen, dem Sarg ihres Vaters nur an der Seite ihrer Großmutter zu folgen. Es war eine schreckliche Vorstellung, ihn zu begraben, während Nele und Livi keine Ahnung davon hatten, dass er nicht mehr lebte. Eine große Beerdigung hatte sie sich für ihn gewünscht. Und nun schien nicht einmal seine Familie vollzählig anwesend sein zu können. Charlotte war schon gestern überaus empört gewesen. Was würden die Leute denken?

Verzweifelt sank Ellinor nach einem weiteren vergeblichen Gespräch mit einem unbekannten Fräulein vom Amt auf eine der Treppenstufen. Wie sollte es nur weitergehen, wenn sie bereits in den ersten Tagen als Erbin versagte? Bei der Benachrichtigung ihrer Schwestern handelte es sich doch um eine Kleinigkeit – an der sie bereits scheiterte! Wie aber konnte sie als Victor Dornhains Nachfolgerin die zu erwartenden Schwierigkeiten im Kontor überstehen? Sie fühlte sich ja schon jetzt durch die Telefongespräche überfordert und kraftlos.

Da jeder ihr davon abriet, war sie noch nicht in Victors Büro gewesen, obwohl es sie dorthin drängte.

Es war bekannt, dass der Arbeiterrat das Hotel Vier Jahreszeiten besetzt hielt, während sich der Soldatenrat im Gebäude der Hamburg-Amerika-Linie am Alsterdamm eingerichtet hatte und in dem dortigen Sitzungssaal tagte. Ein Umstand, der Charlotte vor Schreck fast in Ohnmacht fallen und die schlimmsten Befürchtungen hinsichtlich der Reederei Dornhain ins Uferlose wachsen ließ. Ellinors Großmutter verbat ihr schlichtweg, sich unter die Meuternden, Streikenden und Marodierenden zu begeben. Richter versicherte zwar, dass in den eigenen Räumen nur ein paar versprengte Aufwiegler ihr Unwesen trieben, die der Einrichtung bisher keine großen Schäden zugefügt hatten. Dennoch meinte auch er, Ellinor wäre besser am Harvestehuder Weg aufgehoben. Statt der Erbin begab er sich jeden Morgen in Victors Büro, als wäre nichts geschehen. Und Wilhelm Eckert, der Prokurist ihres Vaters, der am Sonntag herbeigerufen worden war, stellte sich ebenfalls gegen Ellinors Wunsch. Bis zur Klärung der Machtverhältnisse in der Hansestadt könne sie im Kontor ohnehin wenig ausrichten. Er versprach ihr, mit anderen leitenden Mitarbeitern die Stellung zu halten. Die Zweifel, ob diese Handvoll Bürodiener einem marodierenden Mob wirkungsvoll entgegentreten könnten, behielt Ellinor für sich. Sie war dazu erst recht nicht imstande – und zutiefst dankbar für die Rekrutierung von Maat Claassen als Wache. Gestern erst war sie von Geräuschen erwacht, die nach einer handfesten Auseinandersetzung in der seitlich des Hauses gelegenen Milchstraße klangen.

Die öffentliche Ordnung steckte im Chaos. Nicht einmal ein Bestatter war ohne Weiteres aufzutreiben. In der Innenstadt waren Dutzende von Toten einfach liegen gelassen worden, auf den Friedhöfen mussten Massengräber gegraben werden. Gegen gutes Geld und den letzten Rest Bohnenkaffee aus Idas geheimen Beständen fand Richter dennoch einen Beerdigungsunternehmer, der sich um die sterblichen Überreste Victor Dornhains kümmerte. Doch wie ging es nun weiter? Die Festlegung eines Datums für die Beerdigung markierte das endgültige Finale der Familie Dornhain, wie sie zuvor bestanden hatte. Der Selbstmord riss eine entsetzliche Wunde, die Abwesenheit von Nele und Livi bohrte darin wie ein Messer.

Ellinor wünschte, nicht zu ihrer Großmutter ins Morgenzimmer hinaufgehen zu müssen, um zu wiederholen, dass sie nichts erreicht hatte. Dann mussten Entscheidungen getroffen werden, zu denen sie sich nicht in der Lage sah. Zum ersten Mal in ihrem Leben fühlte sie sich absolut hilflos.

»Verzeihung, gnädiges Fräulein, wenn ich das sage, aber Sie sollten nicht auf den kalten Stufen sitzen.«

Verblüfft sah sie auf. Vor ihr stand Klara. Sieben Jahre jünger als sie, dürr wie eine Spindel, aber auf ungewöhnliche und dennoch fast erheiternde Weise gouvernantenhaft.

Seltsam, dass ihr die Ähnlichkeit nie zuvor aufgefallen war, dachte Ellinor. Dabei erinnerte sie sie in diesem Moment so stark an Adele, ihre einstige Erzieherin, dass Ellinor meinte, ein Abbild jener jungen Frau vor sich zu sehen, die nach dem Tod ihrer Mutter zur Betreuung der drei Mädchen ins Haus gekommen war. Obwohl die Gouvernante von Ellinor geliebt, von Nele vergöttert und von der kleinen Lavinia immer mit dem bezauberndsten Lächeln bedacht wurde, war sie nach einer Weile durch eine andere Kinderfrau ersetzt worden. Den Grund dafür kannte Ellinor erst seit drei Tagen, er hatte im Abschiedsbrief ihres Vaters gestanden: »*Unser zweites Dienstmädchen ist meine illegitime Tochter. Klara ist das Kind Eurer Gouvernante. Adele war eine wunderbare Frau, sie tröstete mich über den Tod Eurer Mutter hinweg...*«

Ellinor bemühte sich um ein freundliches Lächeln, obwohl ihr eher nach Weinen zumute war und sie sich überdies in Klaras Gegenwart neuerdings ausgesprochen unbehaglich fühlte. »Ja. Natürlich. Vielen Dank, Klara. Ich werde besser auf mich achtgeben.« Während sie sich langsam erhob, erkundigte sie sich: »Wie geht es deiner Schulter?«

»Maat Claassen hat sie wieder eingerenkt.«

»Oh! Wie gut, dass er sich auch auf medizinische Hilfe versteht...«

Der Türklopfer unterbrach Ellinor. Jemand donnerte in ungehobelter, respektloser Manier gegen den Haupteingang. Bei dem Geräusch zuckte sie zusammen. Noch immer hallte der Schuss in ihren Ohren nach.

»Soll ich öffnen?«, fragte Klara mit plötzlich gesenkter Stimme, als könne der Störenfried sie hören. Ihre Augen waren vor Schreck weit aufgerissen und Ellinor war bewusst, dass die andere ebenso wie sie selbst Plünderer erwartete.

Wo um alles in der Welt steckte der medizinisch bewanderte Seemann?

Er war nicht dazu angestellt, sich von Ida mit den Restbeständen aus der Speisekammer vollstopfen zu lassen, dachte Ellinor verärgert. Aber Essen und Logis waren sein einziger Lohn, fiel ihr im nächsten Moment ein. Und der beste, den es derzeit in Hamburg gab.

Das energische Klopfen wiederholte sich.

Ellinor holte tief Luft. »Öffne bitte!«, wies sie Klara an. »Da die Tür noch nicht eingetreten wurde, können wir vielleicht auf einen zivilisierten Besucher hoffen.«

Unwillkürlich stellte sie sich in Positur, straffte die Schultern, reckte das Kinn und legte die Hand auf die Brüstung der Treppe, wie es herrschende Frauen auf alten Gemälden zuweilen taten.

Mit deutlicher Beklommenheit folgte Klara der Aufforderung.

Ellinor sah von ihrem Platz nicht, wem das Mädchen öffnete, aber sie vernahm eine von hanseatischem Akzent gefärbte Stimme, die trotz des Befehlstons irgendwie angenehm klang: »Ich möchte mit dem Hausherrn sprechen.«

»Der gnädige Herr ist … Sie können ihn nicht sprechen …«, stammelte Klara. Nach kurzer Verunsicherung rettete sie sich in die Frage: »Haben Sie eine Verabredung mit Herrn Dornhain?« Dabei legte sie in ihre Worte die Überheblichkeit einer Dienerin, die es gewohnt war, Menschen unter dem Stand des weiblichen Majordomus im Haushalt Anweisungen zu erteilen. Ein Verhalten, für das ihr Ellinor in diesem Moment stille Bewunderung zollte.

»Stimmt es, dass sich der Herr Reeder umgebracht hat?«, brachte der Fremde hastig hervor.

Ellinor widerstand dem Drang, die Hand vor den Mund zu schlagen. Ihre Finger krallten sich um das Geländer.

Woher wusste der Mann vor der Tür, was geschehen war? Ihre Großmutter hatte jeden im Haus zu absolutem Stillschweigen verpflichtet. Nach Charlottes Version war Victor Dornhain einem Schlaganfall erlegen. Nicht einmal Wilhelm Eckert kannte die Wahrheit. Wer hatte sich dem Befehl der alten Dame widersetzt? Aber es waren ja nicht nur die Mitglieder dieses Haushalts betroffen. Natürlich hatte der Bestattungsunternehmer den Leichnam gesehen. Ebenso seine Helfer. Vermutlich fühlten sich diese den Bewohnern der Villa am Harvestehuder Weg zwölf nicht so verbunden, dass man Verschwiegenheit für das höchste Gut hielt. Die alten Regeln waren schließlich außer Kraft gesetzt. Oder doch nicht? Was wollte der Fremde? Kapital aus seinem Wissen schlagen? Stand dort ein Erpresser auf der Schwelle?

»Sie reden Unsinn, mein Herr«, hörte Ellinor zu ihrem größten Erstaunen Klara schnippisch bemerken. »Wenn sich der gnädige Herr erschossen hätte, würden Sie wohl kaum verlangen, mit ihm sprechen zu dürfen.«

Meine Güte, das Mädchen hatte Mumm!

»Kluges Köpfchen«, der Fremde lachte leise. »Eine junge Frau wie Sie sollte nicht als Dienerin in einer Villa versauern. Ihnen steht die Welt offen. Außer Hofdame können Sie jetzt alles werden. Die Arbeiterklasse hat gesiegt...«

»Ich habe kein Interesse an Ihren Parolen.«

Klara versuchte, die Tür zu schließen, doch der Mann hatte das offenbar erwartet und schob rasch seinen Fuß über die Schwelle.

»Ich möchte mit jemandem sprechen, der hier das Sagen hat.«

Für einen Moment war Klara verunsichert. Sie warf einen hilfesuchenden Blick über die Schulter zu Ellinor.

Diese kurze Unachtsamkeit nutzte der Mann, um die Tür aufzustoßen und sich an Klara vorbei in die Eingangshalle zu schieben. Er stieß einen leisen Pfiff aus, als er sich in dem hellen, über drei Etagen reichenden, sparsam, aber geschmackvoll möblierten Raum umsah. Dann fiel sein Blick auf Ellinor, die noch immer wie versteinert auf ihrem Platz am Fuß der Treppe stand. Sie konnte nicht sagen, ob es aufrichtige Höflichkeit oder das alberne Gehabe eines Siegers im Klassenkampf war, dass er seinen Hut lüftete und sich leicht verbeugte.

»Frau Dornhain, schätze ich...«

»Fräulein Dornhain«, korrigierte sie. Mit einem Nicken bedeutete sie Klara, den Eingang zu schließen. »Mit wem habe ich das Vergnügen?«

»Verzeihung. Natürlich. Sie sind eine der Töchter. Für

die … ehmmm … Witwe wären Sie wohl auch etwas zu jung.« Nach dieser Unverschämtheit wiederholte er seine knappe Verbeugung. »Jens Lehmbrook vom *Hamburger Echo*, stets zu Diensten.«

Ein Reporter!

Der schmierige kleine Journalist einer sozialistischen Tageszeitung.

Allerdings sah der hochgewachsene, dünne Eindringling überhaupt nicht schmierig aus. Er trug einen Anzug aus gutem Tuch, der ihm zwar viel zu groß war, aber in der herrschenden Hungersnot hatte kaum jemand passende Kleidung. Der linke Ärmel war leer, doch auch an den Anblick von Kriegsverletzungen war Ellinor gewöhnt. Sein kantiges Gesicht bedurfte gelegentlich wieder einer Rasur, aber der kurze Bart stand ihm gut. Abgesehen davon wirkte er gepflegt, sein braunes Haar war ordentlich geschnitten und mit Pomade zurückgekämmt. Alles in allem ein nicht unattraktiver Mann, wie Ellinor unwillig feststellte. Noch dazu in ihrem Alter, wenn auch natürlich kein Umgang für sie.

»Was wollen Sie?«, presste sie hervor.

»Antworten auf meine Fragen.« Er grinste sie frech an. »Die erste Frage haben Sie mir sogar schon beantwortet. Sie tragen einen schwarzen Rock und eine schwarze Bluse, Ihr Hausmädchen einen Trauerflor. Victor Dornhain ist also tatsächlich tot.«

»Wenn wir eine Todesanzeige im *Hamburger Echo* aufgeben wollen, werde ich mich bei Ihnen melden. Ich fürchte allerdings, dass es dazu nie kommen dürfte. Mir erscheint Ihre Zeitung nicht geeignet dafür.«

Das breite Lächeln erlosch. »Respekt, mein Fräulein. Sie sind anscheinend gut informiert ...«

»Ich glaube nicht, dass Sie das etwas angeht.«

»Kommt drauf an, ob Ihre Informationen von Interesse für die Öffentlichkeit sind. Sehen Sie, Fräulein Dornhain, die Arbeiterschaft holt sich, was ihr bislang verwehrt blieb. Es wird Zeit für das Bürgertum zu erkennen, dass Armut nichts mit ...«

»Wenn Sie nur einen Funken Verstand hätten, würde ich mich vielleicht dazu herablassen und mich mit Ihnen unterhalten«, fuhr Ellinor ebenso unbedacht wie geleitet von plötzlich in ihr loderndem Zorn auf. »Aber ich befürchte, dass Sie nicht einmal eine Ahnung davon haben, wovon Sie reden. Sie machen nur den Mund auf und lassen Worte hervorsprudeln. Waren Sie schon einmal in einem Armenhaus? Haben Sie an zerlauste und zerlumpte Menschen Suppe ausgegeben? Wissen Sie, wie entwürdigend die polizeilichen Untersuchungen junger Prostituierter sind? Kennen Sie das Elend von Frauen, die vergewaltigt und danach wie Dreck behandelt wurden? Nein. Nichts von dem haben Sie erlebt, nicht wahr? Sie reden nur darüber. Gehen Sie! Machen Sie die Welt besser, aber kommen Sie erst wieder, wenn es Ihnen gelungen ist. Ich habe das dümmliche Geschwätz von Männern Ihres Schlages satt!«

Kaum hatte sie ihren Monolog beendet, legte sich Unsicherheit über Ellinor. Wie hatte sie sich derart echauffieren können? Sie hatte ihren ganzen Ärger über die Umstände, vor allem darüber, dass sie weder Nele noch Livi erreichen konnte, wie einen Kübel Abwasser über diesem fremden Mann ausgegossen. Atemlos starrte sie ihn an. Wenn er der besinnungslose Revolutionär war, für den sie ihn hielt, würde er nicht zögern, ihr seine Macht zu beweisen, indem er das Mobiliar in der Halle zusammentrat – oder zu diesem Zweck mit seinen Kumpanen wiederkam.

Er schüttelte jedoch nur kaum merklich den Kopf. Seine rechte Hand, die den Hut hielt, berührte flüchtig den leeren linken Ärmel. »Ich war für eine Sache im Krieg, die nicht die meine ist«, sagte er leise. »Zählt das auch?«

Beschämt nickte Ellinor.

Der Schalk kehrte in seine grauen Augen zurück. »Wenn Sie mich in Ihren Salon bitten wollen, können wir darüber reden. Im Sitzen plaudert es sich angenehmer. Ich kann dann besser mitschreiben. Sie sehen ja, dass ich meine linke Hand nicht benutzen kann, um den Block zu halten, sodass es mir nicht möglich ist, stehend zu schreiben.«

»Ich werde mit Ihnen nicht über das Ableben meines Vaters sprechen.« Ohne es zu wollen, entschlüpfte ihr nach einer kleinen Pause: »Es wissen ja noch nicht einmal meine Schwestern, was geschehen ist.«

»Ach? Wie das?«

»Warum ich nicht mit Ihnen über das Ableben meines Vaters sprechen möchte?«, gab sie spöttisch zurück.

»Touché!« Er lächelte sie diesmal ohne Hohn an. »Sagte ich bereits, dass Sie meinen Respekt verdienen, Fräulein Dornhain? Erzählen Sie mir, was mit Ihren Schwestern ist.«

»Gnädiges Fräulein, soll ich Maat Claassen rufen?«

Irritiert blickte Ellinor zu Klara, die noch immer an der

Eingangstür stand. Ihre Anwesenheit hatte sie über dem Schlagabtausch mit Jens Lehmbrook völlig vergessen. Ich habe sie übersehen, sinnierte sie, wie man Hausmädchen eben übersieht. Seltsamerweise schämte sie sich vor dem Sozialisten für ihre Überheblichkeit. Und auch, weil Klara ihre Halbschwester war. Diese Gedanken bewogen sie, offen zu sein und auf das Verständnis des Reporters zu hoffen. Er wirkte hinter der aufmüpfigen Fassade wie ein anständiger, vernunftbegabter Mensch.

»Meine Schwestern befinden sich nicht in Hamburg«, erwiderte sie ruhig. »Ich kann keine der beiden telefonisch oder telegrafisch erreichen, weil die Verbindungen nicht funktionieren. Daran tragen weder Sie noch ich eine Schuld. Deshalb bitte ich Sie aus Rücksicht auf die Gefühle meiner Familie, von weiteren Nachforschungen abzusehen.« Dann wandte sie sich an Klara. »Danke, es wird nicht nötig sein, Hilfe zu holen. Herr Lehmbrook wird uns gewiss gleich verlassen.«

»Sie können das richtig gut«, lobte der Besucher, in dessen Gesicht sich wieder das spöttische Grinsen stahl. »Ich meine, dieser Umgangston gegenüber Menschen, die Sie als unter Ihrer Würde betrachten, ist wirklich gut einstudiert. Dabei sollten Sie begreifen, dass sich die Zeiten geändert haben und Leute unter Ihrem Stand heutzutage über Verbindungen verfügen, die Ihnen nützlich sein könnten.«

Ellinors Augenbrauen hoben sich. »Sprechen Sie von sich?«

»Wo befinden sich Ihre Schwestern?« Als sie zögerte, drängte er: »Nun sagen Sie es schon. Sie verraten damit sicher kein Staatsgeheimnis. Und ich werde auch nicht unverzüglich nach Blankenese oder sonst wohin fahren, um die jungen Damen aus ihrem Winterschlaf zu befreien.«

Es war unsinnig, sich mit diesem Mann zu unterhalten. Wahrscheinlich war es am besten, Maat Claassen holen zu lassen, damit er diesen Jens Lehmbrook an die Luft beförderte. Vor Ellinors geistigem Auge trat das Bild des kräftigen Seemannes, der den dünnen Reporter vor die Tür setzte. Unwillkürlich musste sie schmunzeln. Aus irgendeinem Grunde wollte sie Lehmbrook diese Grobheit nicht zumuten.

»Werden Sie gehen, wenn Sie erfahren, wo meine Schwestern sind?«, fragte sie, um Gelassenheit bemüht, damit er ihren Trick nicht durchschaute.

»Unbedingt«, versprach er. Es war ihm anzusehen, wie sehr er darauf hoffte, Ellinor ein Schnippchen zu schlagen, indem er ihre Familienmitglieder aufsuchte.

»Meine jüngste Schwester Lavinia ist als Fernmeldehelferin an der Westfront. Helene arbeitet in der Schweiz für ... das Rote Kreuz«, fügte sie rasch hinzu. Das war zwar eine Lüge, spielte aber keine Rolle. Immerhin klang das besser als: Helene lebt in einem unstandesgemäßen Verhältnis im Tessin. Außerdem hatte Nele tatsächlich mehrere Jahre für das Internationale Rote Kreuz gearbeitet.

Die Überraschung traf ihn sichtbar. Er wirkte kurz wie geschockt. Dann brach er in schallendes Gelächter aus. »Ich bin Ihnen auf den Leim gegangen«, grölte er. »Das passiert nicht oft. Sie sind wirklich bemerkenswert, Fräulein Dornhain.«

Dummer Junge!, fuhr es Ellinor durch den Kopf. Er kannte sich natürlich nicht sonderlich gut mit Damen ihrer gesellschaftlichen Kreise aus. Livi würde dich mit einem strahlenden Lächeln erobern, dachte sie, wie eine Ameise zertreten und im nächsten Moment vergessen. So war sie auch mit Konrad umgesprungen. Ja, bei näherer Betrachtung stellte Ellinor fest, dass Jens Lehmbrook vom selben Schlage wie ihr Schwager war. Und Konrad war ein angenehmer Mann. Allerdings besaß er deutlich bessere Manieren als dieser Reporter.

»Wenn Sie ein Ehrenmann sind, gehen Sie jetzt.«

Das Lachen schien ihm in der Kehle stecken zu bleiben. »Meine Ehre habe ich mit meinem linken Arm verloren«, versetzte er. »Vergessen Sie diese hohlen Begriffe, das sind Relikte einer Zeit, die wir ganz schnell vergessen wollen. Der Sozialismus ...«

»Der Sozialismus wird kaum überleben, wenn sich jeder Sozialist wie ein ungehobelter Klotz benimmt. Entweder Sie verlassen auf der Stelle mein Haus oder ich werde Sie hinauswerfen lassen.«

Mein Haus! Du lieber Himmel, hatte sie wirklich *mein* Haus gesagt? Dabei war es in ihrem Herzen doch noch immer das Haus ihres Vaters ...!

Er überlegte kurz. Dann: »Fräulein Dornhain, ich kann Ihnen helfen!«

»Wie bitte?«

»Kennen Sie Wolffs Telegraphisches Bureau?« Er trat einen Schritt auf sie zu, nestelte dabei in der Innentasche seines Jacketts.

Sein Näherkommen löste den Reflex aus, ausweichen zu

wollen. Doch Ellinor fühlte sich wie erstarrt. »Was soll das sein?«, brachte sie argwöhnisch hervor.

»Eine private Agentur, die wichtige Nachrichten empfängt und weiterleitet. Für die Presse ist das Unternehmen unverzichtbar, obwohl man dort kaisertreu ist und noch nicht die neue Linie vertritt. Ich könnte versuchen, über Wolffs Telegraphisches Bureau eine Nachricht an Ihre Schwestern abzusetzen, Fräulein Dornhain. Vielleicht haben wir Glück und Sie erreichen sie auf diese Weise.«

Ellinor traute ihm nicht, obwohl sie allzu gern nach jeder Möglichkeit griff, um mit Nele und Livi in Kontakt zu kommen. »Was verlangen Sie für Ihre Dienste?«

Wieder dieses Grinsen. Frech und gleichzeitig entwaffnend.

»Ein Interview. Ich verlange ein Gespräch für meine Zeitung«, lautete seine Antwort. »Wenn ich Ihnen helfe, Ihre Schwestern zu benachrichtigen, will ich als Gegenleistung Ihre Zeit und Ihr Entgegenkommen. Das ist ein gutes Geschäft!«

Wäre Klara nicht ihre stille Zuhörerin, Ellinor hätte sich wahrscheinlich auf seinen Vorschlag eingelassen. Vor einer jungen Frau, die als zweites Hausmädchen für sie arbeitete, wollte sie sich jedoch nicht die Blöße geben, sich mit dem Reporter eines sozialistischen Parteiorgans gemein zu machen. »Das kommt überhaupt nicht infrage«, entschied sie mit fester Stimme, obwohl es ihr die kurz aufwallende Hoffnung raubte.

»Eine andere Reaktion hätte mich sehr verwundert.« Er hatte offenbar endlich gefunden, wonach er fahndete, und zog aus seinem Jackett etwas hervor. Suchend blickte er sich um, ging schließlich zu einem Sideboard und legte das Fundstück, das er mitsamt dem Hut zwischen seinen Fingern hielt, umständlich in eine Schale aus chinesischem Porzellan. »Meine Karte. Besuchen Sie mich, wenn Sie meine Hilfe annehmen wollen.« Eine abschließende Verbeugung, dann ging er in Richtung Ausgang. »Ich wünsche Ihnen noch einen schönen Tag.«

Klara riss die Tür für ihn auf.

»Übrigens…«, auf der Schwelle wandte er sich um. Mit gesenkter Stimme und formvollendeter Höflichkeit sagte er ernst: »Ich bin kein Unmensch. Deshalb möchte ich Ihnen mein Beileid aussprechen, gnädiges Fräulein.« Er setzte sich den Hut ein wenig schief und damit sehr verwegen auf den Kopf, drehte sich um und schritt in den Nebel hinaus.

Nur langsam löste Ellinor ihre verkrampften Finger vom Treppengeländer. »Wirf die Visitenkarte in den Müll«, wies sie Klara mit ungewollter Schärfe an.

»Selbstverständlich, gnädiges Fräulein.« Sorgfältig verschloss Klara das Portal. Dann ging sie zu dem Möbelstück, auf dem Jens Lehmbrook sein Billett abgelegt hatte. Klara streckte gerade die Hand danach aus, als Ellinor es sich anders überlegte.

»Es ist besser, wenn ich mich selbst darum kümmere. Weiß der Himmel, wer die Adresse eines Reporters vom *Hamburger Echo* aus dem Abfall fischt. Gib mir die Karte, Klara, bei mir ist sie gut verwahrt. Und kein Wort zu meiner Großmutter!«

»Ja, gnädiges Fräulein.« Klara reichte ihr das Gewünschte. »Bitte sehr.«

Obwohl Ellinor vor Neugier brannte, vermied sie es, in Klaras Gegenwart einen Blick auf den Karton zu werfen. Sie schloss ihre Faust um Jens Lehmbrooks Visitenkarte – wie ein Zauberer, der einen Papierblumenstrauß in seiner Hand verschwinden ließ.

9

»Gibt es irgendetwas, das gut ist an den neuen Verhältnissen?«, grummelte die Köchin. »Wenn ja, bin ich neugierig darauf. Ich kann nämlich nichts Gutes an dem finden, was einem vom Kriegsversorgungsamt angedreht wird. Verbessert hat sich da nichts.«

Untermalt von einem Stöhnen, das aus den Tiefen ihrer Seele zu kommen schien, wuchtete sie den nur zur Hälfte gefüllten Einkaufskorb auf den Küchentisch. Dabei schimpfte sie: »Früher wurden frische Lebensmittel an die Tür geliefert, heutzutage muss unsereins durch die Straßen laufen, als wäre man ein *Fleetenkieker*.«

»Solange Sie die Alsterfleete nicht nach etwas Essbarem absuchen müssen, ist doch alles gut«, meinte Maat Claassen lakonisch. Er hatte sich einen Stuhl ans Fenster geschoben und beschäftigte sich mit einem kleinen Holzscheit. Die Klinge von Franziska, wie er sein Messer zärtlich nannte, blitzte im hereinfallenden Licht hin und wieder auf. Henning Claassens Handbewegungen waren geschickt, er vertrieb sich die Zeit sicher nicht zum ersten Mal mit einer Schnitzerei.

Klara zwang sich, den Blick von seiner Arbeit abzuwenden, obwohl sie seine Kunstfertigkeit insgeheim bewunderte. Es machte sogar Spaß zu überlegen, was aus dem schlichten Holzstück entstehen könnte. Doch statt ihm dergleichen zu sagen, setzte sie zu einer Belehrung an: »Die Fleetenkieker haben die Wasserwege früher vom Unrat befreit und fischten nicht nach Lebensmitteln.«

Er sah auf und direkt in ihre Augen. »Mädchen, das weiß ich wohl. Ein bisschen Hamburger Geschichte hat es sogar bis hier drinnen...«, er klopfte mit dem Fingerknöchel an seine Schläfe, wobei er die Spitze des Messers von sich fort hielt, »bis in diesen Kopf hier... genau da rein hat es das bisschen Bildung geschafft.«

Ihre Wangen wurden heiß, ihr Herzschlag stolperte kurz. Wenn sie mit Henning Claassen sprach, passierten ihr diese Gefühlsregungen recht häufig. Sie hatte glücklicherweise nicht allzu viel mit ihm zu tun und sie ertappte sich gelegentlich dabei, ihm sogar absichtlich aus dem Weg zu gehen. Er wirkte auf eine romantische Weise gefährlich. Eine Kombination, die Klara einerseits unangenehm war, sie andererseits auch zu vorschnellen Bemerkungen wie eben verleitete. Errötend senkte sie die Lider und blickte auf Idas Einkaufskorb. Um etwas zu tun, begann sie, die Waren auszupacken.

»Die Qualität der Lebensmittelrationen ist nicht besser als der Abfall aus den Fleeten«, grollte Ida, die offenbar keine Antwort auf ihre Frage nach den Vorteilen eines Arbeiterrates, der die Bürgerschaft inzwischen ersetzen sollte, erwartete. Sie griff nach dem Päckchen, das Klara gerade auf den Tisch legte, und wog es in der mit Narben von abgeheilten Brandblasen bedeckten, rot gescheuerten Hand. »Kommissbrot aus Armeebeständen – als wenn ich das unserer Herrschaft vorsetzen könnte. Und wie soll ich, bitte schön, aus dreißig Gramm Butter und hundertfünfzig Gramm Zucker pro Mund und Woche das Teegebäck für die gnädige Frau herstellen? Die Zuteilungen des Arbeiterrates machen es unsereins noch schwerer, anständig seine Arbeit zu verrichten.«

»Ich find's erstaunlich, dass Frau Dornhain lebt, als hätte es keinen Krieg gegeben, keine Revolution und keinen toten Reeder«, erwiderte Henning Claassen. »In den oberen Etagen leben sie wie zu Kaisers Zeiten.«

»Lass mal gut sein! Du hast ja keine Ahnung, wie es zu Kaisers Zeiten hier war!« Idas Stimme nahm einen schwärmerischen Ton an. Versonnen blickte sie ins Leere, als trete vor ihr geistiges Auge der Luxus der Vorkriegszeit, der damals auch in diesem Haushalt geherrscht hatte. Sie kehrte jedoch schnell in die Gegenwart zurück, in der sie den Maat zurechtwies: »Aber was geht dich die gnädige Frau an?«

»Ist ja nur meine Meinung«, gab er gelassen zurück.

»Seit wann haben Seemänner an Land eine eigene Meinung?« Ein gutmütiges Lächeln nahm die Schärfe aus ihren Worten.

Klara wandte sich von dem Geplänkel ab, das fast schon an Schäkerei grenzte und in ihren Ohren reichlich albern klang. Immerhin hätte Ida die Mutter von Henning Claassen sein können!

Leicht entnervt zog sie ein Blatt Papier aus dem Einkaufskorb, das von den vielfältigen Waren zerdrückt und mit Fettflecken übersät war. Auf den ersten Blick erkannte Klara, dass es sich um eine öffentliche Bekanntmachung handelte. »Arbeiter und Arbeiterinnen!«, stand als Überschrift über dicht beschriebenen Zeilen. So begannen die meisten Mitteilungen, die sich an die Bevölkerung richteten. Die Flugblätter mit den sich ständig verändernden Regelungen lösten jedoch eher ihr Missfallen als ihr Interesse aus. Allein das Gesetz, beim Verlassen des Hauses einen der neu ausgegebenen Passierscheine bei sich zu tragen, erregte ihren Unwillen. Sie besaß diesen Ausweis noch nicht, aber das war ihr eigentlich ganz recht, da sie nun nicht auf die Straße gehen durfte. Ida wurde für ihre Besorgungen von Richter begleitet, was bestimmt sicherer für alle Beteiligten war, als wenn Klara mitgehen müsste. Über kurz oder lang sollte sie sich jedoch um das Dokument kümmern. Vielleicht war es bis dann auch schon überholt ...

Hoffnungsfroh las Klara den Text durch. Die Ausweispflicht wurde jedoch nicht verändert. Heute ging es um ein anderes Thema. Es wurde mitgeteilt, dass die Arbeitgeber im Deutschen Reich die Gewerkschaften als Vertreter der Arbeiterschaft anerkannten und beide eine Kollektivvereinbarung getroffen hatten. Kernpunkte waren der Achtstundentag bei vollem Lohn sowie die Bezahlung von Zuschlägen für Überstunden. Das Dekret galt für Männer und Frauen gleichermaßen. »Jede Zuwiderhandlung wird aufs Strengste bestraft!«, schloss die Bekanntmachung.

Wie sollen Frieda und ich denn alles in acht Stunden schaffen, was in einem so großen Haushalt zu tun ist?!, fragte sich Klara fast panisch.

»Klara, worauf wartest du?«, drang Idas Stimme zu ihr.

»Steh nicht rum, bring lieber die Wurst und das Fleisch in die Kühlkammer. Das bisschen ist immer noch zu viel, um es verderben zu lassen.«

»Ja... ja... gleich...«, murmelte Klara nachdenklich, bevor sie das Flugblatt auf den Tisch legte und mit der Handfläche sorgfältig glättete. »Diese Mitteilung sollten Sie aber auch lesen.«

»Ach, das hat irgendwer in meinen Korb gesteckt und ich hab's vergessen fortzuwerfen. Diesen Unsinn braucht niemand. Lass dir von den Sozialisten bloß keine Flausen in den Kopf setzen, Mädchen! Ich traue denen nicht – und den Spartakisten traue ich noch viel weniger.«

»Der Achtstundentag ist eine gute Sache«, widersprach Maat Claassen, der Messer und Schnitzwerk weggesteckt hatte und an den Tisch getreten war, wo er auf die Bekanntmachung blickte. Er hob seinen Kopf von der Lektüre und sah zu Klara.

Sie spürte seinen forschenden Blick auf sich. Ihre Finger zitterten leicht, aber sie stapelte unverdrossen die Fleischrationen auf eine Porzellanplatte und deckte diese mit einem hübsch bestickten Fliegenschutz ab.

»Durch die Achtstundenregelung hat Klara künftig mehr Freizeit und ich kann sie am Freitagabend ausführen.«

Vor Schreck fiel ihr beinahe die wöchentliche Zuteilung aus den Händen. Ihre Kehle fühlte sich plötzlich ungemein trocken an. Klara wusste nicht, was sie sagen, wie sie Maat Claassens Einladung ablehnen sollte. Zu viele Gedanken, aber auch erwachende Sehnsüchte wirbelten plötzlich durch ihr Hirn.

»Du bist ja ganz schön forsch, Henning!«, kam ihr Ida zu Hilfe. »Aber mach dir keine Hoffnungen, Junge. Unsere Klara ist schon lange vergeben.«

»Ach was?« Seine Stimme troff vor ungestellten Fragen.

»Außerdem besitze ich keinen Passierschein«, verkündete sie rasch. »Selbst wenn ich wollte, ich darf das Haus gar nicht verlassen.«

Henning Claassen ignorierte Klaras Bemerkung. Schmeichlerisch säuselte er: »In St. Pauli wird seit Tagen rund um die Uhr gefeiert. Es soll dort eine besonders fröhliche Stimmung herrschen, die für ein Mädchen wie Sie ...«

»Dann is' ja man gut, wenn wenigstens an einem Ort in Hamburg eine fröhliche Stimmung herrscht«, warf Ida ein. »Doch St. Pauli ist weit weg und hier ist niemandem zum Feiern. Hast du vergessen, dass dies ein Trauerhaus ist? Lass die Deern in Ruhe, Henning!«

Klara fasste die Platte mit den Fleischrationen fester und floh in die Kühlkammer. Niemand sollte die Wehmut in ihren Augen sehen – und die Sehnsucht nach einem kleinen Stückchen Glück. Sie war doch in einem Alter, in dem Musik und Tanz ganz selbstverständlich sein sollten. Aber den Anspruch auf Vergnügungen hatte ihre Generation anscheinend mit dem Krieg verloren. Ebenso wie das Verlangen nach Liebe.

Sie hatte einmal geglaubt, dass dieses gestillt sei. Doch da lag sie falsch. Ebenso wie bei der Hoffnung, in dieser Villa etwas über ihre Mutter herauszufinden. Auch darauf hatte sie vergebens gewartet. Ihr ganzes Leben schien aus Ungewissheit zu bestehen. Sie wusste nichts über ihre leiblichen Eltern und es war ihr nie möglich gewesen, den gnädigen Herrn danach zu fragen, obwohl hier der Schlüssel liegen sollte. Im Lauf der Jahre hatte ihre Neugier auch nachgelassen. Es gab ja Gabriel, der sie liebte, so, wie sie war. In seinen Eltern fand sie eine neue Familie, doch der Gram über das Schicksal seiner Söhne ließ den Uhrmacher Rosenberg mit jedem Kriegsjahr verbitterter und in sich gekehrter werden. Aus den anfangs wöchentlichen Besuchen am Freitagabend und zu den jüdischen Feiertagen war inzwischen nur noch ein Treffen im Monat geworden. Klara gewann den Eindruck, dass es ihren angehenden Schwiegereltern ganz recht so war. Die gastfreundlichen Rosenbergs besaßen nicht genug Essen, das sie mit Klara hätten teilen können – wahrscheinlich schämten sie sich dafür. Die magere Zuteilung raubte Klara jedoch einen Anker, von dem sie geglaubt hatte, er hielte ewig. Genau wie sie geglaubt hatte, für immer unter dem Schutz Victor Dornhains zu stehen.

Als sie den Kühlraum verließ und sich die kalten Hände rieb, gestand Klara sich ein, dass sie sehr gern mit Henning Claassen ausgegangen wäre. Einfach so. Nicht etwa, weil sie sich in ihn verguckt haben könnte. Ihr Herz gehörte Gabriel. Aber natürlich durfte sie nicht mit dem Feuer spielen. Außerdem hatte Ida recht: Als Hausmädchen des Reeders war sie ebenso in Trauer wie seine Hinterbliebenen. Es gehörte sich nicht, dass sie kaum eine Woche nach seinem Tod das Tanzbein schwang. Und außerdem hatte sie ja auch keinen Passierschein. Vielleicht waren die neuen Gesetze doch nicht so verkehrt.

In der Tür zur Küche blieb Klara stehen. Schmunzelnd beobachtete sie Ida, die damit beschäftigt war, Einweckgläser aus dem Einkaufskorb zu einer Pyramide auf dem Tisch zu stapeln. Dabei stellte sich die Köchin sehr geschickt an. Henning Claassen saß indes wieder auf seinem Stuhl am Fenster und schnitzte an dem Holzstückchen herum. Klara zwang sich, von ihm fortzusehen. Stattdessen verfolgte sie weiter Idas Werk und hörte deren unverändertem Lamento zu.

»Nichts ist besser als vor der Abdankung des Kaisers. Da kann man nur froh sein, dass der gnädige Herr diese Zustände nicht mehr erlebt. Hoffentlich bekommt Richter auf dem Schwarzen Markt, was ich ihm aufgetragen habe. Sonst weiß ich gar nicht, wie ich einen anständigen Leichenschmaus für den gnädigen Herrn kochen soll.«

Scherzhaft bemerkte der Maat: »Hauptsache, es gibt genug *Tröstelbeer*.«

»Als wenn du etwas davon abkriegen würdest ...«

»Werden denn viele Trauergäste erwartet?«, mischte sich Klara ein.

»Ja. Natürlich. Was denkst denn du? Der gnädige Herr war eine wichtige Persönlichkeit in Hamburg.«

»Das stimmt wohl«, sagte Henning Claassen und die Fröhlichkeit verschwand aus seinem Gesicht wie Messer und Holzstück aus seiner Hand. »Aber ich glaube nicht, dass der Andrang am Friedhof sehr groß wird. Die Straßenbarrikaden machen es den feinen Herrschaften nicht leicht, sich in der Stadt zu bewegen, wie sie es gewohnt waren. Und da die Automobile und Kutschen requiriert wurden, ist das Ausfahren für die Leute schwieriger als früher. Das wird viele daran hindern, zu der Beerdigung zu gehen.« Nachdem er geendet hatte, erhob er sich von seinem Platz, schob den Stuhl gerade hin und war ganz offensichtlich damit beschäftigt, sich eine Tätigkeit zu suchen, die ihn noch länger in der Küche hielt.

»Ach, es ist alles so traurig«, Ida wischte sich mit dem Handrücken rasch über die Augen. »Der gnädige Herr hätte ein Begräbnis wie ein König verdient. Und nun müssen die gnädige Frau und das gnädige Fräulein vielleicht ganz allein an seinem Sarg stehen.«

»Wir sind ja auch noch da«, entfuhr es Klara, obwohl sie eigentlich nicht laut aussprechen wollte, was ihr durch den Kopf ging.

»Als wenn das eine Rolle spielt«, gab die Köchin prompt zurück.

Ich wünschte, das würde es, sinnierte Klara still.

10

Erleichtert stellte Ellinor fest, dass sich die Nachricht vom Tode ihres Vaters zwar in den meisten Zeitungen verbreitete, aber nicht den Raum einnahm, den sie befürchtet hatte. In kurzen Notizen wurde von einem Schlaganfall gesprochen – die Meldungen klangen fast wie von Charlotte diktiert. Niemand spekulierte über die Todesursache, schon gar nicht über einen Selbstmord. Dafür fehlte wohl auch der Platz, die Blätter waren wegen des Papiermangels im Umfang erheblich reduziert.

Sie bat Richter, ihr jede Ausgabe des *Hamburger Echos* zu besorgen, was der Diener mit einer überraschten Miene, aber ergeben zur Kenntnis nahm. In einem Haushalt, in dem bislang nur die konservativen *Hamburger Nachrichten* gelesen worden waren, kam Ellinors neue Lektüre einem kleinen Erdbeben gleich. Deshalb versteckte sie die Zeitung vor ihrer Großmutter, las aber begierig darin, wenn sie sich unbeobachtet fühlte. Einen Bericht über das Ableben Victor Dornhains fand sie nicht. Der Tod ihres Vaters war dem sozialistischen Presseorgan anscheinend keine Zeile wert. Und Ellinor war unendlich dankbar, dass sich Jens Lehmbrook offensichtlich an ihre Abmachung hielt. Sie war sogar geneigt, den Reporter nett zu finden. Umso mehr verärgerte sie sein unerwartetes Auftauchen auf der Beerdigung.

Leichter Nieselregen fiel auf die in einer Parkanlage fast versteckt liegenden Gräber. Die letzte Ruhestätte der Dornhains befand sich neben den Mausoleen anderer großer hanseatischer Reeder- und Kaufmannsfamilien. Ende des vorigen Jahrhunderts war der Friedhof Ohlsdorf wie ein riesiger englischer Landschaftsgarten angelegt worden, der nicht nur ein Ort der Toten war, sondern auch zu Spaziergängen der Lebenden einlud. Im Frühling und Sommer blühten hier Rhododendren, Rosen und Anemonen zwischen zahllosen Büschen, die trotz der kriegsbedingten Einschränkungen zu Ellinors ständigem Erstaunen immer gut gepflegt worden waren. An diesem trüben Tag hingen die Blätter der Bäume jedoch so schwer herunter, als müssten sie die Trauer der Anwesenden tragen.

Unter den wenigen Regenschirmen versammelte sich nur eine kleine Gemeinde. Viele Wegbegleiter des Verstorbenen blieben angesichts der unsicheren Lage wohl lieber zu Hause; immerhin waren aber die meisten Angestellten der Reederei gekommen. Doch diese hielten sich – ebenso wie das Hauspersonal – respektvoll im Hintergrund, sodass zwischen Mutter und Tochter von Victor Dornhain und den restlichen Trauergästen eine Lücke zu klaffen schien. Dankbar registrierte Ellinor, dass wenigstens Lucia Schulte-Stollberg zur Stelle war. Die Freundin war ihrer Großmutter in dieser schweren Stunde eine unschätzbare Stütze.

»Ich habe Christian in Berlin erreicht«, raunte die alte Dame Ellinor bei ihrer Begrüßung zu. »Er wollte versuchen, so rasch wie möglich zu kommen, aber leider verspätet er sich. Heutzutage ist wirklich auf nichts mehr Verlass.« Dann wandte sie sich an Charlotte, um mit dieser ein paar tröstende Worte zu wechseln.

Ellinor fragte nicht, wieso die Bankierswitwe ihren Enkel informieren konnte, sie sich aber nach wie vor vergeblich bemühte, eine Nachricht für Nele und Lavinia abzusetzen. Sie spürte nur einen leichten Groll in sich aufsteigen, der durchaus auch sie selbst betraf.

Sie horchte in sich hinein und fragte sich, ob ihr die Anwesenheit von Christian Schulte-Stollberg beim Begräbnis ihres Vaters etwas bedeuten würde. Christian war ihr immer ein sehr guter Freund gewesen. Sie hatten viel Zeit miteinander verbracht, sogar gemeinsam das eine oder andere Wohltätigkeitsprojekt auf die Beine gestellt. Beide Familien warteten seit Jahren darauf, dass sie endlich heirateten. Doch Ellinor fürchtete genauso lange, dass ihre Kameradschaft enden würde, wenn die Leidenschaft an ihre Stelle träte. Eine Ehe, die sich als Fehler herausstellte, wäre das Letzte, was sie in ihrer Situation brauchte, es reichte das Beispiel ihrer eigenen Schwester. Wenn sie zuließe, dass Christian an ihrer Seite dem Sarg folgte, käme dies einem öffentlichen Verlöbnis gleich. Ausgerechnet hier wollte sie ihn jedoch nicht brüskieren und in eine hintere Reihe verweisen. Deshalb war sie froh über seine Unpünktlichkeit.

Wenn doch aber Nele und Livi da wären …!

Vielleicht hätte sie das Angebot von Jens Lehmbrook annehmen sollen. Sie hatte nicht alles versucht, um die beiden zu erreichen! Im nächsten Moment schämte sie sich für ihre Schwäche. Der Krieg war zwar vorbei, aber die Umstände hatten sich nicht verbessert. Damit mussten sie alle zurechtkommen. Deshalb durfte sie sich nicht von einem Reporter abhängig machen. In diesen Zeiten war es schwierig genug, Haltung zu wahren, da brauchte sie nicht alle Prinzipien ihres gesellschaftlichen Standes über den Haufen zu werfen und sich für ein Zeitungsinterview zur Verfügung stellen, als wäre sie eine Schauspielerin vom Spielbudenplatz.

Die Prozession bewegte sich zu dem Familiengrab, in dem Ellinors Großvater ebenso bestattet worden war wie ihre Mutter. Der Sand knirschte unter den gemessenen Schritten, der Regen prasselte inzwischen stärker auf die schwarzen Stoffdächer über den Köpfen der Gemeinde. Es roch nach Erde und nach Fäulnis, und Ellinor fand, dass dieses Aroma besser zu einer Beerdigung passte als der frische, süße Duft des Frühlings.

Aus den Augenwinkeln nahm sie einen Schatten schräg hinter sich wahr. In der Erwartung, dass sich Christian endlich zu den Trauernden gesellte, drehte sie sich um –

und erblickte die hochgewachsene, dünne Gestalt Jens Lehmbrooks.

Er trug denselben Anzug wie bei seinem Besuch, der Regen tropfte von seinem Hut auf die Schultern und hinterließ dunkle Flecken auf dem Tuch. Obwohl die Temperaturen über dem Gefrierpunkt lagen, war ihm ohne Mantel sicher sehr kalt. Kurz wallte in Ellinor Mitleid auf für diesen armen Menschen, der seinen Lebensunterhalt damit verdienen musste, auf der Suche nach einem Skandal wohlhabenden Bürgern nachzustellen.

Als er zufällig Ellinors Blick begegnete, konnte er daran vermutlich ihre Gefühle ablesen, denn in seinen Augen blitzte auf ungehörige Weise der Schalk auf.

Rasch wandte sie sich ab.

Bei der heftigen Drehung fiel ihr eine Person auf, die sie unter anderen Umständen wahrscheinlich niemals wahrgenommen hätte. Die Frau schien sorgsam darauf bedacht, zwischen sich und den Trauernden einen Abstand zu wahren, und mischte sich auch nicht unter die Angestellten. Obwohl sie bei ihrer letzten Begegnung ein Kind gewesen war, erkannte Ellinor sie sofort. Lag es an dem schlichten dunklen Kostüm, welches seit Jahrzehnten das typische Requisit einer Gouvernante war? Oder an dem flachen Hut auf dem von silbergrauen Fäden durchzogenen kupfernen Haar? Ellinor schien es, als trage die Ältere dieselben Kleider wie vor zwanzig Jahren. Vor ihrem geistigen Auge sah sie sich an der Hand dieser Frau, sie spürte förmlich die Geborgenheit, die sie ihr, dem mutterlosen kleinen Mädchen, schenkte.

Charlottes Stimme unterbrach ihre Rückschau: »Ellinor?!«

Gefangen in ihrer wohltuenden Erinnerung hatte sie nicht bemerkt, dass Sargträger und Pastor ein paar Schritte weitergezogen waren. Sie nickte ihrer Großmutter unmerklich zu, folgte ihr rasch an das offene Grab.

Ellinors Gedanken irrten trotzdem zurück in die Vergangenheit, kehrten wieder, flogen hin und her, ebenso unruhig wie ihre Augen, die verstohlen zurückblickten und über die Hüte und Regenschirme der Trauergemeinde zu der einsamen Frau im Hintergrund wanderten. Ihr Anblick zog sie wie magisch an – und verstörte sie gleichermaßen.

»Erde zu Erde, Asche zu Asche, Staub zu Staub...«

Die Worte des Pastors drangen kaum zu Ellinor durch.

Sie sah zu Klara, die ziemlich weit vorn stand, dicht gedrängt an die Rosenbergs und scheinbar blind für ihre Umgebung. Daher war sie ebenso wenig auf die Frau am Ende der Prozession aufmerksam geworden wie wohl die anderen Trauergäste.

Ellinor fühlte Panik in sich aufsteigen. Konnte es hier zu einem öffentlichen Skandal kommen? Die Vorstellung war furchtbar. Aber warum war Adele nach all den Jahren gekommen? Um heimlich Abschied von dem einstigen Liebhaber zu nehmen? Oder um die Tochter wiederzusehen, die sie einer Ziehmutter überlassen musste? Wusste sie, dass sich ein Reporter in der Nähe befand, der jedes Wort einer Auseinandersetzung begierig aufsaugen würde?

»Ruhe in Frieden!« Der Geistliche zögerte, weil ihm offenbar nicht klar war, ob er Ellinor die Schaufel überreichen sollte, mit der er eben frische Erde auf das Grab geworfen hatte, oder der Mutter des Verstorbenen.

Kaum merklich deutete Ellinor auf Charlotte. Ihre Geste

war nicht nur dem Respekt vor der alten Dame geschuldet. Auf diese Weise gewann sie ein paar Minuten und konnte sich noch einmal umsehen.

Die hagere Gestalt Jens Lehmbrooks war verschwunden. Vielleicht war es ihm zu nass und zu kalt geworden, sodass er nicht länger in ihrem Rücken ausharren wollte. Das konnte sie ihm nicht verdenken. Hatte er eine Möglichkeit gefunden, sich irgendwo unterzustellen? Aber die repräsentativen Plastiken der anderen Familiengräber boten keinen Schutz vor dem Wetter. Dass er ohne ein Wort gegangen sein könnte, wirkte wie ein feiner Nadelstich. Nicht schmerzhaft, aber doch unangenehm. Dabei sollte sie froh sein, nicht weiter von ihm belästigt zu werden!

Ellinor reckte den Kopf. Auch die Frau im Hintergrund war nicht mehr zu entdecken. Seltsam. Hatte sie sich den Anblick ihrer Kinderfrau womöglich nur eingebildet? Eine Fata Morgana als Reaktion auf die Trauer um ihren Vater? Verlor sie gerade den Verstand?

In diesem Moment schob sich in ihr Blickfeld das durchaus reale und sehr vertraute Bild eines Mannes. Dunkelblondes Haar, das sich in der Feuchtigkeit lockte, hellblaue, ernste Augen, tiefe Falten an seinen Mundwinkeln, ein Grübchen, das sein Kinn durchschnitt. Gefolgt von einem Jungen in Kadettenuniform, der schützend einen Schirm über ihn hielt, lief Christian Schulte-Stollberg mit langen Schritten auf die Trauergemeinde zu. Er ist mein Halt, fuhr es Ellinor durch den Kopf. Und: Jetzt wird alles gut!

Vielleicht sollte sie ihn doch heiraten, wie es ihr Vater in seinem Abschiedsbrief bestimmt hatte. Es war zweifellos die beste Lösung.

»Fräulein Dornhain«, mahnte der Pastor leise.

Ellinor löste sich von dem Anblick ihres besten Freundes. Und während sie sich wieder einmal fragte, ob er auch ein guter Ehemann für sie sein könnte, warf sie eine Schippe voll Erde auf den Sarg ihres Vaters.

ZÜRICH, SCHWEIZ

11

»Gut, dass das Café Odeon wieder geöffnet hat. Wir beide brauchen jetzt Champagner«, erklärte Konrad und stieß mit der einen Hand die Tür des Kaffeehauses auf, während er mit der anderen Nele mit sich zog.

»Ich weiß nicht ...«, wehrte sie ab. »Wollen wir nicht lieber ein Stück am Wasser entlanggehen und uns unterhalten?«

»Nein, meine Liebste, erst einmal feiern wir!«

Seine Freude berührte Nele tief, ansteckend war sie jedoch nicht. Das lag nicht nur daran, dass sie sich körperlich noch immer recht elend fühlte. Die abschließende Diagnose des Arztes empfand sie als niederschmetternd. Eben hatte der Doktor in seiner Praxis bestätigt, was er schon nach seinem ersten Hausbesuch vermutet hatte, wie er ihr heute gestand. Konrad hatte ihn zu Beginn des Landesstreiks irgendwann doch noch aufgetrieben und nach der Untersuchung empfahl der Arzt Nele, das Bett zu hüten und sich zu schonen. Falls sie Zitronen bekommen könne, solle sie den Saft trinken, auf jeden Fall aber regelmäßig versuchen, ein wenig Brot zu essen. Anzeichen einer lebensgefährlichen Grippe fand er nicht, er riet ihr aber dringend, ihn aufzusuchen, sobald es möglich sei.

Auf diesen Tag musste Nele fast zwei Wochen warten. Die Demonstranten suchten überall nach Streikbrechern, keine Einrichtung war sicher vor den Kontrollen der Aufständischen, nicht einmal eine Arztpraxis. Die Schüsse, die von Einheiten des schweizerischen Militärs in die Menge gefeuert wurden, dämmten den Zorn der Arbeiter nicht, sondern vergrößerten den Aufruhr. Als die Schweiz schließlich zur alten Ordnung zurückkehrte, fühlte Nele noch immer keine Besserung ihres Zustands. Deshalb raffte sie sich zu dem fälligen Besuch beim Doktor auf. Das Ergebnis machte sie sprachlos: Sie litt an keiner lebensbedrohlichen Erkrankung, sondern erwartete ein Kind.

Nachdem sie sich einigermaßen gefasst hatte, stellte sie die Frage, die sie jetzt am meisten umtrieb: »Wie konnte ich nur so dumm sein und meinen Zustand nicht bemerken? Ich meine, Frauen spüren doch gewisse Anzeichen, wenn sie in anderen Umständen sind.«

»In Friedenszeiten würde ich das sofort unterschreiben.« Der Doktor lächelte sie väterlich an. »Aber auch wenn in der Schweiz kein Krieg herrscht, sind wir doch in Mitleidenschaft gezogen, oder? Es gibt nicht genug zu essen und nichts verändert so schnell die Regel einer Frau wie Hunger. Außerdem macht die Gefahr der Influenza allen Leuten zu schaffen, oder? Ich verstehe, dass Sie zuerst an eine Ansteckung mit Grippe dachten und nicht an eine Schwangerschaft. *Aber das chunnt scho guet.*«

Stumm schüttelte Nele den Kopf. Nichts würde gut. In diesen unruhigen Zeiten, fern ihres Zuhauses, in einer wilden Ehe mit dem Mann ihrer Schwester lebend und von diesem schwanger zu sein, erschien ihr wie ein wahr gewordener Albtraum. Selbst ihre Künstlerfreunde pflegten – bis auf wenige Ausnahmen – konventionelle, gesellschaftlich akzeptable Beziehungen und heirateten die Mütter ihrer Kinder. Doch genau das war Konrad ja versagt. Wie sollte sie mit dem Stigma einer unehelichen Geburt leben? Was würde ihre Familie sagen? Es stand zu befürchten, dass sie von ihrer Großmutter verstoßen und von ihrem Vater enterbt würde. Was sollte dann aus dem ungewollten Kind werden?

Wie hatte sie nur so dumm sein können?!, fragte sie sich beim Verlassen der Arztpraxis am Limmatquai. Jedes Dienstmädchen wusste heutzutage wahrscheinlich besser über diese Dinge Bescheid als sie mit ihrer umfassenden Bildung einer höheren Tochter.

Ihre Liebe zu Konrad war unermesslich, ihre Leidenschaft groß, aber seine körperliche Liebesfähigkeit war nach den Erfahrungen des Krieges eingeschränkt gewesen. Ein schwer verwundeter Mann wie er benötigte Zeit, um zurück in ein für sein Alter und seine Manneskraft normales Leben zu finden. Als er endlich so weit war, benutzte er Kondome, die er vermutlich aus seiner Soldatenzeit aufgespart hatte. Alle Mannschaften und Offiziere erhielten mit ihrem Gepäck einen ausreichenden Vorrat vom Kriegsministerium. Im Überschwang ihrer Gefühle hatten sie jedoch ein- oder zweimal darauf verzichtet. Über die Freude, dass Konrad wieder gesund war, dass sie endlich wieder seine Lebendigkeit spürte, waren Verantwortung und Vorsicht geschwunden. Sie hatte gehofft, es werde schon gut gehen, und bei den ersten Anzeichen ihres Unwohlseins nicht mehr daran gedacht.

Konrad wartete vor dem Haus auf sie. »Du siehst aus,

als wäre dir ein Geist begegnet«, stellte er besorgt fest, als sie an seine Seite trat.

»So ähnlich ist es wohl auch«, murmelte sie. »Der Doktor sagt, mir fehlt nichts Besorgniserregendes. Ich bin jedoch nicht seiner Meinung. Es ist ziemlich schlimm.« Sie zögerte, dann fügte sie leise hinzu: »Ich erwarte ein Kind!«

Nur kurz verdüsterte sich seine Miene im Schock, dann trat jenes Funkeln in seinen Blick, in das sich Nele damals verliebt hatte. »Wie schön«, murmelte er und griff nach ihrer Hand, führte diese an seine Lippen.

Für einen Moment schien es, als stünden sie an diesem wolkenverhangenen Spätherbsttag ganz allein vor den Zunfthäusern und den noch nicht von den Resten der Barrikaden befreiten Straßen. Die zärtliche Geste, der Blick in ihre Augen schlossen die Passanten aus, die sie umrunden mussten, um weiter ihres Wegs zu gehen. Der Straßenlärm mit seinen Motorengeräuschen und dem Knattern der Speichen altmodischer Kutschen, dem Hufgetrappel magerer Pferde und dem Schreien der hungrigen Möwen über dem See waren wie ausgeschaltet.

Nele und Konrad sahen einander an, hielten sich fest. Ihre Herzen schienen im selben Takt zu schlagen, ihr Atem dem gleichen Rhythmus zu folgen. Der weiche Mantel ihrer Liebe deckte sie zu.

Wie schön könnte unser Leben sein, dachte sie. Der bittere Beigeschmack legte sich auf ihre Zunge. Bevor sie jedoch den Mund öffnen und die Probleme ansprechen konnte, die sie zu überwältigen drohten, setzte sich Konrad in Bewegung, zog sie einfach mit sich. Sie folgte ihm ganz automatisch, wurde sich des Ziels, ihres nahe gelegenen Stammlokals, erst bewusst, als sie bereits davorstanden.

Konrad wollte die Nachricht also feiern – Nele war nach nichts weniger zumute. Zum ersten Mal war sie gänzlich anderer Meinung als der geliebte Mann. Widerstrebend folgte sie ihm durch die Glastür ins Café Odeon.

Es empfing sie heute nicht die bekannte Geräuschkulisse aus lebhaften Gesprächen, Besteck- und Gläserklirren, Füßescharren und dem Rascheln zahlloser Zeitungsseiten. Der große Saal des Kaffeehauses war so schlecht besucht wie nie zuvor, wahrscheinlich hatte der Streik die Gästeschar nachhaltig reduziert. Unter den überdimensionalen Kristalllüstern fanden sich nur eine Handvoll Einheimische wie Fremde vor den mit Marmor verkleideten Wänden und den mit Metallbändern verzierten Fenstern an den runden Tischen und lederbezogenen Stühlen. An dem alten Stammtisch vor dem Relief einer unbekleideten Frau, die einen Teller mit Früchten und einen Weinkrug trug, saßen keine Weltverbesserer mehr, die dem Leben ein neues Antlitz verschaffen wollten. Nur ein paar ältere Herren tranken Kaffee und lasen die neuesten Nachrichten, in einer Fensternische spielten zwei Männer Karten.

»Grüezi, Herr Michaelis«, einer der Kellner eilte beflissen auf den Stammgast zu, offenbar tatsächlich erfreut, ihn wiederzusehen. »Geht es Ihnen gut?«

»Sehr gut. Es geht mir sehr gut«, versicherte Konrad strahlend. »Bringen Sie uns bitte Champagner.«

»Ich glaube nicht, dass ich Alkohol trinken darf«, protestierte Nele schwach.

Konrad schien ihr nicht zuzuhören. Er war dem Kellner zugewandt.

Der Schweizer überlegte laut, er müsse erst im Keller nachschauen, ob die Demonstranten überhaupt eine Flasche Sekt übrig gelassen hätten: »Obwohl wir geschlossen hatten, klopfte gleich an einem der ersten Streiktage eine Gruppe Männer an die Tür und verlangte sofortigen Einlass. Angeblich waren sie auf der Suche nach Streikbrechern, aber ich vermute, sie wollten unsere Vorräte, oder?«

»Dann wollen wir hoffen, dass es noch Restbestände im Weinkeller gibt«, meinte Konrad.

Der Kellner schob Nele einen Stuhl zurecht, blickte dabei aber weiterhin zu Konrad. »Ach, wissen Sie, Herr Michaelis, wir hatten noch Glück. Im Café Terrasse und im Zürcherhof haben die Protestler nicht nur die Waren geplündert, sondern auch noch alle Fenster eingeschlagen.«

»Es sind keine leichten Zeiten, in denen wir leben«, erwiderte Konrad freundlich, während er sich zu Nele setzte. »Aber ich bin sicher, dass sich alles zum Guten wendet.« Diesmal schenkte er ihr seine Aufmerksamkeit und zwinkerte ihr zu.

»So soll es sein, oder?«, gab der Kellner zurück und eilte endlich davon, um die Bestellung auszuführen.

»Setz dem armen Mann nicht so zu«, tadelte Nele leise und nicht ganz so amüsiert, wie sie sich bemühte zu klingen. »Wenn er keinen Champagner auftreiben kann, ist mir das auch recht. Ich werde sowieso nichts davon trinken, weil …«

»Ein Glas wird unserer Tochter schon nicht schaden«, warf Konrad schmunzelnd ein.

»Tochter?«

»Ja.« Das Lächeln erlosch in seinem Gesicht. »Es kommt nur eine Tochter für uns infrage. Oder glaubst du, ich möchte einen Sohn haben, der wie ich eines Tages in einen sinnlosen Krieg ziehen muss? Nein, Nele, wir bekommen eine Tochter, die einmal zu einer so wundervollen Frau heranreift, wie du es bist.«

Er schmiedete Pläne, als gäbe es nichts, was das Glück ihrer kleinen Familie stören könnte. Keine Scheidung, keinen Skandal, keine gesellschaftlichen Regeln. Wie konnte Konrad nur so blind sein? Er wirkte nicht gerade wie eine große Hilfe bei all den anstehenden Fragen, auf die sie keine Antwort wusste. Nele sank das Herz. Sie musste sich wohl oder übel allein mit der Last auseinandersetzen, einen Bastard von ihrem Schwager zur Welt zu bringen. Schlimmer noch als jedes Dienstmädchen, das von seinem Herrn geschwängert wird, fuhr es ihr durch den Kopf.

»Fräulein Dornhain!« Eine Frauenstimme hallte von den Marmorwänden wider.

Unwillkürlich blickten alle Gäste zu der Wirtin, die aus einem Hinterzimmer kam, an dem Bartresen in der Mitte des Lokals vorbeimarschierte und sich suchend umblickte. Dann steuerte sie zielsicher auf Nele zu. »Verzeihung, Sie sind doch Fräulein Dornhain, oder?«

»Ja ...?«

»Da ist ein Ferngespräch für Sie in meinem Büro. Aus Ascona. Es ist wohl sehr dringend. Die Dame hat schon ein paar Mal angerufen, seit die Telefonleitungen wieder funktionieren, aber ich wusste ja nicht, wann Sie wiederkommen würden, oder? Wie Sie sehen, sind noch nicht alle Gäste zurück.«

Konrad erhob sich. »Ich kümmere mich …«

»Nein, nein, lass nur.« Nele legte ihre Hand auf seinen Arm, während sie aufstand. »Ich gehe selbst ans Telefon. Weiß der Himmel, wer mich so dringend sprechen möchte.«

Der Apparat stand auf dem Schreibtisch der Pächterin in einem kleinen, mit Aktenschränken vollgestellten Büro. Die aufgeschlagenen Kontorbücher hatten etwas unerwartet Vertrautes und Nele überlegte mit einem innerlichen Lächeln, wie oft sie Victor dabei zugesehen hatte, wie er die Zahlenreihen prüfte, die zuvor bereits sein Buchhalter und sein Geschäftsführer durchgegangen waren. Ich muss Vater mal fragen, ob er die Kontrolle tatsächlich durchführte, um Fehler aufzuspüren, oder nur, um zu beweisen, dass er als Chef der Reederei das letzte Wort hatte, dachte sie. Im nächsten Moment fiel ihr ein, dass sie ein weitaus schwierigeres Problem mit ihm zu diskutieren haben würde. Wieder senkte sich die Last über sie, die sie für eine kurze Atempause abgelegt hatte.

Nele nahm den Telefonhörer auf. »Hier spricht Helene Dornhain.«

»Bitte warten Sie.« Die Stimme des Fräuleins vom Amt. »Ich verbinde Sie mit Ascona. *Un momento, per favore*«, fügte die Beamtin des Telegrafenamtes auf Italienisch für die Kollegin im Tessin hinzu.

Ein Knacken in der Leitung, ein Rauschen. Dann das vertraute, etwas kehlig klingende, slawisch gefärbte Deutsch von Zofia Rogowska: »Nele, bist du am Telefon?«

»Zofia, was ist los?«

Durch Neles Kopf wirbelten die Szenarien, die ihre Freundin dazu bewogen haben konnten, mehrmals ein Ferngespräch mit einem Kaffeehaus in Zürich anzumelden. In den Sekunden, die ihr zum Überlegen blieben, hielt Nele ein Feuer in dem alten Palazzo, in dem sich ihre Wohnung befand, für am wahrscheinlichsten. Vielleicht war ein Blitz ins Dach eingeschlagen. Im Tessin gab es häufig schwere Gewitter. Wenn ihr gesamtes Hab und Gut in Ascona zerstört war, würden sie und Konrad vermutlich nicht mehr zurückkehren, sondern möglicherweise in Zürich bleiben …

»Jesus, Maria, Gott sei Dank erreiche ich dich!« Ein theatralisches Stöhnen folgte diesen Worten. Dann: »Ich habe die Notiz mit dem Namen der Pension, in der du wohnst, verloren und deshalb dachte ich, es wäre am besten, ich versuche, dich in dem Café zu erreichen, wo du so gerne bist. Die Karte vom Café Odeon, die du mir geschickt hast, habe ich noch. Deshalb …«

»Was ist los?«, fiel ihr Nele ungeduldig ins Wort. »Warum rufst du an?«

»Es ist ein Telegramm für dich angekommen, kaum dass die Fernmeldeämter nicht mehr bestreikt wurden. Aus Hamburg. Bitte reg dich nicht auf. Es ist etwas Schreckliches passiert …«

Livi ist tot, fuhr es Nele durch den Kopf. Ihre kleine Schwester war an der Westfront gefallen. Warum sonst sollte sie ein Telegramm aus Hamburg erhalten? Vielleicht war der kleinen Närrin der letzte Kriegstag zum Verhängnis geworden. Ein solches Verhängnis passte zu Lavinia.

Das Schicksal war oft ungerecht. Schuldgefühle mischten sich mit aufsteigender Panik. Nele fühlte die vertraute Übelkeit in sich aufsteigen. Verzweifelt versuchte sie, den Würgereiz hinunterzuschlucken. Dabei hätte sie sich am liebsten auf den Schreibtisch der Wirtin erbrochen.

»Mein Beileid zum Tod deines Vaters«, durchbrach Zofias Stimme vom anderen Ende der Telefonleitung den Nebel des Unwohlseins, der um Nele waberte.

Sie schluckte. »Was?«

»Hast du mich nicht verstanden, Nele?«, brüllte Zofia. »Jesus, Maria, die Verbindung ist so schlecht ... Bitte, hör mir gut zu: Dein Vater ist tot. Ganz plötzlich verstorben ... Gott sei seiner Seele gnädig ... Deine Schwester Ellinor hat telegrafiert, dass du nach Hause kommen musst.«

»Vater?« Neles Kehle fühlte sich trocken an, ihre Zunge schwer, die Lippen waren wie taub. »Vater ist tot? Das muss ein Irrtum sein. Livi ...«

»Es war ein Schlaganfall. Das geht schnell. Ich bete für ihn. Sei unbesorgt, er hat sicher nicht gelitten.«

Neles Knie wurden weich, der Boden unter ihren Füßen begann so stark zu schwanken, als befände sie sich mitten in einem schweren Sturm an Deck eines Schiffs. Vielleicht ging sie auch bereits über Bord. So musste es sein, wenn die Beine keinen Halt mehr fanden.

»Wann ist es passiert?« Überrascht stellte sie fest, dass diese vernünftige Frage aus ihrem Mund kam.

»Am neunten November ...«

Mehr hörte Nele nicht. Das Wasser unter ihr teilte sich und verschlang sie.

HAMBURG

12

»Fünfzig Millionen?«, fragte Ellinor fassungslos. »Der Reichstag hat den Reedereien noch im vorigen Jahr fünfzig Millionen Reichsmark Kredit gewährt? Himmel hilf! Wie sollen wir diese Schulden jemals zurückzahlen?«

»Auf die Reederei Dornhain entfällt ein der Größe des Unternehmens angemessener Teil«, erwiderte Wilhelm Eckert. Der Prokurist blickte mitleidig von den aufgeschlagenen Kontorbüchern zu seiner neuen Chefin. »Ich möchte Ihnen jedoch nicht verhehlen, dass diese Summe eine große Belastung für das Unternehmen darstellt.«

»Ich denke nicht, dass die Rückzahlung der Kredite das vordringlichste Problem ist«, widersprach Christian Schulte-Stollberg. »Entscheidend ist im Moment die Höhe der Kriegsentschädigungen. Die Alliierten verlangen Reparationszahlungen. Im Grunde wollen sie alles, was an beweglichem Gut im Deutschen Reich vorhanden ist.«

»Aber den Alliierten sind doch schon so viele Schiffe in die Hände gefallen«, protestierte Ellinor.

Ihre Blicke wanderten zu den alten Zeichnungen und Fotografien an den Wänden, eine Sammlung von Bildern der eigenen Flotte. Der Schreibtisch ihres Vaters war so aufgestellt, dass sich die neuesten Aufnahmen im direkten Blickfeld des Reeders befanden. Jetzt saß sie auf seinem Stuhl und wenn sie ihre Augen von den Listen mit Zahlen hob, wurde die Erinnerung an den einen oder anderen Stapellauf so lebendig, als wären die Dampfer erst gestern zu Wasser gelassen worden.

Wie stolz hatte sie an Victors Seite gestanden und den letzten großen Neubau auf den Namen *Alsterprinzessin* getauft. Obwohl das Schiff vorzugsweise für die vor dem Krieg stark in Mode gekommenen Kreuzfahrten auf dem Mittelmeer vorgesehen war, trug es den Namen eines Binnensees und ihr Vater hatte ihr lächelnd erklärt: »Alternativ hätten wir es *Ellinor* nennen können, aber ich wollte keine öffentliche Bevorzugung einer meiner Töchter. Dennoch sollst du wissen, dass allein du als meine Erbin mit dem Begriff *Alsterprinzessin* gemeint bist.« Der Krieg hatte die zweite Fahrt im Hafen von Piräus beendet. Wie alle Schiffe unter deutscher Flagge, die zu diesem Zeitpunkt auf internationalen Gewässern fuhren, war es inzwischen verloren.

Ellinor schluckte den Schmerz hinunter und rettete sich in die Zahlen, die sie noch von ihrem Vater gehört hatte: »Ein Drittel der deutschen Handelsflotte wurde gekapert, ein weiteres Drittel der Schiffe wurde in ausländischen Häfen am Auslaufen in die Heimat gehindert. Was wollen die Siegermächte denn noch?«

»Alles«, gab Christian leise zurück. »Wie ich schon sagte: Ich fürchte, sie werden sich nicht mit einer Quote zufriedengeben.«

Ihre Stimme hatte jede Sanftheit verloren, sie klang plötzlich ungewohnt hart und verbittert. »Wie soll das bitte schön gehen? Von irgendetwas müssen wir doch auch leben!« Zur Bestärkung ihrer Worte hieb sie mit der Faust auf den Tisch.

Die Männer, die vor ihr auf den Besucherstühlen saßen, schlugen betreten die Augen nieder. Eckert blätterte angelegentlich in einem der Kontorbücher, die er zur Durchsicht in die Villa mitgebracht hatte. Obwohl die chaotische Situation in der Stadtverwaltung noch keine gerichtliche Verfügung über den Nachlass Victor Dornhains zuließ, war doch jedem Verantwortlichen in der Reederei klar, mit wem man sich spätestens nach der Beerdigung des Reeders auseinanderzusetzen hatte. Ellinor war von der Loyalität der Privatbeamten, Handlungsgehilfen und anderen Mitarbeiter überzeugt, auch wenn sie seit dem Tod ihres Vaters noch keinen Fuß in dessen Büro gesetzt hatte. Eckert riet ihr davon ab, da die Räume weiterhin von Leuten aus dem Arbeiterrat blockiert wurden. Es widersprach ihrer Einstellung, aber Ellinor akzeptierte die Warnung, sie als Frau könne in diesem Umfeld noch weniger ausrichten als ein erfahrener Prokurist. Dass er sich über ihren Fausthieb allerdings so irritiert zeigte, sprach nicht unbedingt dafür, dass er ihre Position verteidigen würde. Wenn er eine Dame alten Stils erwartete, würde sie ihn enttäuschen müssen.

Sie stieß einen entnervten Seufzer aus.

Die beiden Besucher schwiegen, jeder offensichtlich in eigene Gedanken versunken, die sich aber wohl um dasselbe Thema drehten. Schließlich antwortete Ellinors alter Freund: »In Anbetracht der Tatsache, dass die Seeblockade trotz des Waffenstillstandsabkommens weiterhin besteht, nehme ich an, dass das Überleben des deutschen Volkes nicht im Interesse der Alliierten ist.« Nach einer weiteren kleinen Pause fügte er lakonisch hinzu: »Du kannst sie allerdings selbst fragen, Ellinor.«

»Herr Schulte-Stollberg, ich glaube nicht ...«, hob Eckert hastig an.

Ellinor fiel ihm ins Wort: »Worum handelt es sich, Christian?«

Statt ihr die gewünschte Erklärung zu geben, wandte sich der Angesprochene zur Seite, sodass er Eckert direkt ansah. »Und ich glaube, dass Fräulein Dornhain über alle aktuellen Vorgänge informiert sein muss, Herr Eckert!«

Ellinor war versucht, noch einmal mit der Faust auf den Tisch zu schlagen. Ihr Herz klopfte wild vor Ärger, aber sie beherrschte sich. Mit erhobener Stimme wiederholte sie: »Worum handelt es sich?«

Die Antwort war einvernehmliche Stille. Entweder warteten sowohl Eckert als auch Christian darauf, dass der andere zuerst sprach. Oder sie überdachten ihre Worte in aller Ruhe. Was auch immer das Schweigen verursachte, Ellinor kostete es unermesslich viel Geduld.

Schließlich kapitulierte der alte Prokurist ihres Vaters. Er schlug das Kontorbuch vor sich zu, als wolle er nun ein Kapitel beenden. »Durch die Hafenanlagen laufen die ersten britischen Offiziere. Sie inspizieren nicht nur die im Krieg gekaperten Schiffe der Royal Navy, sondern benehmen sich auch wie Damen auf einem Einkaufsbummel und suchen sich aus, was sie gebrauchen können. Es heißt, dass auch die Bücher der größeren Unternehmen kontrolliert werden sollen.«

»Ich nehme an, dass Sie deshalb die ganze Buchhaltung hierhergebracht haben«, resümierte Ellinor. »Ein Privathaus wird gewiss erst durchsucht, nachdem man sich auf die Büros in der Stadt konzentriert hat. Vielleicht sollten wir die Bücher irgendwo im Keller lagern, wo es trocken und sicher ist. Ich werde Richter damit beauftragen. Versuchen wir, den Alliierten etwas zu verheimlichen?«

»Wir sollten die Schiffsanleihen der Hamburger Luftschiffhallen GmbH vor einer Einziehung bewahren, sofern dies möglich ist«, meinte Christian mit wiedererwachendem Enthusiasmus. »Dein Vater hat in seinen letzten Jahren ein wenig in die Luftfahrt investiert und ich bin sicher, dass dies zukunftsweisende Anlagen sind, die man besser zusammenhält.«

»Mit Verlaub, Herr Schulte-Stollberg«, wehrte Eckert ungeduldig ab, »diese Anleihen halte ich für ein Verlustgeschäft. Luftschiffe sind ganz gewiss nicht das Modell der Zukunft. Die Fliegerei ist in Deutschland am Ende. Der Wiederaufbau der abgebrannten Luftschiffhalle in Fuhlsbüttel im vorigen Jahr war meiner Ansicht nach nicht mehr und nicht weniger als Geldverschwendung. Das habe ich Herrn Dornhain auch deutlich gesagt. Auf diese Weise konnte ich wenigstens verhindern, dass er sich an der Gründung der Deutschen Luftreederei beteiligt.«

»Grundsätzlich gebe ich Ihnen recht, sofern es sich um die Bestrebungen der Kriegsmarine handelt. Aber der zivile Luftverkehr bietet doch gerade jetzt ganz ungeahnte Möglichkeiten. Dass sich die Herren der Hapag, der Zeppelin GmbH und der Deutschen Bank mit der Allgemeinen Elektricitäts-Gesellschaft zur Deutschen Luftreederei zusammenschlossen, hat meines Erachtens den Charakter einer Vision.«

»Und ich sage, das sind Träumereien!«

Ellinor lauschte gespannt und fragte sich, warum sie von

den Investitionen ihres Vaters in die Luftfahrt nichts gewusst hatte. *Auch* nichts gewusst hatte, dachte sie verbittert. Er hatte so viel vor ihr verborgen. Vielleicht hatte er der HLG Geld geliehen und die Existenz der Pfandbriefe anschließend verdrängt. In seinem Abschiedsbrief hatte er nur von Kriegsanleihen gesprochen, in denen fast das gesamte Kapital steckte. Sie selbst hatte sich noch nicht mit der Fliegerei beschäftigt. Für sie waren Schiffe stets die wichtigsten Transportmittel für Menschen und Waren gewesen. Aber wenn Christian nachdrücklich dafür stimmte und überdies die größte Reederei Hamburgs eine Beteiligung angestrebt hatte, sollte sie sich wohl auch damit beschäftigen.

Wenn die Alliierten uns die Schiffe zur See fortnehmen, bauen wir eben neue für den Himmel, fuhr es ihr durch den Kopf.

Die Vorstellung, wie ein Vogel zu reisen, begann sie so sehr zu faszinieren, dass sie der ein wenig hitzigen Diskussion zwischen Eckert und Christian über das Für und Wider der Pfandbriefe nicht mehr folgte. Sie wusste natürlich von den Siegen der deutschen Fliegertruppe, hatte die Zeitungsberichte über Manfred Freiherr von Richthofen und seinen »roten Kampfflieger« ebenso verschlungen wie jede andere Frau und jeder Mann im Deutschen Reich. Sie hatte stets angenommen, dass sich die Luftschifffahrt auf den Kampf beschränkte und für Zivilisten bedeutungslos war. Wenn sich hier aber andere Wege gehen ließen …

Erst als Worte wie »Bildung eines Wirtschaftsrates« und »Wiedereinsetzung von Senat und Bürgerschaft«

durch den Raum flogen, begann sie sich auf die inzwischen ruhiger geführte Unterhaltung zu konzentrieren. Über das Fliegen würde sie später nachdenken.

13

Klara schob die Ärmel ihrer Strickjacke hoch. Ihr war warm geworden, was nicht nur an den vergleichsweise milden Temperaturen lag, sondern an der körperlichen Arbeit im Freien. Obwohl das Wetter diesig und grau war, genoss sie es, der modrigen Kälte des Hauses für eine Weile zu entkommen. Der auffrischende Wind hatte die Regenwolken vertrieben und die Erde roch unverbraucht und würzig – irgendwie nach Frieden, nicht nach Gräbern.

»Was machen Sie denn da?«

Lächelnd hob sie den Kopf. Während sie sich eine Haarsträhne hinter das Ohr schob, antwortete sie: »Wonach sieht es denn aus?«

Henning Claassen nickte bedächtig. »Ist es nicht die falsche Jahreszeit, ein Beet umzugraben?«

»Nein. Jetzt ist es genau richtig, um den Boden auf das Frühjahr vorzubereiten. Wir haben noch keinen Frost und das ist gut so.«

Der Maat schien ihren Kommentar einen Moment zu überdenken. Dann ließ er sich auf einem Knie nieder, das andere Bein winkelte er an und stützte seinen Ellenbogen darauf. Auf diese Weise mit ihr auf Augenhöhe, blickte er sie aufmerksam an.

Meine Güte, kam es Klara in den Sinn, der Mann hat unglaublich helle blaue Augen!

Sie sagte: »Passen Sie auf! Sie werden sich Ihre Hose ruinieren. Das Gras ist feucht und die Flecken gehen nicht raus.«

»Es ist schon passiert, denke ich.« Er grinste. Dabei wirkte er wie ein kleiner Junge, der bei einem gelungenen Streich erwischt worden war. »So lässt sich's aber besser reden.«

»Worüber möchten Sie denn reden?« Klara konnte nicht verhindern, dass sie bei ihren Worten errötete.

»Über Sie, Fräulein Klara. Was Sie so tun und so. Ich möcht alles wissen.«

Die Wolken lichteten sich im Wind und ein winziges Stückchen Blau zeigte sich am Himmel. Gerade so viel, dass ein Sonnenstrahl wie das Blitzlicht eines Fotografen aufleuchtete und Klara blendete. Sie blinzelte, senkte die Lider auf den umgegrabenen Boden, in dem noch die Grabegabel steckte, die sie vorhin aus der Hand gelegt hatte. Später würde sie noch ein paar Holzspäne zum Vordüngen in die Erde einarbeiten. Sie zwang sich zu diesem Gedanken an ihren Arbeitsablauf, um von Henning Claassens blauen Augen nicht allzu abgelenkt zu werden.

»Was soll ich sagen?«, murmelte sie. »Nach zwei oder drei Wochen im Haus kennen Sie doch meinen Alltag!«

»Erzählen Sie mir, warum ein Dienstmädchen und nicht der Gärtner das Beet umgräbt.«

»Wenn Sie wollen ...«, hob sie zögernd an. Dann schlang sie die Arme um sich und wischte sich die Hände an den Oberarmen ab, als brauchte sie saubere Finger für ihre Antwort. »Ein Kräutergarten gehört irgendwie zur Küche, nicht wahr?«

»Der Park gehört auch zu der Villa, die Sie putzen«, gab er belustigt zurück.

»Sie sind ganz schön neugierig«, meinte sie und sah ihn endlich wieder an.

Bis zu diesem Moment war sie nicht sicher gewesen, ob er sie veralberte. Ein Wachposten, der sich langweilte und sich die Zeit damit vertrieb, einer ebenso einsamen wie naiven jungen Frau den Kopf zu verdrehen. Man hörte ja so allerlei über das Liebesleben von Seemännern. Seit es Schiffe gab, wurden die flatterhaften Herzen der Matrosen besungen. Was soll's?, sinnierte sie. Ich bin vergeben und eine nette Unterhaltung ist mir willkommen. Das bedeutet doch nichts.

Dummerweise berührte sie das aufrichtige Interesse in seinem Blick.

»Als die gnädige Frau Ida erlaubte, ein Kräuterbeet am Haus anzulegen, habe ich mich für die Pflege angeboten«, erwiderte sie ernst. »Frische Luft tut mir gut. Ich mag die Arbeit im Freien.«

»Ich mag Frauen, die in der Erde buddeln.«

Vielleicht hätte sie jetzt irgendetwas über Männer und das Meer sagen sollen, aber Klara schwieg. Es fiel ihr keine launige Antwort ein – und etwas anderes als ein Scherz wäre wohl zu keck oder gar zu persönlich. Sie war keines dieser Mädchen, die stets zu einer Tändelei aufgelegt waren. Jedoch rechnete sie nicht damit, dass ihr Schweigen und der unverwandte Blick in seine Augen eine deutlich intimere Atmosphäre schafften, als es irgendein alberner Satz vermocht hätte. In der Stille des Gartens, das leise Rauschen des Windes im Ohr, fühlte sie sich mit Henning

Claassen wie auf einer einsamen Insel. Nur noch ein paar Minuten, dann würde sie ihm die Hand reichen, um mit ihm über die Wiese hinunter zum Wasser zu laufen. In ihrer Fantasie tat sie es ja bereits. Dort lachte sie bereits mit ihm und sprang jauchzend in die Luft – wie sie es seit Jahren nicht mehr getan hatte.

Klara blinzelte die Erinnerung an glücklichere Zeiten fort.

»Woher nehmen Sie eigentlich die Zeit zum *Klöönen*?«, fragte sie. »Sollten Sie nicht darauf aufpassen, dass dem Haus und seinen Bewohnern nichts passiert?«

»Das gnädige Fräulein empfängt Gäste mit eigener Leibgarde, die vor der Tür Wache schiebt. Da wollt ich kein Gedränge verursachen. Deshalb hab ich mich lieber verdrückt«, wieder erhellte das breite, freundliche Grinsen sein wettergegerbtes Gesicht. Langsam richtete er sich auf. Dann streckte er die Hand aus. »Wollen wir ein bisschen *na dat Weder kieken*?«

Konnte er ihre Gedanken lesen?

»Ich habe keine Zeit für solchen Unsinn!«, versetzte sie schroff. Einen Atemzug später tat es ihr leid, sodass sie milder hinzufügte: »Wenn ich hier fertig bin, muss ich Frieda im Haus helfen.«

»Schade. Dann vielleicht ein anderes Mal …?«

Bevor sie sich's versah, rutschte ihr ein deutliches »Ja« über die Lippen. Erschrocken über ihre freimütige Zusage griff sie nach der Grabegabel und begann, das Erdreich energisch aufzulockern. Als ihr bewusst wurde, dass Claassen diese stumme Aufforderung zum Gehen ignorierte, trieb sie das Gartengerät kraftvoller in den Boden, wo es stecken blieb.

Er stand ungerührt neben ihr und schaute ihr zu. So lange er das tat, würde sich ihr Herzschlag keinesfalls beruhigen.

»Was wollen Sie denn noch?«, fragte sie.

»Ein Pfand fürs *andere Mal.*«

»Reden Sie keinen Unsinn!«

Verlegen wischte sich Klara noch einmal die Finger an den Ärmeln ihrer Strickjacke ab. Sie stand auf, schob eine imaginäre Haarsträhne zurück, weil sie nicht wusste, wohin mit ihren Händen. Sie hielt sie in Bewegung, damit Claassen nicht einfach danach griff. Nervös nestelte sie am Bund ihrer Strickjacke, strich sich den Rock glatt.

»Wenn Sie mit in die Küche kommen wollen, mache ich Ihnen einen Tee«, schlug sie schließlich vor. »Ida sagte vorhin, dass sie ein paar getrocknete Erdbeerblätter übrig hat, aus denen die Dienerschaft Teeersatz für sich kochen darf.«

»Das ist nett von Ihnen.« Während er nickte, deutete er auf das Beet zu ihren Füßen. »Sie sind aber noch nicht fertig, nicht wahr?«

»Dann mache ich eben später weiter. Ich muss nur schnell die Petersilie abschneiden. Ida braucht sie für die Herrschaften. Soviel ich weiß, werden die Gäste des gnädigen Fräuleins zum Mittagessen bleiben.« Erleichtert, weil sie sich mit diesem Gesprächsthema wieder auf vertrautem Boden befand, plapperte Klara munter drauflos. »Ich verstehe nur nicht, warum die Herren mit all den Akten hierhergekommen sind. Das gnädige Fräulein sollte ins Büro fahren. Das scheint mir viel praktischer zu sein.«

»Für eine Frau ist das nichts«, wehrte Claassen ab. Er bückte sich, um Klara die Pflanzenschere aus dem Korb zu reichen, den sie vorhin neben dem Beet abgestellt hatte. »Noch hält der Arbeiterrat das Kontor besetzt. Der Soldatenrat würde die Reederei ja freigeben, habe ich gehört. Schon allein, damit die Bürohengste ihre Arbeit wieder aufnehmen können. Das ist wichtig. Es muss ja weitergehen. Irgendwie. Aber anscheinend gefällt einem *Keerl* das Zimmer des verstorbenen Herrn Dornhain so gut, dass er sich nicht wegrührt. Fragen Sie mal Richter. Der Sievers sitzt da, *benscht* die Schifffahrtskaufleute rum und macht einen auf wichtig...«

»Sievers?« Klara schnappte nach Luft. Die Schere glitt ihr aus der Hand. »Meinen Sie etwa *Bruno Sievers*?«

»Scheint so.« Der Maat zuckte gleichmütig mit den Achseln. Etwas verspätet bemerkte er offenbar Klaras Reaktion: »Mädchen, Sie sind ja ganz bleich! Was ist denn los?«

Vor ihrem geistigen Auge flackerte wie auf der Leinwand im Lichtspielhaus eine Szene auf. In der Küche der Dornhain'schen Villa war sie dem damaligen Gesindemakler zum ersten Mal begegnet. Obwohl er eigentlich mit Meta, dem anderen Dienstmädchen, ging, wurde er zudringlich. Er betatschte sie. Wenn Ida nicht eingeschritten wäre, hätte er sich sicher noch größere Frechheiten als das Aufbinden von Klaras Schürze erlaubt. Deshalb ging sie ihm nach diesem Vorfall aus dem Weg. Seine Entlassung aus den Diensten der Stadt und seine spätere Verurteilung hatten Klara die Furcht vor diesem Mann fast vergessen lassen. Wenn er jetzt auf dem Stuhl Victor Dornhains Platz nahm, war das nicht nur abscheulich, sondern auch angsteinflößend.

Sie schüttelte den Kopf. »Nichts. Es ist nichts. Ich...«, sie unterbrach sich, bückte sich, um die Schere aufzuheben, doch Claassen kam ihr zuvor. Auf halber Höhe hielt sie inne, wartete, dass er das Werkzeug hochnahm und ihr erneut reichte. Als sie es ihm abnahm, berührten sich ihre Hände.

Vor ein paar Minuten hätte diese flüchtige und doch so intensive Berührung sie wie elektrisiert. Doch in diesem Moment fühlte Klara eine fast vergessene Wärme durch ihren Körper strömen. Ihr Herz schien ein paar Schläge zu vergessen, trommelte anschließend kurz und heftig, um schließlich in einen ruhigen Rhythmus zu fallen.

Klara lächelte Henning Claassen an. »Jetzt ist alles gut«, sagte sie leise. Dann neigte sie sich zu der Pflanze zu ihren Füßen. Zwischen Schnittlauch und Thymian wucherte die Petersilie, von der sie rasch einige Zweige zum Verfeinern des Mittagessens abschnitt.

14

Der Wind trieb das größte Stück eines abgerissenen Plakats durch die dunkle Straße. Selbst wenn die elektrischen Laternen wieder gebrannt und ihren Weg beleuchtet hätten, wäre Adele von Carow nicht auf die Idee verfallen, den Text auf der Werbung zu lesen. Es waren ja doch immer dieselben Parolen, mit denen die Politiker auf Stimmenfang gingen. Die SPD gegen die USPD und beide gegen die Spartakisten, Arbeiterrat und Soldatenrat gegeneinander oder miteinander – wer konnte das schon mit Sicherheit sagen? Die Ereignisse überstürzten sich seit dem Matrosenaufstand und dem Kriegsende. Deshalb interessierte es sie nicht, welcher Revolutionsheld zu einer neuen Kundgebung aufrief. Jedermann an der Macht versprach Maßnahmen für bessere Lebensbedigungen und gegen den Hunger. Letzten Endes litt jede Bürgerin und jeder Bürger darunter, dass das Kriegsversorgungsamt die Kartoffelrationen noch einmal herabgesetzt hatte, von fünf auf vier Pfund pro Person und Woche. Es machte Adele fassungslos zu erleben, wie die Leute selbst die tollkühnsten Versprechungen bereitwillig aufsaugten wie ein Schwamm das Wasser. Hatte denn niemand in den vergangenen vier Jahren gelernt, dass Macht und Lüge eine verstörende Einheit bildeten?

Spätestens als Adele mit ansehen musste, wie ganze Schulklassen als Kanonenfutter ins Feld entlassen wurden, hatte sie den Glauben an den Kaiser verloren. Und nun, ein paar Wochen nach dem Ende des Großen Krieges und der Abdankung Seiner Majestät, begann sie auch den Glauben an die proletarischen Herrscher zu verlieren. Die alten Standesregeln waren untergegangen wie ein Stein in der Elbe. Aber von einer Verbesserung der Verhältnisse konnte keine Rede sein. Genau genommen ging es denen, die das Morden an der Front überlebt hatten, schlechter als je zuvor. Die einen starben an der Grippe, die anderen vor Hunger, die dritte Gruppe wurde umgebracht, weil sie sich gegen die Meinungsführer stellte; die Leichen lagen tagelang auf den Straßen und niemand kümmerte sich um sie. Ein Menschenleben galt schon lange nicht mehr viel, aber in diesen Tagen war es absolut wertlos.

Der Klang ihrer Absätze auf den Pflastersteinen hallte von den Hauswänden wider, die hinter Dunstschwaden versanken. Niemand außer ihr schien unterwegs zu sein. Adele ärgerte sich, dass sie diese Abkürzung gewählt hatte. Sie war keine junge Frau mehr, im Alltag war sie umsichtig und vernünftig. Wieso lief sie um diese Uhrzeit hier entlang? Es war Wahnsinn, sich so nah am Rathaus zu bewegen, wo die unterschiedlichsten Kräfte aufeinanderstießen und es ständig Raufereien gab. Eine Dame sollte auch im Frieden am Abend nicht allein unterwegs sein, geschweige denn in den unruhigen Zeiten einer Revolution. Sie musste den Verstand verloren haben!

Ihre Neugier hatte sie getrieben. Im Hotel Atlantic residierte eine britische Kommission, angeführt von Vizeadmiral Montague Browning. Seine Ankunft hatte sich herumgesprochen wie das sprichwörtliche Lauffeuer und auch Adele war nicht gefeit gegen den Wunsch, einen Blick auf die Sieger zu werfen. Eigentlich verabscheute sie Sensationsgier, die in ihren Augen nichts anderes als die Schwester des Klatsches und der Skandale war. Aber irgendwie brachten die Engländer einen gewissen Glanz zurück in die Hansestadt, auch wenn sie natürlich noch immer als Feinde betrachtet wurden. So schnell brachen keine neuen Zeiten an. Vor allem, da das Gros der Bevölkerung die Waffenstillstandsbedingungen der Alliierten nicht verstand und die Niederlage nicht anerkennen wollte. Die verlangte Rückführung der einst gekaperten, im Hamburger Hafen liegenden britischen Schiffe und vor allem die Auslieferung der deutschen Flotte wurden daher mit Protest aufgenommen.

Einige aufgeregte Demonstranten hatten vor der Luxusherberge Aufstellung genommen, wurden aber bald von einer Gruppe verscheucht, die zum allmächtigen Arbeiter- und Soldatenrat gehörte. Adele hatte sich vor dem Handgemenge in Sicherheit gebracht, war aber in der Nähe geblieben. Vergeblich. Bis zum Abend zeigte sich keiner der Lords, nur ein paar Wachen patrouillierten vor dem Hotelportal.

Die Dunkelheit hatte sich längst über die Straße An der Alster gelegt und vom Wasser stieg Nebel auf, die Glocke der Dreieinigkeitskirche läutete die Sperrstunde ein, als sich Adele endlich von ihrem Beobachtungsposten unter einem der Bäume am Ufersaum löste. Statt direkt nach Hause zu gehen, nahm sie einen Umweg, spazierte an der Alster entlang, streifte die Kunsthalle mit einem flüchtigen, fast sehnsüchtigen Blick und bog schließlich so ab, dass sie sich in der Bergstraße vor dem Kontorgebäude der Reederei Dornhain wiederfand.

Natürlich waren die Büros in dieser Gegend längst geschlossen, die Angestellten davongeeilt. Die schmale, parallel zum Alsterdamm verlaufende Seitenstraße wirkte wie ausgestorben. Selbst das entfernte Klingeln der Straßenbahn war verstummt. Nur Adeles Schritte hallten von den Steinen wider. Der Wind blies um die Ecken der Altstadtgassen, fing sich zwischen den Häusern, ein Pfeifen und Rauschen begleitete ihn. Er vertrieb die Regenwolken, sodass der Mond Adeles Weg beleuchtete. Sie dachte an die wenigen Male in den vergangenen Jahren, als sie sich heimlich hierherstahl, um einen Blick, einen einzigen Blick nur auf den Mann zu werfen, der ihr Schicksal gewesen war. Auf diese Weise hatte sie Victor Dornhain älter werden sehen – und am Ende auch einsamer.

Ein Knall ließ sie zusammenfahren.

War das ein Schuss?

Sie spürte den Drang fortzulaufen, schnell zu rennen. Doch ihre Beine fühlten sich an wie Blei. Das Herz schlug ihr bis zum Halse.

Es dauerte eine Weile, bis die beruhigende Erkenntnis ihren Verstand erreichte, dass das Geräusch eine zuschlagende Tür gewesen war. Oder ein Holzstück, das der Wind gegen eine Mauer trieb. Etwas ganz Harmloses. Nichts, worüber es sich aufzuregen lohnte.

Adele umfasste den Griff ihrer Handtasche fester. Sie musste weiter, bevor sie von Soldaten aufgegriffen wurde, weil sie sich noch im Freien aufhielt. Statt ihren Erinnerungen zu folgen, sollte sie sofort nach Hause gehen.

Nach dem Abriss des alten Gängeviertels vor ein paar Jahren war in einem Neubau eine Pension für alleinstehende Frauen eingerichtet worden, in der sie seither lebte. Es machte ihr nichts aus, Wand an Wand mit Arbeiterinnen zu wohnen, als Lehrerin an einer öffentlichen Schule war sie längst keine vornehme Gouvernante mehr. Außerdem war sie nur die Tochter des fünften Sohnes eines Landjunkers aus der Mark Brandenburg und deshalb trotz des Adelsprädikats von Geburt an ebenso bedürftig wie ihre neuen Nachbarinnen. Das Zimmer war billig, sauber und modern, was einen erheblichen Vorteil gegenüber ihren früheren Bleiben darstellte. Die preiswerte Miete ermöglichte ihr, ein wenig Geld für besondere Ausgaben beiseitezulegen. So hatte sie auf dem Schwarzmarkt sogar ein paar Briketts erstehen können, die sie heute Abend vielleicht anzünden würde, um sich richtig aufzuwärmen.

Der Wind fuhr ihr unter den Rock. Selbst ihre Wollstrümpfe konnten nicht das Frösteln verhindern, das ihr durch und durch ging.

»Adele ...!«

Ihre Beine blieben automatisch stehen, bevor sie sich dessen bewusst wurde.

Dabei hatte gewiss niemand ihren Namen geflüstert. Es war nur das Brausen des Windes. Sie sprach sich innerlich Mut zu und marschierte beherzt weiter.

Eine Hand packte sie an der Schulter, riss sie herum. Bevor sie sich's versah, schloss sich ein Arm um ihren Hals. Jemand nahm sie in den Würgegriff. Ihre Knie gaben nach, sie verlor das Gleichgewicht.

Sie japste nach Luft, versuchte zu schreien. Doch ihrer Kehle entrang sich nur ein Röcheln.

Obwohl ihre Hände frei waren, konnte sie sich nicht wehren. Ihr Bewegungsmotor war wie ausgeschaltet. Ihre Ohren waren eingeklemmt, das Pulsieren ihres eigenen Blutes dröhnte in ihrem Trommelfell, ihr Kopf war ein einziges Rauschen. Sie schrumpfte zu einer Stoffpuppe, das willenlose Spielzeug in den Armen eines brutalen Mannes, der sie auf den Boden drückte.

Ausschließlich damit beschäftigt, irgendwie zu atmen und zu überleben, hörte sie die Worte verzögert: »Du Hure ...« Der nach Alkohol und Tabak stinkende Speichel sprühte auf ihr Gesicht. »Victor Dornhains Hure, dir besorg ich's jetzt ... und dann ist dein Bastard dran ...«

Adele war so fassungslos, dass sie anfangs kaum wahrnahm, was mit ihr geschah. Das Reißen von Stoff war nebensächlich, die Hand, die ihre Schenkel auseinanderdrückte, unwichtig. Ihr Gehirn war für einen Moment erfüllt von der Frage, wer dieser Mann war. Woher kannte er das größte Geheimnis ihres Lebens? Doch das Gefühl zu ersticken wurde übermächtig und vertrieb jeden logischen Gedanken. Die Atemnot war sogar stärker als der Schmerz, als der Mann in sie eindrang. Während er sich in ihr bewegte, glaubte sie zwar, ihr Unterleib müsse bersten. Gleichzeitig aber wurde das Dröhnen in ihren Ohren stärker, das rauschende Wabern in ihrem Kopf. Ihr wurde schwindelig, vor ihren Augen tanzten Sterne.

Die kalten Pflastersteine brannten wie lodernde Kohlen in ihrem Rücken, das Feuer breitete sich aus, griff nach ihr und drohte sie zu verschlingen. Sie würde in der Hölle schmoren, wo sie Schmach und Schande immer wieder erlebte bis zum Jüngsten Gericht...

Der Mann ließ von ihr ab. Gleichzeitig verschwanden die schrecklichen Bilder vor ihrem inneren Auge. An ihren Schenkeln rann eine warme Flüssigkeit herab. Sein Saft oder ihr Blut. Es war ihr egal. Ekel erfasste sie.

»Hat's Spaß gemacht, Reedersschlampe?«

Mach die Augen auf, schrillte eine Stimme in ihrem Kopf. Du musst sehen, wer dir das angetan hat!

Doch Adeles Lider waren schwer. Selbst das Entsetzen über seine Worte half ihr nicht, sich zu rühren. Von den Haarwurzeln bis zu den Füßen tat ihr alles weh. Ihr Körper fühlte sich an wie ein einziger Klumpen Schmerz, ihr Herz hatte sich in eine hilflos trommelnde Masse verwandelt, ohne jeden Rhythmus, ihre Seele war zu Eis erstarrt.

»Jetzt bist du das letzte Stück Dreck«, stellte der Mann mit höhnischem Lachen fest. Als müsste er der Vergewaltigung noch etwas hinzufügen, trat er sie mit dem Stiefel in die Seite. »So wird's noch allen Dornhain-Weibern ergehen. Das schwör ich dir.« Seine Drohung ging in ihrem Schmerzensschrei unter.

Überrascht vom durchdringenden Klang ihrer Stimme und von der Luft, die sie damit in ihre Lungen pumpte, schrie Adele weiter. Wie von Sinnen brüllte sie Angst, Verzweiflung und Schmerz aus sich hinaus.

»Halt's Maul!« Der Mann beugte sich noch einmal über sie. Er schlug ihr so heftig ins Gesicht, dass ihr kaum mehr als ein Wimmern entfuhr.

Adele hob schützend die Arme über ihren Kopf. Sie rollte sich zur Seite, krümmte sich, erwartete den nächsten Hieb.

Doch der Mann schien sein Interesse an ihr verloren zu haben. Seine ruhigen Schritte hallten durch die Straße – bis die Tür eines Automobils zuschlug und der Motor zu rattern begann. Das Geräusch wurde rasch leiser und verlor sich schließlich. Dann war es wieder still und nur das Pfeifen des Windes erfüllte den Raum zwischen den Kontorhäusern mit Leben.

15

Ellinor wagte nicht, Richter danach zu fragen, wo er gestern Abend gewesen war. Sein Anblick war erschreckend, sie hatte ihn nie zuvor in dieser Verfassung erlebt. Er schien nicht nur übernächtigt zu sein, so angeschlagen hatte er nicht einmal ausgesehen, als er verwundet von einem kurzen Kriegseinsatz heimkehrte. Sie öffnete den Mund, um sich nach seinem Wohlergehen zu erkundigen, unterließ es dann aber, weil sie nicht in seine Privatsphäre dringen wollte. Mit dem üblichen »Vielen Dank« nahm sie die Post entgegen, die er ihr ins Arbeitszimmer brachte.

»Wenn Sie mich brauchen sollten«, sagte Richter und seine sorgenvolle Miene nahm einen seltsamen Ausdruck an, unerwartet verwegen und zornig, »ich bin im Ankleidezimmer Ihres Herrn Vater. Die gnädige Frau bat mich, seine Kleidung durchzusehen und als Spende für das Wohlfahrtsamt einzupacken.«

War er verstimmt, weil ihre Großmutter ihm womöglich nicht das Naheliegendste angeboten hatte?

»Ja, natürlich«, erwiderte Ellinor schnell. »Wenn Sie etwas von Vaters Sachen gebrauchen können, lassen Sie uns das bitte wissen. Es wäre in seinem Sinne.«

Der Diener verneigte sich und schritt mit hängenden Schultern hinaus.

Ich hätte mich doch erkundigen sollen, was mit ihm ist, dachte Ellinor. Es passte nicht zu ihm, dass er sich darüber ärgerte, bei der Verteilung der Garderobe seines verstorbenen Herrn übergangen zu werden. Richter brannte bestimmt etwas anderes auf der Seele. Sie hätte gern gewusst, ob sie ihm helfen konnte. Sein Verhalten nach dem Tod ihres Vaters war so großartig gewesen, dass ihre Familie auf immer in seiner Schuld stand. Aber wenn sie ihn jetzt zurückrief und nachfragte, überschritt sie eine Grenze. Nicht nur, dass sie sich dann distanzlos benahm – sie brachte sie beide in eine peinliche Situation, falls Richter seine Probleme lieber für sich behielt.

Seufzend wandte sie sich den wenigen Kuverts zu, die eingegangen waren. Es verwunderte sie zutiefst, dass das Postwesen schon zwei Wochen nach dem Umschwung wieder funktionierte. Nicht unbedingt pünktlich, aber immerhin kamen die Schreiben irgendwann beim richtigen Adressaten an.

Den Brieföffner zwischen den Fingern, öffnete sie zuerst einen als Telegramm gekennzeichneten Umschlag. Dieser enthielt eine vor zwei Tagen in Zürich aufgegebene Depesche:

+++ Kommen sofort nach Hause +++ Bin traurig +++ Nele +++

Ellinor drehte das Blatt, doch sie fand keine weitere Information als den knappen Text auf dem aufgeklebten Papierstreifen des Fernschreibers. Kein Reisedatum, keine Ankunftszeit. Sie hatte zwar nicht die geringste Ahnung, wie lange Nele unterwegs sein würde, aber der Gedanke, dass ihre Schwester jeden Moment zur Tür hereinschneien könnte, versetzte sie für einen herrlichen Moment in Hochstimmung.

Das zweite Schreiben, das sie öffnete, war eine Mitteilung des Kriegsministeriums. Aufgrund ihrer Anfrage teilte man ihr mit, dass sich die Etappenhelferin Lavinia Michaelis, geborene Dornhain, derzeit bei der Obersten Heeresleitung im Grandhotel in Cassel-Wilhelmshöhe befand.

Nicht Erleichterung, sondern Belustigung stellte sich bei Ellinor ob dieser Information ein. Der Aufenthaltsort passte so sehr zu Livi. Wo sonst als in einem Grandhotel würde man die verwöhnte Kleine wohl vermuten?

Während sie den letzten Brief zur Hand nahm, lachte Ellinor noch immer leise in sich hinein. Doch das Lachen erstarb jäh. Ihre Augen flogen über die kurzen, höflich formulierten, aber keinen Widerspruch duldenden Zeilen, die in englischer Sprache abgefasst waren. Da sie wie alle gebildeten Hamburger sehr anglophil war, konnte sie die Sätze mühelos verstehen. Es fiel ihr jedoch schwer, den Inhalt nachzuvollziehen. Hatte sie sich eben noch auf das Eintreffen von Nele gefreut, wertete sie die Ankündigung eines anderen Ankömmlings nicht nur als Last, sondern als Bedrängnis. Am meisten ärgerte sie, dass sie nichts gegen diesen Hausgast unternehmen durfte.

Nachdem sie das Schreiben mehrmals gelesen hatte, faltete sie das Papier ordentlich zusammen. Sie wog es in den Händen, doch es war nicht schwerer als jeder andere Briefbogen, auch wenn es mit einem ganz ungeheuerlichen Gewicht auf ihre Seele drückte.

Seufzend schob sie den Stuhl zurück und machte sich auf den Weg, um ihre Großmutter zu informieren.

Die offensichtlichen Probleme ihres Dieners waren vergessen, als sie Richter auf der Treppe begegnete. Sie nickte ihm zu, überlegte, ob sie ihm eine Anweisung erteilen sollte, entschied sich jedoch dagegen und ging – mit den eigenen Gedanken und Befürchtungen beschäftigt – weiter. Sie klopfte kurz an die Tür und trat ein, die Stille im sogenannten Morgenzimmer ignorierend.

Charlotte saß am Fenster und blickte erstaunt von einem Buch auf. Sie ließ das altmodische Lorgnon sinken und tadelte: »Früher konntest du warten, bis ich hereinbat. Wie soll es weitergehen mit unserem Land, wenn die Deutschen mit dem Krieg auch noch ihre Manieren verloren haben?«

Das Morgenzimmer war der Raum, in dem sich die Familienmitglieder in privater Runde wie etwa beim Frühstück versammelten. Hier bestand das Mobiliar aus Stücken, die in den Empfangsräumen nicht mehr gebraucht wurden, an den Wänden hingen Bilder, die ebenfalls ausrangiert oder von vornherein nicht für wertvoll genug befunden worden waren, darunter eine Zeichnung von Nele. Auf den Beistelltischen und Kommoden standen Souvenirs von fast vergessenen Urlaubstagen. Ellinors Augen streiften flüchtig die Keramikschale aus Nordfriesland und die Muscheln, die sie, Nele und Livi am Strand von Westerland gesammelt hatten. Doch die Wärme, die sie sonst bei der Betrachtung der Erinnerungsstücke befiel, stellte sich jetzt nicht ein. Nicht einmal das Knistern des Kaminfeuers half ihr dabei.

»Entschuldige«, murmelte Ellinor halbherzig. Sie ließ sich auf der Kante des Zierstuhls nieder, der ihrer Großmutter am nächsten stand. »Wir bekommen Gäste!«

»Ach? Und das echauffiert dich dermaßen, dass du die Contenance verlierst?« Charlotte erwartete auf diese rhetorische Frage natürlich keine Antwort, sie fuhr einen Atemzug später kopfschüttelnd fort: »Ich empfinde die große Anteilnahme durchaus als wohltuend in unserer Trauer, aber die vielen Kondolenzbesuche sind auch recht ermüdend. Ehrlich gesagt, ich hätte gerne meine Ruhe. Wer hat sich denn nun angekündigt?«

»Niemand, der zu unserem Bekanntenkreis zählt.«

»Dann sag den Leuten ab – wer immer sie sind. Das ist kein Grund, in Aufruhr zu geraten.«

Ellinor faltete den Brief auseinander und fächelte sich mit dem Blatt Luft zu. Allein der Gedanke an den Besucher versetzte ihr Blut in Wallung. »Es handelt sich um einen Fregattenkapitän der US-Navy. Die Amerikaner wollen den Briten anscheinend nicht die gesamte Kriegsbeute überlassen. Sie schicken nun auch eine Abordnung zur Schiffsbegutachtung her und ein gewisser Commander Bellows besteht darauf, bei seinem Aufenthalt in Hamburg in unserem Haus zu nächtigen.«

»Bellows?«, wiederholte ihre Großmutter stirnrunzelnd. Nach einer Gedankenpause fügte sie hinzu: »Wie kommt der Mann auf uns? Weiß er nicht, dass es sich um ein Trauerhaus handelt und die Aufnahme eines Gastes daher ausgeschlossen ist?«

»In dem Schreiben wird auf Vaters Tod Bezug genommen. Man bittet uns um Verständnis und am Ergebnis ändert das nichts. Wir müssen Commander Bellows aufnehmen.« Ellinor schwieg einen Moment, dann brach es aus ihr heraus: »Glaubst du, dieser Marineoffizier nistet sich bei uns ein, weil die Alliierten Wind von den versteckten Akten bekommen haben?«

Charlotte ließ das Lorgnon in ihren Schoß fallen und beugte sich vor, um nach Ellinors Hand zu greifen, die noch immer mit dem Brief herumwedelte. »Schone deine Nerven, Kind. Wenn dich die Furcht vor Entdeckung dermaßen umtreibt, sollte Herr Eckert die Kontorbücher sofort wieder abholen. Und, nein, selbst einem Amerikaner traue ich nicht zu, dass er die Wäschekammer eines fremden Haushalts nach Unterlagen durchwühlt.«

Die Vorurteile ihrer Großmutter ließen Ellinor wider Willen schmunzeln. Amerikaner waren für die alte Dame immer schon ein primitives Volk ohne Kultur und Geschichte. Charlotte Dornhain hatte nie verstanden, warum so viele Auswanderer ihr Glück ausgerechnet jenseits des Atlantiks suchten, schließlich gab es doch die deutschen Kolonien. In den Besitzungen in Afrika und Asien herrschten immerhin preußisches Recht und eine gewisse Zivilisation unter den weißen Siedlern. In den Vereinigten Staaten dagegen mangelte es an fortschrittlichen Errungenschaften, wie sie immer wieder betonte. Selbst eine wohlhabende Familie und ein Studium hatten Charlotte Dornhain nicht von der Idee abgebracht, Nele würde zu Indianern verschleppt, wenn sie einen Amerikaner heiratete.

In diesem Moment traf Ellinor die Erinnerung wie ein Blitz. »Ich weiß, warum Commander Bellows unbedingt bei uns nächtigen möchte«, rief sie triumphierend aus. Unendliche Erleichterung erfasste sie, weil es sich bei dem Hausgast wahrscheinlich um einen privaten Besucher handelte und nicht um einen Spion.

»Na endlich. Dann lass mich an deiner offensichtlichen Freude teilhaben und berichte mir den Grund für dieses impertinente Verlangen.«

»Erinnerst du dich an den Kunststudenten in München, von dem uns Nele eine Zeit lang schrieb? Das muss in dem

Winter nach Lavinias Verlobung mit Konrad gewesen sein.«

»Natürlich kann es nur zum Jahreswechsel elf/zwölf gewesen sein. Das war schließlich Neles letzter Winter in München«, entgegnete die Großmutter ungeduldig. Sie trommelte nervös mit den Fingern auf dem Buchdeckel in ihrem Schoß. »Meine Güte, Ellinor, das ist bald ein Jahrzehnt her. Wer interessiert sich noch für diese alten Geschichten?« Dabei blickte sie in die Ferne, als riefe sie die Bilder aus der Vergangenheit vor ihr geistiges Auge.

»Offensichtlich dieser Bellows«, gab die Enkelin zurück. »War der Name von Neles Verehrer nicht Bellows? Francis Bellows?«

Charlottes Blicke wanderten zurück zu Ellinor. »Wenn du recht hast, dann ist sein Name unerheblich, denn er kam beim Untergang der Titanic um. Das weiß ich bestimmt. Dein Vater erzählte es mir, als er von seinem Krankenhausbesuch bei Nele zurückkehrte. Der Tod dieses Amerikaners ging ihr recht nahe. Ich mag mich zwar nicht mehr an seinen Namen erinnern, aber die Worte meines Sohnes habe ich noch im Kopf.«

»Vielleicht möchte sein Bruder die Familie seiner letzten Liebe kennenlernen oder etwas in der Art«, schlug Ellinor vor. So schnell gab sie die Hoffnung nicht auf, dass die Verbindung zwischen ihr und Commander Bellows harmloser Natur war.

»Weiß Christian Schulte-Stollberg, dass du dermaßen romantisch veranlagt bist, Ellinor?«, fragte Charlotte schmunzelnd.

»Ach, Großmutter …!«

»Wie dem auch sei, ich fürchte, du kannst im Moment nichts anderes tun, als Frieda anzuweisen, ein Gästezimmer zu lüften und das Bett zu beziehen. Wir sind die Verlierer des Großen Krieges. Da dürfen die Gewinner wohl auch bei uns einziehen, wenn sie es denn unbedingt wollen.«

»Frieda soll Neles Zimmer dann auch gleich herrichten …«

Die alte Dame schnappte überrascht nach Luft. »Nele kommt nach Hause?«

»O ja«, Ellinor strahlte ihre Großmutter an. »Entschuldige, dass ich es dir noch nicht gesagt habe: Ich bekam ein Telegramm von Nele. Leider schreibt sie nichts über ihre Ankunft, nur dass sie auf dem Weg sind.«

»*Sie* sind auf dem Weg?«, wiederholte Charlotte. Ihre Stimme klang wie ein leises Zischen.

»Nun, Konrad wird sie wahrscheinlich nach Hause begleiten.«

Charlotte öffnete den Mund für eine Erwiderung, schloss ihn jedoch wieder, ohne etwas gesagt zu haben. »Uns bleibt anscheinend nichts erspart«, meinte sie nach einer Weile. Nach einer weiteren Pause fügte sie leise hinzu: »Hoffentlich will sie nicht bei ihm in der St. Benediktstraße einziehen, wenn sie schon gemeinsam reisen.«

Die Freude verschwand aus Ellinors Miene. Sie ärgerte sich über ihre Großmutter – und ein bisschen auch über ihre Schwester, die sie in diese unglückliche Situation gebracht hatte. »Wir können Nele gewiss viele Fehler vorhalten, aber sie hat sich immer einwandfrei benommen. Dasselbe trifft auf Konrad zu. Ich bin daher sicher, dass die beiden die Form wahren werden.«

»Ja, in der Tat, das bleibt zu hoffen. Was ist mit Lavinia?«

»Ich habe erfahren, dass sie bei der Obersten Heeresleitung in Cassel ist.«

»Dann solltest du sie über den Tod eures Vaters in Kenntnis setzen.« Charlottes Stimme erstarb. Sie schluckte hörbar. »Ich weiß, wie gerne ihr jungen Frauen telefoniert, aber du brauchst kein Ferngespräch anzumelden. Es genügt, wenn du ihr einen Brief schreibst. Das hat mehr Stil und Lavinia ist so zartbesaitet, sie wird es kaum ertragen, durch diesen Höllenapparat von unser aller großem Verlust zu erfahren. Außerdem besteht keine Eile mehr. Selbst wenn sie sofort demobilisiert würde, zur Beerdigung käme sie ohnehin zu spät.«

Ellinor dachte, dass ihre Großmutter wie immer ein gutes Fingerspitzengefühl für schwierige Situationen besaß. Wenn Livi es schaffte, unverzüglich nach Hamburg abkommandiert zu werden, könnte ein gewisses Durcheinander entstehen. Der mögliche Bruder des toten amerikanischen Verehrers von Nele und Nele unter einem Dach bargen bereits einiges Konfliktpotenzial, daneben Konrad, auch wenn der in sein eigenes Haus zog. Die Vorstellung, dass auch noch Lavinia hinzukam, um auf ihrem alten Zimmer in der Villa zu beharren oder – schlimmer noch – auf ihre Rechte als Ehefrau zu pochen, überstieg Ellinors Fantasie. Auf Nele und Konrad war Verlass, nicht aber auf Lavinias Sprunghaftigkeit. Und auf den unbekannten Amerikaner und dessen Motive am wenigsten.

16

Am Nachmittag drang das Brummen eines Motors in Victor Dornhains Arbeitszimmer. Ellinor hatte das Fenster geöffnet, um den Rauch abziehen zu lassen, der von ihrer Zigarette aufstieg. Sie war so damit beschäftigt, das Nikotin zu inhalieren und trotzdem nicht zu husten, dass das eigentlich überraschende Geräusch zu einer Nebensache wurde.

Auch wenn sie noch nicht im Kontor ihren Mann stehen konnte, schien es ihr an der Zeit, sich einen etwas männlicheren Habitus zuzulegen. Das Gespräch mit Eckert und Christian Schulte-Stollberg vor ein paar Tagen hatte ihr gezeigt, dass sie sich erst Gehör verschaffte, wenn sie undamenhaft mit der Faust auf den Tisch haute. Es erschien ihr aber ebenso sinnvoll, zunächst in aller Heimlichkeit die Requisiten der Herrenwelt auszuprobieren, bevor sie ihr Auftreten in dieser Hinsicht verbesserte.

Mit diesem Vorsatz war sie zum Kleiderschrank ihres Vaters gegangen und hatte aus den verbliebenen Sachen eine Krawatte gefischt. Obwohl es unter Frauenrechtlerinnen schon vor dem Krieg en vogue gewesen war, ihr Streben nach Gleichberechtigung mit diesem Accessoire zu unterstreichen, hatte Ellinor aus Rücksicht auf ihre Großmutter auf einen Schlips verzichtet. Nele als Kunststudentin war modebewusster gewesen, in München mochte man ihr damals eine unkonventionelle Garderobe auch eher nachsehen als am Harvestehuder Weg.

Selbst nach mehreren Versuchen scheiterte Ellinor an der Technik des Bindens. Ihr wollte kein einwandfreier

Knoten gelingen. Viele junge Damen ihrer Generation beherrschten diese Handgriffe, um bei einem späteren Gemahl Eindruck zu machen. Da sie jedoch die üblichen Vorbereitungen auf eine Ehe stets abgelehnt hatte, war ihr anscheinend ein wichtiger Fehler in ihrer eigenen Entwicklung unterlaufen. Der Gedanke, dass sie es versäumt hatte, von ihrem Vater zu lernen, stach in ihr Herz wie die Dornen einer Rose.

Sie ließ die langen Enden lose vom Kragen ihrer weißen Bluse herabfallen und wandte sich eigensinnig ihrem nächsten Vorhaben zu. Im hintersten Winkel einer der Schreibtischschubladen hatte sie neulich das silberne Zigarettenetui gefunden, das Victor immer bei sich trug. Offenbar hatte er es aus dem Jackett genommen, bevor er seinen letzten Weg zum Alsterufer antrat. Als sie nun in sein Arbeitszimmer kam, griff Ellinor danach und ließ dennoch zögernd den Verschluss aufschnappen. Es erschien ihr wie ein Sakrileg, die elegante rechteckige Dose mit den abgerundeten Kanten in Besitz zu nehmen. Gleichzeitig verspürte sie eine tiefe emotionale Verbindung zu dem Toten, während sie die letzte verbliebene *Murad* herausnahm und mit einem Streichholz, das sie auf dem Kaminsims fand, anzündete.

Leider erwies sich das Zigarettenrauchen als ebenso schwierig wie das Schlingen eines Krawattenknotens. Es bedurfte mehrerer Versuche und Streichhölzer, bis Tabak und Papier endlich brannten. Der erste Hustenanfall ließ nicht lange auf sich warten. Atemlos riss sie das Fenster auf, um frische Luft zu schnappen und erneut zu üben.

Endlich nahm sie das Motorengeräusch wahr. Ein Brummen und Tuckern wie von einem Fahrzeug. Doch außer den Arbeiter- und Soldatenräten und deren Kumpanen besaß derzeit niemand einen Wagen. Oder traf Commander Bellows etwa viel früher ein als angekündigt? In dem Schreiben war von einem Datum in etwa einer Woche die Rede gewesen ...

Wie peinlich, wenn man sie bei ihren wenig erfolgreichen Versuchen ertappte, Männerdomänen zu erobern. Was für ein groteskes Bild gäbe sie wohl ab, wenn Frieda oder Klara ins Zimmer kämen: eine Frau im schwarzen Rock mit schlichter weißer Bluse, um den Kragen einen traurigen Schlips, die mit vor Anstrengung zitternden Fingern eine Zigarette umklammerte und gleichzeitig hustete, als hätte sie die Dämpfe aus dem Auspuffrohr eines Automobils eingeatmet. Ellinor wusste nicht, ob es am Nikotin lag oder an ihrem Vorstellungsvermögen, dass ihr schwindelig wurde.

Mit der freien Hand riss sie sich den Binder vom Hals, die andere streckte sie in Richtung Kamin aus, um die Tabakkippe in die Asche zu werfen. Bevor sie die Zigarette losließ, schöpfte sie noch einmal tief Atem und blickte dabei durchs Fenster nach draußen. Was sie sah, verwirrte sie vollends. Prompt fiel ihr der glühende Stummel unbemerkt aus der Hand und auf den Teppich.

Am Seitenflügel des Hauses ratterte inzwischen unverkennbar Victor Dornhains Phaeton vorbei. Der dunkelgrüne Lack glänzte nicht so wie unter Richters Pflege gewohnt, die Chromteile waren stumpf vor Schmutz, die Scheiben von Schlieren verdreckt. Aber Ellinor brauchte sich nicht erst mit einem Blick auf den Chauffeur davon zu überzeugen, dass es sich um den Wagen ihres Vaters handelte. Wie um alles in der Welt war Richter wieder hinter dieses Steuer gekommen?

Der Geruch von verbranntem Haar stieg ihr in die Nase. Verstört blickte sie sich um – bis sie begriff, dass die Wolle zu ihren Füßen kokelte. Widerwillig, weil sie den Blick vom Fenster abwenden musste, bückte sie sich, brachte den Zigarettenstummel in ihrer Hand in Sicherheit, trat die Glut mit dem Absatz aus. Dann stürzte sie aus dem Zimmer, machte jedoch kurz vor dem Kamin halt, um die in diesen Zeiten kostbaren Reste der *Murad* gedankenlos fortzuwerfen.

Henning Claassen hatte das ungewöhnliche Brummen anscheinend ebenfalls gehört. Als Ellinor in die Eingangshalle trat, stand der Maat bereits in der offenen Haustür. Staunend sah er nach draußen. Offensichtlich war er so überrascht, dass er sogar vergaß, in Anwesenheit der Erbin Haltung anzunehmen. Er trat jedoch höflich zur Seite, als sie sich anschickte, der Sensation entgegenzugehen.

»Wie hat Herr Richter es nur geschafft, uns das Automobil zurückzubringen?«, meinte Ellinor. »War der Wagen nicht von diesem schrecklichen Sievers beschlagnahmt worden?«

Claassen folgte ihr. »Offenbar macht Not tatsächlich erfinderisch«, antwortete er. »Ihr Morgenmann ist *bannig goot* darin, die richtigen Sachen zum rechten Zeitpunkt zu machen, gnädiges Fräulein.«

Ellinor dachte an eine andere Situation, in der Richter sein Organisationtalent bewiesen hatte. Trotz der traurigen Erinnerung schenkte sie Claassen ein freundliches Lächeln. »Ja. So ist es.«

Der Chauffeur parkte vor dem Eingangsportal und stieg

aus. Mit einer schwungvollen Geste warf er den Wagenschlag zu. Dann drehte er sich zu seinen Zuschauern um, den Arm in Richtung Automobil ausgestreckt wie der Conférencier in einem Varieté, der seinem Publikum die größte Attraktion des Programms präsentierte.

»Er fährt sich wie in alten Zeiten, gnädiges Fräulein«, rief er Ellinor stolz zu. »Wenn ich ihn gewaschen und poliert und die Sitze mit Sattelseife gereinigt habe, ist er wieder wie neu.«

»Dann bringen Sie den Wagen am besten gleich in die Remise«, ordnete seine Herrin an. »Es ist ganz vortrefflich, dass Sie ihn zurückgebracht haben. Aber wir dürfen jetzt gewiss nicht sorglos damit herumfahren, nicht wahr?«

»Das wüsste ich auch gerne«, murmelte Claassen neben ihr.

Richter klopfte sich auf die Brust. »In meiner Tasche befindet sich die ausdrückliche Genehmigung von einem Mitglied des Arbeiterrates. Der Wagen gehört Ihnen, Fräulein Ellinor, und Sie dürfen damit herumfahren, wie es Ihnen beliebt.«

»Oh, das ist ja großartig...«

»Nur mit dem Benzin könnte es schwierig werden«, dämpfte der Chauffeur ihre Begeisterung. »Wegen der Rationierungen müssen wir sparsam mit dem Sprit umgehen. Sie und die gnädige Frau werden nicht viele Wege mit dem Automobil machen können.«

»Hauptsache, dieser unverschämte Sievers fährt nicht mehr damit herum. Ich bin verwundert, dass er nichts kaputt gemacht hat. Aber natürlich vertraue ich voll und ganz auf Ihr Urteil, Richter.«

»Wie haben Sie es geschafft, den Wagen seinem neuen Besitzer abzunehmen?«, mischte sich Maat Claassen ein.

Zum ersten Mal seit Tagen entdeckte Ellinor so etwas wie ein Aufleuchten in Richters Miene.

»Ich hatte die besseren Argumente«, behauptete der Diener schlicht.

»Das möcht ich meinen«, murmelte Claassen.

Als fürchte er weitere Nachfragen, würdigte Richter weder Ellinor noch den Seemann eines Blickes, sondern öffnete erneut den Wagenschlag und setzte sich kommentarlos hinter das Lenkrad. Das Automobil ruckelte, dann setzte es sich wieder in Bewegung.

Kaum fuhr die Attraktion in Richtung Garage davon, wandte sich Claassen ab. »Es geht trotzdem nichts über einen schnittigen Zweimaster«, brummte er.

»Natürlich nicht«, gab Ellinor schmunzelnd zurück. Als Erbin einer Reederei würde sie gegenüber einem Matrosen niemals zugeben, dass ein anderes Verkehrsmittel womöglich angenehmer als ein Segelboot war. Ein Flugzeug stünde außer Konkurrenz, dachte sie unwillkürlich.

Ihr fiel ein, dass sie Richter beauftragen musste, Nele und Konrad vom Bahnhof abzuholen, sobald sie die Ankunftszeit der beiden erfuhr. Diese bevorzugte Behandlung war ihr jeden Tropfen Benzin wert. Hoffentlich ließ Nele noch einmal von sich hören.

Erst jetzt bemerkte sie den zu einem Ball zerdrückten Seidenstreifen in ihrer Faust. Die Krawatte ihres Vaters. Wenn Richter mir beim Binden hilft, werde ich ihn bitten, mir auch das Autofahren beizubringen, fuhr es ihr durch den Kopf. Ihre Großmutter wäre vermutlich entsetzt, denn schließlich hatte Victor niemals hinter dem Steuer seines Wagens gesessen. Aber der Krieg hatte die Menschen verändert und die Revolution hob sowohl die politischen Gesetze als auch die gesellschaftliche Ordnung aus den Angeln. Ellinor schwor sich, alles zu tun, was nötig war, um sich auch ohne ihren Vater in der Männerwelt zu behaupten.

»Maat Claassen, könnten Sie bitte ein Päckchen Zigaretten für mich auftreiben«, wandte sie sich an den Seemann, der hinter ihr die Haustür schloss. »Am besten eine türkische Sorte – wie mein Vater sie immer rauchte.«

Er starrte sie verblüfft an. »Das wird nicht möglich sein, gnädiges Fräulein, richtigen Tabak gibt es ebenso wenig zu kaufen wie Benzin. Jedenfalls nicht auf legalem Wege.«

»Dann halten Sie sich am besten an Herrn Richter. Oder glauben Sie, er hat das Automobil auf legalem Weg zurückbekommen?« Die Frage war über ihre Lippen, bevor sie sich bewusst wurde, was sie da eigentlich sagte. Im nächsten Moment erschien ihr die Annahme jedoch logisch. Es war die einzige Erklärung für Richters ungewöhnlich sorgenvollen Gesichtsausdruck.

»Ja, gnädiges Fräulein«, antwortete Maat Claassen ehrerbietig. »Ich werde mich um Ihren Wunsch kümmern.«

Ellinor nickte ihm zu, dann ging sie zurück ins Arbeitszimmer. Vater hatte ein gutes Händchen bei der Auswahl seines Personals, sinnierte sie. Das war Gold wert.

Nur bei Klara hat er versagt, fiel ihr plötzlich ein. Warum nur hat er sein illegitimes Kind ins Haus geholt und nicht mit einer Abfindung fortgeschickt? Um sie heranwachsen zu sehen, wie er in seinem Abschiedsbrief behauptete? Wie albern! Und unverantwortlich, weil er Klaras Schicksal in die Hände seiner Erbin gelegt hatte. Was würde passieren, wenn Sievers sein Wissen weiterhin gegen die Familie benutzte? Ein Zittern lief durch ihren Körper.

Zornig schleuderte sie die zusammengeknüllte Krawatte in ihrer Hand auf den Schreibtisch.

CASSEL-WILHELMSHÖHE

17

Der Zug ratterte durch die graue Herbstlandschaft. Im Nebel verschwammen die Konturen von Wäldern und Dörfern zu bleichen Schatten. Das Ufer der Lahn, bei Sonne eine wunderschöne Landschaft, wie Lavinia von einer Mitreisenden erfuhr, war durch das Abteilfenster kaum zu erkennen. Sie versuchte zu schlafen, aber das Ruckeln der Eisenbahn riss sie immer wieder hoch. Und wenn nicht das, so waren es die Unruhen an den Bahnhöfen, die sie in Angst und Schrecken versetzten und ihr jegliche Gelassenheit raubten.

Niemals hätte Lavinia für möglich gehalten, dass die Reise zurück ins Deutsche Reich mehr Gefahren für Leib und Leben der heimkehrenden Obersten Heeresleitung bergen könnte als der Aufenthalt im Feindesland. Ihre Einheit gehörte zu der Operationsabteilung, die bereits kurz nach Inkrafttreten des Waffenstillstandsabkommens vom belgischen Spa zurückverlegt und mit der veränderten politischen Situation in der Heimat konfrontiert wurde.

Ursprünglich hieß es, das Hauptquartier werde nach Bad Homburg verlegt. In dem berühmten Taunusstädtchen für noble Sommerfrischler sollte Feldmarschall Paul von Hindenburg damit beginnen, die Rückführung des deutschen Heeres aus Belgien und Frankreich zu organisieren. Millionen Soldaten waren innerhalb von vier Wochen zu demobilisieren, Männer, die – oft verwundet und stets desillusioniert – aus dem Feld heimkehrend in ein ziviles Leben integriert werden mussten. Mehr als einmal hatte Lavinia gehört, wie dieses mit dem Waffenstillstandsabkommen erzwungene Vorhaben »eine Herkulesaufgabe« genannt wurde. Wenn sie sich die endlosen Kolonnen abziehender Soldaten vor Augen führte, die allein in ihren letzten Tagen dort durch Spa marschiert waren, wusste sie, dass es sich nicht um eine Übertreibung handelte. Tag und Nacht waren die Überlebenden des schrecklichen Kriegs durch die Straßen der belgischen Kleinstadt gezogen. Hin und wieder wurde eine rote Fahne geschwenkt, manche Männer bettelten um ein Stück Brot. Lavinia spürte förmlich die Erschöpfung, den Schmerz und die Verzweiflung jedes Einzelnen – und sie empfand tiefes Mitleid.

Ihre Gefühle veränderten sich jedoch, als ihr Zug am deutschen Grenzbahnhof Herbesthal von Soldatenräten mit roten Armbinden gestoppt wurde. Geschrei, endlose Diskussionen und sogar Durchsuchungen hinderten den Lokführer am Weiterfahren. Es kam ihr vor, als hätte plötzlich nur noch der Pöbel das Sagen, ungehobelte Burschen schienen sich an der Obrigkeit rächen zu wollen, indem sie sich schlecht benahmen und schlimmere Schikanen anordneten als die Offiziere des Kaisers zuvor.

Dass der Aufstand im Reich derartige Dimensionen annahm, war ein Schock für Livi. Wenn sogar die Oberste Heeresleitung aufgehalten und ziemlich zornig angegangen wurde, wie würden die Aufrührer erst mit Damen ihres Standes umgehen, wenn sie nicht unter dem Schutz des Militärs standen? Sie hatte sich noch nie so sehr vor einer Gruppe Männer gefürchtet wie in diesem Augenblick. Waren die Verhältnisse in Hamburg ebenso schlimm? Wie begegnete ihr Vater den neuen Machthabern? Ein eiskalter Schauer lief durch ihren Körper, wenn sie daran dachte, wie es ihrer Familie erging, von der sie schon so lange ohne Nachricht war.

Überraschenderweise hieß es dann auch noch, dass es nicht nach Bad Homburg weitergehe. Lavinias geschwätzige Kollegin Friederike, die neben ihr auf der harten Bank in dem Dritte-Klasse-Abteil saß, wusste nach einem kurzen Ausflug zu einer Gruppe junger Offiziersburschen, was es mit dem unplanmäßigen Wechsel des Ziels auf sich hatte:

»Der Soldatenrat in Homburg hat die Vorräte beschlagnahmt, die vom Quartiermeister vorausgeschickt wurden«, wisperte sie, als sie sich wieder auf ihrem Platz niederließ. »Es steht zu befürchten, dass die Aufrührer den Stab des Feldmarschalls entwaffnen werden. Stell dir das mal vor! Ungeheuerlich, nicht wahr?«

»Das ist es wohl«, erwiderte Lavinia matt.

»Jetzt geht es nach Cassel!«

»Aha«, machte Lavinia nur. Im Grunde war ihr ein Ort so lieb wie der andere, wenn nur endlich diese unbequeme, Furcht einflößende Fahrt vorbei war.

In Gießen erwartete die Zuginsassen ein ähnliches Bild wie in Herbesthal. Der Bahnsteig war überfüllt von Männern in der feldgrauen Uniform des Kaisers, die die roten Armbinden der Revolution trugen. Es herrschte ein heilloses Durcheinander. Vor dem wie eine romanische Kirche anmutenden Bahnhofsgebäude türmten sich zertrümmerte Gewehre zu mannshohen Haufen.

»Auch eine Möglichkeit der Entwaffnung«, bemerkte Friederike und steckte mutig ihren Kopf aus dem geöffneten Abteilfenster. »Wer seine Flinte zerstört, braucht sie wenigstens nicht den Feinden zu überlassen.«

So würde das ein Offizier wie Hauptmann von Amann wahrscheinlich auch sehen, ging es Livi durch den Kopf.

Ihre Hoffnung auf einen Flirt mit dem Freiherrn hatte sich in Spa angesichts der Hektik, die nach der Abdankung des Kaisers und der Unterzeichnung des Waffenstillstands herrschte, nicht erfüllt. Selbst ein so harmloses Vergnügen wie ein Spaziergang oder ein Treffen im Offiziersklub waren bei der angespannten Lage ausgeschlossen. Eile und Geschäftigkeit bestimmten das Treiben nach der Abreise Wilhelms II., an private Verbindungen dachte in diesen Stunden niemand. Der Traum vom Leben als Freifrau auf einem hochherrschaftlichen Gut hatte sich damit eigentlich erledigt. Sie würde sich in Zukunft also wieder etwas praktischer mit ihrer Ehe, ihrem Gemahl und dessen Beziehung zu ihrer Schwester auseinandersetzen müssen. Wenn sie erst demobilisiert war, standen nicht nur Entscheidungen, sondern sicher auch ein Wiedersehen mit Konrad an. Ob Nele seiner inzwischen überdrüssig war? Sollte Livi es dann noch einmal mit ihm versuchen?

Bis zu ihrer Ankunft in Cassel-Wilhelmshöhe schmiedete sie stille Pläne – und schaffte es sogar, einzunicken und nicht gleich beim kleinsten Rumpeln aufzuschrecken.

In ihr Unterbewusstsein schlichen sich nur die leisen Töne eines Liedes. Ein Soldat in ihrem Waggon hatte seine Mundharmonika hervorgeholt und spielte eine Melodie, die sie vage als einen romantischen Schlager erkannte, zu dem sie einst im Uhlenhorster Fährhaus getanzt hatte. Aber sie war zu müde, um über den Titel nachzudenken. Nur die Erinnerung an zu Hause wurde auf gewisse Weise gegenwärtig und beschützte ihren Schlummer.

»Hier Zentrale, was belieben?«, flötete Lavinia in ihr Mikrophon.

»Ein Gespräch für Hauptmann von Amann«, antwortete eine unbekannte Frauenstimme.

Der Klang des Namens, um den sich ihre irrationalen Träume rankten, ging ihr durch Mark und Bein. Als wäre sie aufgefordert worden stillzustehen, nahm Lavinia Haltung an. Sie saß plötzlich ganz vorn auf der Stuhlkante, wie zum Sprung bereit. Wenn es sich nicht um eine Namensgleichheit oder eine Verwechslung handelte, hielt sich Gernot von Amann im selben Gebäude wie sie auf – und das empfand sie als Sensation im Einerlei ihrer Tage!

Seit einer Woche befand sie sich nun im neuen Hauptquartier der Obersten Heeresleitung im Grandhotel am unteren Rand des Bergparks Wilhelmshöhe. Die Hotelangestellten erzählten, dass man von hier aus einen wundervollen Blick sowohl auf die Fachwerkstadt Cassel als auch auf das Schloss habe, doch der Dunst der grauen Novembertage verdeckte die schöne Aussicht, das Herkules-Monument oberhalb der Kaskaden wurde ebenfalls ständig vom Nebel umhüllt. Das Wetter war genauso trist wie der arbeitsreiche Alltag in der Telefonzentrale und ihre von Entbehrung und Hunger bestimmte, knapp bemessene Freizeit.

Mehr als zuvor an der Westfront zehrte sie von der Hoffnung auf eine baldige Rückkehr nach Hause. Der neoklassizistische Baustil des Hotelgebäudes und die von mehreren Säulen getragene Terrasse über dem Eingang erinnerten sie stark an die Villen am Alsterufer. In Idas Küche gab es jedoch gewiss mehr und vor allem etwas anderes zu essen als das ewig gleiche Komissbrot mit Kunsthonig, das an die unteren Ränge ausgeteilt wurde. Nicht, dass die Offiziere mehr oder Besseres zu essen gehabt hätten: Livi hatte Feldmarschall von Hindenburg mehr als einmal mit der Mannschaft im Speisesaal die wenig schmackhafte Wassersuppe löffeln sehen. Bei diesen Begegnungen mit dem hohen Offiziersstab stellte sie sich die Soupers der Vorkriegszeit vor, die etwa anlässlich des Galopp-Derbys in Streit's Hotel oder im Vier Jahreszeiten in Hamburg gegeben worden waren, mit gekrönten Häuptern aus ganz Europa als Gästen. Der Geschmack auf ihrer Zunge brachte sie jedoch rasch in die Realität zurück.

»Hallo?! Hier ist ein Gespräch für Hauptmann Gernot von Amann«, hallte die fremde Frauenstimme in den Schallwandlern.

Es handelte sich ganz eindeutig um einen Anruf für den Mann, der Lavinias Fantasie ebenso anregte wie die Erinnerung an ein üppiges Dinner. Er war tatsächlich hier. In diesem Gebäude. Nur wenige Mauern von ihr getrennt.

Sie räusperte sich, versuchte, die Aufregung zu verscheuchen. »Was belieben?«, wiederholte sie, weil sie noch einmal hören wollte, wer verlangt wurde, nur zur Sicherheit. Ihre Stimme zitterte vor freudiger Erwartung.

»Dies ist ein Ferngespräch für Hauptmann Gernot von Amann, Auslandsabteilung der Obersten Heeresleitung«, die Telefonistin am anderen Ende der Leitung klang entnervt.

»Er ist also tatsächlich hier ...«, hauchte Lavinia.

Vor ihrem geistigen Auge schwebte sie mit ihm Hand in Hand durch den Schlosspark. In ihrer Vorstellung schien die Sonne und sie trug eines dieser duftig leichten, pastellfarbenen Sommerkleider der Vorkriegszeit ...

Die Realität ließ Nebelschwaden über Lavinias goldene Vorstellung sinken: Wie, um Himmels willen, sollte sie hier und in diesen unglückseligen Wochen eine romantische Situation herstellen? Plötzlich wurde ihr bewusst, dass sich Gernot von Amann zwar im selben Haus wie sie befand, aber offenbar keinen Versuch unternahm, sie wiederzusehen. Wie lange war er schon hier – und ging ihr womöglich aus dem Weg?

»Hallo, Fräulein! Was ist mit Ihnen? Stellen Sie endlich die Verbindung her!«

»Bitte warten«, nuschelte Livi, stöpselte den Leitungsstecker in die Buchse, von der aus die Gespräche auf das Telefon des Adjutanten von Major Edwin von Stülpnagel in der Auslandsabteilung vermittelt wurden. Dabei dachte sie, dass es gut war zu wissen, in welcher Abteilung Gernot von Amann seinen Dienst verrichtete.

Sie war versucht, das Gespräch mitzuhören. Schon allein wegen seiner sonoren Stimme. Aber sie unterließ diesen Regelbruch. Wozu sich mit solchen Kleinigkeiten aufhalten?! Ihm zuhören konnte sie noch lange, wenn sie erst mit ihm zusammen war. Es hatte keinen Sinn, den Mann einfach nur anzuschmachten und von einem Leben als Prinzessin auf seinem Schloss zu träumen. Sie musste etwas unternehmen, um ihm auf die Sprünge zu helfen und ihren Willen durchzusetzen. Dass er womöglich andere Pläne verfolgte, spielte keine Rolle. Sie musste sich nur einer kleinen Intrige bedienen.

Als sie Konrad unbedingt heiraten wollte, hatte ihre Inszenierung hervorragend funktioniert. Allerdings konnte sie Gernot von Amann kaum überlisten, indem sie ihm abends auflauerte und mitten auf der Straße um den Hals fiel. Konrads Nachbarn hatten ihren Kuss seinerzeit beobachtet und deren Dienerschaft trug den Skandal durch alle Souterrains Harvestehudes, bis die Geschichte dann in die Salons schwappte. Dergleichen war unter Armeeangehörigen nicht zu erwarten. Da musste sie zweifellos schwerere Geschütze auffahren. Es fragte sich nur – welche?

Lavinia verrichtete ihre Arbeit in den folgenden Stunden wie eine Aufziehpuppe. Die Wiederholungen ihrer Worte und die immer gleichen Bewegungen am Schaltkasten erledigte sie vollkommen automatisch, während sich ihre Gedanken mit der Frage beschäftigten, wie sie Gernot von Amann verführen könnte.

Er schien deutlich älter als sie zu sein, war also ein erfahrener Mann als Konrad vor sieben Jahren und ließ sich womöglich nicht so einfach überrumpeln. In ihrer Fantasie erwog Livi, ihre Uniformbluse zu zerreißen und gegenüber ihrer Vorgesetzten zu behaupten, der Hauptmann habe sie verführen wollen. Ein verlockender Plan –

wenn Gernot von Amann denn tatsächlich handgreiflich würde. Das Vergnügen mochte es wert sein. Jedenfalls in ihren Tagträumen. In der Realität begab sie sich mit einem solchen Vorfall auf das Niveau eines Dienstmädchens und man wusste ja, wie solche Geschichten endeten: Die unglückliche Frau wurde mit Schimpf und Schande entlassen und der Herr reiste für ein paar Wochen in die Sommerfrische, bevor er ein Verlöbnis mit einer höchst ehrenwerten jungen Dame einging. Keine besonders reizvolle Aussicht für Lavinia.

»Magst du mitkommen?«, fragte Friederike, als sie sich im Umkleideraum ihres Arbeitskittels entledigten. »Der nette Feldwebel Kaminski hat mich in die Gastwirtschaft Wimmer eingeladen.« Kichernd fügte sie hinzu: »Dafür brauche ich eine Anstandsdame.«

Mit ihren Gedanken noch bei der zerstörerischen Lust eines gierigen Liebhabers, der so gar nichts mit ihrem rücksichtsvollen Ehemann gemein hatte, nestelte Lavinia an den Knöpfen ihrer Uniformjacke. »Ich glaube nicht, dass du eine Anstandsdame nötig hast«, murmelte sie und meinte dabei eigentlich sich selbst.

»Wie du willst!« Friederike klang eingeschnappt. »Du lässt dir etwas entgehen. Bei Wimmer gibt es gutes Essen zu einem bezahlbaren Preis. Sogar die Offiziere gehen gelegentlich dorthin…« Sie senkte ihre Stimme, dann: »Der Alte war auch schon da.«

Wie elektrisiert blickte Lavinia auf. Dass Feldmarschall von Hindenburg zu den Gästen der Wirtschaft gehörte, fand sie weniger interessant als den Hinweis auf die Offiziere. Vielleicht traf sie in dem Lokal auf Hauptmann von

Amann! Nachdem sie ihm noch nicht im Speisesaal begegnet war, bestand durchaus die Möglichkeit, dass er seine Mahlzeiten anderswo einnahm. Und wenn dieser Gasthof dermaßen beliebt bei der Obersten Heeresleitung war…

Sie strahlte die Kameradin an. »Natürlich spiele ich deine Anstandsdame! Halte mir bitte einen Platz frei, ich komme nach. Das verspreche ich. Ich muss nur schnell zur Post und eine Nachricht für meinen Vater aufgeben. Meine Familie denkt sonst, ich wäre von der Westfront nicht heimgekehrt.«

Stolz auf ihr Improvisationstalent, zog sie eine Ansichtskarte aus ihrer Handtasche. Sie hatte die Fotografie des Grandhotels zwar erst heute aufgetrieben und wollte tatsächlich einen Gruß nach Hause schreiben, aber das eilte nicht. Sie wusste ja nicht einmal, ob die Post zuverlässig befördert wurde. Die Ausrede erschien ihr jedoch perfekt, um ihren Auftritt in der Gastwirtschaft Wimmer ein wenig spektakulärer zu gestalten, als dies im Schlepptau von Friederike und Feldwebel Kaminski der Fall wäre. Schließlich musste es allen Gästen auffallen, wenn sie eintraf. Absolut allen.

18

Das Postamt befand sich nur wenige Schritte vom Grandhotel entfernt. Zu dieser frühen Abendstunde begegnete Lavinia auf dem breiten Parkweg Militärangehörigen ebenso wie Zivilpersonen. Ohne Furcht ging sie ihres Weges durch die frühe Dunkelheit. Die politischen Verhältnisse in Cassel waren zwar nicht anders als in den Orten, in denen der Zug aus Spa auf der Durchreise gehalten hatte, aber die Bevölkerung verhielt sich freundlicher. Bei der Ankunft des Stabes von Feldmarschall von Hindenburg hatte eine gewisse Begeisterung geherrscht und sogar die regierenden Arbeiter- und Soldatenräte tauschten ihre roten gegen schwarz-weiße Armbinden. Es war fast so, als hätte es kein unrühmliches Kriegsende gegeben.

Tändeleien zwischen den einheimischen jungen Frauen und den Soldaten waren anscheinend an der Tagesordnung. Trotz des unwirtlichen, diesigen Wetters kamen Lavinia mehrere Paare auf einem Abendspaziergang entgegen. Gewiss waren die Männer erleichtert, unverfängliche Romanzen erleben zu dürfen, statt sich womöglich der Fraternisierung schuldig zu machen, wie dies an der Westfront der Fall gewesen wäre. Lavinia erschienen diese Amouren wie ein Symbol des Friedens. Eine durchaus aufmunternde Entdeckung.

Belustigt beobachtete sie einen Mann in Offiziersuniform und eine junge Frau, die hinter einer immergrünen Ligusterhecke hervortraten. Die beiden bewegten sich dermaßen verstohlen, dass außer Frage stand, was sie im Schutz der Pflanzen getrieben hatten. Eigentlich hätte sich Lavinia nicht näher für diese Leute interessiert, wäre da nicht die offensichtlich teure Garderobe der Frau gewesen. Mit einem gewissen Neid taxierte sie das Pelzcape, zu dem die modebewusste Person natürlich keinen Hut, sondern einen Turban trug. Wo konnte man so etwas heutzutage bloß kaufen?

Da stand sie nun und starrte die Näherkommenden völlig undamenhaft an. Sie wusste selbst nicht, warum sie sich in dem Anblick der Frau im Pelzmantel verlor, irgendwie fühlte sie sich wohl an sich selbst erinnert. Ihr wurde das Herz schwer, als sie daran dachte, dass sie einmal eine der bestangezogenen jungen Damen Hamburgs gewesen war.

Die andere redete temperamentvoll gestikulierend auf den Offizier ein, der seinen Kopf gesenkt hielt, sodass der Schirm seiner Mütze einen Schatten über sein Gesicht warf. Möglicherweise stritt sie sich mit ihm. Es sah ganz danach aus, als mache sie ihm bittere Vorwürfe.

Lavinia trat einen Schritt zur Seite, um den Weg freizugeben, da keiner der beiden auf sie zu achten schien …

»Fräulein Dornhain!«

Seine Stimme weckte sie aus ihrer Erstarrung. Er hatte also doch auf die Menschen in seiner Umgebung geachtet.

»Hauptmann von Amann!« Der Name war über ihre Lippen, bevor sie dem Freiherrn gegenüberstand.

Einen Atemzug später wäre sie am liebsten im Boden versunken.

Alles war falsch, schrecklich falsch.

Sie wollte ihn nicht so wiedersehen. Nicht in Gesellschaft einer anderen schönen Frau, die auftrat wie Livi in ihren besten Zeiten. Eine dermaßen atemberaubende Konkurrenz hatte sie nicht nur nicht erwartet, der Anblick verstörte sie regelrecht.

Offenbar war er über die Begegnung ebenso überrascht. Verlegen standen sie einander gegenüber – bis seine Begleitung schnappte: »Möchtest du mir deine Kameradin nicht vorstellen?«

»Entschuldige bitte meine Nachlässigkeit.« In plötzlich erwachtem Übereifer verneigte er sich. »Fräulein Dornhain ... Fräulein Löwe ... Ich kenne Fräulein Dornhain aus Spa, Amanda ...«

»Eine Etappenhelferin, natürlich.«

Klang die schöne Amanda Löwe erleichtert? Meinte sie etwa, Lavinia Dornhain könne ihr nicht das Wasser reichen?

»Ich erfülle meine Pflicht gegenüber meinem Vaterland.« Innerlich stöhnte Lavinia auf. Ihre Schlagfertigkeit war schon einmal besser gewesen. O Gott, ich bin solche Unterhaltungen nicht mehr gewohnt!

»Gewiss«, meinte die Frau an von Amanns Seite gnädig. »Das tun wir alle.«

»Man sieht es Ihnen an«, versetzte Lavinia. Sie jubelte still über ihre treffsichere Antwort.

Ein amüsiertes Aufflackern in den Augen der anderen beendete Lavinias inneren Triumph.

»Mein Vater entwarf die Kriegseinheitslok für das Henschel-Werk. Das Kriegsverdienstkreuz war ihm dafür natürlich sicher. Aber der Dank des Kaisers galt nicht nur ihm, sondern auch mir als seiner Assistentin.«

»Ein Eisenbahnkonstrukteur – soso. Wissen Sie, da kann ich nicht mitreden. Ich verstehe nur etwas von der Schifffahrt.« Das stimmte zwar nicht, weil sie sich eigentlich nie für die Reederei interessiert hatte, die Behauptung machte aber in dieser Situation gewiss einen guten Eindruck. Mit einem süffisanten Lächeln nickte Lavinia ihrer Zufallsbegegnung zu. »Ich wünsche Ihnen beiden einen schönen Abend. Auf Wiedersehen ...«

»Wollen Sie sich uns nicht anschließen?«, beeilte sich der Hauptmann. »Wir sind auf dem Weg zum Café in der Orangerie des Schlosses. Es soll dort sehr angenehm sein.«

Lavinia zögerte. Sie hätte Amanda Löwe gern den Abend verdorben, aber sie hatte keine Lust auf dieses Spiel. Genau genommen fühlte sie sich dafür aus der Übung. »Nein. Vielen Dank. Vielleicht ein andermal«, wehrte sie freundlich ab. »Ich war nur auf dem Weg zur Post, um einen Gruß nach Hamburg aufzugeben.«

»Ja, natürlich.« Hauptmann von Amann verneigte sich vor Lavinia, vergaß aber nicht, ihr dabei vertraulich zuzuzwinkern. »Wir sehen uns gewiss wieder.«

»Möglicherweise«, erwiderte sie vage.

Ihre Augen flogen zu Amanda Löwe.

Die Belustigung war aus dem Blick der mondänen jungen Frau verschwunden, doch weder Triumph noch Unsicherheit ersetzten diese. Die Tochter des Eisenbahningenieurs sah Lavinia ebenso direkt wie trotzig an.

Und Livi wich keinen Zentimeter zurück.

»Außerdem bin ich in die Gastwirtschaft Wimmer eingeladen«, fügte sie hoch erhobenen Hauptes hinzu. »Dort verkehrt Feldmarschall von Hindenburg, wie Sie wahrscheinlich wissen. Ich darf mich keinesfalls verspäten. Also noch einmal: Auf Wiedersehen und einen schönen Abend.«

Während sie eilig voranschritt, gratulierte sie sich zu ihrer Wortwahl. Sie hatte so geklungen, als wäre sie vom Chef der Obersten Heeresleitung höchstselbst eingeladen worden. Dabei hatte sie Amanda Löwe und Hauptmann von Amann diese Verdrehung der Tatsachen hingeworfen wie einem Raubtier einen fleischigen Knochen. Die beiden knabberten gewiss eine Weile daran. Das war gut, denn es machte sie, Lavinia Dornhain, zu ihrem Gesprächsthema.

Die Ansichtskarte für ihre Familie in Hamburg war vergessen.

Zur Gastwirtschaft Wimmer nahm Lavinia die Straßenbahn, die die Wilhelmshöher Allee fast auf ihrer gesamten Länge entlangratterte. Aus den Fugen des alten zweistöckigen Hauses, in dem sich das Lokal befand, wehten Essensdüfte, die vor allem deshalb so verlockend rochen, weil Lavinia seit Wochen keine anständige Mahlzeit mehr gegessen hatte. Sie warf einen kurzen Blick auf den im Sommer sicher sehr hübschen, von Arkaden gesäumten Garten, bevor sie die Tür zur Gaststube öffnete.

Eine Wolke aus Küchengerüchen und Zigarettenqualm trieb ihr die Tränen in die Augen. Sie musste ein paar Mal blinzeln, bevor sie sich in dem holzvertäfelten, mit adrett gedeckten Tischen eingerichteten Raum umsehen konnte. Unterhaltungen wurden nur vereinzelt und gedämpft geführt, es herrschte vor allem einträchtiges Schweigen, Besteck- und Porzellanklappern zeugten von einer intensiven Beschäftigung der Anwesenden mit dem angebotenen Menü, das den üblichen Geräuschpegel eines Lokals nicht zuzulassen schien.

Auf der Suche nach ihrer Kollegin und deren Verehrer blieb Lavinia an der Tür stehen und blickte sich um. Damit erreichte sie genau das, was sie sich vorgenommen hatte: Fast alle schauten zu ihr her. Da der Mann, für den diese Inszenierung ursprünglich geplant war, in der Orangerie mit einer schönen jungen Frau namens Amanda Löwe poussierte, fühlte sie sich bei ihrem Auftritt nicht besonders wohl. Die Zurschaustellung von Weiblichkeit gehörte selbst für Livi inzwischen nicht zur gewohnten militärischen Disziplin. Erleichterung durchströmte sie, als sie an einem kleinen Tisch im hinteren Teil des Lokals Friederike und Feldwebel Kaminski entdeckte. Weder Feldmarschall von Hindenburg und anscheinend auch sonst niemand aus seinem Stab gehörten heute zu den Gästen, sodass sie den Speiseraum, ohne Haltung annehmen zu müssen, mit eiligen Schritten durchqueren konnte.

Ihre Bekannten gaben vor, sich über ihr Kommen zu freuen. Doch sie fühlte sich bald wie das fünfte Rad am Wagen. Ihre Kollegin himmelte den nicht sonderlich attraktiven jungen Mann schamlos an, was Lavinia ihr nicht verdenken konnte. So viele junge Männer ihres Alters waren im Krieg gefallen, es gab für eine heiratswillige Frau keine große Auswahl mehr.

Unwillkürlich fiel ihr Hauptmann von Amann wieder ein, den sie für eine Weile bewusst aus ihrem Gedächtnis verbannt hatte. Auch für sie selbst standen die Chancen auf eine zweite Ehe offenbar schlechter als angenommen – verführerische Konkurrenz lauerte überall. Wäre es unter diesen Umständen nicht vielleicht besser, Vaters Rat zu befolgen und eine Scheidung weiterhin zu verweigern? Lavinia war sich sicher, dass das Thema auf den Tisch kam, sobald sie alle wieder zu Hause waren. Wenn sie es jetzt bedachte, brauchte Nele keinen Gatten. Die war eine so große Persönlichkeit, dass sie auch als unverheiratete Frau Anerkennung fand. Im Gegensatz zu ihrer kleinen Schwester war Nele noch niemals der Meinung gewesen, durch einen Mann aufgewertet zu werden. Falls sie unbedingt wollte, konnte sie ja eine heimliche Affäre mit Konrad unterhalten. Vielleicht waren die beiden des jeweils anderen aber auch schon überdrüssig und jedes Abwägen ihrer Zukunft war vergeudete Zeit.

Gedankenverloren stopfte Lavinia ihr Gericht in sich hinein. Sie hatte bestellt, was offenbar alle Gäste des Lokals aßen. Es gab nicht viel anderes. Außerdem erklärte Kaminski mit einem gewissen Stolz, dass selbst Feldmarschall von Hindenburg das Weckewerk dieses Gasthauses probiert und sogar gelobt habe. Der Kellner wusste überdies zu berichten, dass es sich um eine nordhessische Spezialität handelte, das Leibgericht des ehemaligen Casseler Stadtverordneten Philipp Scheidemann, der am neunten November die Abdankung des Kaisers und die Gründung der Deutschen Republik verkündet hatte. Es gab also keinen Grund für Lavinia, nicht zuzugreifen. Der graubraune, fettige, ziemlich angebratene, aus einem Schweinedarm gepresste Brei auf ihrem Teller schmeckte ihr allerdings nicht besonders. Möglicherweise war dies eine Mahlzeit für Männer. Ihr füllte sich aber wenigstens der Magen, weshalb sie hastig aß. Ihre Großmutter würde bei diesen Manieren die Hände über dem Kopf zusammenschlagen.

»Anscheinend mundet es den Damen«, stellte Kaminski zufrieden fest, während er mit einer Kartoffelhälfte den letzten Krümel von seinem Teller wischte. »Das ist etwas Nahrhafteres als das, was wir aus der Mannschaftsküche bekommen.«

»Es schmeckt wie eine Mischung aus Blut- und Leberwurst«, meinte Friederike.

Lavinias Augen weiteten sich. »Was soll das denn sein?«

»Also, die Rationen im Hotel Britannique waren auch nicht so luxuriös, dass man nicht wissen könnte, was eine ordentliche deutsche Hausmannskost ist«, gab Friederike zurück.

»Es tut mir leid, aber Ida...«, Lavinia unterbrach sich und wedelte mit der Hand, als könnte sie ihre noch in der Luft hängende Bemerkung auf diese Weise verscheuchen. »In meinem Elternhaus in Hamburg wird meist etwas anderes gekocht«, fügte sie freundlich hinzu.

»Bratfisch?«, wollte Kaminski wissen.

»So in der Art«, behauptete Lavinia, kreuzte ihre Finger und hoffte, dass Ida nie erfuhr, wie sie über die exquisiten Fischgerichte sprach, die in der Küche am Harvestehuder Weg zwölf für gewöhnlich zubereitet wurden. Selbst mitten im Krieg war es der Köchin gelungen, einen angemessenen Standard zu servieren.

»Ich habe mich erkundigt, woraus Weckewerk hergestellt wird«, berichtete Kaminski. Er schien sich für das Thema zu erwärmen, was er auch rasch erklärte: »Wissen Sie, ich habe zeitweise in der Feldküche gearbeitet und möchte gerne weiter Koch sein, sobald ich demobilisiert worden bin. Deshalb fand ich das Rezept hier sehr interessant. Natürlich hat man es nicht preisgegeben, denn es ist ein Geheimnis des Wirts, aber es wurde mir gesagt, dass für Weckewerk vor allem altes Brot, Blut, Innereien und Schweineschwarten verwertet...«

»W-was?«

Die Vorstellung, dass sie all diese unappetitlichen Dinge heißhungrig verschlungen hatte, verstörte Lavinia. Unverzüglich begann ihr Magen zu rebellieren. In ihrem Hinterkopf meldete sich zwar die Vernunft, die ihr sagte, dass sie bei manchen Mahlzeiten aus der Feldküche auch nicht gewusst hatte, welche Ingredienzen gereicht wurden. Aber Ekel und Grausen überwogen. Der einzige klare Gedanke, den sie fassen konnte, war, dass sie so schnell wie möglich an einen stillen Ort gelangen musste.

»Lavinia, du bist ja kreidebleich!« Friederikes Stimme hallte unnatürlich dumpf in ihren Ohren.

Es war nicht möglich, den Kellner nach der Toilette zu fragen. Es gehörte sich für eine Dame nicht, aber viel schlimmer war, dass sie fürchtete, sich zu übergeben, sobald sie den Mund öffnete.

Die Lippen aufeinandergepresst, sprang sie auf. Wie gehetzt blickte sie sich um, konnte aber nicht entdecken, was sie suchte. Deshalb floh sie quer durch das Lokal zum Ausgang. Sie drängte eine Gruppe eintretender Zivilisten ruppig zur Seite, stieß sich die Schulter an der zuklappenden Tür – und erreichte gerade noch die dunkle Straße. Ungeachtet der Passanten erbrach sie sich in den Rinnstein.

Ihr wurde schwindelig. Die Knie, auf die sie sich mit den Händen stützte, drohten einzuknicken. Schweißperlen rannen über ihr Gesicht. Haarsträhnen lösten sich aus den Klammern und Nadeln, klebten an ihrer Stirn und den Wangen.

Sie konnte sich nicht erinnern, sich jemals so elend gefühlt zu haben.

»Oh!« Der überraschte Ausruf erklang unmittelbar neben ihr. »Das Essen in diesem Gasthaus scheint schlechter zu sein, als man sich erzählt.«

Sie konnte sich auch nicht erinnern, jemals in einer peinlicheren Situation gesteckt zu haben.

»Besser, ich halte Sie«, ein kräftiger Arm schlang sich um ihre Taille, »bevor Sie auch noch umfallen.«

»Nein ... ich ...«, japste Lavinia, um im nächsten Moment Gallenflüssigkeit auf seine Stiefelspitzen zu spucken. Jede Gegenwehr war dadurch unmöglich.

Gernot von Amann strich die feuchten Locken zurück. »Wenn Sie hier fertig sind, brauchen Sie unbedingt kaltes Wasser und einen Schnaps. Ich frage mich nur, wo wir Sie derart aufgelöst hinbringen können. Zurück in dieses Lokal geht vermutlich keinesfalls.«

Ich will nirgendwohin gebracht werden, fuhr es Livi durch den Kopf. Ich möchte sterben!

19

Die Aufseherin schickte Lavinia an die frische Luft: »Sie sehen aus, als würden Sie gleich ohnmächtig werden. Gehen Sie! Gehen Sie rasch! Nun machen Sie schon! Ich übernehme für Sie.«

Lavinia war nicht einmal Zeit geblieben, den Kittel abzustreifen und eine Jacke über ihre Bluse zu ziehen. Genau genommen hatte sie auch nicht daran gedacht, zu ihrem Spind zu laufen. So saß sie nun auf einem der Gartenstühle neben dem prachtvollen, säulenbewehrten Eingangsportal des Grandhotels, zitternd vor Kälte, aber die Temperatur dennoch kaum spürend in dem Meer aus Tränen, in dem sie sich auflösen wollte. Der Schmerz überlagerte jede andere Empfindung.

Sie weinte hemmungslos und aus ganzem Herzen. Nicht einmal an der Westfront und angesichts der vielen Lazarettzüge und Leichentransporte hatte sie innerlich in ein derart tiefes, schwarzes Loch geblickt. Es war ihr sogar gleichgültig, ob sie Aufmerksamkeit auf sich zog. Sie registrierte nur am Rande, wie ein Offizier das Gebäude verließ und es eine Gruppe Uniformierter kurz darauf betrat, wie ein Wagen vorfuhr und eine Handvoll Zivilisten ausstiegen.

Ihr ging immer wieder durch den Kopf, dass sie nun eine Waise war. Diese Erkenntnis war für sie fast noch schlimmer als der Verlust des Vaters an sich. Sie erinnerte sich an Geschichten, die ihr irgendeine unbarmherzige Gouvernante erzählt hatte, um sie zu ängstigen und auf diese Weise gefügig zu machen. Das war lange her. Dennoch steckten ihr die Märchen über junge Dinger, die keinen Mann fanden, weil sie Waisenmädchen waren, noch immer in den Knochen. Oder später die Berichte über elternlose Weibspersonen, die, dem Waisenhaus gerade entwachsen, als Ehefrauen unbekannter Männer oder Dienerinnen in einem Haushalt mit lauter Hottentotten in die Kolonie nach Südwestafrika verschifft wurden. Livi hatte noch nie gehört, dass das Schicksal gut mit einer Tochter umging, die sich ohne Vater und Mutter durchs Leben schlagen musste. Im Stadthaus hatte sie sogar mit eigenen Augen gesehen, was aus jungen Mädchen ohne elterlichen Schutz wurde! Bei dieser Erkenntnis schluchzte sie noch ein wenig mehr. Nie hatte ihre Zukunft düsterer ausgesehen!

Ein blütenweißes Taschentuch wurde ihr gereicht.

Durch den Tränenschleier erkannte sie Gernot von

Amann, der neben dem schmiedeeisernen Stuhl stand, den das Hotelpersonal offenbar nach dem Sommer vergessen hatte wegzustellen. Einer von ein paar einsamen Stühlen, der ihr nun den einzigen Halt bot.

»Sie schon wieder«, murmelte sie, wenig erbaut über sein Auftauchen.

Nach der peinlichen Begegnung vor der Gastwirtschaft Wimmer gestern Abend hatte sie nicht erwartet, den Hauptmann jemals wiederzusehen. Jedenfalls außerhalb eines eventuell dienstlichen Zusammentreffens. Sehr bedauerlich, aber über einen Mann, dem sie auf die Stiefelspitzen gespuckt hatte, machte sie sich keine Illusionen, auch wenn sich dieser sehr freundlich benahm. Als Vollwaise war sie ohnehin keine respektable Person mehr …

Bei diesem Gedanken schluchzte Livi völlig aufgelöst in sein Taschentuch.

»Ich wollte mich nach Ihrem Befinden erkundigen und erfuhr, dass Sie hier draußen sind«, erklärte von Amann, während er einen zweiten vergessenen Stuhl heranzog und sich darauf niederließ. »Darf ich mich setzen?«, fragte er unnötigerweise und fuhr sogleich fort: »Ich bin bestürzt, dass sich Ihr Wohlergehen dermaßen verschlechtert hat. Ich hoffte, es gehe Ihnen schon besser als gestern, bevor ich Sie in Ihr Quartier gebracht habe.«

»Mein Vater …«, sie konnte kaum sprechen, Trauer und Verzweiflung drückten ihr die Kehle zu, »… ist tot …!«

»Oh!« Nach dem ersten Überraschungsmoment sprang von Amann auf, nahm Haltung an und schlug die Hacken militärisch zackig zusammen. Dann verneigte er sich vor ihr. »Mein Beileid!«

»Danke«, murmelte sie mit erstickter Stimme.

Er nahm wieder Platz. »Natürlich verstehe ich, dass Sie unter diesen Umständen sehr bewegt sind. Aber ich würde vorschlagen, dass Sie Ihr Gemüt auf einem Spaziergang beruhigen. Mit Verlaub: Sie sitzen hier wie auf dem Präsentierteller.«

Das ist mir egal, lag ihr auf der Zunge zu sagen, doch sie unterdrückte ihre pampige Antwort gerade noch rechtzeitig.

Sie blickte über den Rand des geliehenen Taschentuchs, mit dem sie sich eben über die Augen gewischt hatte. Tatsächlich sahen zwei Herren in Zivil neugierig vom Treppenaufgang zu ihr herüber. Hatte sie nicht eben eine Gruppe Nichtkombattanten aus einem Automobil steigen sehen? Gehörten die Männer zu den sozialistischen Parlamentariern, die aus Berlin angereist waren, um die Arbeit der Obersten Heeresleitung zu überwachen? Gernot von Amann hatte recht. Vor diesen Leuten machte eine Frau in preußischer Uniform, die ihren Gefühlen freien Lauf ließ, keinen besonders guten Eindruck. Ihr Vater hätte niemals geduldet, dass eine seiner Töchter auf diese Weise die Regeln hanseatischer Disziplin öffentlich verletzte. Und nichts war für Livi schlimmer, als ihre Würde zu verlieren.

So elegant, wie es ihr unter den gegebenen Umständen möglich war, schnäuzte sie sich. Sie konnte nicht verhindern, dass ihr trotzdem weiter Tränen über die Wangen liefen, aber der Strom ebbte zumindest etwas ab. Pflichtbewusst schluckte sie den größten Kummer hinunter, um von Amann zu antworten: »Sie sollten Ihre Zeit nicht an mich verschwenden, Herr Hauptmann. Ihr Rat ist mir teuer und ich werde ihn befolgen, aber ich muss mich noch etwas sammeln, bevor ...«

»Darf ich Ihnen meine Begleitung anbieten?«, fiel er ihr rasch ins Wort. »Ich habe keinen Dienst und würde gerne mit Ihnen durch den Bergpark schlendern. Hatten Sie schon Gelegenheit, das Schloss Wilhelmshöhe und die Löwenburg zu besichtigen?«

Es war eine ungewöhnliche Situation. Zum ersten Mal in ihrem Leben legte Lavinia es nicht darauf an zu gefallen – und erfuhr, was sie sich seit Wochen aus ganzem Herzen wünschte. Hin- und hergerissen zwischen ihrer anhaltenden Niedergeschlagenheit und maßloser Überraschung vergaß sie die Koketterie, die üblicherweise an ihr haftete wie die Schweißblätter in ihren Abendroben.

Unwillkürlich blickte sie an sich hinunter. »So kann ich nicht umherwandern. Ohne Jacke. Und eigentlich habe ich noch Dienst ...«, sie unterbrach sich, schüttelte mehr energisch als bedauernd den Kopf: »Nein, ich glaube, ein Spaziergang ist vielleicht keine so gute Idee.«

»Gestatten Sie, dass ich Ihnen meinen Mantel anbiete?« Er erhob sich wieder und begann, an den Knöpfen zu drehen. »Es ist zwar nicht erlaubt, aber ich denke, meine Vorgesetzten werden darüber hinwegsehen, da es sich um einen Akt der Ritterlichkeit gegenüber einer Dame handelt.«

Es war noch gar nicht so lange her, da hätte sie ein solches Angebot mit Nonchalance angenommen und das schwere Kleidungsstück mit derselben Grazie um sich geschlungen wie ein federleichtes Chinchillacape. In diesem

Moment jedoch wurde ihr bewusst, dass sie lieber allein um ihren Vater trauerte als an der Seite eines Mannes, mit dem zu flirten sie gerade überforderte.

»Vielen Dank. Handeln Sie sich nur meinetwegen keinen Ärger ein. Ich komme schon zurecht. Wir sehen uns gewiss wieder, aber im Moment...«

»Bitte, bleiben Sie! Ich habe nie zuvor eine Frau gesehen, die durch ihre Tränen noch schöner wird. Sie sind eine Ausnahmeerscheinung.«

Seine Worte verblüfften sie so sehr, dass sie zu gehen vergaß. Das Kompliment wirkte auf sie, als hätte Gernot von Amann eine Uhr aufgezogen, deren Zahnräder sich plötzlich wieder zu drehen begannen. Die vertraute Sehnsucht zu gefallen, das ewige Bedürfnis nach Aufmerksamkeit, die Lust am Spiel gurrender Tauben bemächtigten sich wieder ihres Wesens. Livi wurde schmerzlich bewusst, dass die Zeit ohne den wichtigsten Mann in ihrem Leben weiterlaufen würde. Er war nicht mehr da – und deshalb musste sie zusehen, dass sie als elternlose Frau einen Platz in der Nachkriegsordnung fand, von der niemand so recht wusste, wie diese eigentlich aussah. Als sähe sie durch eine Glaskugel, war ihr in diesem Augenblick klarer denn je, dass ihr Gatte sie nicht schützen würde vor einer ungewissen Zukunft. Sie brauchte einen Mann, der den Platz ihres Vaters einnahm und sie anbetete wie er, aber gleichzeitig eine Art Verteidigungslinie um sie errichtete. Die Uhr in ihrem Innersten tickte...

»Hauptmann von Amann, Sie schmeicheln mir«, raunte sie mit gesenkten Lidern. Dabei tupfte sie dekorativ mit seinem Taschentuch über ihre Wangen. »Finden Sie nicht, dass das ein wenig unfair ist gegenüber einer empfindsamen Frau, die gerade in tiefer Trauer erstarrt? Spielen Sie bitte nicht mit mir...« Es gelang ihr, eine Träne hervorzupressen, die glücklicherweise wie eine Perle an ihren Wimpern kleben blieb.

»Ich bin sicher, Sie können bei Ihrer Vorgesetzten unter den gegebenen Umständen einen Dienstaufschub erreichen. Wenn Sie es wünschen, warte ich hier auf Sie, bis Sie sich freigenommen und Ihren Mantel geholt haben.«

Lavinia musste sich zwingen, nicht allzu begeistert aufzuspringen. Im Davoneilen rief sie ihm zu: »Laufen Sie nicht fort! Ich komme so schnell wie möglich zurück.«

Kurz flackerte in ihr der Gedanke an die junge Dame auf, in deren Begleitung sie Gernot von Amann gestern angetroffen hatte. Sie beschloss, sich lieber die Zunge abzubeißen, als ihn nach Amanda Löwe zu fragen.

Der Weg durch den Karlsberghang hinauf zum Schloss Wilhelmshöhe war recht kurz, aber von einem beeindruckenden Zauber. Als barocke Erweiterung des Habichtswaldes angelegt, wirkten die vom Herbstnebel umspielten Baumwipfel des Parks wie einer Märchenlandschaft entrückt. Auf den sanft ansteigenden Rasenflächen schimmerten noch die Tau- oder Regentropfen der frühen Morgenstunden. Die Wasserläufe waren fast ausgetrocknet, die Fontänen abgestellt, die Blumenrabatten in Kartoffelfelder umgewandelt. An einem Wochentag wie diesem war es still, niemand außer Lavinia und Gernot von Amann brachte die Muße für einen Spaziergang auf. Doch all dies verstärkte die Unwirklichkeit der Szenerie. Das Rauschen einer Brise begleitete von Amanns Stimme mit einer eigentümlichen Melodie, als er von fröhlichen Kutschfahrten und prachtvollen Festen der Vorkriegszeit plauderte. Er erzählte von den regelmäßigen Aufenthalten Seiner Majestät in dieser kaiserlichen Sommerresidenz und Livi saugte die Worte begierig in sich auf. Es tat ihrer schwermütigen Stimmung gut, an das bunte Treiben des Hofstaats zu denken, den Rosenduft ebenso in ihrer Vorstellung einzuatmen, wie der schmissigen Musik eines imaginären Regimentsorchesters zu lauschen.

Sie schritten an einem der Seitenflügel des in klassizistischem Baustil gehaltenen imposanten Schlosses entlang. Das riesige prachtvolle Gebäude lag so still da wie die Landschaft. Lavinia zwinkerte mit den Augen, weil sie sich nicht sicher war, ob auf der Treppe unter dem Risalit zwei Soldaten auf und ab gingen oder ob es nur die Schatten der Säulen waren. Gleichzeitig stellte sie sich einen jüngeren Gernot von Amann an dieser Stelle vor.

»Gehörten Sie zur kaiserlichen Garde?«, fragte sie.

»Nein«, antwortete er und in seiner Stimme schwang eine Spur Bedauern mit. »Ich habe Germanistik und Geschichte in Göttingen studiert. Damals war ich nur Reservist. Durch familiäre und freundschaftliche Verbindungen pflegte ich Umgang mit Mitgliedern des Hofes. Deshalb wurde ich hin und wieder eingeladen, wenn ein Tanzpartner fehlte. Dabei blieb es, als ich mich auf mein Gut im Ammerland zurückzog, um mich ganz meiner Pferdezucht zu widmen. Bei Kriegsbeginn meldete ich mich natürlich sofort freiwillig.«

Unglücklicherweise meldete sich der Gedanke an ihre

erste Begegnung in Lavinias Kopf. Es war nicht direkt eine Begegnung gewesen, sondern der Klang seiner Stimme, der sie auf diesen Mann aufmerksam werden ließ. Und das aus einem unschönen Grund. Von Amann hatte am Telefon mit einem Unbekannten über ein Komplott gegen Wilhelm II. gesprochen. Wie konnte jemand, der früher die Gastfreundschaft des Hofes genossen hatte, den Mord an seinem kaiserlichen Gastgeber planen? Wie viel Falschheit steckte in diesem Menschen? Livi wäre ob dieser Frage am liebsten wieder in Tränen ausgebrochen.

»Sie sind ganz bleich«, stellte er fest. »Ich bin untröstlich, wenn Ihnen der Aufstieg zum Schloss zu schwer war. Oder langweile ich Sie mit meinen alten Geschichten?«

Besaß Gernot von Amann das zweite Gesicht – oder war sie so leicht zu durchschauen? Lavinia beschloss, die stille Warnung in ihrem Kopf zu ignorieren. Wahrscheinlich irrte sie sich. Sie hatte die durch die Telefonleitung natürlich verfremdete Stimme bestimmt falsch zugeordnet und verleumdete einen Unschuldigen. Wie ungezogen von ihr! Sie war untröstlich, diesem attraktiven, großartigen Herrn ein Verbrechen zugetraut zu haben. Hatte er nicht gestern erst seine Hilfsbereitschaft bewiesen? Trat er nicht gerade in diesem Moment als Heiler an ihrer Seele hervor? Sie wollte die Episode in Spa schleunigst vergessen.

»Sie erzählen ganz wundervoll«, wisperte Livi. »Die Gedanken an meinen Vater sind nur nicht abzuschütteln. Der Verlust ist so bedrückend.«

»Das verstehe ich gut«, versicherte er rasch, während er stehen blieb und seine linke Hand über ihre rechte deckte, die locker auf seinem Arm lag. »Es ist schön für eine Tochter, wenn sie ihrem Vater nahesteht. Haben Sie noch Geschwister?«

»Zwei ältere Schwestern.«

»Keinen Bruder?«

»Ein Sohn wurde meinen Eltern leider verwehrt«, sagte sie mit einem kleinen Lächeln auf den Lippen, in dem die aufflammende Sehnsucht nach ihrer Familie lag. »Deshalb wurde meine älteste Schwester irgendwie zu einem Jungen erzogen. Sie erhielt eine umfassendere Bildung und galt immer als Nachfolgerin in der Reederei.«

»Ach?« Von Amanns Rücken versteifte sich, seine Arme sanken herab, Livis Hand verlor den Halt. »Dann werden Sie in der Erbfolge gar nicht berücksichtigt?«

Sie zuckte mit den Achseln. »Ehrlich gesagt, das weiß ich nicht. Ist das wichtig? Mein Vater hat mich gewiss nicht unversorgt gelassen, aber welche Legate konkret ausgesetzt sind, hat mich nie interessiert.« Dabei sah sie besorgt zu ihm auf, weil er so geklungen hatte, als sollte es anders sein.

»Oh!«, war sein einziger Kommentar.

Sein nachdenklicher Blick tauchte in ihre Augen und verunsicherte sie noch mehr.

Livi war es nicht gewohnt, sich mit einem Mann über Geld zu unterhalten. Die Ausnahme bildete ihr Gatte, als dieser ihr einst verboten hatte, einen neuen Hut zu kaufen, und gleichzeitig kritisierte, dass die Kosten für ihren Haushalt explodierten. Sie grollte Konrad deswegen noch immer.

Lavinia reckte ihr Kinn. »Wissen Sie, Herr Hauptmann, ich habe mir nie Gedanken über mein Vermögen gemacht.

Und eigentlich möchte ich jetzt nicht damit beginnen. Es sei denn ...«, sie zögerte. Die Vorstellung, dass zu all ihren Ängsten, die die Nachricht von Victor Dornhains Tod auslöste, noch die Sorge um ihr Auskommen kommen könnte, begann schwer auf ihr zu lasten. »Meinen Sie, es wäre notwendig, dass ich mich um meinen Unterhalt kümmere?« Gespannt hielt sie die Luft an.

»Nein ...«, erwiderte er gedehnt. Nach einer Gedankenpause lächelte er sie an. »Nein. Nein, ich bin sicher, das brauchen Sie nicht.«

Erleichtert stieß sie den Atem aus. »Ihre Meinung bedeutet mir viel. Es macht mir den Schmerz erträglicher zu wissen, dass meine Situation so bleibt, wie sie immer war.«

»Ja, das ist eine ziemlich gute Voraussetzung für ein angenehmes Leben«, entfuhr es ihm erstaunlich schnell. Er räusperte sich. »Ich meine, finanzielle Probleme verstärken die Trauer meist nur unnötig. Dabei ist es für die Hinterbliebenen schwer genug, sich ohne den geliebten Menschen zurechtzufinden.«

»O ja. Das denke ich auch.«

Wie vorhin auf der Hotelterrasse nahm er Haltung an und schlug die Hacken zusammen. »Sollten Sie jemals meinen Rat benötigen, gnädiges Fräulein, ich stehe Ihnen zur Verfügung.«

»Das ist sehr nett von Ihnen.« Zur Unterstützung ihrer Worte berührte sie sacht seinen Arm.

Wie ritterlich er sich verhielt. Ein Mann von Format, das hatte sie von Anfang an gespürt. Gernot von Amann war nicht so ein sturer Kleingeist wie Konrad. Ihr Vater wäre sicher sehr stolz über ihre Eroberung gewesen, vergessen ihre Mesalliance.

»Nicht weinen«, seine Stimme wurde weich und warm, lullte sie ein wie früher der Gesang das mutterlose kleine Mädchen. »Es tut mir leid, aber ich habe kein Taschentuch mehr, das ich Ihnen reichen könnte.«

Die Tränen liefen ungewollt über ihre Wangen. Sie schniefte. »Ach, ich belästige Sie nur mit meinem Kummer.«

»Das tun Sie nicht. Ich bin immer für Sie da.«

Schweigend blickten sie einander in die Augen – bis er den Zauber mit einem Ausruf durchbrach: »Ich habe eine Idee, die Sie ablenken wird. Kommen Sie!« Zielstrebig zog er sie mit sich über den Ehrenhof, als wäre es selbstverständlich, dass er die Führung in ihrem Leben übernahm.

Die vor dem Haupteingang patrouillierenden Soldaten zeigten wenig Interesse an dem Offizier und der Etappenhelferin, ein flüchtiger Gruß genügte ihnen, um von Amann Einlass zu gewähren.

Atemlos folgte sie ihm durch die hochherrschaftlichen Räume. Die Vorstellung, dass sich vor nicht allzu langer Zeit noch das Kaiserpaar hier aufhielt, verschlug ihr die Sprache. Und wie Gernot von Amann sich mit schlafwandlerischer Sicherheit zwischen den Rokoko-, Louis-seize- und Empiremöbeln, vorbei an kostbaren Gemälden und Tapisserien bewegte, imponierte ihr enorm. Trüge sie doch keine Uniform, sondern ein elegantes Kleid, nicht derbe Schnürschuhe, sondern Seidenpantöffelchen, um über die Orientteppiche zu schreiten... Die Augen wollten ihr schier übergehen angesichts des erlesenen Interieurs.

Wenig später fand sich Lavinia in einem Musikzimmer wieder.

Zu ihrer größten Überraschung setzte sich ihr Begleiter an einen Flügel. Verblüfft beobachtete sie, mit welcher Selbstverständlichkeit er den Deckel anhob und sich an dem fremden Eigentum zu schaffen machte. Peinlich berührt blieb sie in einiger Entfernung stehen, doch dann folgte sie ihm langsam zu dem Instrument. Im nächsten Moment vibrierten die Kristalle an dem Kronleuchter unter den raumgreifenden Tönen, die Gernot von Amann anschlug. Scheinbar selbstvergessen ließ er seine Finger über die Elfenbeintastatur fliegen.

Verstohlen drehte sich Lavinia zur Tür. Sie erwartete, dass eine der Wachen auftauchen und sie hinauskomplimentieren werde. Als nichts geschah, begann sie sich langsam zu entspannen. Sie lehnte sich an den Korpus des Pianos und lauschte der Musik, die sie seltsam vertraut umfing.

Nicht ausgeschlossen, dass sie diese Melodie kannte. Sie hatte ihre Großmutter fast immer zu bedeutenden Opernaufführungen ins Stadttheater oder zu großen Konzerten in die Musikhalle begleitet. Es dauerte eine Weile, bis Lavinia begriff, dass ihr Pianist ein Stück von Johannes Brahms interpretierte. Von Amanns Umsicht berührte sie. Sicher war es kein Zufall, dass er ausgerechnet das Werk eines in Hamburg gebürtigen Komponisten für sie spielte.

Ihre Gefühle veränderten sich, je länger sie ihn beobachtete. Durch das hereinfallende müde Herbstlicht wirkte sein Haar grau, die Falten an seinen Mundwinkeln tiefer. Wahrscheinlich war er zu alt für sie. Aber er war wunderbar. Und er würde sie beschützen. Wie ihr Vater dies getan hatte. Das Schicksal hatte ihr Victor genommen – etwas derart Furchtbares würde ihr mit Gernot von Amann nicht geschehen. Niemals mehr wollte sie ihn verlassen. In diesem Moment hielt sie es für möglich, dass ihr Vater gehen musste, damit sie an seiner Stelle endlich einen anderen Mann aus ganzem Herzen lieben konnte.

HAMBURG

20

Das Wort *Zuhause* nahm für Nele eine andere Bedeutung an. Es war nicht mehr erfüllt von Freude, Sehnsucht und einem gewissen wohligen Gefühl. Ihre Trauer um den verstorbenen Vater wurde von der langen, beschwerlichen Zugfahrt überschattet und von der Furcht vor ihrer eigenen Zukunft.

Würde ihre Großmutter einer Scheidung von Lavinia und Konrad nun zustimmen? Was würde aus ihrem, Neles, Kind, wenn sie den Segen ihrer Familie nicht erhielt? Hatte der Dienst im Nachrichtenkorps Livi verändert? Nele mochte nicht glauben, dass ihre kleine Schwester womöglich auf ihre Rechte pochte, nach allem, was geschehen war. Aber wer wusste schon, wie sich die Dinge entwickelten? Nele begann zu verzweifeln und Konrad war ihr in dieser Situation keine Hilfe, denn seine überschwängliche Freude über ihr zukünftiges Leben zu dritt ließ keinen rationalen Gedanken zu. Seine geduldig wiederholte Versicherung, dass alles gut werde, prallte an ihren Sorgen ab. Statt zu grübeln, schmiedete er Pläne, überlegte, in welchem Raum seines Hauses an der St. Benediktstraße er das Kinderzimmer einrichten wollte – und das erschien ihr unter den gegebenen Umständen nicht nur ein wenig verfrüht, sondern sogar richtig ärgerlich.

Die umständliche Reise von Zürich, die mit langen Wartezeiten auf diversen Bahnhöfen und mehrmals wechselnden Zügen mit überfüllten Abteilen verbunden war, zehrte an Neles Nerven. Es verstörte sie, die Gleise oft flankiert von ganzen Kompanien zu sehen, manche Bahnsteige, schwarz von Soldaten, erinnerten sie eher an ihre Fahrten mitten im Krieg als an den Frieden. Die neuen Räterepubliken zwischen Lindau und Hamburg brachten anscheinend keine Verbesserung der Lebensumstände: Auf allen Stationen und auch in den Waggons der verschiedenen Eisenbahngesellschaften herrschten Niedergeschlagenheit und offensichtlicher Hunger, gepaart mit Aggressivität und einem gewissen Rachedurst. Wobei nicht eindeutig war, wer sich an wem rächen wollte, irgendwie schien es überall jeder gegen jeden zu gehen.

Das Bild am Hauptbahnhof in Hamburg war kein anderes. Ein Plakat, das einen stilisierten Engel in leuchtendem Goldorange und einen dunkel gezeichneten Teufel darstellte, fiel ihr ins Auge. In Großbuchstaben war darauf zu lesen: »Anarchie – Helfer der Reaktion und Hungersnot«. Der Text fasste Neles Beobachtungen in wenige Worte.

Oberhalb der Treppen, die von den Gleisen hinauf zur Eingangshalle führten, scharten sich Reisende um einen Zeitungsjungen. Konrad trat hinzu, sodass Nele unweigerlich ebenfalls innehielt und die Schlagzeilen der Sonntagszeitung beachtete.

»Die Spartakisten boykottieren die Wahlen!«, stand fett gedruckt auf der Titelseite eines Blatts.

Ein anderes Nachrichtenorgan fragte seine Leser: »Ist die Wahl zur Nationalversammlung bereits im Januar möglich?«

Zwischen den Passanten entspann sich eine lautstarke Diskussion, ob die ersten Wahlen in der neuen Republik tatsächlich schon so bald organisiert werden könnten. Ein Mann meinte, der Termin sei eine Wunschvorstellung, ein anderer behauptete, der Spartakusbund werde alles tun, um den Wahltermin zu verschieben, weil Rosa Luxemburg und Karl Liebknecht niemals mehr Stimmen als die Sozialisten um Friedrich Ebert auf sich vereinen könnten. Und überhaupt, es sei ein starkes Stück, dass diesmal Frauen an die Urnen gehen durften. Ob dieser Bemerkung fühlte Nele ein inneres Lächeln. Vor über sechs Jahren hatte sie in München für das allgemeine Frauenwahlrecht demonstriert – unfassbar, dass es anscheinend endlich durchgesetzt werden sollte.

Konrad nahm ihren Arm. »Hoffentlich hat das Telegramm mit unserer Ankunftszeit deine Schwester pünktlich erreicht. Es wäre mir wohler, dich an der Seite eines Familienmitglieds zu wissen, während du nach Hause fährst. Eigentlich sollte ich dir verbieten, in deinem Zustand ...«

»Bitte!« Ihre Stimme klang für einen Moment schrill. »Ich möchte nicht mit dir streiten. Aber ich möchte auch nicht, dass du jede meiner Entscheidungen in Zweifel ziehst. Ich bin nicht krank – und ich kann mich in meiner Heimatstadt sehr gut alleine bewegen.«

»Dann erlaube mir, dass ich dich bis zum Harvestehuder Weg begleite.«

Nele entfuhr ein genervtes Seufzen. »Konrad, das haben wir alles schon besprochen. Ich möchte unter den gegebenen Umständen jede Aufregung für meine Großmutter vermeiden. Sie weiß, dass wir ein Paar sind, und das genügt fürs Erste. Ich möchte mich alleine davon überzeugen, wie es allen geht.« Sie sagte ihm nicht, dass sie erst feststellen wollte, ob Lavinia bereits demobilisiert war und zu Hause womöglich auf ihren Ehemann wartete.

»Du könntest immer noch zuerst mit mir kommen und dann...«

Sie unterbrach ihn noch einmal: »Keinesfalls! Das sähe ja aus, als würde ich bei dir einziehen. Konrad, es tut mir leid, aber hier in Hamburg gelten bestimmte gesellschaftliche Regeln, an die wir uns aus Rücksicht auf meine Familie halten müssen. Daran hat sich leider nichts geändert.«

»Trotzdem bin ich nicht glücklich über die Situation und möchte sie lieber heute als morgen klären. Allein wegen unseres Kindes ist dies unbedingt notwendig.«

»Ich weiß«, murmelte sie und senkte den Kopf.

Stumm liefen sie nebeneinander her bis vor den Ausgang. Es tat ihr weh, sich mit Konrad ausgerechnet über ein Thema zu streiten, das im Grunde nur seine Liebe und Anständigkeit bewies. Ohne ihn anzusehen, wusste sie, dass jetzt eine Mischung aus Zorn und Traurigkeit in seinen Augen lag. Sie wusste es, weil sie diese Debatte auf der Herfahrt mindestens ein halbes Dutzend Mal geführt hatten.

Da Nele den Blick auf ihre Füße gerichtet hielt, nahm sie Konrads Beobachtung erst wahr, als er überrascht ausrief: »Sieh mal! Dort drüben steht Richter – und ist das nicht das Automobil deines Vaters? Das gibt's doch gar nicht!

Ich dachte, man hätte alle Privatwagen aus dem Verkehr gezogen.«

Tatsächlich wurde das Straßenbild von Militärfahrzeugen, Fahrrädern und Leiterwagen bestimmt. An dem Standplatz, an dem früher die Taxameterdroschken auf Kundschaft warteten, bot ein ziemlich abgerissen wirkender Händler von seinem Handkarren allerlei Klöterkram an. Daneben parkte – es war wirklich unfassbar! – Victor Dornhains dunkelgrüner Phaeton, argwöhnisch beäugt von zwei Männern in der Einheitskleidung ihrer Werft und mit Gewehren in den Händen. Offenbar gingen die beiden Arbeiter als Ersatz für die Polizei auf Streife, denn Richter wedelte gerade mit einem Blatt Papier vor ihren Gesichtern herum, als handelte es sich um die weiße Fahne der Kapitulation. Nele konnte sich allerdings nicht des Eindrucks erwehren, dass sich damit nicht Richter den beiden Ordnungshütern ergab, sondern eher umgekehrt.

Als Nele auf den Diener zueilen wollte, der ihr so vertraut war wie jedes Familienmitglied, hielt Konrad sie zurück. »Warte einen Moment! Ich glaube, Richter sollte erst mit den beiden Ratsangestellten klarkommen, bevor wir ihn vor diesen Männern vielleicht in eine peinliche Situation bringen. Zu viel Respekt vor dem *gnädigen Fräulein* dürfte gerade etwas schädlich sein.«

Während sie warteten, lauschte Nele einer kleinen Kapelle der Heilsarmee, die seitlich des Bahnhofportals Aufstellung genommen hatte. Die Musiker spielten Seemannslieder und als sie kurz die Instrumente absetzten, rief einer der Salutisten: »Nur ein Friede, der keinen Hass zulässt, kann zum Segen werden!« Doch Zuhörer hatte er keine.

Es dauerte eine Weile, bis sich Richter mit der Arbeiterpatrouille geeinigt hatte. Achselzuckend zogen die beiden Männer schließlich weiter, begannen, ihre Aufmerksamkeit auf den Trödelhändler zu richten und mit den Gewehrläufen in der Ware auf dem Handkarren zu stochern. Vielleicht suchten sie Schwarzmarktware. Im Hintergrund erklangen die ersten Takte von »La Paloma«. Vermutlich hofften die Heilsarmisten, mit der berühmten Melodie Publikum anzuziehen.

»Liebes, komm!« Konrad nahm Neles Arm, um sie zu dem Wagen ihres Vaters zu führen, und gab mit der freien Hand dem Gepäckträger, der sich dicht hinter ihm gehalten hatte, ein Zeichen, ihnen zu folgen. »Wie schön, dass Sie uns abholen!«, rief er dem Chauffeur zu, obwohl sie noch ein paar Schritte von ihm entfernt waren.

Ein Strahlen glitt über Richters grimmige Züge. Es war ihm anzusehen, dass er ihnen gern entgegengegangen wäre, doch rührte er sich nicht von dem Fahrzeug weg. »Fräulein Nele, herzlich willkommen in der Heimat! Es tut gut, Sie gesund wiederzusehen, Herr Michaelis.«

»Das finde ich auch«, erwiderte Konrad und schüttelte Richters Hand.

»Ich wünschte, es gäbe einen anderen Grund für unsere Heimkehr«, sagte Nele leise. »Hat mein Vater sehr gelitten? Sagen Sie mir bitte die Wahrheit, Herr Richter. Sie brauchen mich nicht zu schonen.«

Der Diener zögerte und jede Sekunde, die ohne eine Antwort verstrich, verstärkte Neles Unbehagen. Sie sah ihn flehend an, was ihr ein wenig peinlich war, aber sie konnte es nicht verhindern.

Konrad bemerkte es und legte ihr tröstend eine Hand auf den Rücken. »Ich glaube nicht, dass dies ein Thema ist, welches auf der Straße besprochen werden sollte. Steig bitte ein, Nele, das Gepäck muss verladen werden, bevor wir hier Wurzeln schlagen.«

»Als er starb, hat er nicht gelitten, Fräulein Nele«, erwiderte Richter, als er ihr in das Automobil half.

Sie bildete sich ein, das Wörtchen »mehr« irgendwo in dem Satz wahrgenommen zu haben, aber sie fragte nicht nach. Vielleicht irrte sie sich. Es war so traurig, sie wusste so wenig über den Tod ihres Vaters. Ein Schlaganfall, wie immer sich dergleichen äußern mochte. Da sie Ellinor nur telegrafiert hatte, dass sie nach Hause kommen würden, es bisher aber keine Gelegenheit gab, mit ihrer Schwester oder der Großmutter zu sprechen, tappte sie über die Umstände im Dunkeln. Bedauerlich, dass Richter sich nicht auskunftsfreudiger zeigte, aber im Grunde war Nele dankbar dafür. Als sie endlich auf der Rückbank saß, fand sie es ganz angenehm, für einen Moment allein und in Ruhe ihren Gedanken nachzuhängen.

Instinktiv legte sie sich die Hände auf den Bauch. Sie war nicht allein. Das durfte sie niemals vergessen – auch wenn sie sich manchmal insgeheim wünschte, es wäre anders.

»Herr Richter wird dich erst in die Villa bringen und dann zu mir fahren«, erklärte Konrad und ließ sich neben sie auf den Sitz sinken. Offenbar missverstand er ihren erschrockenen Blick, denn er fügte hinzu: »Mach dir keine

Sorgen um mich. Er besitzt einen Passierschein, der es ihm ermöglicht, überall herumzukurven, wo es ihm beliebt.«

Sie schluckte. »Möchtest du Großmutter deine Aufwartung machen?«

»Nein.« Er strich sanft über ihre Wange. »Meinen Beileidsbesuch hole ich morgen nach. Für mich zählt vor allem, dass du dich unverzüglich hinlegst. Du brauchst in deinem Zustand Ruhe, Nele, das hat der Arzt ausdrücklich gesagt.«

Ihr Lächeln wirkte aufgesetzt, obwohl es eigentlich von Herzen kam. Aber es kostete sie zu viel Mühe, ihre Erleichterung zu verbergen.

Nach den angemessenen Umarmungen, der wiederholten Bekundung, es gehe ihr gut, und einer Tasse gekochten Wassers, das eine blassgoldene Farbe besaß und von Charlotte deshalb als Tee bezeichnet wurde, floh Nele in ihr Zimmer. Über das Sterben ihres Vaters hatte sie nichts erfahren, wohl aber, dass sie selbst ausgesprochen bleich aussah und die dunklen Schatten unter ihren Augen keinesfalls kleidsam waren. Dummerweise drohten auch noch ihre Knie einzuknicken, als sie sich von dem Zweisitzer im Salon erhob, was weitere Kommentare hinsichtlich ihres schlechten Aussehens folgen ließ. Nele schob ihr Unwohlsein auf die beschwerliche Reise und entschuldigte sich zu einem ziemlich späten Mittagsschlaf. Sie sehnte sich in diesem Moment nach nichts so sehr wie danach, die Beine endlich hochzulegen.

Die ruhige Vertrautheit ihres Zimmers umfing Nele wie die Arme einer Mutter. Ob ihr Baby jemals die Geborgenheit erfahren würde, die sie selbst schon ihr Leben lang begleitete? Welche Chancen besaß ein Kind, das zwar aus Liebe gezeugt, aber unter den schwierigsten gesellschaftlichen Bedingungen geboren wurde? Allein das Aufrechterhalten der Teestunde und das Verleugnen des offensichtlichen Mangels zeigten Nele, dass sich an dem Weltbild ihrer Großmutter nichts geändert hatte. Unter diesen Umständen konnte sie sich glücklich schätzen, dass Livi noch nicht heimgekehrt war.

Sie sank in eine dieser Schlafphasen, die man eigentlich nicht bemerkte. Als sie das energische Klopfen an ihrer Tür wahrnahm, meinte sie, nur für eine Minute eingenickt zu sein.

Auf ihr »Herein« trat Klara ein. »Entschuldigen Sie die Störung, gnädiges Fräulein. Würden Sie bitte hinunter in den Salon kommen?«

Es wurde die Teestunde zelebriert und offenbar auch das Beisammensein der Familie vor dem Abendessen, als hätten sich die Zeiten nicht dramatisch verändert. Nele stöhnte innerlich auf. Ihr wurde bewusst, dass sie noch ihre Reisekleidung trug. Sie hätte sich umziehen müssen. Dankbar für diesen Teil der Etikette, der ihr die Entscheidung abnahm, wies sie das Hausmädchen an: »Bitte richte meiner Großmutter aus, dass ich mich nicht wohlfühle. Ich habe keine Kraft, meine Kleider zu wechseln, und ich würde lieber auf meinem Zimmer eine Kleinigkeit zu mir nehmen. Vielleicht könntest du mir ein Tablett bringen.«

»Das Abendessen haben Sie verschlafen, Fräulein Nele. Die gnädige Frau meinte, es sei besser, Sie ruhen zu lassen.

Aber jetzt ...«, Klara räusperte sich. »Herr Michaelis ist da.«

Sie richtete sich so hastig auf, dass ihr Kreislauf beinahe versagte. Unwillkürlich sank sie aufs Bett zurück, hielt sich den Kopf mit beiden Händen, um Schwindel und Übelkeit zu bannen.

»Wenn Sie möchten, kann ich Ihnen behilflich sein, ein paar frische Sachen anzuziehen«, schlug Klara mit sanfter Stimme vor. »Ihr Koffer ist zwar noch nicht ausgepackt, aber wir werden schon etwas Passendes für diesen Abend finden.«

Nele nickte und dachte, dass sie es überhaupt nicht mehr gewohnt war, von kundigem Personal umsorgt zu werden. Klaras Gegenwart tat ihr ausgesprochen wohl.

Als sie eine halbe Stunde später den Salon betrat, trug sie einen dunkelblauen Rock, der ihr in der Taille spannte, und die für eine Frau vor dem Krieg modische Matrosenbluse, die sie seinerzeit in München gekauft und aus irgendwelchen Gründen niemals aussortiert hatte. Klara hatte ihr das Haar so zusammengesteckt, dass es nicht mehr ein Wirrwarr an ungebändigten Locken war. Fabelhaft, fand Nele beim flüchtigen Blick in den Spiegel an ihrem Schrank, jetzt sehe ich wieder aus wie das wohlerzogene mittlere Reederstöchterchen – Konrad wird sich wundern, wie schnell sich seine Gefährtin zurückverwandelt hat.

»Da bist du ja endlich«, kommentierte Ellinor ihren Auftritt.

Nele hörte nicht auf ihre Schwester. Sie nahm auch ihre Großmutter nur am Rande wahr. Charlotte thronte in Gedanken versunken auf einem Sessel neben dem lodernden Kaminfeuer.

Neles Aufmerksamkeit wurde von Konrad gefesselt, der mit sorgenvoller Miene am Fenster stand, die Hände gegen die weiß lackierten Rahmen gestützt. Er wandte ihr sein Gesicht nicht zu, ein eindeutiges Zeichen dafür, dass ihn etwas zutiefst bewegte.

»Was ist passiert?«, fragte sie tonlos und unterdrückte den Wunsch, sich die Hände auf den Bauch zu legen. Sie schob die Finger zwischen die Falten ihres Rocks.

»Ich kann nicht in mein Haus«, presste Konrad hervor.

Sein Ton ließ sie frösteln. Sie zog den dunkelroten Wollschal fester um ihre Schultern, den sie sich beim Verlassen ihres Zimmers rasch umgelegt hatte. Stumm wartete sie auf eine Erklärung, doch Konrad schluckte nur hörbar, als versage ihm die Stimme.

Bevor die Stille zu lang zu werden drohte, hob Ellinor an: »Der Arbeiter- und Soldatenrat hat irgendwelche Leute in Konrads Haus einquartiert. Fremde. Das machen sie jetzt anscheinend öfter bei leerstehenden Anwesen.«

Nele wagte nicht, nach Frau Brinkmann zu fragen. Sicher hatte Konrads alte Haushälterin nichts gegen den Einzug der neuen Bewohner ausrichten können. Ihr wurde das Herz schwer beim Gedanken an all die Erinnerungsstücke, die er mitsamt der Reihenvilla von einer vermögenden Tante geerbt hatte. Ob die erzwungenen Gäste wohl sorgsam mit dem Eigentum des Hausherrn umgingen? Nele brauchte ihn nicht weiter anzusehen, um zu wissen, wie sehr er darunter litt, aus seiner eigenen Wohnung ausgesperrt zu sein.

»Selbstverständlich kannst du so lange hierbleiben, wie du es für nötig hältst«, meldete sich Charlotte endlich zu Wort.

»Ich möchte niemandem zur Last fallen«, murmelte er mit erstickter Stimme. »Wäre nicht Sperrstunde, würde ich in einer Pension...«

»Du bist uns hier immer willkommen, Konrad.«

Nele hätte ihre Großmutter für diesen Satz umarmen können. Doch derartige Intimitäten entsprachen nicht den Gepflogenheiten der alten Dame. Also lächelte sie Charlotte nur an und hoffte, dass in ihrem Blick die tiefe Dankbarkeit lag, die sie empfand.

»Es war ganz richtig, dass Richter dich hierhergebracht hat«, versicherte auch Ellinor. Dann fügte sie mit dem für sie typischen Pragmatismus hinzu: »Ich bin sicher, man wird im Wohnungsamt rasch erkennen, dass man dir nicht einfach das Recht auf dein Zuhause nehmen kann. Immerhin bist auch du ein Kriegsheimkehrer, der sich an der Westfront um sein Vaterland verdient gemacht hat.«

»Ich war ja im Wohnungsamt. Herr Richter war so freundlich, mich zuerst nach Speersort zu fahren...«, er unterbrach sich, schluckte wieder.

Nele fürchtete, er werde vor Verzweiflung oder Wut gleich die Stirn an die Fensterscheibe schlagen. Sie musste sich zwingen, nicht an seine Seite zu eilen. Aber in Gegenwart ihrer Großmutter erschien ihr selbst eine zarte Berührung wie eine anstößige Zärtlichkeit.

Gespannte Ruhe senkte sich über den Raum.

Schließlich berichtete Konrad: »Die Männer, die im Wohnungsamt jetzt das Sagen haben, wollten nichts von meinen Ansprüchen wissen. Ich komme ja nicht aus dem Feld zurück, sondern aus der neutralen Schweiz. Sie …«, wieder zögerte er, dann brach es aus ihm heraus: »Sie nannten mich einen Feigling!«

Mit einem Mal war es Nele gleichgültig, ob sie die Form wahrte. Sie lief zu dem geliebten Mann, versuchte, ihm Trost zu spenden. Die Beleidigung war für einen so schwer verwundeten Offizier ungeheuerlich. Sie ahnte, wie sehr sich Konrad davon getroffen fühlte.

Als sie ihm beruhigend die Hand auf die Schulter legte, drehte er sich zu ihr um. In seinen Augen schimmerten Tränen.

Ohne weiter darüber nachzudenken und ungeachtet ihrer Zuschauerinnen, breitete sie die Arme aus und zog ihn an sich.

21

Konrads Anwesenheit im Dornhain'schen Haus am Alsterufer erwies sich zumindest für Ellinor als ausgesprochen positiv. Sie gab es nur vor sich selbst zu und erwähnte es gegenüber ihrer Großmutter oder Nele mit keinem Wort, aber ihr Alltag verlief deutlich einfacher mit einem Mann in ihrer Nähe, dem sie bedingungslos vertraute und der kein Dienstbote war. Zwar blieb Christian Schulte-Stollberg in finanziellen Fragen der bessere Ratgeber, doch Konrads persönliche Unterstützung half ihr, die ersten notwendigen Entscheidungen zu treffen. Sie ertappte sich sogar bei dem Wunsch, ihn länger als nur vorübergehend in einem der Gästezimmer zu beherbergen. Ihre Hoffnung wurde von den zuständigen Leuten im Wohnungsamt genährt, die sich weiterhin querstellten. Ellinor vermutete, dass Konrads Anträge auf Rückübertragung seines Hauses auf einem unbearbeiteten Stapel mit vergleichbaren Papieren gelandet und dort erst einmal vergessen worden waren.

Er überzeugte sie, gegen den Rat ihrer Großmutter und des Prokuristen, eine Versammlung der Hamburger Unternehmer zu besuchen. Die auf der Tagesordnung stehende Wahl des Wirtschaftsrates erschien ihm unter den gegebenen Umständen bedeutsam genug, um sich allen gut gemeinten Vorschlägen zu widersetzen. Da Ellinor sich als Frau kaum allein nach St. Pauli begeben konnte, begleitete er sie – in der U-Bahn, denn Konrad empfand es nicht als opportun, dass sie als einzige Teilnehmerin vor dem Winterbau des Circus Busch im eigenen Automobil vorfuhr.

Sie war ihm sehr dankbar für diese Umsicht, denn die randalierenden Massen auf der Straße erschreckten sie zutiefst. Die roten Fahnen, die am Millerntor wehten, verstörten sie ebenso wie die roten Armbinden der vielen Soldaten und Arbeiter, die die Hungerproteste ausgemergelter Menschen in der Zirkusstraße aufzulösen versuchten. Aus mancher Kneipe an der Reeperbahn drang Musik nach draußen, an einer Straßensperre versuchte ein Betrunkener, mit Waffengewalt den Befehl eines Kameraden durchzusetzen. Außer zur Beerdigung ihres Vaters hatte Ellinor das Haus seit Beginn der Revolte nicht verlassen. Es schockierte sie, nun in der Hafengegend zu erleben, wie drastisch der Ruf nach gesellschaftlicher Veränderung auf den Kodex des konservativen Bürgertums stieß. Geradeso, als hätte es zuvor nur Not, Willkür, Korruption und Bitterkeit gegeben.

Bei ihrer Ankunft in dem überfüllten Zirkusgradin hätte sich Ellinor zwischen den honorigen Herren am liebsten unsichtbar gemacht. Wie sollten die hanseatischen Kaufmänner Respekt vor ihr entwickeln, solange ihre Lider vom Zigarren- und Zigarettenrauch brannten und jeder Atemzug sie zum Husten reizte? Über der Manege hing eine Dunstglocke aus Nikotin. Die Schwaden zogen durch das Gebäude wie der Nebel aus der Maschine eines gewitzten Theaterausstatters. Energisch biss Ellinor die Lippen aufeinander und schluckte das Kratzen in der Kehle hinunter. Nur keine Schwäche zeigen!

»Wer die Reichen ärmer macht, macht die Armen nicht reicher!«, tönte der Präses der Handelskammer vom Podium.

Die versammelte Menge applaudierte frenetisch.

Es schien Ellinor, als bebe der aus Stahl und Stein errichtete Zirkusbau unter dem Beifall. Die sonst in ihrer trockenen, hanseatisch-zurückhaltenden Art gefangenen Unternehmer begannen fast zu toben. Die überwiegend in vorbildliche dunkle Anzüge gekleideten Männer erhoben sich von den Sitzplätzen, um sich auf ein Zeichen des Redners jedoch wieder hinzusetzen. Auf und nieder. Die unübersichtliche Menge wirkte auf Ellinor wie der Flügelschlag eines Raben. Ein Rabe, der durch eine Wand aus Rauch flog.

»Wir stehen vor der Bewährung Hamburgs gegen wirtschaftliche Experimente«, rief Franz Heinrich Witthoefft der begeisterten Kaufmannschaft zu. »Wir müssen den einseitigen Parteidogmen entgegentreten. Mit einem Wort: Es geht um die Verhinderung des Sozialismus!«

Bei der Erinnerung an die Heerscharen von Männern, die vor dem Eingang des gewaltigen Zirkusbaus ihre Gesinnung offen zeigten, lief Ellinor ein unangenehmer Schauer über den Rücken. Sie erwartete zwar nicht, dass die Kaufleute zu den Waffen griffen, aber Pöbeleien und Rempeleien reichten gewiss aus, um das mit Alkohol getränkte Fass zu entzünden. Wer konnte schon mit Sicherheit sagen, ob jeder der Herren die Contenance wahrte? Sie hatte reden hören, dass mehr als dreitausend Menschen dieser Veranstaltung beiwohnten.

»Aus Rücksicht auf die Erregung der Volksmänner und als Ausfluss wirklichkeitsfremder Ideologien …«

Ellinor wünschte, der Versammlung weiter aufmerksam folgen zu wollen. Doch sie sehnte sich in die Behaglichkeit ihres Zuhauses – und nach Ruhe, um ihren Gedanken nachzuhängen. Vielleicht hatten jene Männer ja recht, die behaupteten, eine Frau wäre der Führung eines Unternehmens nicht gewachsen. Wenn die Betriebsleitung mit einer politischen Versammlung wie dieser einherging, stieß sie an ihre Grenzen. Vor allem, nachdem sie die aufgeheizte Stimmung auf der Straße beobachtet hatte. Als hätten die Eigner nicht bereits vor Jahrzehnten soziale Maßnahmen zum Schutz der Schiffsjungen und Pensionskassen für die Scheuerleute eingeführt. Victor Dornhain hatte sich schon als junges Mitglied des *Vereins Hamburger Rheder* vehement für eine Verbesserung der Arbeitsmarktzustände im Hafen eingesetzt und die Einführung der Seemannsordnung befürwortet. Sie selbst war im Rahmen ihrer wohltätigen Aufgaben stets um das Wohl der Arbeiterinnen besorgt gewesen. Doch nun kam es ihr vor, als wären alle Bemühungen ihres Standes vergessen. Von der einen Seite, die dem Bolschewismus Tür und Tor öffnen wollte, ebenso wie vom neuen Wirtschaftsrat.

Sie schaute sich nach Konrad um, der von einigen besonders begeisterten, dem Podium entgegenstrebenden Herren abgedrängt worden war. Auf der Suche nach seiner vertrauten Gestalt sah sie in der Menge plötzlich in ein Paar graue Augen, das sie anstarrte.

Es überraschte sie nicht, Jens Lehmbrook hier anzutreffen. Natürlich zog eine Versammlung wie diese auch die Presse an. Ihr Groll auf ihn vertrieb die Furcht in ihrer Brust. Trotzig erwiderte sie seinen Blick.

Die Rede Witthoeffts drang nur noch als inhaltsleerer Monolog zu Ellinor durch. Jedes Wort hallte in ihr nach, als wäre es eine Replik auf Lehmbrooks dreistes Benehmen. Sie dachte, dass Witthoeffts Bemerkung über das Verhindern des Sozialismus dem Reporter des *Hamburger Echos* gewiss nicht gefiel. Ja, hier wehte dem Mann eine ziemlich steife Brise entgegen. Ungewollt teilte ein triumphierendes Lächeln Ellinors Lippen.

Offensichtlich missverstand er sie und bezog ihr Schmunzeln auf das Wiedersehen. Mit eindeutigen Handbewegungen zeigte er an, dass er in dem nächstgelegenen der vielen Treppenhäuser auf sie warten wollte. Anscheinend war er überzeugt, dass sie seine Gesten verstand, denn nach einer Weile wandte er sich ab und tauchte zwischen den dunklen Anzügen in seinem Umkreis unter.

Ellinor wusste, dass sie besser weiter nach Konrad suchen sollte. Doch der Zauber des Verbotenen zog sie magisch an. Sie verhielt sich nicht wie die Erbin einer bedeutenden Reederei, indem sie einem Mann nachlief, der weit unter ihrem Stand war. Würdevoll war es nicht. Aber sie konnte nicht umhin, Jens Lehmbrook wie hypnotisiert zu folgen.

»Wie bemerkenswert, dass Sie sich in die Höhle des Löwen wagen«, sagte sie, als sie ganz oben unter der Kuppel der Rotonde an seine Seite trat. Sie klang außer Atem, obwohl sie nicht schnell gelaufen war.

»Ich wollte mir die Attraktion des Tages nicht entgehen lassen«, Lehmbrook erfasste mit einer Geste seines einzigen Arms Manege und Zuschauertribünen. »Der Circus Busch ist bekannt für seine Tierdressuren.«

»Wollten Sie es wirklich als Dompteur des Wirtschaftsrates versuchen?«, konterte Ellinor spöttisch. »Das erscheint mir selbst für den begeistertsten Sozialisten eine zu große Aufgabe.«

»Ach, wissen Sie, derzeit werden überall Räte gegründet. Der Wirtschaftsrat ist nur einer von vielen und genauso possenhaft.«

Ihre Ironie verwandelte sich in Ärger. »Seien Sie nicht so überheblich. Ich verbiete Ihnen, derart despektierlich über meinesgleichen zu sprechen.«

»Dann will ich Ihnen etwas verraten: Nach dem Arbeiterrat formierte sich ein Angestelltenrat, im Conventgarten gründete sich ein Zentralbeamtenrat und es gibt einen Artisten- und Musikerrat, die Kinobesitzer wählten einen Lichtspielrat, im Altonaer Museum beriefen Intellektuelle einen Rat geistiger Arbeiter, zu dem ich übrigens gehöre. Falls Sie das interessieren sollte. Aber vielleicht schlägt Ihr Herz ja eher für den Kranken-, Fürsorge- und Apothekerrat. Diese Berufsgruppen braucht jeder vermutlich irgendwann. Sogar verwöhnte Goldfische wie Sie.«

»Sie haben schlechte Manieren, Herr Lehmbrook!«

Er nahm diese Beleidigung emotionslos zur Kenntnis. Nach einer Weile sah er ihr eindringlich in die Augen. »Haben Sie mich deshalb nicht um Hilfe gebeten?«

Seine Frage irritierte sie ebenso wie sein tiefer Blick. »Wovon sprechen Sie?« Ellinor blies die Worte wie einen Hauch über ihre Lippen.

»Als wir uns zuletzt unterhielten, befanden Sie sich auf der Suche nach Ihren beiden Schwestern. Am Grab Ihres Herrn Vaters waren Sie allerdings ganz allein. Sie hätten mein Angebot annehmen sollen, Fräulein Dornhain.«

»Ich war nicht...«, protestierte sie, unterbrach sich jedoch. »Ja«, gestand sie und wunderte sich über die Ruhe in ihrer Stimme, »wahrscheinlich war Ihr schlechtes Benehmen der Grund, dass ich Sie nicht gebeten habe, mich in diesem Nachrichtenbüro einzuführen. Wie hieß das doch gleich?«

Er grinste. »Wolffs Telegraphisches Bureau. Es wäre zweifellos der richtige Ort für Sie, denn meines Wissens hat ein gewisser Alfred Hugenberg in das Unternehmen investiert. Und der wiederum ist ein Freund Ihres Wirtschaftsrates Franz Witthoefft hier...«

»Das ist schon wieder eine Frechheit!«

»Egal. Darüber brauchen wir nicht zu streiten. Ebenso wenig darüber, ob ich ein manierlicher Mensch bin. Ich bin nämlich auf jeden Fall ein ziemlich netter Mensch.« Sein Grinsen wurde mit jedem Wort frecher.

Sie verkniff sich ein Lächeln und schüttelte vehement den Kopf. »Nein. Das sind Sie nicht.«

»Warum sind Sie dann hier?«

»Weil ein Zirkus auch der Ort großer Illusionen ist.«

Lehmbrook lachte entspannt. »Sie imponieren mir. Warum haben Sie sich nicht in den Wirtschaftsrat wählen lassen? Eine kluge junge Frau würde der Altherrenriege sicher Zunder geben.«

Zu Ellinors Füßen brandete wieder Beifall auf. Die Herren in den Sitzreihen erhoben sich erneut, sodass sie sich wie oberhalb einer schwarzen Wand fühlte. Als wenn sich die traditionsbewussten Hamburger Kaufleute etwas von einer Frau sagen ließen, dachte sie mit einem Anflug von Bitterkeit. Gedankenverloren murmelte sie: »Ich wäre dankbar, wenn der Zirkusbau nicht abbrennt von dem ganzen Öl, das ins Feuer der Revolution gegossen wird.«

»Diesen Satz muss ich mir merken. Er klingt vortrefflich. Wenn Sie mir erlauben, Sie zu zitieren, erhalten Sie als Gegenleistung eine Verbindung zu Ihren Schwestern. Ich werde mich unverzüglich auf die Suche nach ...«

Sie unterbrach ihn hastiger als beabsichtigt: »Beide sind informiert.«

»Oh.« Er nickte langsam, wartete, schwieg. Als müsste er die Neuigkeit erst abwägen. Nach einer Weile meinte er: »Die Reise nach Hamburg dürfte recht beschwerlich werden. Ist Ihnen bekannt, dass bereits ein Viertel aller Waggons der deutschen Eisenbahngesellschaften den Alliierten gehört? Gegen den Mangel hilft auch eine Fahrkarte erster Klasse nicht, Fräulein Dornhain.«

Sie ließ ihn in dem Glauben, dass ihre Schwestern erst anreisen würden. »Züge, Schiffe ... da bleiben uns wohl nur Flugzeuge für einen funktionierenden Reiseverkehr«, entfuhr es ihr und im selben Moment ärgerte sie sich, weil sie ihre Träume so unverblümt mit Jens Lehmbrook teilte. Ein Reporter war eigentlich die letzte Person, die sie in ihre Pläne einweihen wollte.

»Sie interessieren sich für die Luftfahrt?«, fragte er prompt überrascht, um, ohne ihre Antwort abzuwarten, fortzufahren: »Ich hätte Sie für geschäftstüchtiger gehalten. Der Flugverkehr ist eine Sache des Krieges und nicht des Friedens. Lassen Sie die Finger vom preußischen Militarismus, der hat uns in den vergangenen vier Jahren nichts als Ärger eingebracht. Und daran wird sich sicher wenig ändern, wenn wir nicht tatkräftig dagegen vorgehen.«

Die Versammelten ließen sich zögernd nieder, sodass Ellinor den Gradin an manchen Stellen gut überblicken konnte. Wo war Konrad?

»Wenn Sie unsere Unterhaltung nicht ständig mit sozialistischen Thesen würzen müssten, hätte ich das Gespräch recht amüsant gefunden«, murmelte sie, während ihre Augen über die Menge flogen.

»Die Luftschifffahrt hat wirklich keine Zukunft. Glauben Sie mir.«

Es wurde Zeit für sie zu gehen. Der Schlagabtausch mit Jens Lehmbrook begann sie zu ärgern. Aus irgendeinem Grund hatte sie von diesem Mann mehr Weitsicht und Fortschrittlichkeit erwartet.

Da sich inzwischen fast alle Herren wieder gesetzt hatten, fiel wie ein Turm in flacher Landschaft der Mann auf, der dem Beispiel nicht folgte und sich stattdessen suchend umblickte. Erleichterung erfasste sie, als Ellinor ihren Schwager erkannte. Sie wandte sich Jens Lehmbrook zu, der sie nachdenklich betrachtete. »Ich muss gehen.«

»Werde ich Sie wiedersehen?«

»Nein!« Ihr Ausruf klang schockiert. Dabei war sie vor allem aufgeregt, weil sie spürte, dass sie am liebsten »Ja!« gesagt hätte. Sie sollte sich die Zeit nehmen, Lehmbrook von den Notwendigkeiten des Nachkriegslebens zu überzeugen, überlegte sie. Mit etwas ruhigerer Stimme korrigierte sie sich deshalb: »Vielleicht. Das wird sich zeigen.«

Ohne ein weiteres Wort lief sie davon. Sie sah ihn nicht einmal mehr an. Ihr Herz trommelte jedoch wild, als sie, Konrad zuwinkend, die breiten Treppen hinabrannte und sich dabei so ungestüm wie Livi in ihren besten Zeiten benahm. Ein völlig unpassendes Verhalten für eine Geschäftsfrau, doch Ellinor konnte nicht anders. Sie bemerkte, dass sich Köpfe nach ihr umwandten und einige Herren entrüstete Mienen aufsetzten. Doch das minderte die Hochstimmung nicht, die ihr plötzlich das Gefühl verlieh, durch den Zirkusbau zu fliegen.

»Wer war das?«, wisperte Konrad, als sie endlich wieder an seiner Seite auftauchte. »Du scheinst dich gut mit ihm zu verstehen. Ist das ein neuer Geschäftspartner?«

Sie schmunzelte. »Vielleicht. Obwohl er eher versuchen will, mich von einem neuen Geschäft abzubringen.«

Seine Augenbrauen hoben sich erstaunt, aber das war das einzige Zeichen seiner stummen Frage.

»Ich erkläre es dir ein andermal«, versicherte sie rasch. Sie beendete das Gespräch, indem sie sich mit vorgeschobenem Interesse den weiteren Reden der Unternehmer zuwandte.

22

Nele war nicht glücklich über ihr Zusammenleben mit Konrad in der Villa ihrer Familie. Natürlich durften sie kein Schlafzimmer teilen, aber er kam auch niemals heimlich zu ihr. Nach der tröstenden Umarmung an ihrem ersten Abend folgte keine zweite Liebesbezeugung zwischen ihnen vor den Augen ihrer Großmutter und ihrer Schwester. Der Austausch von Zärtlichkeiten wurde sogar immer seltener und war mehr eine Frage der heimlichen Gelegenheit als ihrer Sehnsucht. Nele schätzte Konrads Rücksichtnahme, zumal ihr daran lag, ihrer Familie keinen Anlass des Anstoßes zu bieten. Doch schon in der ersten Woche zu Hause wurde ihr schmerzlich bewusst, wie stark sie Konrads körperliche Nähe brauchte. Es kostete sie zunehmend Kraft, die nötige Distanz zu wahren. Und sich nicht zu verplappern. Denn ihre Schwangerschaft war kein Thema, das sie vor Charlotte und Ellinor zu offenbaren wünschte, bevor Lavinia nicht zurückgekehrt und ihre Verhältnisse geregelt waren.

Mit wachsendem Argwohn beobachtete sie, wie viel Zeit Konrad mit Ellinor verbrachte. Die Art, wie die beiden die Köpfe zusammensteckten, ärgerte Nele einerseits, weil sie den Stachel der Eifersucht spürte, was die Situation keinesfalls verbesserte. Andererseits war sie froh, dass Konrad im Zusammensein mit ihrer Schwester anscheinend eine Aufgabe fand, die ihn von einer Zukunft ablenkte, die ungewisser war als zuvor in Zürich oder Ascona. Nicht nur, dass sein Haus beschlagnahmt worden war; es schien auch sehr schwierig für ihn zu sein, an alte Verbindungen anzuknüpfen. Als Architekt fand er so bald nach dem Krieg auf die Schnelle keine Anstellung. Nele wusste, dass sie sich darüber freuen sollte, wie ihn Ellinor einband. Arbeitslosigkeit war für einen Mann wie Konrad kein Zustand. Aber Nele fühlte sich ausgeschlossen – und das war eine unangenehme Erfahrung.

Als sie nach einem ebenso kargen wie einsamen Frühstück im Bett die Treppe hinunterging und die Arbeitszimmertür hinter Konrad zuklappen sah, hielt sie es nicht länger aus. Es war eine Zufallsbegegnung, wahrscheinlich hatte er sie gar nicht wahrgenommen, sicher wollte er sie nicht brüskieren. Doch Nele war es leid, die stumme Zuschauerin zu spielen. Ohne anzuklopfen, trat sie ein.

»... in der Wäschekammer ein paar Akten ...«, Ellinor unterbrach sich. Sie blickte von ihrem Platz am Schreibtisch ihres Vaters erstaunt zur Tür. »Ist etwas passiert?«

Konrad sprang aus dem Besuchersessel hoch. »Nele?!«, rief er aus.

»Ich ...«, hob sie an, brach aber ab, weil sie eigentlich nicht wusste, was sie sagen sollte. Verunsicherung erfasste sie. Und Trotz. Nach einer Weile sagte sie: »Es tut mir leid. Ich wollte euch nicht stören. Mir war nur ... ehm ... nach

Gesellschaft.« Ihre letzten Worte begleitete sie mit einem ebenso strahlenden wie falschen Lächeln.

»Ich bin sicher, Großmutter würde sich über eine Unterhaltung mit dir freuen.«

Neles Lächeln erlosch. »Ich würde lieber an eurer Konversation teilhaben.«

»Wir reden nur über Geschäftliches«, meinte Ellinor ausweichend.

»Seit wann legst du keinen Wert mehr auf die Meinung einer Frau?«

»Ja ... also ... ich weiß nicht, ob dich diese Themen nicht langweilen ... Ich ...«

»Ellinor! Ich stehe vor dir. Nele. Nicht Livi. Auch wenn Konrad sich im Zimmer befindet, ist Livi doch weit weg.« Atemlos hielt Nele inne. Es war das erste Mal, dass sie Lavinias Beziehung zu dem Geliebten erwähnte.

Laut polternd schob Konrad einen Sessel heran. »Setz dich, Nele. Ellinor und ich haben keine Geheimnisse vor dir.«

Nele fragte sich, warum Ellinor so verwirrt wirkte. Überdies zögerte sie eine Antwort hinaus. Vielleicht zeigte ihre Schwester aber auch keine Reaktion, weil sie darauf wartete, dass Nele Platz nahm. Das sollte sie zweifellos tun. Doch Nele war in diesen Wochen zu labil – und streitlustig, um die Angelegenheit auf sich beruhen zu lassen. Sie blieb stehen und stellte absichtlich böse fest: »Es wundert mich wirklich, dass du seit Vaters Tod nur noch auf männlichen Rat vertraust. Dabei solltest du besser als jede andere von uns wissen, dass auch die Meinung einer Frau von Bedeutung ist.«

»Setz dich bitte hin, Nele«, wiederholte Konrad sanft. Er berührte ihren Arm, wollte sie in Richtung Sessel schieben, doch sie schüttelte seine Hand verärgert ab.

Ellinor wiegte ungeduldig den Kopf. »Es besteht kein Anlass, derart ruppig zu reagieren, Nele. Was willst du? Ich verstehe dich nicht.«

»Ich sagte bereits, dass ich Gesellschaft suche!«

Es schien Nele, als säße ein kleiner Teufel auf ihrer Schulter und flüsterte ihr ein, wie sie sich zu verhalten habe. Sie kam sich selbst lächerlich vor, aber sie benahm sich weiterhin ausgesprochen albern. Sie konnte nicht anders. Ellinors etwas distanziertes Verhalten, ihr Anblick auf dem Stuhl des Vaters und das deutliche Auftreten als Erbin... die Szene verstärkte ihren Unmut.

»Nun...« Ellinor ließ das Wort für einen Moment nachklingen, bevor sie ruhig erwiderte: »Wenn du dich endlich hinsetzen würdest, könnten wir uns unterhalten. Ich wollte ohnehin mit dir über den amerikanischen Offizier sprechen, der sich bei uns einquartiert...« Ein Klopfen unterbrach sie. Ellinor führte ihren Satz nicht zu Ende, sondern bat: »Herein!«

Mit einem Knicksen trat Klara ein. »Ich bringe die Post, gnädiges Fräulein.« Sie durchquerte den Raum und legte ein paar Briefe vor Ellinor auf den Schreibtisch. »Brauchen Sie noch etwas?«

»Nein danke.« Ellinor griff nach den Umschlägen, fächerte sie in ihrer Hand auf, als wären es Spielkarten.

Über den Rand der Kuverts beobachtete sie, wie Klara das Zimmer verließ. Nachdem die Tür wieder geschlossen wurde, zog sie einen Brief heraus und schlitzte ihn mit Victors silbernem Dolch auf. Schweigend las sie, warf hin und wieder einen Blick zu Konrad und dann auch zu Nele, die still abwarteten, bis sie geendet hatte.

»Das Schreiben dürfte dich interessieren.« Ellinor richtete sich auf, um Nele den Brief zu reichen. Ihre Finger zitterten leicht. »Es ist von Lavinia.«

Verblüfft wog Nele das Papier in der Hand. Wo hatte ihre kleine Schwester dieses feine Bütten aufgetrieben? Sie wusste inzwischen, wo Lavinia stationiert war, deshalb schlussfolgerte sie, dass derartige Papeterie möglicherweise aus dem Grandhotel in Cassel-Wilhelmshöhe stammte, obwohl Gravour und Stempel fehlten. Jedenfalls passte der Briefbogen deutlich besser als die dünnen Feldpostblätter der Etappenhelferin zu der verwöhnten Livi. Vielleicht sind derartige Schreibwaren der sichtbarste Beweis, dass tatsächlich wieder Frieden eingekehrt ist, dachte Nele unwillkürlich, während sie sich dem Inhalt zuwandte. Ihre Augenbrauen hoben sich bei der Lektüre immer weiter, bis die Haut zu spannen begann:

Liebe Ellinor,

die Nachricht vom Tode unseres Vaters hat mich zutiefst verstört. Der Schmerz drohte mich im ersten Moment zu überwältigen. Mein Leid ist unendlich, denn Du weißt ja, wie sehr ich mit Papa verbunden war. Ich wünschte, ich könnte ihm noch sagen, dass ich dabei war und seine Sache würdevoll vertrat, als Kaiser Wilhelm abdankte. Es muss in den letzten Stunden von Vaters Leben gewesen sein, was das historische Ereig-

nis für mich noch bedeutsamer macht. Jetzt bleibt mir nur, das Andenken an Seine Majestät zu bewahren und den unerwarteten Tod des fürsorglichsten Vaters zu betrauern. Ich bewahre Haltung, aber ich bin sehr unglücklich. Sicher sind Du und Großmutter auch in großer Trauer, die Entfernung nach Hause macht die Situation für mich ungleich schwerer.

Eine göttlich zu nennende Fügung nahm mir die Last jedoch zumindest teilweise von den Schultern. Es ist wundervoll, die Bürde des Verlustes nicht alleine tragen zu müssen. Ich habe eine Bekanntschaft gemacht, die mein Leben von nun an bereichern wird. Es handelt sich um einen Offizier aus dem Generalstab, der mir sehr zugetan ist. Ich bin sicher, Vater wäre mit meiner Wahl nicht nur einverstanden, sondern hoch zufrieden, handelt es sich doch um einen Herrn von adeligem Geblüt. Auch Großmutter wird den Skandal einer Scheidung gewiss leichter verschmerzen, wenn sie erfährt, dass meine Zukunft auf einem Gestüt nahe Bremen und in der Rolle einer Freifrau liegt.

Sobald ich demobilisiert werde und nach Hause kommen darf, werde ich mich von Konrad scheiden lassen. Ich glaube, jetzt, da Frieden eingekehrt ist, ist es auch für mich an der Zeit, neu zu beginnen. Du erfährst meine Pläne als Erste, in der Hoffnung, dass Du Großmutter vorsichtig davon in Kenntnis setzt. Ich bin sicher, dass auch sie diesmal nichts gegen den Herrn einzuwenden hat, der mein Herz eroberte. Sag ihr, er gewann es mit einem Klavierkonzert von Brahms. So wird sie – und vielleicht auch Du – verstehen, dass

mein Kavalier von einem ganz anderen Schlage ist als Konrad, dem ich bekanntlich bei etwas so Langweiligem wie der Eröffnung des Elbtunnels zum ersten Mal begegnete.
Ich bete für die Seele unseres Vaters.
Deine Livi

PS: Hast Du etwas von Nele gehört?

Nele benötigte mehrere Anläufe, um den Brief zu verinnerlichen. Nach all den Jahren, Momenten der Hoffnung und der tiefsten Verzweiflung, begleitet von einem schlechten Gewissen und von Scham, schien zum ersten Mal das Richtige zu geschehen. Lediglich der Bericht über den Offizier versetzte Nele einen Dämpfer. Ein ähnliches Schreiben hatte Lavinia nach ihrer Begegnung mit Konrad verfasst – damals an sie, Nele, und nicht an Ellinor. Danach hatte sie ihren Willen gegen alle Widerstände durchgesetzt. Sollte sich diese Situation wiederholen? Dann wäre alles gut. Fassungslos vor Staunen ließ Nele das Blatt sinken und fuhr sich mit der freien Hand über die schmerzende Stirn.

»Darf ich auch erfahren, was Lavinia schreibt?« Konrads Stimme klang in der Stille hart und hölzern.

Nele blickte fragend zu Ellinor.

»Ja, natürlich, Konrad«, versicherte ihre Schwester rasch.

Als Nele den Büttenbogen stumm weiterreichte, strich Konrad zärtlich über ihre Hand. Es wirkte wie eine zufällige Geste, aber sie spürte, dass er genau wusste, was er tat. Vielleicht ist der Tag gar nicht mehr weit, an dem wir uns unserer Zuneigung nicht mehr heimlich versichern müssen, fuhr es ihr durch den Kopf. Sie sah in seine Augen und lächelte.

»Der letzte Satz wird dir zwar nicht gefallen«, überspielte Ellinor mit aufgesetzter Launigkeit die Stille, »aber das sollte dich nicht davon abhalten, Livis Ausführungen zu lesen.«

Die Sekunden wurden für Nele zu Stunden, während Konrad in seiner besonnenen Art Lavinias Brief an Ellinor las. Es kam ihr vor, als würde er langsam Wort für Wort in sich aufsaugen. Zu langsam für ihren Geschmack, denn er ließ sich lange Zeit für einen Kommentar. Dass er am Ende des Schreibens angekommen war, bemerkte sie nur an einem tiefen Atemzug. Ansonsten blieb er eine Weile ruhig, starrte versonnen auf das Papier. Schließlich räusperte er sich, wirkte dabei fast ein wenig verlegen.

»Was für eine Überraschung«, stellte er fest. Er stand auf, faltete das Blatt ordentlich zusammen und legte es auf den Schreibtisch vor Ellinor. »Aber es ist auch eine große Erleichterung, dass wir geordneten Verhältnissen entgegensehen können.« Er drehte sich zu Nele um. »Ich habe dir immer gesagt, es wird alles gut.«

Unwillkürlich legte Nele die Hand auf ihren Bauch. Im nächsten Moment ärgerte sie sich über ihre Geste, zog die Hand zurück und schloss ihre Finger um die lederne Sessellehne. Sobald sie mit Konrad irgendwo allein sein konnte, wollte sie ihn bitten, das gemeinsame Kind, das sie unter dem Herzen trug, vor ihrer Familie weiterhin keinesfalls zu erwähnen.

»Warten wir auf Livis Heimkehr«, erwiderte sie und

ihre Stimme klang schärfer als beabsichtigt. »Erst dann wissen wir, ob wirklich alles gut wird. Hoffentlich ist ihr Offizier ein Ehrenmann. Apropos, Ellinor: Was wolltest du mir über einen amerikanischen Offizier erzählen, der sich hier einquartiert?«

CASSEL-WILHELMSHÖHE

23

»Ich habe dir doch gesagt, dass wir Weihnachten zu Hause sind«, triumphierte Friederike, während sie ihre Habseligkeiten in einen kleinen, abgeschabten Gobelinsack stopfte, dessen Stickerei eine Hirschkuh vor einer idyllischen Berglandschaft darstellte. »Wenn ich Glück habe, wird auch Feldwebel Kaminski bald demobilisiert. Dann können wir gemeinsam Silvester feiern.«

Wahrscheinlich eine Feier ohne Essen, aber mit viel Hoffnung, sinnierte Lavinia. Neid auf das Glück der anderen packte sie.

Nachdenklich blickte sie auf den Militärpass in ihren Händen, den sie eben in ihrer Handtasche verstauen wollte. Die Stempelfarbe unter ihrer Entlassungsurkunde war noch ganz frisch. Doch im Gegensatz zu Friederike hatte sie es nicht besonders eilig, die Heimreise anzutreten. Es fehlte noch ein wichtiges Puzzleteil zu ihrem Glück: Gernot von Amanns Heiratsantrag. Aber natürlich hatte er sich noch nicht erklärt – sie kannten sich ja erst seit ein paar Tagen etwas besser. Dennoch war sie sicher, dass er ebenso fühlte wie sie. Es lag also auch für sie nahe, nicht nur auf das Jahr 1919, sondern auf eine wundervolle Zukunft zu zweit anzustoßen. Die Aussichten, dass er vor dem Jahreswechsel die Uniform an den Nagel hängen durfte, lagen seiner Ansicht nach jedoch bei null, wie er

Livi anvertraut hatte. Es brach ihr beinahe das Herz, ihn einsam im Grandhotel zu wissen, während sie in die Geborgenheit ihrer Familie zurückkehrte.

Die Kameradin stupste Lavinia mit dem Ellenbogen an. »Wir können die Elektrische zum Bahnhof nehmen und uns dort verabschieden«, schlug Friederike vor.

»Ja. Natürlich. Warte bitte auf mich. Ich muss nur schnell etwas erledigen. Bin gleich zurück.«

Einer plötzlichen Eingebung folgend warf Lavinia den Militärausweis auf die offene Tasche und wandte sich der Tür zu. Es waren nur zwei Schritte. Das Zimmer, das ihr und Friederike bei ihrer Ankunft zugewiesen worden war, gehörte in Friedenszeiten wahrscheinlich zu den Räumen, in denen die Dienstboten der vornehmen Gäste untergebracht wurden, und war entsprechend klein und karg eingerichtet.

»Wo willst du denn noch hin?«

»In die Auslandsabteilung«, erklärte Lavinia, die Hand auf der Klinke. »Ich möchte jemandem Lebwohl sagen.« Das hatte sie zwar schon gestern nach dem Abendessen getan, aber ein doppelter Abschied konnte gewiss nicht schaden.

»Schlag dir Hauptmann von Amann aus dem Kopf!«, versetzte Friederike. »Der flirtet mit jedem weiblichen Mitglied des Nachrichtenkorps – und das Hotelpersonal hat er auch schon durch. Einer wie der vergeudet keine Zeit.«

Lavinia fuhr herum. Sie schnappte nach Luft. »Das ist ungeheuerlich …« Sie benötigte einige Atemzüge, um sich von Friederikes Behauptung zu erholen.

Wie kam die andere Telefonistin zu dieser Anschuldigung? Warum zerstörte sie in ihrer letzten Stunde im Dienst bei der Armee alles? Ihre Kameradschaft ebenso wie Lavinias Freude über die zarten Bande, die sie mit Gernot von Amann knüpfte. War Friederike eifersüchtig auf Lavinias Chancen bei diesem Kavalier? Wenn Livi auch nur geahnt hätte, dass Friederike nach einem gesellschaftlich höhergestellten Offizier als Feldwebel Kaminski Ausschau hielt, hätte sie ihr nicht – unter dem Siegel der Verschwiegenheit – anvertraut, wie ihre Freundschaft zu von Amann erblühte. Nicht etwa aus Angst, die andere könnte ihr den Verehrer abspenstig machen. Lavinia stand doch eher auf einer Stufe mit ihm, Friederike war ein nettes Mädchen, aber gewiss nicht sein Niveau. Nein, sie hätte ihr nichts anvertraut, weil sie Friederike nicht verletzen wollte. Nichts erzählt von seinem Privatkonzert im Seitenflügel des Schlosses und darüber, wie sie sich anschließend an den Händen gehalten hatten in einer andächtigen Schweigeminute zu Ehren Victor Dornhains. Nichts von der zarten Umarmung und dem sehnsuchtsvollen Handkuss, als sie auf der Roseninsel angesichts des Grabes von Kaiser Wilhelms Lieblingsdackel ihre Tränen der Rührung über so viel Tierliebe Seiner Majestät nicht hatte zurückhalten können. Nichts von seinem Versprechen, sie nach seiner Entlassung aus dem Militärdienst unverzüglich in Hamburg zu besuchen.

Unglücklicherweise traten die falschen Bilder vor ihr geistiges Auge. Sie sah Gernot von Amann mit Amanda Löwe aus einem Gebüsch kriechen, wo die beiden ganz offensichtlich nicht nach einem verloren gegangenen

Schmuckstück oder einer seltenen Pilzsorte gesucht hatten. Gestern hatte Livi ihn zufällig im Speisesaal angetroffen, wo er bei der Hotelkellnerin eine bessere Ration erbettelte, die er dann auch tatsächlich bekam. Zwar steckte ihm das dralle junge Ding die Brotscheiben heimlich zu, aber da Lavinia ihn ständig im Auge behielt, war nicht zu übersehen, wie er die üppigere Zuteilung erhielt. Und hatte sie ihn nicht auch neulich mit einer hübschen Etappenhelferin, die Sekretariatsdienste verrichtete, beim Tuscheln ertappt?

Ach was!, entschied Lavinia. Sie sollte sich nicht verrückt machen lassen. Friederike konnte ihr nicht das Wasser reichen – und keine der anderen Frauen. Von Amann war gewiss weitsichtig genug, sich einen Goldfisch wie sie, Lavinia Dornhain, nicht entgehen zu lassen. Er war attraktiv, charmant – und lebendig. Warum sollte er nicht seinen harmlosen Spaß mit Frauen treiben, mit denen ihn niemals mehr verbinden würde? Livi wusste von dem Klatsch, der wohlhabenden Männern Affären mit ihren Dienstmädchen unterstellte. Sie hatte sich niemals sonderlich Gedanken über derartige Gerüchte gemacht, gehörten sie doch irgendwie zu dem Leben, in das sie hineingeboren war. Mehr als einmal hatte sie sich sogar eingestanden, dass sie Konrads Beziehung zu Nele leichter tolerieren könnte, wenn er sich in ein Mädchen aus anderen Kreisen verliebt hätte. Das Problem war nicht einmal, dass er und ihre Schwester zusammengekommen waren, sondern dass er eine ebenbürtige Partnerin gefunden hatte. Wenn es also von Amann Vergnügen bereitete, seinen Charme bei jeder sich ihm bietenden Gelegenheit spielen zu lassen, wollte sie ihn nicht davon abhalten. Vorläufig jedenfalls. Es war ja keine Konkurrenz. Wenn sie allerdings erst Freifrau von Amann war, würde er sich natürlich ein wenig diskreter verhalten müssen.

Lavinia hob spielerisch ihren Zeigefinger, um Friederike wie eine Kinderfrau zu rügen: »Du solltest keine Lügen über einen Offizier verbreiten.«

»Das ist die Wahrheit. Ich wollt's dir nicht früher erzählen, weil du schon so viel Kummer wegen des Ablebens deines Vaters hattest. Ich dachte, ein kleines Vergnügen lenkt dich ab. Wie sollte ich denn ahnen, dass du ganz vernarrt in den Herrn Hauptmann bist?!«

Jetzt war Lavinia doch um eine Antwort verlegen. Sie starrte die Kameradin nur fragend an.

Friederike seufzte. »Er ist ein feiner Herr, gewiss, aber ein Poussierstängel, vor dem kein anständiges Mädchen sicher ist. In Spa genoss er bereits einen Ruf wie Donnerhall. Mach dir keine Hoffnungen. Er hat nur mit dir ge…«

»Das ist eine Unverschämtheit!«, rief Livi aus. Wie ärgerlich, dass ihre Stimme zitterte vor Zorn und Aufregung – und aus Furcht, dass Friederikes Anschuldigung ein Quäntchen Wahrheit enthalten könnte. Ihr Herz klopfte wild.

Man sollte sich eben nicht mit Weibspersonen aus anderen Schichten einlassen, fuhr es ihr durch den Kopf. Das mündete immer in peinliche Situationen. So war es schließlich auch mit dem Hausmädchen Meta gekommen, dem sie einst vertraut hatte.

Friederike öffnete den Mund zu einer Antwort, doch Lavinia kam ihr zuvor: »Ich höre mir diese Ungeheuerlichkeiten nicht länger an«, verkündete sie, bevor sie die Türklinke hinunterdrückte und mit ihrem ganz speziellen Sinn für dramatische Auftritte hinzufügte: »Du brauchst nicht auf mich zu warten. Ich möchte dich niemals wiedersehen.«

»Hat er dir verraten, dass er verheiratet ist?«

Lavinia fühlte sich, als wäre ihr ein Messer in den Rücken gestoßen worden.

Friederike drehte die Klinge in der Wunde, als sie unverzüglich erklärte: »Ich weiß das vom Quartiermeister. Der kennt Hauptmann von Amanns Dokumente. Du brauchst also gar nicht erst zu versuchen, mich der Lüge zu bezichtigen. Es ist so wahr, wie ich hier stehe.«

Obwohl sich in ihrem Innersten alles gegen die Kameradin zur Wehr zu setzen versuchte, wusste Lavinia sofort, dass Friederike recht hatte. Eine Ehe würde die andere nicht erfinden, so weit würde sie nicht gehen.

»Tut mir leid. Ich wollte dir das eigentlich nicht sagen. Den Spaß habe ich dir doch gegönnt. Aber du solltest dich wegen einem Mann wie dem nicht zum Narren machen. Dafür bist du viel zu vornehm.« Friederike klang so liebevoll, dass Lavinia darin bestärkt wurde, ihr zu glauben.

Sie zog die Tür ins Schloss, die sich durch den Druck auf die Klinke geöffnet hatte.

Zuerst spürte sie maßlose Enttäuschung. Dann die Erkenntnis, dass sie hinters Licht geführt worden war. Schließlich kam Verlegenheit hinzu. Sie hatte ihn nie gefragt, ob er verheiratet war, sondern war einfach davon ausgegangen, zumal er keinen Ehering trug. Und weil er seinen Charme offensichtlich gern spielen ließ.

Das geheimnisvolle Telefongespräch fiel ihr wieder ein, als sie seiner Stimme zum ersten Mal gelauscht hatte. Zwei Männer hatten infame Überlegungen angestellt – und sie redete sich seitdem mehr oder weniger erfolgreich ein, dass es sich nicht um Hochverrat handelte. Dabei war Gernot von Amann vermutlich nichts anderes als ein feiger Umstürzler. Nicht besser als die Soldaten mit den roten Armbinden, vor denen sie sich so fürchtete. Sogar schlimmer, weil verlogener. Sie war einem Betrüger ins Netz gegangen.

O Gott! Livi schlug sich die Hand vor den Mund, um nicht laut aufzuschreien. Sie hätte nichts dagegen gehabt, von ihm verführt zu werden. Von einem verheirateten Mann! Wie eine Dienstmagd. O Gott! O Gott, o Gott, o Gott!

»Nimm's nicht so tragisch«, Friederike legte ihre Hand auf Lavinias Schulter. »Spätestens im Zug hast du ihn vergessen. Freust du dich denn gar nicht auf dein Zuhause und deine Familie? Ich kann's kaum abwarten, endlich wieder…« Und dann erzählte sie von den ihren, aber Lavinia hörte nicht darauf.

Das Wort *Familie* brachte sämtliche Alarmglocken in ihrem Innersten zum Klingen. Sie schlugen allerdings nicht an wie eine Glocke, sondern schrillten wie Sirenen. Da war der Brief, den sie Ellinor im Überschwang geschrieben und in den sie ihre Hoffnung auf eine bessere Zukunft gelegt hatte. Nun war alles anders!

Eine Scheidung von Konrad kam unter den veränderten Bedingungen natürlich nicht infrage. Sie brauchte Konrad jetzt mehr denn je. Jedenfalls bis sie einen anderen Kandidaten fand, der sich als wirklicher Herr herausstellte. Und sie musste mit diesem Gemahl auftrumpfen, sollte Gernot von Amann – dieser Taugenichts! – tatsächlich bei ihr vorstellig werden. Wenn sie es recht bedachte, war Konrad ganz passabel: Er sah gut aus, benahm sich vorbildlich und war schwer verwundet aus dem Krieg heimgekehrt. Lavinias Waagschale neigte sich plötzlich in seine Richtung. Hoffentlich hatte Ellinor ihrer Großmutter gegenüber noch nichts davon erwähnt, dass sie beabsichtigte, ihre Ehe auflösen zu lassen.

Langsam wandte sie sich zu Friederike um. »Es war nur eine Verwechslung. Ich muss nichts mehr erledigen. Lass uns zum Bahnhof fahren.« Gut, dass ihre Stimme nicht so weinerlich klang, wie Lavinia sich fühlte. Dabei wäre sie am liebsten in Tränen ausgebrochen. Wie sollte sie ihrer Schwester erklären, dass der Offizier, von dem sie in höchsten Tönen geschwärmt hatte, kein Ehrenmann war? Lavinia schämte sich furchtbar für ihren Irrtum.

HAMBURG

24

Als das Hauspersonal in der Eingangshalle Aufstellung nahm, meinte Ida: »Es ist fast wie in alten Zeiten.«

Klara teilte das nostalgische Gefühl der Köchin nicht. Sie konnte sich nicht einmal entsinnen, wann die Dienerschaft zum letzten Mal angetreten war, um einen Gast zu begrüßen. Sicher war es lange vor dem Krieg gewesen. »Ich glaube«, murmelte sie und zupfte ihre Schürze zurecht, »die gnädige Frau will das nur, weil ihr die *neuen Zeiten* nicht gefallen.«

»Sei still, du vorlautes Ding!«, zischte Frieda, die bereits Haltung annahm, obwohl die Haustür noch geschlossen war.

»Ich finde, man sollte nicht vergessen, dass der Amerikaner unser Feind war«, raunte Maat Claassen leise, als er sich an Klaras Seite begab.

Richter hatte die Bemerkung gehört. »Aber nun ist er der Sieger«, gab er lakonisch zurück, »und zu Gast in diesem Haus. Deshalb sollten wir alle absolute Höflichkeit walten lassen.«

»Aye, aye!«

»Das brauchen Sie uns nicht erst zu sagen, Richter«, erwiderte Ida gekränkt. »Hier kennt jeder seinen Platz. Und seine Pflichten.«

»Still!«, schnappte Frieda wieder, obwohl sie sich diesen

Ton gegenüber der Köchin und dem Morgenmann eigentlich nicht erlauben durfte. »Die gnädige Frau.« Angesichts der alten Dame, die gemessen die Treppe heruntergeschritten kam, erschienen ihre Vorhaltungen jedoch angemessen.

Die gnädige Frau sieht aus wie aus einer Vorkriegsfotografie gefallen, fuhr es Klara durch den Kopf. Charlotte Dornhain trug ein altmodisches langes Trauerkleid und eine Frisur aus besseren Zeiten. Als sei die Zeit stehen geblieben. Wären die Perlen der Patriarchin nicht in der Schatulle geblieben, Klara hätte sich um sieben Jahre und zu ihrer ersten Begegnung zurückversetzt gefühlt.

»Wo sind meine Enkeltöchter und Herr Michaelis? Commander Bellows muss jeden Moment eintreffen.«

»Ich werde die Gnädigsten sofort holen«, bot sich Klara an, doch bevor sie den Auftrag erhielt, öffnete sich die Arbeitszimmertür und Ellinor erschien auf der Bildfläche.

Auch die Erbin war dem Anlass entsprechend formell in einen schwarzen Rock und Bluse gekleidet. Aber wann trug sie eigentlich etwas anderes als einen Rock mit dem passenden schlichten Oberteil? Die Zeiten der Theaterbesuche und Abendkleider waren schon so lange vorbei, wobei Ellinor Dornhain stets unprätentiöse Roben getragen hatte. Dennoch hatte ein unerhörter Glanz in diesem Haushalt geherrscht, der nicht unwesentlich auch an der Person Victor Dornhains hing. Noch einmal spürte Klara tiefe Wehmut. Der Wunsch, die Uhr zurückdrehen zu können, wurde fast übermächtig.

»Nicht schlappmachen«, flüsterte Henning Claassen neben ihr.

Sie sah überrascht zu ihm auf. Sah man ihr ihre Gefühle so stark an? Die Lage der Familie war in diesen Zeiten ja nun denkbar ungünstig, das zehrte auch an der Dienerschaft. Und jetzt wurde ihr heiß. Aber daran war gewiss nur Claassens eindringlicher Blick schuld.

Wie auf ein Kommando öffnete sich die Tür des Salons und Fräulein Nele und Herr Michaelis traten in die Halle. Wie so oft, wenn sie die beiden zusammen sah, dachte Klara, was für ein schönes Paar sie waren. Jeder im Haus wusste, wer die eigentliche *Frau* an der Seite des Schwiegersohns war. Aber niemand sprach darüber. Am allerwenigsten Klara, die einst den *postillon d'amour* für Nele gespielt und einen privaten Brief an der St. Benediktstraße neun abgegeben hatte. Das vergaß sie nie. Nicht nur, weil sie diesen Vertrauensbeweis des Fräulein Nele schätzte. Sie wünschte den beiden so sehr, dass ihre große Liebe endlich Erfüllung fand.

»Es sieht hier aus wie auf einer Theaterbühne«, stellte Nele fest, als sie zu ihrer Großmutter ging, die hoch aufgerichtet mit gestrafften Schultern neben der Tür stand. »*Ein Empfang im Kaiserreich* wäre der passende Titel. Findest du es nicht etwas übertrieben, auch noch das Personal antreten zu lassen?«

»Für einen Amerikaner ist nichts übertrieben«, behauptete Charlotte. »Diese Indianer haben eine bestimmte Erwartungshaltung an uns – und die werden wir erfüllen.«

»Commander Bellows ist sicher keine Rothaut, Großmutter«, warf Ellinor rasch ein.

»Woher willst du das wissen?«, gab Charlotte spitz zurück. »Jeder, der seinen Fuß auf den amerikanischen Kontinent setzt, wird doch automatisch zu einem Wilden. Das geht gar nicht anders.«

Nele wechselte einen ebenso raschen wie deutlichen Blick mit ihrer Schwester und lächelte still in sich hinein.

Kurz darauf kündigte ein bis ins Haus dringendes Motorengeräusch die Ankunft des Gastes an. Klara hielt unbewusst die Luft an, während Frieda auf ein Zeichen der Hausherrin hin die Tür öffnete. Die reale Ankunft des Gastes verunsicherte Klara mehr als die Überlegungen zuvor. Im Souterrain hatte in den vergangenen Tagen jeder seinen Beitrag dazu geleistet. »Hoffentlich bringt der Herr Offizier seinen eigenen Proviant mit«, lamentierte Ida. »Sonst kriege ich den nicht satt.« Frieda indes machte sich laut Gedanken über Fraternisierung. Es hatte sich manches über gemeinsame Weihnachtsfeiern von deutschen, britischen, französischen und belgischen Soldaten in den vergangenen Jahren an der Westfront herumgesprochen. Allerdings auch davon, dass das Kriegsministerium Derartiges nicht befürwortete. Das erste Hausmädchen machte unter ihresgleichen in der Küche keinen Hehl daraus, dass sie sich der Meinung der Heeresleitung anschloss und größte Bedenken hatte, einen Feind zu bedienen, vor allem, wenn dieser sogar bis zu den Feiertagen zu bleiben gedachte. Am Eingang der Villa sank sie angesichts des eintreffenden Commander jedoch in einen ehrfurchtsvollen Knicks.

Drei überraschend jugendlich wirkende Männer marschierten an ihr vorbei. Klara hatte sich einen Kommandanten deutlich älter vorgestellt – Commander Bellows war höchstens Mitte dreißig. Er war ein blendend aussehender, hochgewachsener Mann, der sich wie ein guter Sportler bewegte, jedoch nicht muskulös, sondern schmal und drahtig war, die Uniform trug er mit derselben Eleganz wie andere Herren einen Abendanzug. Aus seinem braun gebrannten, wettergegerbten Gesicht leuchteten ein Paar blaugraue Augen, die es sogar mit Maat Claassens eindringlichen Blicken aufnehmen konnten. Bellows sah unverschämt gut aus und Klara fragte sich unwillkürlich, was er in seinem zivilen Leben wohl tat. Vielleicht war er ja ein Filmstar. Sie konnte nicht umhin, sie musste ihn einfach anhimmeln. Nur wie Statisten nahm sie in seinem Rücken die beiden anderen Amerikaner wahr, deren Uniformen wie frisch vom Schneider abgeholt erschienen, und zwei dagegen ziemlich abgerissen wirkende Mitglieder des Soldatenrates, die der Begleitung dienten.

Einer der beiden Deutschen trat vor und meldete in Kasernenton: »Commander Bellows!«

»*How do you do?*«, begrüßte Charlotte Dornhain den Besucher mit leiser, nasaler Stimme. Klara hatte zu Beginn ihrer Karriere als Hausmädchen bei Victor Dornhain erfahren, dass dies die Art sei, wie ein vornehmer Engländer zu sprechen.

»Guten Tag, gnädige Frau«, erwiderte Bellows in fast akzentfreiem Deutsch. »Ich danke Ihnen für die Einladung.«

»Sie sind uns selbstverständlich willkommen«, sagte Ellinor, klang jedoch weniger herzlich. »Darf ich Ihnen meine Schwester Helene und meinen Schwager Konrad Michaelis vorstellen?«

Seltsam, grübelte Klara, warum sieht er Fräulein Nele länger als nötig an? Könnte das Liebe auf den ersten Blick sein? Was für ein Drama, wenn sich der Amerikaner ausgerechnet in dieses gnädige Fräulein verguckte!

»Was soll das? Lassen Sie mich gefälligst in dieses Haus!« Die Frauenstimme schallte unerwartet, schrill und entnervt von den Eingangsstufen her, ähnlich der kaputten Glocke an einer Uhr. Ihrem Protest folgte noch ein zorniges »Ich wohne hier!«.

Erst jetzt fiel Klara auf, dass die Tür noch offen war. Frieda stand etwas ratlos daneben, blickte von drinnen nach draußen und wieder in die Halle.

Alle starrten verblüfft zu dem Ankömmling, der von einem der deutschen Soldaten am Eintreten gehindert wurde.

Lavinia Dornhain kehrte aus dem Krieg heim.

Die Großmutter fand als Erste die Sprache wieder. Unterstützt von einer kleinen Handbewegung erklärte sie mit der Würde einer Herrscherin: »Sie kann hereinkommen. Es ist meine Enkeltochter Lavinia ... keine Anarchistin, auch wenn sie sich gerade so gebärdet.«

Seit Klara die jüngste Tochter Victor Dornhains zum ersten Mal gesehen hatte, war es niemals anders gewesen: Wenn Lavinia einen Raum betrat, füllte sie ihn sogleich aus. Ihre Persönlichkeit fegte wie ein Windstoß herein. Nicht nur jedermanns Blicke richteten sich auf sie: Es war den Soldaten anzusehen – den amerikanischen wie den deutschen –, wie sie unverzüglich in stille Schwärmerei versanken. Selbst in Uniform und mit ihrer strengen Frisur war sie von atemberaubender Schönheit.

Frieda knickste wieder, ebenso Klara, und die restlichen Dienstboten verneigten sich.

»*A great family*«, entfuhr es Commander Bellows.

»Livi...«, murmelte Nele.

»Warum hast du uns deine Ankunft nicht mitgeteilt?«, fragte Ellinor, während sie auf ihre jüngste Schwester zutrat.

»Ich wusste ja nicht, dass sich in unserem Haus das amerikanische Hauptquartier befindet. Draußen steht ein Militärfahrzeug mit der Standarte der US-Navy... Aber ich wusste auch nicht, dass... Konrad!«

Lavinia rauschte an Ellinor und den anderen Personen in der Halle vorbei. Ungeachtet der Fremden und des Hauspersonals um sie her, fiel sie Konrad zur Verblüffung aller ungestüm um den Hals, drückte ihn und jubelte: »Ich bin so froh, dich wohlbehalten wiederzusehen!«

Es blieb Konrad wenig anderes übrig, als zögerlich seine Arme um sie zu legen.

Commander Bellows schien angesichts dieser überschwänglichen Wiedersehensfreude seine Deutschkenntnisse vergessen zu haben. »*Amazing*«, bemerkte er verwundert.

»Sie ist seine Frau«, versetzte Nele. Ihre Stimme war so kalt wie derzeit die Heizung im Esszimmer und Klaras Herz zog sich zusammen, weil sie mit dem gnädigen Fräulein litt. Mit ihrer stürmischen Begrüßung wies Frau Lavinia ihre Schwester in die Schranken.

Nach dem ersten Überraschungsmoment hob die Großmutter zu einem Tadel an: »Es wäre angebracht, sich wieder zu fassen, Lavinia! Möchtest du mich nicht begrüßen? Und deine Schwestern auch?«

Lavinia ergriff Konrads Hand, als wollte sie ihn nicht mehr loslassen. Ihr Versuch, ihm tief in die Augen zu schauen, misslang, weil er den Blick abwandte.

»Ich bitte dich, benimm dich nicht so kindisch.« Er senkte die Stimme, doch sein ärgerliches Brummen war in der peinlichen Stille, die durch die Zurechtweisung und Lavinias Sturheit eingetreten war, nicht zu überhören.

Nur zögernd ließ sie von ihm ab. Mit einem Lächeln auf den Lippen küsste sie ihre Großmutter auf die Wange, rief: »Ich bin so froh, wieder bei meiner Familie zu sein!«, und wiederholte die Umarmung eine Spur flüchtiger bei Ellinor und Nele. Dann blieb sie mitten in der Halle stehen, drehte sich einmal um die eigene Achse und blickte erwartungsvoll in die Runde. Offensichtlich wartete sie darauf, den Gästen aus Amerika vorgestellt zu werden.

Doch ihre Großmutter hatte anderes im Sinn. Charlotte dachte anscheinend nicht daran, Lavinia über die Klippen des standesgemäßen Verhaltens zu helfen. Sie sagte: »Commander Bellows, Sie können Ihre Begleiter jetzt gerne fortschicken. Die Vorstellung ist vorüber und weitere Szenen werden Sie in diesem Haus gewiss nicht erleben.«

Seine Augen schienen an Lavinia zu kleben. »Das war ein sehr erfrischender Auftritt.« Endlich löste er sich von ihrem Anblick, nickte militärisch knapp und fragte in sachlicherem Ton: »Wohin können mein Bursche und mein Koch meine Sachen bringen?«

Charlottes Augenbrauen hoben sich. »Sie haben Ihren eigenen Smutje mitgebracht?«, erkundigte sie sich indigniert. »Befürchten Sie, von meiner Köchin vergiftet zu werden?«

Ein verächtliches Schnauben hallte durch den Eingangsbereich, das zweifellos von Ida stammte. Unwillkürlich musste Klara ein Grinsen unterdrücken. Neben ihr hüstelte Maat Claassen.

»Nein«, erwiderte Bellows ernst. »Ich bin es gewohnt, meine Leute um mich zu haben. War es bei Ihnen im Frieden nicht üblich, dass ein Herr mit seinem Butler reiste?«

»Ein Hamburger wäre kein Herr, wenn er dies täte.«

»Dann bedaure ich die Umstände, nehme aber an, dass Sie trotzdem eine Unterkunft für meine Männer bereitstellen können.«

»Die Hausmädchen werden sich darum kümmern.« Charlottes Blick streifte Lavinia, die unsicher von einem Bein auf das andere zu treten begann. »Lavinia, du möchtest dich gewiss auch zuerst einrichten. Klara soll dir behilflich sein. Konrad, deinen Arm, bitte! Ich möchte keinesfalls meine Teestunde versäumen. Commander, ich nehme an, Sie leisten uns beim Abendessen Gesellschaft.«

Er verneigte sich. »Das würde ich sehr gerne tun, Madam.« Seine Augen wanderten zu Lavinia und zu Nele. Überraschenderweise blieben sie wieder zu lange an der Älteren hängen, bevor er sich Ellinor zuwandte: »Miss Dornhain, hätten Sie Zeit für ein kurzes Gespräch über die Schifffahrt?«

Nicht nur für Klara war es eine Erleichterung, entlassen worden zu sein. Als sie im Gefolge der anderen Hausangestellten den Rückweg ins Souterrain antrat, raunte der

Maat ihr ins Ohr: »Ich kann nicht in diese zufriedenen, feisten Gesichter sehen. Die Yankees hungern bestimmt nicht. Aber eines sage ich Ihnen: Sollte sich einer der Amis an Sie ranmachen wollen, kriegt er es mit mir zu tun. So wahr ich Henning Claassen heiße.«

»Um mich brauchen Sie sich keine Sorgen zu machen«, meinte Klara. Sie legte ihm begütigend die Hand auf den Arm. »Wahrscheinlich werde ich mit den Amerikanern gar nichts zu tun haben.«

Claassen schüttelte den Kopf. »Wo sollen die denn essen, wenn nicht mit uns in der Küche?«

»Keine Ahnung. Aber da die Sieger ihren Proviant sicher nicht teilen wollen, müssen sie wohl anderswo Pause machen.«

»Wer weiß?! Auf jeden Fall sollten Sie der freundlichen Fassade der Yankees nicht trauen, Fräulein Klara. Wir haben alle keine Ahnung davon, wie viele deutsche U-Boote Commander Bellows wohl torpedieren ließ!«

Claassens Worte hallten lange in Klara nach. Während sie in der Wäschekammer nach Bettzeug für Frau Lavinia suchte, kam Frieda herein und wies sie an, auch das Bett in der Nähkammer für die beiden Untergebenen von Commander Bellows zu beziehen. Im ersten Moment ärgerte sie sich darüber, dass sie zwei Männern, die vor wenigen Wochen noch Feinde gewesen waren, das Lager richten sollte, als wären es Freunde.

Doch dann begann sie zu überlegen. Nach einer Weile, in der sie rasch das Mädchenzimmer der jüngsten Tochter in der zweiten Etage lüftete und Decke und Kissen ausschüttelte, kam sie zu dem Schluss, dass sie ihre Pflichten auch gegenüber dem Burschen und dem Koch von Commander Bellows mit größtmöglicher Sorgfalt erfüllen wollte. Als sie auf der Treppe nach unten Richter begegnete, der Bellows' Armeegepäck in eines der Gästezimmer schleppte, dachte sie, dass es irgendwo in Russland vielleicht eine Frau gab, die sich fürsorglich um Gabriel kümmerte, obwohl er ihr Feind war. Dafür wollte sie sich auf die ihr einzig mögliche Weise erkenntlich zeigen.

25

Obwohl sie die Uniform nicht ungern getragen hatte, erschien es Lavinia wie ein kleines Fest, als sie die Armeekleidung ablegte. Zwar war das dunkelviolette Seidenkleid aus ihrem Kleiderschrank nicht nach der neuesten Mode geschnitten, aber wer wusste unter den gegebenen Umständen schon, was wirklich modisch war? Seit rund sechs Wochen schwiegen die Waffen – und der Frieden schien noch immer weit entfernt. Das war Lavinia auf ihrer Reise nach Hamburg ebenso aufgefallen wie in ihrer Heimatstadt selbst, wo an jeder Ecke die Wunden des Krieges deutlich sichtbar waren. Selbst in ihrem eigenen Zuhause musste sie sich den ehemaligen Feinden anpassen. Commander Bellows sah zwar gut aus und verspräche sicher eine angenehme Zukunftsperspektive, aber irgendwie hatte sie das Gefühl, es wäre keine gute Idee, mit dem Amerikaner zu flirten. Deshalb blieb ihr Augenmerk auf Konrad gerichtet.

Da ihre Garderobe ein wenig nach Mottenpulver roch, sprühte sie sich großzügig mit dem Rest Parfüm aus dem

Flakon auf ihrem Toilettentisch ein. Der blumige Duft vertrug sich nicht mit dem Naphthalin, doch es war zu spät, an der speziellen Kreation etwas zu ändern. Lavinia beschloss, erst einen kleinen Spaziergang in den Garten zu unternehmen, um sich ein wenig »auszulüften«, bevor sie sich im Speisezimmer bei ihrer Familie und dem Gast einfand. Sie war dankbar, niemandem auf der Treppe zu begegnen. Im Salon brannten zwar die Tischlampen neben dem Sofa, aber es herrschte eine Temperatur, die offenbar niemanden dazu einlud, sich länger als nötig hier aufzuhalten.

Livi knöpfte ihren Mantel zu und trat hinaus auf die Terrasse. Die feuchte, erdige Luft eines viel zu milden Dezemberabends empfing sie. Der wolkenverhangene Himmel tauchte die Rasenfläche in fast vollständige Finsternis, die Alster wirkte wie ein schwarzer Fleck zwischen ein paar hinter den Ästen der Alleebäume aufleuchtenden Straßenlaternen. Da inzwischen Sperrstunde herrschte, war der Betrieb der weißen Flotte für diesen Tag eingestellt.

Übermorgen ist Heiligabend, sinnierte Livi, und nichts, aber auch gar nichts, wirkt weihnachtlich. Wehmütig erinnerte sie sich an Stechpalmenzweige in Vasen, glitzernde Glaskugeln und nach Bienenwachs duftende Kerzen, dazu der köstliche Bratenduft aus Idas Küche, von irgendwoher wehten die altbekannten stimmungsvollen Lieder über die Alster und ihr Vater las die Weihnachtsgeschichte vor. Selbst die Kartenspiele, die ihre Großmutter an Feiertagen gern ausrichtete, gewannen in der Rückschau an Liebenswürdigkeit. So würde es nie wieder sein. Eine Träne rollte ihr über die Wange. Sie war dankbar, dass sie allein im Dunkeln stand, gelehnt an eine der Säulen.

Als sie hinter sich Schritte vernahm, wischte sie rasch über ihr Gesicht. Danach erst drehte sie sich um, zeitgleich mit dem Aufflammen eines Streichholzes. Es beleuchtete das Antlitz ihres Gegenübers, während der sich eine Zigarette ansteckte.

»Du rauchst noch?«, fragte sie überrascht.

»Manchmal«, gab Konrad zu. »Eine Angewohnheit, die ich schlecht ablegen kann.«

»Aber deine Lungen ...?!«

»Höre ich Sorge um mein Wohl aus deiner Stimme?« Er lachte humorlos und sprach rasch weiter: »Eine echte *Piccadilly* aus der Schweiz ist Luxus und daher absolut unschädlich. Wahrscheinlich würde es mir mit dem Tabakersatz, den man hier kaufen kann, deutlich schlechter gehen. Birnenblätter schmecken scheußlich. Wie auch immer, seit wann interessierst du dich für meine Gesundheit?«

Mach jetzt nichts falsch, warnte eine Stimme in ihrem Innersten.

»Du bist mein Ehemann«, erwiderte sie leise.

»Nur noch kurze Zeit, wie ich hoffe.«

Mist, Mist, Mist, fuhr es ihr durch den Kopf.

»Sollte deine überschwängliche Begrüßung vorhin etwa bedeuten, dass du es dir mit der Scheidung anders überlegt hast?«, setzte er rasch hinzu.

»Nun ja ... was soll ich sagen ...? Wieder zu Hause zu sein lässt vieles in einem anderen Licht erscheinen ... da ...«

»Lavinia!«, stieß er ungeduldig mit einer Rauchwolke

hervor, die grau durch die Dunkelheit wehte. »Was soll das? Ich denke, du hast einen Mann kennengelernt, der zu dir passt. Was ist mit ihm passiert?«

Sie tippte mit der Spitze ihres Abendschuhs nervös auf den Steinboden. Ihre Füße schmerzten in dem ungewohnten Schuhwerk, ihr kleiner Zeh begann zu brennen. Sie sollte zu Tisch gehen und sich setzen. Vor ihrer Großmutter und ihren Schwestern würde sie dieses Gespräch nicht fortsetzen müssen und hatte sich Konrad erst wieder ihrer Schönheit und ihres Liebreizes versichert, würde er gewiss nicht mehr so streng mit ihr umgehen. Unglücklicherweise fiel ihr ein, dass sie ihn zur Ehe gezwungen hatte. Konrad war – wenn überhaupt – nur ganz am Anfang und sehr flüchtig ihrem Charme erlegen.

»Ich habe erfahren, dass er schon verheiratet ist«, gestand sie.

»Pech«, war sein einziger Kommentar.

Aus dem Salon fiel ein schwacher Lichtstreifen nach draußen, gerade so viel, dass sie Konrads Umrisse erkennen konnte. Er stand vor ihr, nah genug, um ihn zu berühren, wenn sie den Arm ausstreckte. Aber doch so weit entfernt, dass sie nicht wagte, ihre Hand zärtlich auf seine Brust zu legen. Zu ihrer eigenen Überraschung ertappte sie sich bei einem Gefühl des Bedauerns.

Sie schwiegen eine Weile. Die aufglimmende Zigarettenasche leuchtete kurz als roter Punkt in der Finsternis. Er machte es ihr absichtlich schwer, das war ihr bewusst. Deshalb entschied sie sich zur Flucht nach vorn – und für Aufrichtigkeit: »Ich kann in der Welt, die mich in Hamburg empfangen hat, nicht alleine leben.«

»Das glaube ich dir gerne«, Konrad klang bitter. »Aber du bist nicht alleine. Deine Großmutter, Ellinor ...«

»Ich brauche dich!«

»Wahrscheinlich verwechselst du da etwas. Wenn du jemanden zu brauchen meinst, dann einen Gatten. Nicht mich. Meine Rolle ist austauschbar.« Wieder schien ein Leuchtkäfer in Konrads Hand durch die Luft zu fliegen. »Im Übrigen wäre ich kein Glücksgriff. Ich habe ja nicht einmal mehr ein eigenes Haus.«

Seine Bemerkung weckte ihre Lebensgeister. Dass sie daran nicht sofort gedacht hatte, als ihr Ellinor erzählte, warum Konrad in einem der Gästezimmer logierte!

Voller Elan schlug sie vor: »Wir könnten gemeinsam zum Wohnungsamt gehen. Wenn ich den Leuten vom Arbeiter- und Soldatenrat erkläre, dass ich gerade aus meinem Dienst als Etappenhelferin entlassen wurde, wird man mir den Zugang zu unserem Haus gewiss nicht verweigern. So werden sie mit Kriegsheimkehrerinnen bestimmt nicht umgehen. Lass uns morgen früh gleich hingehen, dann können wir Weihnachten sicher schon ...«

»Nein!«

»Was? Wieso?«

»Das kommt nicht infrage.«

»Aber dein Haus ... unser Haus ...«, hilflos brach sie ab.

Selbst in ihren eigenen Ohren klang es unglaubwürdig, wenn sie von der Reihenvilla als ihrem gemeinsamen Anwesen sprach. Die St. Benediktstraße neun war niemals ihr Zuhause gewesen. Sie war dort stets unglücklich und zog nach Konrads Einberufung sogar sehr dankbar zu ihrer Familie zurück an die Alster. Aber durch die Veränderung der gesellschaftlichen Situation sah sie die Sache mit völlig anderen Augen. Und Konrad musste verstehen, dass ihre Person der Schlüssel zu seiner Wohnung war. Vielleicht sollte sie ihm sogar vorschlagen, ein Kind zu bekommen. Dann würde man ihnen den Heimweg garantiert nicht mehr versperren.

»Lavinia, bitte hänge dich nicht weiter an mich«, unterbrach er ihre Gedanken. »Unsere Ehe bringt nur Unglück über uns beide. Wir müssen diesen Irrsinn so schnell wie möglich beenden.«

»Aber ... aber ...«, haspelte sie.

»Es geht nicht nur um meine, sondern auch um deine Freiheit. Verschwende nicht den Augenblick. Es sind so viele Chancen mit dem Krieg verloren gegangen. Findest du nicht, dass auch Zeit für den Frieden zwischen uns beiden gekommen ist?«

Seine Worte berührten sie. Er war immer so klug, vernünftig und – ja, eigentlich liebenswert in seiner anständigen Art.

»Ach, Konrad«, seufzte sie.

Im nächsten Moment streckte sie doch die Arme aus. Es war ein erstaunlich kurzer Weg an seine Brust. Sie sank gegen ihn, schmiegte den Kopf an seine Schulter. Er roch besser als die meisten Männer, denen sie an der Front begegnet war. Genau genommen roch er nach den alten Zeiten, die sich Lavinia sehnlichst zurück wünschte. Und plötzlich umfing er sie, hielt sie so fest wie schon lange nicht mehr. Es war wundervoll.

Seine Lippen streiften ihr Ohr. »Lass mich gehen«, flüsterte er. »Ich bitte dich. Stürze uns nicht alle ins Unglück.

Du und ich wissen, dass unsere Ehe eine Farce ist und nie ...«

»Konrad? Bist du hier draußen? Großmutter bittet ...«, die Stimme erstarb.

Sein Körper versteifte sich. Er versuchte, sich von Lavinia zu lösen, doch sie ließ nur zögerlich von ihm ab. Darauf stieß er sie ungewöhnlich grob von sich. Während Lavinia leicht taumelte, hallten bereits sich entfernende Schritte über den Steinboden.

»Verflucht!«, entfuhr es Konrad. Die kostbare Zigarette, die er noch immer zwischen den Fingern gehalten hatte, flog in hohem Bogen davon. Dann stürzte er hinter Nele her.

Lavinia sah den beiden nach, obwohl sie weder durch die Fensterscheiben noch durch die zuklappenden Terrassentüren den einen oder anderen erkennen konnte. Sie widerstand dem Impuls, ihrer Schwester ebenfalls sofort zu folgen.

Die innere Stimme, die sie in den vergangenen Minuten geleitet hatte, riet ihr, sich nicht einzumischen. Die Situation, wie Nele sie gesehen hatte, war zu deutlich gewesen. Konrad würde seiner Geliebten nur schwer erklären können, dass er seiner Gattin die Bitte um die endgültige Trennung zugeraunt und nicht an ihrem Ohr geknabbert hatte.

Unwillkürlich schwankte Livi zwischen dem Wunsch, ihrer Schwester zu erklären, dass nichts geschehen war – und einem gewissen Hochgefühl. Ich bin ein bisschen gemein, gestand sie sich ein. Aber war Nele das nicht auch gewesen, als sie eine Affäre mit Konrad begann? Jetzt, wo ihr Vater nicht mehr lebte, musste sie, Lavinia, auf sich achten und sehen, wo sie blieb. Sie konnte keine Rücksicht nehmen.

Langsam ging sie hinein.

Nicht noch einmal zusammenbrechen, weil Konrad Lavinias Spielchen erlag, schwor sich Nele. Sie sagte sich diesen Satz ununterbrochen im Geheimen vor wie ein Mantra, um eben nicht doch den Boden unter den Füßen zu verlieren.

Der Unterschied zu damals war, dass sie Konrad und Lavinia niemals bei einer Umarmung beobachten musste. Der Austausch von Zärtlichkeiten – oder jedenfalls deren öffentliche Demonstration – war kein Teil dieser Ehe. Überdies wusste sie von Konrad, dass er nicht mit Lavinia geschlafen hatte. Die Hochzeitsnacht war in einem Streit geendet, dem niemals auch nur der Versuch einer Annäherung folgte. Warum versanken die beiden dann jetzt in eine innige Umarmung? Überwältigte Lavinia und Konrad das Wiedersehen so sehr, dass sie alles andere vergaßen? Sollte das Kriegsende etwa den Beginn einer neuen Zeitrechnung für diese alberne Beziehung markieren?!

Nele fühlte einen hysterischen Anfall nahen. Um sich zu beschwichtigen, überlegte sie, wie unsinnig die Annahme war, Konrad wolle sich mit Lavinia aussöhnen. Er freute sich auf das Kind, wollte die Scheidung, um Nele endlich zu heiraten. Aber wieso umarmte er dann Livi auf diese sehr intime Art und Weise? Dankte er seiner Gemahlin damit für ihre Zustimmung zur endgültigen Trennung?

Eine derart impulsive Geste mochte manchem ihrer russischen oder italienischen Freunde in Ascona oder Zürich stehen, passte aber nicht zu Konrads hanseatischem Benehmen. Nein. Er hatte seine Ehefrau zärtlich an sich gezogen, weil ... weil ...

Weil sie hinreißend schön war – und er ein Mann, dem Schönheit viel bedeutete. Um den aufsteigenden Schmerzensschrei zu unterdrücken, biss sich Nele die Unterlippe wund.

Während sie den Salon durchquerte, legte sie die flache Hand auf ihren Bauch. Sie war im vierten oder fünften Monat. Was musste eine werdende Mutter tun, um ihr Kind zu diesem Zeitpunkt zu verlieren? Es gab Frauen, die dabei halfen, manchmal auch Ärzte. Das wusste sie. Sie wusste auch, dass sie diese Hilfe wahrscheinlich irgendwo in St. Pauli finden könnte. Die Zeiten waren schlecht, sicher hielten sich auch Mediziner mit einer guten Reputation nicht sklavisch an das Gesetz, wenn jemand sie für ihre Dienste gut bezahlte. Ellinor, dachte sie, ich muss mit Ellinor sprechen. Sie weiß so etwas und muss mir helfen. Ich erzähle ihr, dass ich von einem anderen Mann schwanger geworden bin. Irgendeine Geschichte. Vielleicht sollte ich eine Vergewaltigung erfinden. Egal. Alles ist einerlei.

Ihr wurde schwarz vor Augen.

Ellinors Stimme, die wie durch eine Nebelwand zu ihr durchdrang, zwang sie, sich auf den eigenen Atem zu konzentrieren: »Nele, was ist mit dir? Du bist weiß wie die Wand.«

»Nichts«, murmelte sie zwischen zwei ruhigen Atemzügen, die ihr helfen sollten, nicht zu hyperventilieren. »Es ist nichts.« Wieder holte sie Luft. Einatmen. Ausatmen. Sie durfte sich keinesfalls die Blöße einer Ohnmacht auf der Schwelle des Speisezimmers geben!

»Ein Schwächeanfall«, diagnostizierte Commander Bellows. Er packte Neles Arm. »Darf ich Sie zu Tisch führen? Es sieht gerade so aus, als würden Sie es nicht alleine schaffen.«

»Vielleicht möchtest du lieber auf dein Zimmer gehen und dich ausruhen«, schlug ihre Großmutter vor. »Frieda kann dir ein Tablett nach oben bringen.«

Nele wollte gerade zustimmen, als sie eine Bewegung am Rande der Szene wahrnahm. Sie drehte sich um und sah Konrad im Türrahmen. Er wirkte niedergeschlagen, betrachtete sie konsterniert, wollte vielleicht um Entschuldigung bitten. Sie konnte ihm nicht in die Augen sehen, aus Angst, darin eine verstörende Botschaft zu lesen.

Hinter Konrads Schulter tauchte Lavinias blonder Schopf auf.

So leicht mache ich es euch nicht, fuhr es Nele plötzlich durch den Kopf. Ich werde das Feld nicht sang- und klanglos räumen. Diesmal nicht.

Sie zwang sich zu einem Lächeln. »Es war in der Tat nur ein Schwächeanfall. Er ist schon vorüber. Danke für Ihre Hilfe, Commander Bellows. Würden Sie mir die Freude machen, bei Tisch neben mir zu sitzen?« Sie ignorierte die hochgezogenen Augenbrauen ihrer Großmutter auf diese unkonventionelle Frage.

»Sehr gerne, Miss Dornhain.« Der Griff, der ihren Arm

umschloss, war fest und sicher. »Wo möchten Sie Platz nehmen?«

Ellinors stummer Vorwurf durchbohrte Nele, als sie neben dem amerikanischen Gast die von Frieda und Klara fürstlich gedeckte Tafel entlangschritt. Der Tisch wirkte wie ein Bankett in Vorkriegszeiten.

»Tja, dann setzen wir uns am besten auch«, meinte Charlotte. Nele zuckte zusammen, als ihre Großmutter hinzufügte: »Konrad, komm bitte an meine Seite. Lavinia wird dich noch ein wenig entbehren können.«

»Omama, ich habe meinen Mann lange nicht gesehen«, hauchte die düpierte Jüngste.

»Bitte, Konrad!«, mahnte Charlotte.

»Selbstverständlich«, er eilte an Nele vorbei.

Vielleicht war es Zufall, wahrscheinlich aber Absicht – sie spürte eine Berührung in ihrem Rücken. Zart wie der Flügelschlag eines Schmetterlings und doch eine Botschaft.

Kaum merklich schüttelte sie den Kopf. Sie war sich sicher, dass er ihre Antwort verstand.

26

»Können wir fahren?«, erkundigte sich Commander Bellows.

Ellinor blickte vom Schreibtisch ihres Vaters auf und zur offenen Tür, in der ihr amerikanischer Gast ausgehfertig und ohne einen Gruß erschienen war. Sie überging seine Unhöflichkeit und wünschte freundlich: »Guten Morgen.« Dann fragte sie: »Wohin möchten Sie denn fahren?«

»Fängt bei Ihnen am Montagmorgen nicht die Arbeit an? Sie müssen doch ins Büro. Ich nehme Sie gerne in meinem Wagen mit und dann können Sie mir alle Informationen geben, die ich benötige.«

»Oh!« Ellinor spürte, wie sich ihre Wangen färbten. Ärger stieg in ihr auf wie Blasen von kochendem Wasser in einem Kessel. Sie fühlte sich plötzlich als Versagerin, weil sie seit dem Tod ihres Vaters keinen Fuß in sein Kontor gesetzt hatte. Die anhaltenden Demonstrationen und Aufmärsche rund um das Rathaus waren wohl tatsächlich nichts für eine Dame. In dieser Hinsicht stimmte sie Wilhelm Eckert inzwischen zu. Aber sie mochte es nicht, Commander Bellows in der Rolle einer hilflosen Frau gegenüberzutreten. Vor allem nicht, da ihr vermutlich ein Ringen um ihr Erbe bevorstand.

»Sie brauchen sich nicht zu bemühen«, erwiderte sie kühl. »Mein Prokurist wird später mit den notwendigen Unterlagen hierherkommen.«

Ihre Antwort schien ihn zu verwirren. Er nahm seine Mütze ab, strich sich das Haar zurück und trat langsam näher. »Ich verstehe nicht …«, meinte er nach einer Gedankenpause gedehnt. »Heißt das, Sie arbeiten an einem ganz normalen Montagmorgen zu Hause? *O dear!* Schöner Dummkopf, der behauptet, dass die Deutschen immer pünktlich und pflichtbewusst sind!«

Sie stützte sich mit den Ellenbogen auf die Schreibtischplatte, faltete ihre Hände und legte ihr Kinn darauf. »Was erwarten Sie, Commander Bellows? Was sieht Ihrer Ansicht nach hier nicht nach einer ordnungsgemäßen Tätigkeit aus?«

»Es ist nicht das Schifffahrtsunternehmen, sondern eine private Villa.«

»Es ist ein Arbeitszimmer«, schnappte Ellinor.

»Das beantwortet nicht die Frage, warum Sie nicht im Chefsessel der Reederei sitzen.«

Gestern beim Abendessen hatte er sie als sympathischer Gast mit hervorragenden Manieren geblendet. Als die Balance bei Tisch unter Neles und Konrads unverständlicher Schweigsamkeit und Lavinias sprühender Laune ein wenig zu leiden drohte, hob er die Stimmung mit harmlosen Geschichten über sein ehemaliges deutsches Kindermädchen. Ellinor fühlte sich in dem Gedanken bestätigt, dass es sich um einen persönlich motivierten Besuch handele, und vergaß fast, worauf er es in Wahrheit abgesehen haben könnte. Mit der Aufdringlichkeit heute Morgen zeigte er jedoch sein anderes Gesicht. Wollte er sie provozieren?

Unglücklicherweise war sie auf die Fallstricke eines Gesprächs mit dem früheren Feind niemals vorbereitet worden. Ihr ging durch den Kopf, dass ihr Vater sie in dieser Situation nicht hätte allein lassen dürfen. Großmutter hatte schon recht: Victor Dornhain hatte sich aus dem Staub gemacht und sowohl das Schicksal des Unternehmens als auch seine Familie sich selbst überlassen. Der Zorn, der in ihr brodelte, wurde stärker.

»Sie können jederzeit in die Reederei fahren und sich dort alle zur Verfügung stehenden Informationen von Herrn Eckert, dem Prokuristen, geben lassen.« Sie klang pampig, ihre Unfreundlichkeit richtete sich auch nicht zwingend gegen Nicholas Bellows, aber er stand im Moment für alles, was ihr Leben erschwerte.

»Ich bin in Hamburg, um mit dem Reeder zu sprechen, nicht mit einem Angestellten.«

»Und das können Sie nicht hier tun, ja? Was macht es für einen Unterschied, an welchem Schreibtisch ich sitze?«

»Man nennt es Professionalität, Madam.«

Trotzig blickte sie ihm in die Augen – und traf auf Unglauben. Es war seltsam. Er schien ihre Position überhaupt nicht infrage zu stellen, sondern forderte vielmehr ihren Führungsanspruch heraus. Dabei war es ihm offenbar gleichgültig, dass sie nur eine Frau war. Unwillkürlich erwärmte ein inneres Lächeln Ellinors Seele. Wie lange hatte sie darauf gewartet, von einem mächtigen Mann unumwunden anerkannt zu werden? Bedauerlicherweise war es der völlig falsche Zeitpunkt.

»Das Zimmer des Reeders ist noch von einem Mitglied des Arbeiterrates beschlagnahmt«, erklärte sie deutlich ruhiger. »Wenn Sie dorthin gehen wollen, müssen Sie sich mit diesem Mann auseinandersetzen. Dafür wünsche ich Ihnen allerdings viel Vergnügen.«

Ellinor hatte Verständnis erwartet, doch Bellows reagierte mit Fassungslosigkeit. »Sie kapitulieren vor einem Arbeiter?«

»Das ist die Revolution, Commander«, versetzte sie in demselben Ton, in dem er ihre Professionalität angemahnt hatte.

»Ich habe nicht die Absicht, mich mit revolutionärem Gesindel aufzuhalten. Admiral Browning und die Mitglieder der britischen Kommission sehen das übrigens genauso. Kommen Sie, Miss Dornhain. Sie fahren jetzt unter meinem Schutz in das Büro Ihrer Reederei – und dann werden wir gemeinsam feststellen, wer dort tatsächlich das Sagen hat.« Er schenkte ihr ein aufmunterndes Lächeln. »Verstehen Sie das als Befehl eines Bevollmächtigten der Siegermacht USA!«

Das Kontor der Dornhain-Reederei befand sich im Schatten des riesigen, am Alsterdamm gelegenen Gebäudes der Hapag am Anfang der schmalen, in Richtung Rathaus und zu St. Petri führenden Bergstraße. Der Kirchturm ragte weit über die mit Grünspan bezogenen Dächer der Altstadt in den Himmel, ein Sinnbild der Verbindung zwischen den bürgerlichen Kaufleuten der Hansestadt und ihrem protestantisch-reformierten Glauben. Ellinor war immer gern in das imposante Gotteshaus gegangen, barg es doch auch wertvolle Kunstwerke, sie mochte sich jetzt jedoch nicht vorstellen, wie groß der Andrang der Bedürftigen im Pastorat so kurz vor dem ersten Heiligabend nach Kriegsende war. Obwohl sie sich in den vergangenen Wochen nicht nur in der feudalen Stille des Harvestehuder Wegs aufgehalten hatte, waren ihr Not und Elend selten so stark bewusst geworden wie hier am Rande der Binnenalster.

Kriegsversehrte, Bettler und offensichtlich hungernde Demonstranten gehörten zum Bild und standen in bitterem Kontrast zu den hohen Geschäftshäusern in dieser Gegend. Damit war sie, die als Frauenrechtlerin sicher mehr Armut gesehen hatte als die meisten Gleichaltrigen ihres Standes, völlig überfordert. Früher hatte sie sich für blutjunge Prostituierte eingesetzt, in Suppenküchen Essen ausgegeben und Arbeitsstuben für Mädchen eingerichtet, die einen anständigen Beruf erlernen sollten. Das Leid der Menschen heute erschien ihr jedoch unvergleichbar und so unermesslich, dass sie sich – einigermaßen satt und gut gekleidet –, in dem Militärfahrzeug von einem Chauffeur transportiert, für die Vorzüge ihrer gesellschaftlichen Stellung schämte.

Im Vorbeifahren warf sie zwischen den Häuserschluchten einen Blick auf das nahe gelegene Rathaus. Die roten Fahnen dort wirkten müde, sie hingen schlaff von den Masten. Sie las ein Plakat, das über eine Balkonbrüstung gespannt worden war. Die Aufschrift war ziemlich martialisch: »Nieder mit den Feinden des Arbeiter- und Soldatenrates. An die Wand und die Laterne mit den Schuldigen der Hungersnot!« Über Ellinors Rücken kroch ein Schauder.

Eine unübersichtliche Gruppe Seemänner drängte sich vor dem Eingang des Heuerbüros. Soldaten mit roten Armbinden versuchten, die Arbeitssuchenden mehr oder weniger handgreiflich zur Ordnung zu gemahnen. Damit hatten sie so viel zu tun, dass sie das Automobil mit der Standarte der US-Navy nicht gleich bemerkten. Erst als Ellinor bereits ausgestiegen und fast durch den Eingang zur Verwaltung war, wurde sie aufgehalten. Einer der Posten stellte sich ihr in den Weg und hantierte mit seinem Gewehr.

»Wohin wollen Sie?«

Commander Bellows schob sie unerschüttert weiter. »Sie bringen das Waffenstillstandsabkommen in Gefahr, wenn Sie einen amerikanischen Offizier und dessen Begleitung bedrohen.« Er warf dem Soldaten seine Worte hin wie einem Wachhund einen Knochen.

Das Gefühl von Schwäche behagte ihr nicht, aber Ellinor war Commander Bellows aus ganzem Herzen dankbar.

»Gehen Sie«, fauchte der Posten, um dann die ihm am nächsten stehenden Leute vor der Stellenvermittlung anzuherrschen: »Fürs Maulaffenfeilhalten seid ihr hier falsch!«

Das darauffolgende Handgemenge nahm Ellinor nur noch am Rande wahr, denn sie befand sich bereits jenseits des gläsernen Portals des Schifffahrtsunternehmens, dem sie nun eigentlich vorstand.

Es war ungewöhnlich still in dem mit Rauputz und Eichenvertäfelungen ausgestatteten Treppenhaus. Alles wirkte wie ausgestorben. Ihr Herzschlag geriet ins Stolpern. Sie blickte sich um, betrachtete die Porträts des Firmengründers und seiner männlichen Nachfolger. Ihr Blick blieb an dem Bild ihres Vaters hängen: Victor Dornhain in der Pose eines Seebären, elegant zwar, aber jung und ungestüm. Die von der Kinderlähmung herrührende Behinderung, die ihm ein gewisses Draufgängertum verbot, war unter Ölfarbe und Firnis nicht einmal zu erahnen. Unwillkürlich fragte sich Ellinor, ob er wirklich der anbetungswürdige Reeder gewesen war, für den sie ihn immer gehalten hatte. Oder war auch seine Ehre nur eine Kreation aus dicker bunter Paste? Nicht zweifeln, hielt sie sich sofort vor. Vater ist tot. Er kann sich für sein Handeln nicht mehr rechtfertigen. Zweifel sind unter den gegebenen Umständen unangebracht.

»Wo ist Ihr Büro?«, fragte Commander Bellows ungerührt neben ihr.

Ellinor fürchtete sich vor dem, was sie dort möglicherweise erwartete, aber das vertraute sie ihm nicht an. »Bitte«, sagte sie nur und wies mit der Hand zu den modernen Paternosteraufzügen zur Linken, die ihr Vater bei einer Renovierung des Gebäudes vor etwa zehn Jahren hatte einbauen lassen.

Auf dem Flur vor Victor Dornhains Zimmer herrschte eine fast ebenso gespenstische Stille wie im Treppenhaus. Von irgendwoher drang das Klappern einer Schreibmaschine durch die geschlossenen Türen, aber niemand begegnete Ellinor und Commander Bellows, die bekannte Geschäftstüchtigkeit fehlte. Ellinors Beklommenheit wuchs, als sie die Hand auf die Klinke legte. Für einen Moment schloss sie die Augen, dann stieß sie energisch die Tür auf.

Eine dichte Tabakwolke wehte ihr entgegen. Der blaugraue Dunst hing über dem Raum wie Nebel über den Landungsbrücken. Offenbar war hier seit Langem nicht mehr gelüftet worden. Die stickige Luft schlug ihr auf den Magen. Schlimmer noch war jedoch der Anblick des Mannes, der schläfrig in Victor Dornhains Sessel lümmelte, die Beine auf dem Schreibtisch, im Mundwinkel eine Zigarre. Ellinor überfiel der Wunsch, sich zu erbrechen.

Stattdessen strafte sie Bruno Sievers mit Nichtachtung, marschierte an ihm vorbei zum Fenster. Als sie das Zimmer durchquerte, riskierte sie einen kurzen Blick zu dem früheren Gesindemakler und stellte fest, dass er zwar schmaler und faltiger geworden war, aber anscheinend nichts von seiner Schleimigkeit verloren hatte. Sie hatte sich schon immer gefragt, wie es dieser Mann so weit bringen konnte, dass er jahrelang die besten Familien beim Einstellen der Dienstboten beraten durfte.

»Was fällt Ihnen ein?«

Trotz des Protestes riss Ellinor das Fenster auf. Sie lehnte sich hinaus und füllte ihre Lungen mit der feuchten Morgenluft.

»Machen Sie sofort das Fenster zu! Ich sammle den Geruch von Tabak. Die Kubanischen von Ihrem Vater gehen langsam zur Neige und ich habe keinen Nachschub.«

Ellinor reagierte nicht. Sie stellte sich vor, wie Bruno Sievers vor sechs Wochen in dieses Büro gekommen und ihren Vater bedroht hatte. »*Er hat eine Waffe gegen mich gerichtet*«, schrieb Victor Dornhain in seinem Abschiedsbrief. »*Nicht in tatsächlichem Sinne. Aber er besitzt Informationen, die ebenso tödlich sind wie ein Schuss.*« In ihren Ohren hallte der Knall wider, den sie gehört hatte. Sievers hatte die Pistole nicht abgefeuert – aber war er nicht auf gewisse Weise der Mörder ihres Vaters? Sievers war schuld an seinem Tod. Daran bestand für sie in diesem Moment kein Zweifel.

Eine feuchte, fleischige Hand legte sich auf ihre Finger, die den Fenstergriff umschlossen hielten. »Ich habe gesagt, Sie sollen das Fenster schließen …«

Sie schrie.

Ellinor wusste nicht, warum sie schrie. Wahrscheinlich erschrak sie über die unerwartete Berührung. Sie fühlte sich besudelt. Möglicherweise war es der Ekel, der sie an den Rand der Hysterie brachte. Vielleicht musste sich nur die Trauer entladen, der Frust über ihre Machtlosigkeit, jene Desillusionierung, die ihr begreiflich machte, dass Sievers niemals für seine Tat büßen würde. Dafür war kein irdisches Gericht zuständig. Ihr Schreien hallte von dem

Fenster weit oben über die Straße und womöglich bis zur Alster, sicher aber bis in den Himmel. Dort gab es hoffentlich Gerechtigkeit und Sühne.

»Lassen Sie sie los!«

Erst als sie Commander Bellows' Aufforderung vernahm, wurde ihr bewusst, dass Sievers' Griff fester geworden war. Er hatte ihre Handgelenke gepackt. Da er hinter ihr stand, umfing er sie mit seinen Armen und presste sie an sich. Automatisch schrie sie weiter.

In ihr Geschrei drang ein Poltern. Sie hörte Stimmen hinter sich, sich nähernde Schritte. Von der Straße drangen Rufe herauf. Aber die hörte Ellinor nur vage. Sie wurde herumgerissen, geriet in das Gerangel zwischen ihrem Peiniger und anderen Männern. Das Fensterbrett drückte in ihren Rücken, das Blut schoss in ihren Kopf, der plötzlich irgendwie in der Luft hing.

Ihre Füße verloren den Halt. Der Ton erstarb auf ihren Lippen, als sie einen Druck auf der Kehle spürte.

Erst in diesem Moment verstand sie die Gefahr. Jetzt drängte es sie danach zu schreien. Sie wollte Luft holen, doch ihr Hals fühlte sich an wie zugeschnürt. Schwindel erfasste sie, das Pochen hinter ihrer Stirn verstärkte sich, ihr wurde schwarz vor Augen. Sie schien zu schweben ...

Großer Gott, was geschah mit ihr?

Ein Schuss in unmittelbarer Nähe.

Der Knall war so laut, dass er ihr Trommelfell zu zerfetzen schien. Ein Sausen und Dröhnen hallte in ihrem Kopf, als steckte sie in einem Blecheimer fest, auf dem getrommelt wurde.

Doch der Druck auf ihren Hals ließ nach. Sie fühlte sich plötzlich schwerelos. Ihr Gleichgewichtssinn funktionierte nicht mehr. Sie wurde herumgeschleudert wie eine Stoffpuppe ...

Plötzlich hatte sie Halt unter den Füßen. Irgendjemand schlug ihr ins Gesicht. Dann waren da Hände, die sie stützten.

Ellinor fühlte in ihrem Kopf ein dumpfes, flaues Brausen. Vor ihren Augen tanzten Sterne in hellem Licht, geradeso, als hätte sie zu lange in die Sonne gestarrt. Ihr wurde wieder übel. Doch als ihr Blick Konturen wahrzunehmen begann und sich der Boden unter ihren Füßen als stabil herausstellte, schluckte sie den galligen Geschmack auf der Zunge hinunter.

Männerstiefel stampften durch den Raum, begleitet von aufgeregtem Stimmengewirr, militärischen Rufen. Ellinor wurde weggeführt, geschoben, gezogen – sie wusste wieder nicht, was mit ihr geschah. Aber sie schwebte nicht. Das fühlte sich gut an. Dann wurde sie gestoßen – und fiel auf einen Stuhl. Erleichtert sank sie gegen die Rücklehne.

Sie erkannte einen dunkelgrauen Anzug. Vor ihr stand ein Mann, legte begütigend, vielleicht auch schützend, aber keinesfalls bedrohlich, eine Hand auf ihre Schulter. Sie sah zu ihm auf. Wilhelm Eckert.

»Was ...«, sie versuchte zu sprechen, aber ihr Hals fühlte sich wund an. Unwillig schüttelte sie den Kopf. Sie hatte furchtbaren Durst.

»Alles ist gut, Fräulein Dornhain, Sie werden gleich nach Hause gebracht.«

Sie wollte nicht nach Hause. Sie wollte wissen, was geschehen war. »Ich...«, krächzte sie, kam aber wieder nicht weiter. Die Schmerzen brannten in ihrer Kehle.

Obwohl Eckert direkt vor ihr stand und ihr damit die Sicht ins Zimmer versperrte, erkannte sie nahe des Fensters an den roten Armbinden einige Mitglieder des Soldaten- und Arbeiterrates, dazwischen die hochgewachsene Figur von Commander Bellows. Ellinor neigte den Kopf und sah nun deutlicher, dass die Männer aufgeregt hin und her liefen. Wortgefechte wurden geführt, Befehle ausgetauscht. Irgendetwas zog die allgemeine Aufmerksamkeit auf sich, aber dieses Etwas lag am Boden, außerhalb ihres Sichtfelds.

Eine Ahnung beschlich Ellinor. Gleichzeitig lief ein Zittern durch ihre Gliedmaßen, das sich nicht abstellen ließ. Sie fror entsetzlich. Ihre Zähne begannen aufeinanderzuschlagen, doch auch dieses Klappern konnte sie nicht unterdrücken.

»Was...ser...«, wisperte sie, wobei sie das Wort mehr mit den Lippen formte.

Eckert hatte sie verstanden. »Ich besorge Ihnen gleich ein Glas. Ich möchte Sie nur nicht alleine lassen bis...«, er unterbrach sich, sprach nicht weiter.

Er brauchte ihr jedoch nicht zu erklären, worauf er warten wollte. »Tot?«, brachte Ellinor einigermaßen verständlich heraus. Sie konnte eine gewisse Erleichterung nicht verbergen.

Der Druck auf ihrer Schulter wurde fester. »Es sieht nicht gut aus.«

Obwohl es ihr unsäglich schlecht ging, konnte sie ein

Grinsen nicht verhindern, das ihre Miene zur Fratze verzog. Wäre ihr Hals weniger lädiert gewesen, hätte sie vielleicht vor Bitterkeit laut gelacht.

27

In der Bibliothek war es so kalt, dass Nele befürchtete, die Bücher würden bald Schimmel ansetzen. Und es war sehr still, denn die Standuhr funktionierte ebenso wenig wie die Heizung. Der Uhrmacher, der früher einmal in der Woche gekommen war, um alle Zeitmesser im Haus aufzuziehen, zu überprüfen und gegebenenfalls zu reparieren, blieb seit einer Weile aus. Für einen Moment war Nele geneigt, das Pendel selbst in Gang zu bringen, aber da sie nicht wusste, wo sich der Schlüssel zum Kasten befand, unterließ sie es. Sie beschloss, Klara später zu fragen, warum der alte Herr Rosenberg seiner Arbeit nicht mehr nachging. Dann wandte sie sich dem eigentlichen Grund ihres Hierseins zu. Sie schob die Bibliotheksleiter an das Regal, das ihr am vielversprechendsten erschien, und begab sich auf die Suche nach Literatur über Medizin und Biologie.

Wenigstens war immer ordentlich Staub gewischt worden. Selbst auf den oberen Borden. Eine Staubwolke, die ihr Tränen aus den Augen trieb, hätte ihr gerade noch gefehlt. Es war kein schönes Gefühl, an Heiligabend in Büchern zu blättern, in denen sie sich Informationen darüber erhoffte, wie sie das Kind am besten verlor, das sie unter ihrem Herzen trug. Dennoch suchte sie, überflog, las. Sie musste unbedingt ihr Wissen erweitern, bevor sie die fällige Entscheidung traf. Die Inhalte der zur Verfügung stehenden Werke änderten nichts an der Notwendigkeit dessen, was sie tun musste, aber oft verstand sie noch nicht einmal alles, was dort gedruckt stand.

Manchmal wanderten ihre Gedanken zu Konrad, den sie seit dem Vorfall auf der Terrasse geflissentlich ignorierte. Sie ging einem Gespräch mit ihm aus dem Weg, gab vor, seine wiederholten Versuche, mit ihr zu reden, nicht zu bemerken. Zu Livi war sie freundlicher als zu ihm, aber auch nicht gerade entgegenkommend. Wobei ihr Verhalten den restlichen Familienmitgliedern nicht sonderlich auffiel. Die Schandtat im Büro ihres Vaters gestern sorgte für so viel Diskussionsstoff, da blieb kein Platz für andere Themen. Glücklicherweise schien sich Ellinor ganz gut zu erholen. Sie konnte allerdings noch nicht wieder richtig sprechen und trug einen Schal, um die roten und blauen Würgemale zu verdecken. Nele bewunderte ihre große Schwester vorbehaltslos für die Kraft, mit der sie durchs Haus marschierte, als wäre nichts geschehen.

Sie fand ein Reichsstrafgesetzbuch, in dem sie den Text zu Paragraph zweihundertachtzehn aufschlug: »Eine Schwangere, welche ihre Frucht vorsätzlich abtreibt oder im Mutterleib tötet, wird mit Zuchthaus bis zu fünf Jahren bestraft. Sind mildernde Umstände vorhanden, so tritt Gefängnisstrafe nicht unter sechs Monaten ein...« Nele erinnerte sich, dass die Frauenverbände vor dem Krieg eine Petition im Reichstag zur Reform des Abtreibungsrechts eingebracht hatten, aber diese war wirkungslos geblieben. Das Gesetz bestand unverändert wie zu seiner

Einführung vor fast fünfzig Jahren. Was *mildernde Umstände* waren, wurde damals ebenso wenig erklärt wie in der neueren Ausgabe des Kodex in ihren Händen.

Ein Klopfen an der Tür riss sie aus ihren Gedanken. Ohne sich an ihrem Platz auf der Bibliotheksleiter zu rühren, bat sie laut und deutlich »Herein!«. Falls es Konrad war, würde der ihr hier oben nicht zu nahe kommen können.

Doch es war nicht der geliebte Mann, sondern Commander Bellows, der eintrat, die Tür sorgsam hinter sich schloss und am Fuß der schmalen Holzstiege zu ihr aufsah.

»Ich möchte mich von Ihnen verabschieden.«

»Wie schade«, entfuhr ihr. Dabei glitt ihr das Buch aus den Händen.

Er fing es auf, warf einen Blick darauf. »Interessieren Sie sich für Rechtswissenschaften? Oder wollen Sie sich nur davon überzeugen, welche Strafe diesen Sievers für den Angriff auf Ihre Schwester erwartet, falls er meine Kugel überlebt?«

Ihre Nervosität löste sich, als sie bemerkte, dass der Band auf der Seite zugeklappt war, auf der »§ 218« beschrieben wurde. Stattdessen erfüllte sie tiefe Dankbarkeit für diesen Mann, der Ellinor das Leben gerettet hatte. Wie bedauerlich, dass er ihre Hoffnung auf ein Weihnachtsessen aus amerikanischen Armeebeständen, das er mit allen Bewohnern des Harvestehuder Wegs zwölf teilte, durch seine Abschiedsworte zerstörte. Deshalb antwortete sie vage, während sie langsam die Leiter zu ihm hinabkletterte: »Ach, ich wollte nur den Bestand überprüfen.«

Sie blieb auf einer der unteren Sprossen stehen und blickte ihn über die Schulter an. Jetzt befand sie sich mit Bellows auf Augenhöhe. »Wird es Sievers noch einmal schaffen?«

Er zuckte mit den Achseln. »Es war nicht meine Absicht, ihn zu erschießen. Ich konnte ihn jedoch nur mit Waffengewalt daran hindern, Ihre Schwester zu erdrosseln und aus dem Fenster zu stoßen. Sein Leben liegt jetzt in der Hand der Ärzte im Lazarett des Allgemeinen Krankenhauses St. Georg. Wäre er kein hohes Tier im Arbeiterrat, hätte man ihn an Ort und Stelle verbluten lassen und nicht erst dorthin gebracht.«

»Hm«, machte sie nur. Unwillkürlich überlegte sie, ob es ihm etwas ausmachte, womöglich ein Mörder zu sein. Er hatte in Notwehr gehandelt, daran bestand kein Zweifel. Aber eine Schießerei in einem Kontor war vermutlich etwas anderes als ein Schusswechsel im Feld oder ein Torpedo auf einen Kreuzer oder ein U-Boot. Nele ertappte sich bei der stillen Frage, wie verletzlich ein kriegserfahrener Offizier wie Commander Nicholas Bellows in seinem Innersten noch sein mochte.

»Egal«, erwiderte er. »Ich hoffe, dass sich dieser Mensch in Zukunft von Ihrer Familie fernhält.«

Die Vorstellung, dass Sievers noch einmal eine ihrer Schwestern oder sie selbst belästigen könnte, war grauenhaft. Um sich nicht weiter mit einer bösen Vorahnung beschäftigen zu müssen, wechselte sie das Thema: »Haben Sie inzwischen alle Unterlagen einsehen können, die Sie im Kontor suchten? Es gab ja wohl einen Grund, dass Sie mit Ellinor unbedingt ins Büro unseres Vaters wollten.«

»Ehrlich gesagt: Der Grund dafür war vor allem Neugier. Mich interessierte das Schifffahrtsunternehmen der Familie Dornhain. Ich wollte wissen, wie es aussieht.«

Vor Schreck fiel sie fast von der Leiter. Sie landete unsanft auf ihren Füßen und knickte mit dem Knöchel um. Auf einem Bein humpelnd, stieß sie hervor: »Meine Güte, das klingt nach einem Spaß. Verzeihen Sie, aber war Ihnen nicht klar, dass ein solcher Ausflug gefährlich werden könnte?«

»Gestern Morgen war von Unruhen nichts bekannt. Auch heute scheint es hier recht friedlich zuzugehen. Wie ich erfahren habe, wird in Berlin zwar vor der Reichskanzlei und dem Schloss wieder geschossen, aber ich hoffe, dass der Aufruhr nicht auf Hamburg übergreift. Ausgeschlossen ist das allerdings nicht. Ich rate Ihnen und Ihrer Familie, das Haus vorläufig nicht zu verlassen.«

Sie belastete vorsichtig den lädierten Fuß. »Es ist Weihnachten«, bemerkte sie dabei. »An diesen Tagen bleibt man für gewöhnlich zu Hause. Aber Sie werden sich nicht daran halten, nicht wahr? Wohin sind Sie abkommandiert, Commander?«

»Die Abordnung aus Großbritannien hat mich zum Feiern ins Hotel Atlantic eingeladen«, erwiderte er und schmunzelte dabei.

Nele fand seine Aussichten nicht so amüsant wie er. Wahrscheinlich würde er ein köstliches Weihnachtsessen genießen dürfen. Ihr Magen knurrte schon beim Gedanken daran leise vor sich hin.

»In ein paar Tagen reise ich nach Bremerhaven weiter«, fügte er hinzu.

»Ja … dann …« Sie streckte ihre Rechte aus. »Dann wünsche ich Ihnen alles Gute.«

»Haben Sie sich nie gefragt, warum ich darauf bestand, in diesem Haus Quartier zu nehmen?«, brach es aus ihm heraus. Er umschloss ihre Finger fest mit den seinen.

Sie senkte die Lider, damit ihre Augen sie nicht Lügen straften. Dann schüttelte sie energisch den Kopf.

»Ich wollte Sie unbedingt kennenlernen, Fräulein Helene Dornhain.«

Ellinors Vermutung stimmte also. Nele begann unter dieser Erkenntnis leicht zu schwanken, ihr Herzschlag beschleunigte sich, die längst begrabenen Schuldgefühle meldeten sich zurück. Sie wollte Bellows ihre Hand entziehen, doch er hielt sie unbeirrt fest.

»Mein kleiner Bruder hat Sie geliebt«, sagte er mit leiser, eindringlicher Stimme. »Die ganzen Jahre schon wollte ich der jungen Dame begegnen, die ihm den Kopf so sehr verdreht hat, dass es ihm endlich ernst war mit seinem Studium und er Pläne für die Zukunft machte. Er schrieb lange Briefe über Sie und machte unsere Eltern damit sehr glücklich. Denn Sie waren ja nicht irgendein Mädchen, sondern stammen aus einer sehr respektablen Familie. Unser kleiner Müßiggänger machte plötzlich alles richtig.«

Nele wünschte sich nichts sehnlicher als ein schwarzes Loch, in dem sie versinken konnte. Er sprach so voller Zärtlichkeit von seinem Bruder, dass es ihr fast das Herz zerriss. Das schlechte Gewissen drohte sie zu ersticken, denn nichts von dem, was Francis Bellows offenbar seiner Familie berichtet hatte, entsprach den Tatsachen. Gut, sie hatte dem Kunststudenten aus den Vereinigten Staaten hin und wieder schöne Augen gemacht, während sie sich über seinen schrillen Geschmack in Kleiderfragen amüsierte und gleichzeitig sein Talent als Maler bewunderte. Doch Konrad war ihre große Liebe, daran änderte auch dieser nette und attraktive junge Mann nichts. Als diese Liebe an der Hochzeit mit Lavinia zu zerbrechen drohte, zog sich Nele von all ihren Freunden zurück. Dies nahm der verschmähte Verehrer zum Anlass, München überstürzt zu verlassen – und reiste mit der *Titanic* in den Tod.

»Francis suchte viel zu lange nach seinem Weg«, sinnierte Nicholas Bellows und Nele dachte, dass er wie zu sich selbst sprach. Vielleicht hatte er ihre Anwesenheit vergessen. Aber er hielt noch immer ihre Hand. »Er konnte sich für nichts entscheiden. Selbst die Malerei schien anfangs nicht das Richtige für ihn zu sein. Er schloss sich einer Künstlergruppe an, die Ashcan School genannt wurde. Ascheimer – ich bitte Sie! Und dann wollte er zum Studium nach Europa. Wir hielten das alle für eine *crazy idea* – bis er von Ihnen schrieb und es klang, als würde er nicht noch einmal scheitern.«

»Er war sehr talentiert«, murmelte Nele, weil sie das Gefühl hatte, endlich etwas sagen zu müssen.

»Bis heute wissen wir nicht, warum er von einem Tag auf den anderen abreiste. Er buchte die Überfahrt ganz kurzfristig. Irgendjemand hatte die Passage auf der *Titanic* storniert und so wurde eine Kabine frei. Das ist alles. Hier endet Francis' Geschichte …«

»Ich habe die Passagierliste in der Zeitung gelesen«, warf sie ein.

Das Gesetzbuch fiel polternd auf den Boden, als er ihre Rechte beherzt zwischen beide Hände nahm. »Wenn ich nach Hause komme, würde ich meiner Mutter gerne berichten, warum Francis damals so schnell nach Hause wollte. Das wäre für sie sehr wichtig. Ich glaube, Sie sind der einzige Mensch, der es mir sagen kann.«

O nein, fuhr es ihr durch den Kopf, das kann meine Freundin Zofia besser erklären. Zofia, die damals ebenso hoffnungslos in Francis Bellows verliebt gewesen war wie er in sie, Nele. Und ja, sie wusste von Zofia, dass Francis seine Zelte in München Hals über Kopf abgebrochen hatte, als er sicher war, dass sie einen anderen liebte.

Wenn ihr doch nur eine gnädige Lüge einfallen würde...!

»Genau weiß ich es auch nicht, aber vielleicht wollte er seinen Angehörigen persönlich von unserem Glück erzählen«, hörte sie sich zu ihrem eigenen Entsetzen behaupten. »Was sind schon Briefe gegen einen authentischen Bericht?«

Dankbar drückte Bellows ihre Hand, dann ließ er sie endlich los.

Nele rieb verstohlen die feuchten Handflächen aneinander. Wie peinlich, dass sie jetzt auch noch schwitzte.

»Ich danke Ihnen, Miss Dornhain. Darf ich Ihnen zum Abschied noch eine persönliche Frage stellen?«

Noch eine?!

Nele schluckte. »Ja, bitte.«

»Haben Sie deshalb nicht geheiratet? Ich meine, die *Titanic* sank vor sechs Jahren. Das ist lange her. Außer für jemanden, der einen Verlust nicht verwinden kann.«

Die Schuld schien übermächtig zu werden. Jedes Wort

von Nicholas Bellows verschlimmerte die Situation. Nele fürchtete, unter der Last des schlechten Gewissens zusammenzubrechen. Dennoch tat sie, was er von ihr erwartete. Sie wollte das Bild, das sich diese Familie von ihrem toten Sohn und Bruder machte, nicht zerstören. Die Wahrheit half niemandem. Mit einem Mal ging ihr die Lüge leicht über die Lippen:

»Ja, Commander Bellows. So ist es.«

Er verneigte sich vor ihr. »Es war mir eine Ehre, Ihre Bekanntschaft zu machen. Leben Sie wohl, Miss Dornhain.« Dann drehte er sich um. Ohne noch einmal zurückzuschauen, schritt er hinaus.

Als sich die Tür hinter ihm schloss, sackte Nele zusammen. Sie fühlte sich wie ein Ballon, aus dem die Luft entwichen war. Langsam glitt sie an der Bibliotheksleiter hinab. Auf dem Boden angekommen, streckte sie die Beine aus, lehnte sich mit dem Rücken gegen die Sprossen und schlug die Hände vors Gesicht.

Sie konnte jedoch nur den Blick in den Raum ausschließen. Vor ihrem geistigen Auge blieb das Bild einer Mutter, die sich verzweifelt danach sehnte, ihren Frieden mit dem Tod ihres jüngsten Sohnes zu machen, indem sie bestätigt bekam, dass er am Ende glücklich war.

Obwohl Nele als Mitarbeiterin des Internationalen Roten Kreuzes im Krieg von so vielen schrecklichen Schicksalen erfahren hatte, ging ihr der Gedanke an Mrs Bellows in diesem Moment näher als das Leid von Millionen anderer Mütter. Da sie selbst nur mit einem Elternteil aufgewachsen war, hatte sie Mutterliebe niemals am eigenen Leibe erlebt und daher auch kaum ihre eigenen Gefühle hinterfragt. Doch plötzlich regte sich bei dem Gedanken an den unglücklichen Francis etwas in ihr. Sie spürte ein unbestimmtes Bauchgrimmen. Und ihr Herz begann sich langsam für das Pfand ihrer Liebe zu öffnen.

ZWEITER TEIL

1919

Wenn man mit Flügeln geboren wird, sollte man alles tun, sie zum Fliegen zu benutzen.

Florence Nightingale
(1820–1910)

HAMBURG

1

Der Jahreswechsel war in bedrückender Stille vonstattengegangen. Obwohl es überall Tanzfeste gab und man die Sperrzeit in dieser besonderen Nacht auf zwei Uhr früh verlängert hatte, lehnte Klara die Einladung von Maat Claassen ab. Sie wollte lieber in der vertrauten Umgebung bleiben als zwischen lauter fremden Menschen, die trunken von Musik, Alkohol und Hoffnung dem ersten Friedensjahr entgegenfeierten. Allerdings hatte sie nicht damit gerechnet, dass es ausgerechnet an Silvester zu einem Eklat kommen und Herr Michaelis das Haus verlassen würde.

Klara wusste nicht genau, was in der Nacht zuvor geschehen war, und wagte auch nicht, danach zu fragen. Wer hätte ihr auch sagen können, warum der gnädige Herr nicht in seinem Bett schlief? Als sie im Morgenzimmer einheizen wollte, fand sie ihn zusammengerollt auf dem Sofa vor, wo er eingehüllt in eine Wolldecke lag. Eine peinliche Situation, gewiss, doch womöglich mit Schlaflosigkeit irgendwie erklärbar.

Aber dann erzählte Frieda in der Küche, dass Frau Lavinia sich wohl erkältet habe: »Es ist ja auch zu kalt im Flur. So wie ich sie antraf... da holt man sich sofort einen Schnupfen, wenn man nur leicht bekleidet vom Gästezimmer zum eigenen Schlafzimmer läuft. Könnten Sie einen

Pfefferminztee aufbrühen, Ida? Der würde ihr bestimmt guttun.«

»Sie war bei Herrn Michaelis im Gästezimmer?«, fragte Klara überrascht. Ihre Hände zitterten plötzlich so stark, dass die Tassen, die sie auf ein Tablett stapelte, um für das Frühstück der Herrschaften aufzudecken, herunterzufallen drohten. Es war zwar nur das *Zwiebelmuster* und nicht das beste Porzellan, aber zerbrechen durfte sie trotzdem nichts.

»Ja, du dummes Ding, natürlich. Sie sind verheiratet«, wurde sie von der ungehaltenen Frieda belehrt. »Das Gedeck für Frau Lavinia kannst du gleich im Schrank lassen. Sie wünscht auf ihrem Zimmer zu bleiben. Und mach bloß nichts kaputt!«

»Nein, natürlich nicht«, murmelte Klara, während sie ihre Gedanken zu ordnen versuchte wie das Geschirr auf dem Tablett.

Ob Herr Michaelis vor seiner Gemahlin davongelaufen war? Jedenfalls hatte er – im Gegensatz zu ihr – bestimmt nicht im Gästezimmer geschlafen. Diesen Klatsch verbreitete Klara jedoch nicht.

Sie war sicher, dass sie sich die zwischen Frau Lavinia und Fräulein Nele herrschende Spannung nicht einbildete. Jeder im Haus konnte mitverfolgen, wie Nele litt, die schlechte Laune von Herrn Michaelis wuchs und Lavinia immer quirliger wurde. Der Vorfall im Kontor und die Sorge um Fräulein Ellinors Wohl veränderte dann natürlich die allgemeine Wahrnehmung. Doch Klara meinte mit jedem Tag mehr zu spüren, wie sich die Luft auflud. Vielleicht machte ihre Zuneigung für Nele sie auch wachsamer.

Jedenfalls erschienen ihr die Beobachtungen dieses Morgens wie ein wahr gewordener Albtraum.

Das Verschwinden von Herrn Michaelis fiel erst lange nach dem Frühstück auf, zu dem er nicht erschienen war. Als Klara den Tisch im Morgenzimmer aufzudecken begann, hatte er sich aus diesem Raum zurückgezogen; beim Abräumen bemerkte sie dann, dass sein Gedeck unberührt geblieben war. Erst kurz vor dem Mittagessen ließ Fräulein Ellinor mit ihrer noch rauen, aber genesenden Stimme nach ihm schicken. Obwohl Klara und Maat Claassen überall nach Konrad Michaelis suchten, selbst in den entlegensten Winkeln des Gartens, war er nicht auffindbar. Stattdessen sah sie einen Brief für Fräulein Ellinor auf dem Telefontischchen liegen. Nachdem sie ihn bei der Empfängerin abgeliefert hatte, fragte diese nicht mehr nach dem Vermissten.

Später wurde Klara Zeugin eines Streitgesprächs zwischen Nele und Lavinia, in das sich offenbar auch die gnädige Frau mischte. Die Damen wurden sogar ziemlich laut während der Teestunde im Salon, doch Klara wollte nicht lauschen. Sie verschloss ihre Ohren und ging in die Küche, wo zwei Aushilfen Ida bei den Vorbereitungen für das Abendessen zur Hand gingen. Für Klara bestand kein Zweifel – Herr Michaelis hatte das Haus verlassen, weil er sich nicht zwischen seiner Gattin und seiner Geliebten entscheiden konnte. Er blieb weg und daher wunderte sie sich schließlich nicht über die Anweisung, dass der Tisch für eine Person weniger gedeckt werden sollte. Später servierte sie bei einem Dinner, das mehr an einen Leichenschmaus erinnerte als an eine Silvesterfeier.

Die Atmosphäre blieb düster, sodass sie froh über ihren freien Nachmittag an Neujahr war, den sie zu einem Besuch bei ihren künftigen Schwiegereltern nutzte. Die Wohnung der Rosenbergs lag nicht allzu weit entfernt in jenem Teil der Hallerstraße, den man *Klein-Jerusalem* nannte. Doch von dem bunten Treiben, das Klara hier kennengelernt hatte, war nicht viel geblieben.

Bei den Rosenbergs herrschte auch nicht mehr Lebensfreude als in der Villa, die sie hoffnungsvoll für ein paar Stunden verlassen hatte. Der alte Uhrmacher kränkelte, war bettlägerig, und seine Frau schien unter ihrem Leid ebenfalls langsam zusammenzubrechen. Fünf Söhne hatte sie geboren: Gabriel war in russischer Gefangenschaft, drei seiner Brüder im Krieg gefallen und der Jüngste noch nicht von der Westfront heimgekehrt. Aufständische hatten schon Ende November, als die gläubigen Juden Chanukka feierten, den Laden geplündert und die für das Lichterfest sorgsam aufgesparten Vorräte gestohlen. Erfolgreich hatte Klara bei Ida ein Glas Marmelade als Mitbringsel erbettelt, doch sie fragte sich unvermittelt, ob dem Ehepaar noch genug Zeit blieb, die Kostbarkeit zu genießen. Selbst wenn sie das Geld für einen Arzt und ausreichend Medizin hätten, Klara wusste, dass weder das eine noch das andere die Rosenbergs gesund machen könnte. Ebenso traurig wie hilflos kehrte sie in das Haus am Alsterufer zurück.

Sie schlief schlecht, stand früher auf als nötig und war dankbar, als Richter mit den neuesten Nachrichten eintraf. Diese ließen die privaten Dramen um sie her – wenigstens für den Moment – ein wenig verblassen.

»Die Mittagsausgaben der Zeitungen prophezeien das

Ende der Räteherrschaft«, verkündete Richter, während er einen Stapel mit den aktuellen Blättern auf dem Küchentisch ablud. »Nach der Blutweihnacht und weiteren Aufständen in Berlin droht jetzt nicht nur dort ein Bürgerkrieg zwischen den Anhängern der Sozialdemokraten und den Spartakisten, die sich jetzt Kommunisten nennen. Für das Wochenende sind Großkundgebungen auf der Moorweide und dem Heiligengeistfeld angekündigt.«

»Ach je, ach je«, seufzte Ida, die das Holzfeuer im Herd anfachte, um das Wasser im Kessel zum Siedepunkt zu bringen. »Und das drei Wochen vor den ersten freien Wahlen. Selbst ich darf wählen! Ich hatte gehofft, dass der Urnengang von unsereins ein Fest wird und kein neuer Kampf. Davon habe ich für meinen Teil langsam genug.«

Frieda wollte wohl nur einen flüchtigen Blick auf eine Zeitungsüberschrift werfen, hielt jedoch in der Bewegung inne und blieb an den Worten hängen: »Rosa Luxemburg befindet sich auf dem Weg nach Hamburg, um auf der Kundgebung am Heiligengeistfeld zu sprechen«, las sie beeindruckt vor und fügte sogleich hinzu: »Die würde ich gerne mal sehen. Sie soll ja eine ganz winzige Person sein, aber reden kann sie besser als jeder Mann, heißt es.«

»Die Inhalte sind ganz gewiss nichts für Ihre Ohren, so lange Sie in diesem Haus arbeiten«, brauste Richter ungewöhnlich heftig auf. »Dieses bolschewistische Gesindel hat außer Sprücheklopfen nichts geleistet. Haben die Leute mehr zu essen, seit der Kaiser abdanken musste? Sterben in der Republik weniger an der Grippe? Leben wir in mehr Sicherheit? Die Arbeitslosigkeit wächst jeden Tag und keiner der Wortführer tut etwas dagegen!«

Er hatte sich so in Rage geredet, dass sich seine Wangen röteten.

Ida stellte schweigend eine Tasse Zichorienkaffee vor den Kontorboten und Morgenmann.

»Veränderungen brauchen eben ihre Zeit...«, behauptete das erste Hausmädchen.

»Frieda, das führt doch zu nichts«, mahnte Ida leise.

»Der Rat lässt Unternehmen schließen, weil die Chefs die Löhne nicht in vollem Umfang bezahlen können«, polterte Richter weiter. »Die Firmenleiter werden verhaftet. Das ist Futter für die Aufwiegler. Leider erklärt nur niemand den Massen, wovon die entlassenen Arbeiter leben sollen, nachdem ihr Arbeitsplatz nicht mehr existiert. Ich sehe die armen Teufel jeden Tag vor dem Heuerbüro herumlungern, aber in der Reederei gibt es heutzutage leider auch nicht mehr so viel zu tun. Wehe, wenn diese Männer ihre letzte Kraft zusammennehmen und auf die Barrikaden gehen. Da kann Ihre Frau Luxemburg so schöne Reden schwingen, wie sie will, man wird sie mindestens ausbuhen, wenn nicht noch Schlimmeres.«

»Na, Eier und Tomaten hat ja keiner mehr, mit denen er werfen könnte«, ließ sich Ida vernehmen.

Klara hatte keine Lust, weiter Zeugin dieser hitzigen Diskussion über Politik zu sein. Um zu fliehen, ließ sie sogar den Rest ihres Kräutertees stehen, den die Dienerschaft zum Frühstück trank. Sie klemmte sich die Zeitungen unter den Arm und lief mit den Worten: »Ich geh dann mal bügeln« in das Nähzimmer, wo Bügelbrett und Plätteisen warteten.

Da Charlotte Dornhain vor dem Krieg ein modernes

Gasbügeleisen hatte anschaffen lassen, fand Klara bei ihrer morgendlichen Beschäftigung einigermaßen Ruhe. Anders als früher – und in vielen anderen Haushalten heute noch – musste sie nicht zwischendurch zurück in die Küche, um die Sohle am Herd aufzuheizen. Das Gerät war mit der Gasleitung verbunden, so ließ sich auch die Wärmezufuhr besser regulieren. Beim Glätten der Zeitungen, um die Druckerschwärze abzureiben, damit sich die Herrschaften bei der Lektüre nicht die Finger schmutzig machten, war eine niedrige Temperatur besonders wichtig; schließlich wollte sie das Papier nicht verbrennen. Sie hatte allerdings lernen müssen, vorsichtig mit dem Kabel umzugehen, damit nicht etwa Brüche entstanden und Gas austrat.

Beim Umblättern der Seiten warf sie einen Blick auf die Überschriften. Die Kontroversen zwischen den Parteien, Politikern und Volksvertretern bestimmten die Nachrichten. Ganz so, wie Richter es gesagt hatte. Deutlich kleiner wurde berichtet, dass die Vertreter der Republik Deutschösterreich, des alpenländischen Teils der ehemaligen K.-u.-k.-Monarchie, die Vereinigung mit dem Deutschen Reich verlangten. Doch Wien war so weit weg – für die Befindlichkeiten dort interessierte sich Klara nicht. Da fesselte eine Meldung über die »Sibirienarmee« ihre Aufmerksamkeit.

Der Bürgerkrieg zwischen Bolschewisten und Monarchisten rief inzwischen auch ausländische Mächte auf den Plan: Amerikanische, britische und japanische Kriegsschiffe waren in den Häfen im Norden und Osten des ehemaligen Zarenreiches gelandet, an der Wolga und im fernen Sibirien erhoben sich tschechische Legionen gegen die Rote Armee, ein Admiral namens Koltschak war von den Alliierten als

Oberkommandierender der antisowjetischen, sogenannten weißen Truppen anerkannt worden. Überdies kümmerte sich eine Krankenschwester namens Elsa Brandström in den Lagern um deutsche Kriegsgefangene, die zwischen die Fronten geraten waren. Die Schwedin arbeitete im Auftrag des Roten Kreuzes und wollte trotz der Gefahr demnächst zu den Internierten nach Krasnojarsk reisen. Der Name des Lagers, in dem Gabriel Rosenberg gefangen war, stach Klara ins Auge wie ein Blitz. Vorsichtig stellte sie das Bügeleisen zur Seite, um den Bericht noch einmal zu lesen. Und ein weiteres Mal – bis sie sicher sein konnte, dass sie den Inhalt verstanden hatte.

Nachdenklich nahm sie wieder ihre Arbeit auf. Ordentlich legte sie die Zeitungen zusammen und begann, das noch warme Bügeleisen mit einem Kerzenstummel zu reinigen. Sie war so vertieft, dass sie die Glocke an der Eingangstür kaum registrierte. Erst als sie eine Weile später eilige Schritte vernahm und Friedas Stimme, die aufgeregt durch das Souterrain schallte, wachte sie wie aus einem Tagtraum auf.

Frieda rief: »Herr Richter, kommen Sie schnell. Oben sind Leute des Polizeibevollmächtigten, die Sie sprechen wollen!«

2

Ellinor kostete es fast übermenschliche Anstrengung, nicht mit dem Fuß aufzustampfen. Sie stemmte die Hände in die Hüften und blickte die Männer, die Frieda gemeldet hatte, feindselig an.

Von den beiden Fremden, deren Armbinde sie als Abgesandte des Polizeibevollmächtigten auswies, hatte der Wortführer zu Ellinors größtem Entsetzen verkündet: »Wir haben den Auftrag, den bei Ihnen in Stellung befindlichen Hans Georg Richter zu verhaften.«

In der Hoffnung, dass ihre Gestik energischer wirkte als ihre brüchige Stimme, krächzte sie: »Ich wünsche zu erfahren, was Sie unserem langjährigen Dienstboten vorwerfen!«

Die Miene des Mannes verschloss sich. »Ich habe keine Befugnis, Ihnen darüber Auskunft zu geben.«

»Ich verlange Informationen«, ihre Hand fuhr zu ihrem Hals, weil das Sprechen schmerzte. »So lange Sie mir nicht mitteilen, was Sie Herrn Richter zur Last legen, werde ich nicht erlauben, dass Sie ihn sprechen dürfen.«

»Fräulein, ein Diener ist kein Leibeigener. Es geht Sie gar nichts an, warum wir ihn verhaften müssen. Die Volksgemeinschaft hat gesiegt. Jedermann kann für sich selbst sprechen und benötigt keine Erlaubnis dafür von seinem Arbeitgeber. Kommt Richter nun her – oder sollen wir ihn holen?«

»Das Hausmädchen wird ihn rufen ...«

»Oha, Hausmädchen! Von wie vielen Volksgenossen werden Sie denn so bedient, Fräulein?«

Der zweite Schutzmann, an seiner Kleidung ebenfalls als ehemaliger Soldat zu erkennen, senkte verlegen die Augen und drehte die Mütze in seinen Händen.

Mit einem Mann im Haushalt wäre die Situation wahrscheinlich leichter zu beherrschen, dachte Ellinor und ärgerte sich im selben Moment über ihre Schwäche. Sie hatte immer für Frauenrechte gekämpft – und stieß seit dem Tod ihres Vaters auf schier unerträgliche Weise an die Grenzen der Gleichberechtigung. Es war ungeheuerlich, was sie sich bieten lassen musste ohne den Schutz eines Herrn. Was war nur geschehen, das Konrad aus dem Haus getrieben hatte? Der Schwager an ihrer Seite hätte umsichtig gehandelt und den Auftritt der ungehobelten Schutzleute bestimmt entschärft.

Ellinor entschied sich zur Konfrontation. »Mein Personal geht Sie nichts an. Oder haben Sie vor, noch weitere Verhaftungen vorzunehmen?«

Der Mann schwieg trotzig.

Jeden anderen Gast hätte sie jetzt in einen der Empfangsräume, den Salon oder das Arbeitszimmer gebeten. Bei diesen Besuchern verhielt es sich anders. Sie blieb an der Treppe stehen und wartete – vor allem auf die Erkenntnis, wie sie Richter der angedrohten Verhaftung entziehen konnte. Es waren ja nicht einmal ordentliche Polizisten, die den Kontorboten abholen wollten. Die regulären Hamburger Schutzleute waren vor Wochen entwaffnet und durch ein Kommando ersetzt worden, das eher Angst und Schrecken in der Stadt verbreitete als für Ordnung zu sorgen. Maat Claassen hatte sie vor diesen Leuten gewarnt – und eben auch Richter. Hoffentlich blieb er noch eine Weile in der Küche in Sicherheit, sodass sich die Angelegenheit vielleicht doch noch gütlich regeln ließ.

Leise, aber so eindringlich, wie es ihr mit ihrem geschundenen Hals möglich war, erklärte sie: »Sie befinden sich in meinem Haus. Hier habe ich das Sagen und nicht die Volksgemeinschaft. Deshalb sollten Sie mir rasch und offen berichten, welche Straftat Sie Herrn Richter vorwerfen. Haben Sie mich verstanden?«

Zu ihrer größten Überraschung nickte der Sprecher. »Ja, Fräulein, das habe ich wohl. Aber die Sache ist nichts für eine Dame wie Sie.«

Ellinor hob zu einem Widerspruch an, doch der zweite *Schandarm* meldete sich plötzlich zu Wort: »Lass gut sein, Heiner. Du kannst ihr ruhig sagen, was los ist. Wenn sie's erfährt, wird sie den Verbrecher sowieso ganz schnell loswerden wollen. Die *Knieptang* ist nicht aus Zucker.«

Ihre Augenbrauen hoben sich. Sie besaß nicht die geringste Ahnung, was *Knieptang* bedeutete, aber gewiss war es keine freundliche Beschreibung. Einerlei. Wichtiger war herauszufinden, was Richter angestellt hatte. Während sie sich das Hirn zermarterte, schien auch der Vorgesetzte zu überlegen, was er ihr erzählen durfte. Da fiel ihr ein, dass Richters Festnahme wahrscheinlich etwas mit dem Automobil zu tun hatte. Womöglich war die Fahrerlaubnis gefälscht und irgendjemand im Stadthaus hatte es entdeckt. Ellinors Herz zog sich zusammen bei der Erinnerung daran, wie stolz der Chauffeur gewesen war, als er ihr den Wagen zurückbrachte. Was für ein Dummkopf, sich deshalb dermaßen in Gefahr zu bringen!

»Hans Georg Richter hat eine Frau überfallen. Er hat Notzucht mit ihr getrieben und sie dann umgebracht.«

»Wie bitte?« Ellinor starrte den zweiten Volksgenossen fassungslos an. »Soll das ein Scherz sein?«

»Nein, Fräulein, wir sind nicht die Jungs mit'm Tüdelband.« Diesmal antwortete wieder der Erste und fügte hinzu, wobei er sich aufplusterte wie ein Gockel: »Es liegt die Aussage eines Zeugen vor.«

»Das ist eine Lüge!« Ellinors Ausruf geschah unbedacht. Er glich einem heiseren Schnarren und schmerzte so, als risse jemand an der empfindlichen Schleimhaut in ihrem Gaumen. »Wie kann man so etwas behaupten?«, wisperte sie empört. »Der Zeuge lügt.«

»Nein, Fräulein, der ist über jeden Zweifel erhaben. Im Gegensatz zu Ihrem Angestellten. Aber das sollten wir am besten mit dem Hausherrn besprechen. Mit Weibern zu reden hält unsereins nur auf.«

»Was ist denn hier los?« Neles Stimme hallte durch das Treppenhaus, eilige Schritte klapperten in Ellinors Rücken.

Lieber Gott, fuhr es Ellinor durch den Kopf, hoffentlich taucht nicht gleich Großmutter auf. Livi sollte auch besser in ihrem Bett bleiben. Ein Frauenhaushalt wie unserer dürfte zur Lachnummer für diese beiden Wachmänner werden. Nele war ihr unter den gegebenen Bedingungen die liebste Unterstützerin. Doch ihre Erleichterung verwandelte sich rasch in Ärger. Sie zürnte Nele, weil die Konrad vertrieben hatte. *»So lange Nele nicht mit mir zu sprechen wünscht, ist kein Platz für mich in diesem Haushalt«*, hatte er in einem Brief sein plötzliches Verschwinden an Silvester erklärt. Das war nun zwei Tage her und Ellinor schien die einzige Person zu sein, der er fehlte. Nele verlor kein Wort über seinen Abschied und Lavinia war zu sehr mit sich selbst und ihrer Erkältung beschäftigt, um ihren Ehemann zu vermissen.

Ellinor schluckte. »Diese Männer wollen Herrn Richter verhaften. Sie behaupten, er habe eine Frau vergewaltigt und ermordet.«

»Was? Das ist eine impertinente Unterstellung«, erboste sich Nele. »Richter tut keinem Menschen etwas zuleide.«

Dem Volksgenossen wurde es anscheinend zu viel. »Ich will mit dem Hausherrn sprechen«, blaffte er. »Sofort!«

»Sie stehen vor der Hausherrin«, gab Nele kühl zurück und deutete auf Ellinor.

»So?! Und wer sind Sie?«

»Ihre Schwester. Mein Name ist Helene Dornhain.«

»Hm. Gibt es keinen Herrn Dornhain?«

»Nein. Nicht mehr.«

Verdammt, Vater, fuhr es Ellinor durch den Kopf, warum musstest du dich aus dem Staub machen? Ich brauche dich!

»Gnädiges Fräulein, Frieda sagte mir…«, weiter kam Richter nicht. Er hatte noch keine zwei Schritte in die Halle gesetzt, als die beiden Männer auf ihn zustürzten und ihn grob an den Armen fassten. Es kostete Richter Mühe, auf den Beinen zu bleiben. »Was soll das?«, ächzte er.

»Sie sind verhaftet!«, dröhnte der vorgesetzte Polizist. Das Klicken der Handschellen hallte unnatürlich laut durch die mit Marmor ausgestattete, nur sparsam eingerichtete Halle. »Ihnen wird Notzucht und Mord vorgeworfen.«

»Was soll das?«, wiederholte Richter, diesmal verstörter.

Ellinor eilte an seine Seite, wurde von dem stillen Schutzmann jedoch auf Abstand gehalten. »Fassen Sie mich nicht an!«, zischte sie wütend.

Im Hintergrund bemerkte sie eine Regung. Frieda, Klara und Ida tauchten in der Tür zum Vestibül auf, wo die Treppe hinab ins Souterrain führte. Die beiden Hausmädchen und die Köchin standen da mit vor Schreck weit aufgerissenen

Augen. Himmel, hilf!, dachte Ellinor. So viele Schutzbefohlene ... Ihr Erbe entwickelte sich zu einem Albtraum!

Sie riss sich zusammen und wandte sich an Richter, der zum Eingang gezerrt wurde. »Sie haben nichts zu befürchten, Richter. Ich kümmere mich um einen Anwalt. Das Gericht wird ...«

»Da machen Sie sich man keine Hoffnungen, Fräulein. Das Recht von Ihresgleichen gibt's nicht mehr. Es lebe die Revolution!«

Plötzlich rief Nele: »Wer ist Ihr Zeuge? Hat der Mann einen Namen?«

Die beiden Wachleute pressten sich mit dem Delinquenten durch die Tür, die für drei erwachsene Männer zu schmal war. Das umständliche Vorhaben zwang die ehemaligen Soldaten mit der Armbinde zum Innehalten. Beide antworteten gleichzeitig:

»Das spielt keine Rolle ...«

»Genosse Bruno Sievers hat Anzeige erstattet ...«

Der Boden unter Ellinors Füßen begann zu schwanken. Angst kroch an ihren Gliedmaßen hoch wie ein Schüttelfrost. Ihre Zähne stießen aufeinander. Sie spürte Neles besorgten Blick auf sich. Im Hintergrund hörte sie ein heftiges Ein- und Ausatmen. Wahrscheinlich schnappte eine der weiblichen Hausangestellten nach Luft.

Neles Stimme hallte ebenso klar wie zynisch durch die Halle: »Hat sich Sievers so gut erholt von der Schussverletzung, dass er solche Anschuldigungen verbreiten kann? Ihr Genosse ist wirklich ein Mann übelster Sorte. Sie sollten sich besser aussuchen, mit wem Sie die Revolution fortführen wollen.«

Die in Nele lodernde Wut berührte Ellinor zutiefst. Nele war schon immer mutig gewesen, aber sie hätte nie erwartet, dass sich die Schwester in dieser Situation so tapfer verhalten könnte. Bewundernd blickte sie zu ihr hin, unfähig, selbst etwas beizutragen. Die Erinnerung an den Vorfall im Kontor setzte ihr zu wie ein Gewittersturm. Das Zittern in ihrem Leib wurde stärker.

»Genosse Sievers ist tot, Fräulein. Er hat seine Aussage gemacht, als er im Sterben lag. Möge er in Frieden ruhen.«

»Hoffentlich schmort er in der Hölle!«

Wahrscheinlich hatten die Männer Neles zornige Verwünschung nicht mehr gehört. Und wenn doch, ließen sie sich nichts anmerken. Sie waren endlich durch die Tür. Ein Motor wurde angelassen.

Obwohl Ellinor sich verzweifelt wünschte, vor der Dienerschaft ein wenig mehr Disziplin zu wahren, konnte sie sich nicht mehr auf den Beinen halten. Ihre Knie gaben nach. Sie musste sich am Treppengeländer festhalten, um nicht zu stürzen. Langsam sank sie auf eine der unteren Stufen.

3

»Ich wünschte, Konrad würde wieder bei uns einziehen«, seufzte Ellinor.

»O ja, das wünschte ich auch«, schniefte die erkältete Lavinia, ihr Taschentuch grazil unter die laufende Nase haltend.

»Glaubt ihr im Ernst, Konrad hätte verhindert, dass Richter verhaftet wird?«, gab Nele unwillig zurück.

Sie starrte aus dem Fenster des Morgenzimmers auf den Garten, über den sich undurchdringliche Dunkelheit senkte. Es war lange nach dem Abendessen, die Großmutter bereits zu Bett gegangen. Ellinor und Lavinia hatten sich entschieden, noch ein Glas heißen Kräutertee in dem einzigen Raum im Haus zu trinken, der gemütlich warm war, und Nele hatte sich ihnen angeschlossen. Auch wenn sie Lavinias Gesellschaft im Moment nicht gerade schätzte, war es doch besser als allein dazusitzen, zu frieren und zu grübeln.

»Natürlich hätte Konrad nichts gegen diese Möchtegern-Polizisten unternehmen können«, gab Ellinor bereitwillig zu. Ihre Stimme klang rau und rasselnd wie eine Kopie von Charlottes. »Aber immerhin wäre er hier und würde uns unterstützen.«

Neles Blicke waren unverwandt auf das Fenster gerichtet. Sein Gesicht gespiegelt an der Scheibe in einem Zugabteil, so hatte sie Konrad zum ersten Mal bewusst angesehen. Die Szene war so lange her und doch präsent, als hätte sie sich erst gestern ereignet.

Sie zweifelte nicht daran, dass sie ihn irgendwann wiedersehen würde. Insofern war der Schmerz erträglich. Aber trotz des Verrats sorgte sie sich um sein Wohlergehen. Der Weihnachtsfrieden war vergessen, in der Bürgerschaft zündelten die neuen Politiker und begannen, mit ihren jeweiligen Anwürfen ein Feuer zu entfachen, das sich auf die Straßen ausbreiten würde. Christian Schulte-Stollberg hatte bei seinem Besuch heute davon erzählt und Nele zutiefst beunruhigt, obwohl es ihr sogar schwerfiel, dies vor sich selbst zuzugeben. Aber die Lage war gefährlich und Konrad besaß kein Zuhause, in das er sich zurückziehen konnte. Die meisten seiner Freunde waren im Krieg gefallen, und bei weitläufigen Verwandten, zu denen er keinen Kontakt pflegte, vermutete sie ihn eigentlich nicht. Seit zu vielen Tagen war er nun schon obdachlos.

Hatte sie ihn tatsächlich aus dem Haus getrieben, wie Lavinia behauptete? Lud sie erneut Schuld auf sich? Das befreiende Gefühl nach dem Abschied von Commander Bellows war längst dahin...

Sie riss sich zusammen und sah zu Ellinor, die gedankenverloren in ihrem Tee rührte. »Christian Schulte-Stollberg und Herr Eckert stehen dir als gute Ratgeber zur Seite. Was sollte Konrad darüber hinaus ausrichten können?« Ihre Blicke flogen kurz zu Livi. Es irritierte sie, dass sich ihre kleine Schwester in dieser Angelegenheit plötzlich so still verhielt. Doch auch sie schien sich mehr für ihr Getränk zu interessieren als für die Unterhaltung.

Ellinor hob ihre Augen. »Es ist albern, dass ausgerechnet ich das sage. Aber ich würde besser schlafen, wenn ich ein männliches Familienmitglied in den oberen Zimmern wüsste. Konrads Anwesenheit würde mir ein sichereres Gefühl vermitteln.«

»O ja«, rief Lavinia leidenschaftlich. »Da stimme ich dir unbedingt zu.«

Wollten die beiden ihr jetzt auch noch ein schlechtes Gewissen machen, weil sie sich nicht beschützt genug fühlten? Nele grollte innerlich ihren Schwestern. Sie wollte keine Schuldgefühle mehr auf sich laden. Wegen nichts und niemandem. Nicht einmal wegen Konrad, den sie ungeachtet seiner Intimität mit Livi unverändert liebte. Doch sie konnte nicht um einen Mann kämpfen, der sich offensichtlich zu seiner Gattin hingezogen fühlte. Sie musste einen Weg finden, um den Tod des heranwachsenden Lebens in ihrem Leib herbeizuführen. Allein der Gedanke daran brachte sie fast um und es wurde immer schlimmer, je mehr Zeit verging und die Notwendigkeit zunahm.

Um dem Thema eine Wendung zu geben, erinnerte sie: »Vater hat zu unserer Sicherheit Maat Claassen abgestellt.«

»Ja. Schon. Aber wo war er, als Herr Richter abgeholt wurde?« Lavinia klang ungewohnt grimmig.

»Ida hatte ihn zum Einkaufen auf den Schwarzen Markt geschickt«, erwiderte Ellinor, was nicht nötig gewesen wäre, denn sie wussten alle, warum Maat Claassen an dem Morgen außer Haus war. Er sollte einen Schinken besorgen, was ihm jedoch nicht gelang – er kehrte lediglich mit einer halben Speckseite zurück und hatte dafür das ganze restliche Haushaltsgeld für diesen Monat ausgegeben. In der Aufregung um Richters Verhaftung rügte ihn jedoch niemand. Nicht einmal die Köchin, wie Nele von Klara wusste.

Die Schwestern schwiegen bedrückt. Jede hing ihren Gedanken nach, die sich möglicherweise alle um dieselbe Person drehten. Neles Nervosität wuchs ebenso wie ihre Verzweiflung. Ihre Finger wurden kalt. Um sich zu beruhigen, stand sie auf, trat an den Kamin und rieb ihre Hände in der Wärme des Feuers. Ihre Großmutter wäre entsetzt, wenn sie wüsste, dass Ellinor angeordnet hatte, einen zusätzlichen Holzscheit auf den Rost zu legen. Die Wirkung war ausgesprochen wohltuend, obgleich sie Neles Herz nicht erreichte.

»Ich finde es nicht richtig, dass du meinen Mann aus dem Haus getrieben hast«, sagte Lavinia plötzlich.

Nele fuhr herum. »Was erlaubst du dir?!«

»Dies ist kaum der richtige Zeitpunkt, um über den Fortbestand deiner Ehe zu diskutieren, Lavinia.« Ihre älteste Schwester begann wieder in ihrem Teeglas zu rühren. Der Silberlöffel klirrte rhythmisch gegen den Rand.

Einen Atemzug lang herrschte Schweigen, dann brach es aus Lavinia heraus: »Willst du mir Konrad jetzt etwa auch wegnehmen? Das kannst du nicht machen, Ellinor!« Ihre Augen – vielleicht glänzend von einem leichten Fieber, womöglich aber tränenfeucht – flogen hin und her. »Er ist mit mir verheiratet! Er ist in erster Linie dazu da, mich zu beschützen. Mich. Seine Frau.« Sie schlug sich mit der Faust gegen die Brust. »Du und Nele, ihr könnt euch hinter mir anstellen, wenn es beliebt.«

»Ich würde niemals ...«, murmelte Ellinor, sprach jedoch nicht weiter. Offenbar wurde ihr bewusst, dass sie Lavinia mit ihrer Richtigstellung im Moment nicht erreichte. Ratlos zuckte sie mit den Schultern.

»Ich finde, Nele sollte Konrad zurückholen!«, verkündete Lavinia. Sie sprang auf. Dass ihr Stuhl dabei nach hinten umfiel, ignorierte sie. Mit wildem Blick sah sie ihre Schwestern an. »Du hast ihn fortgejagt, also ist es deine Aufgabe, dafür zu sorgen, dass er unverzüglich wieder nach Hause kommt. Ja. So ist es.« Sie reckte ihr Kinn, warf das offen über ihre Schultern fallende Haar zurück und wandte sich zur Tür.

»Gute Nacht«, rief sie den anderen beiden mit einer dramatischen Geste ihrer Hand zu. Ihr Taschentuch flatterte leicht.

Nele schien sich als Erste von dem Auftritt zu erholen.

»Was sollte das denn?«, fragte sie, kaum dass Lavinia das Morgenzimmer verlassen hatte.

»Ich hatte gehofft, Livi wäre im Kriegseinsatz erwachsen geworden. Anscheinend findet sie aber gerade zu ihrer alten Rolle zurück.« Ellinor blies ihre Wangen auf, die Luft entwich zischend über ihre Lippen. »Allerdings hat sie nicht ganz unrecht. Du solltest dich wirklich darum kümmern, dass Konrad zurückkommt.«

Stumm schüttelte Nele den Kopf. Sollte sie Ellinor erzählen, dass sie den Geliebten und Lavinia quasi in flagranti ertappt hatte? Dass sie seine Erklärungen und Ausflüchte nicht hören wollte? Es war ein Klischee – und eine furchtbare Niederlage für sie.

»Nele, ich brauche ihn hier!«, insistierte die Ältere.

Die Eindringlichkeit, mit der ihre Schwester sprach, brachte sie auf einen Gedanken, der ihre Seele ebenso belastete wie die Trennung von Konrad. Sie ging zum Tisch, schob sich den Stuhl zurecht und setzte sich so, dass sie Ellinors Hände ergreifen konnte. »Wovor hast du solche Angst?«, fragte sie leise.

»Was meinst du? Der Überfall steckt mir noch in den Knochen. Sievers hätte mich umgebracht, wenn Commander Bellows nicht gewesen wäre. Da darf ich doch wohl ein bisschen furchtsam sein.«

»Aber Sievers ist tot ...«

»Und wer folgt ihm nach?«, fiel ihr Ellinor ins Wort. »Er war ein hohes Tier im Arbeiterrat. Sonst hätte er sich kaum so lange in Vaters Büro ausbreiten dürfen. Sein Wort hat genügend Gewicht, dass er unsere Familie sogar über den Tod hinaus verfolgen kann. Oder glaubst du etwa, an seiner Aussage ist auch nur ein Fünkchen Wahrheit?«

»Nein. Natürlich nicht. Die Vorwürfe sind absurd. Und peinlich. Ein Sterbender beschuldigt einen ihm unliebsamen Mann eines schweren Verbrechens. Das ist so – kitschig!«

»Was Christian im Stadthaus in Erfahrung gebracht hat, klingt leider nicht nach einer Schmierenkomödie.« Ellinor entzog Nele ihre Hände und rieb sich reflexartig den Hals. »Tatsächlich ist die fragliche Person spurlos verschwunden. Es wurde bei der Adresse und am Arbeitsplatz der Frau nachgefragt, aber an beiden Orten ist sie seit Wochen nicht mehr erschienen.«

»Dann kennt man den Namen des Opfers?«, fragte Nele überrascht.

Ellinor nickte.

»Findest du das nicht merkwürdig? Ich meine, wenn Sievers sie so gut kannte – warum hat er ihr nicht geholfen?«

»Glaubst du wirklich, er wäre in der Lage gewesen, irgendjemandes Leben zu retten, anstatt Leben zu zerstören?«

Nele griff wieder nach Ellinors Händen. Eine ungeahnte Lebhaftigkeit erfasste sie, als sie die Lösung erkannte. »Ich verstehe ja deinen Groll, aber denk doch bitte an Herrn Richter. Wenn wir die Frau auftreiben, beweisen wir seine Unschuld. Sievers hat sich da offenbar irgendetwas ausgedacht, um unserer Familie zu schaden. Zu anderen Zeiten wäre es sogar ein ziemlicher Skandal, dass Vaters Morgenmann derart schrecklicher Verbrechen beschuldigt wird. Wie ist der Name des angeblichen Opfers?«

»Den hat Christian nicht erfahren.« Ellinor schüttelte

desillusioniert den Kopf. Sie entzog sich Neles Griff und meinte: »Selbst wenn wir wüssten, wie sie heißt, wo willst du sie finden, wo selbst die Polizei vergeblich nach ihr gesucht hat?«

»Polizei!« Nele spie das Wort aus wie ein ranziges Stück Fett. »Wenn das Kommando im Stadthaus aus lauter solchen Männern besteht, wie wir sie heute erlebt haben, bin ich sicher, dass von denen niemand ordentlich ermittelt hat. Nein, nein, man muss privat nach der Person forschen und dann ...«

»Nele!«

Sie sah ihre Schwester verwundert an. »Ja?«

»Nele, Nele. Du bist keine Detektivin!«

Ärger stieg in ihr auf. Sie verschränkte die Arme vor ihrer Brust. »Warum denn nicht? Du traust mir auch gar nichts zu.«

Überraschenderweise erhellte ein Lächeln Ellinors Gesicht. Ihre Augen nahmen einen eigentümlichen Glanz an, den Nele nicht kannte.

»Wenn du Detektivin spielen willst, solltest du dich zunächst auf die Suche nach Konrad begeben.«

Nele wollte protestieren, doch Ellinor fuhr mit diesem seltsamen Schmunzeln fort: »Ich glaube, ich kenne jemanden, den wir auf Richters Fall ansetzen können. Er ist nur ein Reporter, aber ich bin sicher, ich kann ihm vertrauen.« Sie legte den Zeigefinger an ihre Lippen und wisperte verschwörerisch: »Frag mich bitte nicht, warum ich an diesen Mann glaube. Ich weiß es ja selbst nicht. Und noch etwas: Kein Wort zu irgendjemandem. Das musst du mir versprechen!«

4

Die Redaktion des *Hamburger Echos* befand sich in einer Art Belagerungszustand. Vor dem Backsteingebäude in der schmalen Fehlandstraße hatten sich so viele Menschen zu Protesten versammelt, dass fast kein Durchkommen war. Früher konnte man sich in dieser Gegend – um die Ecke des Hotels Vier Jahreszeiten – auch bei Dunkelheit relativ sicher bewegen. Nicht jedoch heute. Obwohl es erst Nachmittag war, fühlte sich Ellinor zutiefst verunsichert, denn in den Gesichtern der zornigen Masse las sie blanken Hass. Es waren vor allem Männer, wahrscheinlich Arbeiter, die Fahnen schwenkten mit Parolen wie: »Mit uns das Volk. Mit uns der Sieg gegen die Ebert-Scheidemann-Politik!« oder »Gebraucht die Waffen gegen die Todfeinde!« und »Auf zum letzten Kampf! Sieg über Ebert und Scheidemann!«.

Ellinor wünschte, sie wäre nicht allein unterwegs. Es war ihr anfangs so einfach erschienen, mit dem Dampfer bis zum Neuen Jungfernstieg zu fahren und dann ein kurzes Stück zu laufen. Doch jeder Schritt verlangte ihr mehr Mut ab. Am einfachsten wäre, umzudrehen und den Rückweg über die Alster anzutreten. Sie könnte sich mit dem schlechten Wetter vor sich selbst rechtfertigen. Ein Regenschauer schlug ihr entgegen und durchnässte ihren Mantel binnen Minuten. Aber Ellinor weigerte sich, ihrer Angst nachzugeben. Es war helllichter Tag, niemand würde sie angreifen, wenn sie sich unauffällig verhielt. Allerdings sah man ihr an, dass sie nicht zu den skandierenden Massen gehörte. Daran änderte auch ihre schlichte Garderobe nichts. Die wenigen Frauen, die sich zu den Protestlern gesellten, kamen ganz offensichtlich aus einer anderen Schicht als sie. Ellinor hatte diese kompromisslosen Weibspersonen im Rahmen ihrer Wohltätigkeitsarbeit erlebt und fürchtete sie fast mehr als die männlichen Hitzköpfe. Besonders eine ebenso schrill wie unverständlich schreiende und wild mit dem Plakat »Die Revolution macht frei« gestikulierende Frau behielt sie im Auge, als sie sich durch die Menge zum Hauseingang schob. Dabei sollte sie eigentlich auf ihre Füße schauen. Nur jetzt nicht auf dem feuchten Boden ausgleiten, mahnte eine innere Stimme.

Unversehrt erreichte sie die Redaktion. Die Räume schienen vollgestopft mit Menschen, Papier, dem notwendigen Mobiliar und Schreibmaschinen. Es herrschte eine betriebsame, fast aufgeregte Atmosphäre. Das Klappern der Schreibmaschinen und ein Wummern – wahrscheinlich von den Druckmaschinen – übertönten die Gespräche der Redakteure und Reporter, irgendwo klingelte ein Telefon. Hilflos sah Ellinor sich um, versuchte an einem langen Tisch, der ein großes Zimmer fast vollständig ausfüllte, Jens Lehmbrook auszumachen. Doch dort saßen etwa ein Dutzend Männer so dicht gedrängt Seite an Seite, dass sie seinen Kopf nicht auf Anhieb fand.

Ein noch sehr junger Mann, einen Stapel Papierbögen im Zeitungsformat im Arm, blieb bei ihr stehen. »Kann ich Ihnen helfen?«, erkundigte er sich freundlich, obwohl auch er seltsam gehetzt wirkte.

»Ich möchte Herrn Lehmbrook sprechen. Jens Lehmbrook.«

»Der ist gerade beim Chefredakteur. Am besten, Sie warten hier, da können Sie ihn nicht verfehlen.« Ein Nicken, dann ein Lächeln – und schon eilte der jugendliche Mitarbeiter weiter.

»Vielen Dank«, erwiderte Ellinor, obwohl sie wusste, dass er sie nicht mehr hörte.

Lehmbrook hatte anscheinend mehr mit dem Leiter der Redaktion zu besprechen. Es dauerte. Um sich die Zeit zu vertreiben, marschierte Ellinor den langen Flur ein kurzes Stück auf und ab. Erstaunlicherweise wurde ihr wenig Beachtung geschenkt. Manche Männer, die an ihr vorbeihasteten, grüßten sie gedankenverloren, als gehöre sie irgendwie bereits zu diesem Kreis. Sie bemerkte auch zwei Frauen, die in einem Büro arbeiteten, in das sie durch die offene Tür hineinschauen konnte. An einer Wand, die, wie alle anderen auch, einer dringenden Renovierung bedurfte, hing auf Pappkarton aufgezogen ein riesiger Stadtplan von Hamburg. Ellinor erkannte ihre Heimatstadt auf den ersten Blick an den blauen Bändern, die sich durch die rot gekennzeichneten Häuserschluchten bahnten. Elbe und Alster machten den Ort unverwechselbar.

Sie dachte, dass sie sich zu all den Stichen und Fotografien auch einen Stadtplan an die Wand hängen wollte, wenn sie erst im Kontor einzog. Ein leichter Schauer lief über ihren Nacken, weil sie sich plötzlich fragte, ob sie überhaupt jemals im alten Büro ihres Vaters arbeiten wollte. Würde sie dort ihren Geschäften nachgehen können, ohne ständig an den Überfall erinnert zu werden?

»Fräulein Dornhain! Was machen Sie denn hier?«

»Guten Tag.« Sie reichte ihm ihre Rechte.

Er schüttelte ihre Hand in einer freudigen, aber höchstens kameradschaftlichen Art. »Sind Sie gekommen, um mir endlich das Interview zu geben, auf das ich seit Wochen warte?«

»Nein.« Sie lächelte ihn an. »Damals haben Sie ja die Gegenleistung nicht erbracht. Aber ich denke in der Tat darüber ...«

Lehmbrook unterbrach sie: »Was ist mit Ihrer Stimme passiert?«

Sie zögerte, überlegte sich eine akzeptable Lüge. Schließlich kapitulierte sie vor seinem aufmerksamen Blick. »Ein Mann hat versucht, mich zu erwürgen.«

»Oh!« Er sah an sich hinunter. »Nun, das kann Ihnen mit mir nicht passieren.«

Die ironische Anspielung auf seine Kriegsverletzung empörte sie. »Mein Erlebnis war nicht besonders erheiternd.« Es ärgerte sie, dass ihr Ton schriller klang als zuvor.

In seinem Gesicht zuckte es. Ellinor war sich nicht sicher, ob er gleich in schallendes Gelächter oder lieber in Tränen ausbrechen wollte. Sie sollte es nicht erfahren, denn er erwiderte sachlich und mit ernster Miene: »Sicher war es nicht lustig. Entschuldigen Sie, bitte.« Ohne ihr Zeit für eine Reaktion zu lassen, fügte er hinzu: »Wie konnte das passieren?«

»Hass lodert wohl überall ...«

Die Antwort schien ihm zu genügen, denn er fiel ihr wieder ins Wort, wobei er nun eher gehetzt klang: »Ja, und derzeit pflegen bestimmte Kreise gezielt die Feindschaft zum *Hamburger Echo*.« Offenbar hatte er sein Interesse an ihrer Geschichte verloren, denn er sprach fast atemlos weiter über die Bedrohung, die ihn betraf: »Haben Sie die

Demonstranten vor dem Gebäude gesehen? Wir sind hier unseres Lebens nicht mehr sicher. Der Schlussredakteur wurde neulich Abend von linksradikalen Matrosen bedroht, als er allein im Büro war. Sie zwangen ihn, die Schlagzeile auf der ersten Seite der Morgenausgabe zu ändern. Haben Sie es gelesen? Nein? Natürlich nicht. Es ging um die angebliche Blutherrschaft der Ebert-Scheidemann-Regierung in Berlin. Und das als Aufmacher einer sozialdemokratischen Zeitung! Als nächsten Schlag erwarten wir die Schließung der Redaktion durch den Arbeiter- und Soldatenrat. Sie sollten lieber gehen, bevor Sie ...«

»Ich gehe nicht, bevor ich Ihnen mein Anliegen unterbreitet habe!«

»Tut mir leid«, murmelte er und fuhr sich in einer nervösen, überaus verletzlich anmutenden Geste durchs Haar. »Ich sollte nicht so unhöflich sein. Die Anspannung ist im Moment ziemlich groß, da vergesse ich mich leider manchmal.«

Ellinor fand nicht, dass er sich in der Vergangenheit durch besondere Höflichkeit ausgezeichnet hatte. Vielmehr erinnerte sie sich bei ihren Begegnungen an den einen oder anderen heftigen Schlagabtausch. Dennoch ließ sie es dabei bewenden. »Kann ich Sie kurz unter vier Augen sprechen?«, fragte sie, ohne näher auf die Situation der Zeitung einzugehen.

Einen Atemzug lang wirkte er verwirrt. Dann nickte er und nahm sie schweigend am Arm. Er führte sie in ein kleines Zimmer, in dessen Mitte drei Schreibtische zusammengestellt waren, an denen drei Männer in ihre Arbeit vertieft zu sein schienen. Sie blickten kaum auf, als Lehmbrook die Besucherin in den Raum schob. Ellinor konnte sich nicht vorstellen, dass Journalisten so wenig neugierig waren. Aber vielleicht galten innerhalb der Redaktion andere Gesetze. Oder Lehmbrooks Kollegen waren diskret. Möglicherweise bekam er auch öfter Damenbesuch, sodass eine Frau mehr oder weniger gar nicht auffiel. Ärgerlich auf sich selbst, weil ihr dergleichen mit einem Stich durch den Kopf ging, verwarf Ellinor diesen Gedanken rasch.

Lehmbrook steuerte den vierten Schreibtisch in der Ecke neben dem Fenster an. Er rückte den Stuhl darunter hervor, deutete mit einer Geste an, dass sie Platz nehmen möge, und ließ sich halb auf der Schreibtischplatte nieder.

»Ist das Ihre Vorstellung von Diskretion?«, bemerkte sie, sah zweifelnd zu seinen anscheinend enorm beschäftigten Kollegen und setzte sich.

»Einen Empfangssalon habe ich leider nicht zu bieten, Fräulein Dornhain. Sie müssen bei mir schon mit dem vorliebnehmen, was da ist.«

Unwillkürlich wanderten ihre Augen zu seiner linken Schulter, von wo der leere Ärmel herabhing. Lehmbrook war nicht vollkommen, ja, aber er war der richtige Mann in ihrer Situation. Deshalb würde sie die Umstände widerspruchslos akzeptieren. Sie hob den Blick und lächelte ihn vorsichtig an.

»Ein langjähriger Diener unserer Familie wurde verhaftet«, sagte sie leise. »Man wirft ihm Notzucht und Mord vor.«

Lehmbrook pfiff leise durch die Zähne. »Das wird der Aufmacher für die nächste Ausgabe. Ich sehe die Schlagzeile schon vor mir: ›Das Personal einer Reedersfamilie auf mörderischen Abwegen!‹ Finden Sie nicht, dass das vortrefflich klingt?«

Sie beschloss, ihm seine Albernheit durchgehen zu lassen. »Ich bin nicht hier, um Sie in dieser Sache mit Informationen für die Klatschspalte zu versorgen, sondern weil ich Ihre Hilfe benötige.«

»Schade.« Er grinste. »Meine Überschrift wäre genau das, was die neu ernannten Kommunisten sicher gerne lesen würden.«

»Gewiss«, pflichtete sie ihm bei. Ihre Augen trafen sich, verweilten viel zu lange beieinander.

Lehmbrook räusperte sich. Ernst fragte er: »Was kann ich für Sie tun?«

Anfangs stockend, aber mit jedem Satz flüssiger erzählte sie ihm die Geschichte von Bruno Sievers. Davon, dass dieser lange vor dem Krieg der städtische Gesindemakler gewesen war und fast alle Hausangestellten vermittelt hatte. Die damals neu gegründeten Lohndienervereine bedeuteten eine große Konkurrenz, aber Sievers schlug sich stets erfolgreich durch. Meta, als zweites Dienstmädchen bei Dornhains beschäftigt, war nicht nur durch ihn in den Haushalt gekommen, sondern später auch Sievers' Freundin. Als aufflog, wie sie heimlich die private Post der Familie las, wurde sie fristlos entlassen und Sievers – wie seinerzeit üblich – auf eine Entschädigung verklagt. Dank ihres Freundes wurde Meta Hausdame in einem – Ellinor schluckte verlegen – Etablissement für bessergestellte Herren und erlaubte sich eine zweite, fatale Indiskretion, als der König von Dänemark nach dem Besuch bei einer Dame dort überraschend den Tod fand. Meta landete in der Gosse – und

Sievers über kurz oder lang im Gefängnis. Die in die Irre geleitete junge Frau starb während des Krieges, Sievers schwor damals Rache, weil er in allem Übel die ungerechte Behandlung durch Victor Dornhain sah.

»Er hat meinen Vater nicht getötet, aber massiv bedroht«, berichtete Ellinor mit durch den langen Monolog geschwächter Stimme. »Dann nutzte er die erstbeste Gelegenheit, um mich zu überfallen.« Ihre Finger zerrten am Kragen ihrer Bluse. »Und im Sterben hatte er noch die Stirn, sich über die Beschuldigung des ältesten Vertrauten unserer Familie in der Dienerschaft an uns zu rächen.«

»Sind Sie denn ganz sicher, dass seine Behauptungen erfunden sind? Kennen Sie Ihren Morgenmann und Kontorboten so genau, dass er über jeden Zweifel erhaben ist?«

Flüchtig streifte sie der Gedanke an die Ungereimtheit mit der Rückübertragung des konfiszierten Automobils. »Ich würde meine Hand für ihn ins Feuer legen«, erwiderte sie stur, »und das würden sowohl meine Großmutter als auch meine Schwestern ebenfalls. Es ist absolut ausgeschlossen, dass Richter sich an einer Frau vergangen, sie umgebracht und anschließend irgendwo verscharrt haben soll.«

Lehmbrook nickte nachdenklich. »Der Eifer der neuen Polizeikommandantur in dieser Sache ist in der Tat auffallend. Das gebe ich zu. In den ersten Wochen nach dem Krieg nahmen es leider viele Helden der Revolution mit der Sittlichkeit nicht so genau. Vergewaltigungen waren an der Tagesordnung, aber meines Wissens sind die Taten niemals mit solcher Inbrunst geahndet worden wie in diesem Fall. Vielleicht wollen die Räte im Stadthaus ein Exempel statuieren, um das bürgerliche Lager einzuschüchtern.«

»Trotz allen Respekts bleibt Richter ein Diener, Herr Lehmbrook. Er ist niemand von unserem Stand.«

»Da haben Sie wohl recht. Einen feinen Herrn dürfte diese Verurteilung kaum beeindrucken.« Ein bitteres Lachen entfuhr ihm. »Wissen Sie, es ist durchaus bizarr, der derzeit herrschenden Klasse Verrat an einem der ihren vorzuwerfen. Wenn hier wirklich leichtfertig die Lüge eines durchtriebenen Mannes aufgebauscht wird, der noch im Sterben keine Gnade kannte, ist das ein starkes Stück. Ein Puzzleteil im Machtgefüge der Kommunisten. Diese Leute sind so verbissen auf Rache am Bürgertum aus, dass sie sich am Ende selbst mehr schaden als denen, auf die sie es eigentlich abgesehen haben. Ich bin kein Freund dieser Politik.« Wieder suchten seine Augen ihren Blick. »Deshalb werde ich Ihnen helfen, den Sachverhalt aufzuklären.«

Ellinor atmete erleichtert durch. »Was werden Sie tun?«

»Meine Liebe, ich beabsichtige, das zu tun, was Reporter für gewöhnlich immer tun: recherchieren. Insofern bin ich ein unauffälliger Vertreter Ihrer Interessen als etwa ein Detektiv oder gar ein Anwalt. Wenn ich mich im Stadthaus ein bisschen umhöre, fällt das nicht auf. Ich bin sicher, dass ich den Namen der Person erfahren werde, um die es sich handeln soll. Ab dann wird meine Arbeit aufwendiger und ...«

»Ich bezahle Sie gut«, beeilte sie sich einzuwerfen.

»Ach ... ja ... mein Honorar ... Ich vergaß, in Ihrer Welt dreht sich ja alles um Geld, nicht wahr?«

Ihre Augenbrauen hoben sich. Die Wendung, die das Gespräch plötzlich nahm, gefiel ihr nicht. »Selbstverständlich sollen Sie nicht umsonst für mich arbeiten«, erklärte sie kühl.

Seine Blicke wanderten über ihr Gesicht, blieben an ihren Lippen hängen. Nach einer Weile sprang er von seinem Platz auf der Schreibtischkante. Er beugte sich hinab, legte die Hand auf die Lehne des Stuhls und war Ellinor plötzlich so nah, dass sein Mund ihre Wangen hätte berühren können.

»Ich bin nicht käuflich. Merken Sie sich das bitte, Fräulein Dornhain«, raunte er. Es war aber deutlich, dass er eine andere als eine finanzielle Gegenleistung sehr wohl in Betracht zog.

Ellinors Herzschlag beschleunigte sich. Es fiel ihr schwer, Ruhe zu bewahren. Am liebsten wäre sie aufgrund dieses despektierlichen Verhaltens aufgesprungen und davongelaufen. Allein der Gedanke an ihre Großmutter half ihr, Haltung zu bewahren. Natürlich hatte sie Charlotte über ihr Vorhaben im Unklaren gelassen. Die alte Dame wäre unter den gegebenen Umständen allerdings in ihren Vorurteilen bestätigt worden. Ellinor hörte förmlich ihre Stimme im Hinterkopf: Wenn du ein derartiges Benehmen nicht erleben willst, darfst du dich nicht mit einem Mann unklarer Herkunft einlassen.

Nachdem sie auf seine Anzüglichkeit nicht reagierte, richtete sich Lehmbrook auf. »Ich bringe Sie zum Anleger«, versprach er unvermittelt. »Es wäre mir lieb, wenn Sie mit heiler Haut nach Hause kämen. Wem sollte ich sonst von meinen Panahanasaffalaan harisharaa*

sonst von meinen Rechercheerfolgen berichten?«

Sie folgte seiner Aufforderung und erhob sich. Ein höfliches Lächeln auf den Lippen, vergewisserte sie sich: »Dann kann ich Ihnen also das Schicksal meiner Familie anvertrauen?«

»Vor allem handelt es sich um das Schicksal eines Genossen. Dieser Richter ist Ihr Diener – nicht Ihr Bruder. Oder?«

Sie schüttelte entnervt den Kopf. »Sie sind unmöglich!«

»Ja. Aber auch sehr nett.« Er nahm ihren Arm und geleitete sie hinaus, als wären sie bereits alte Freunde.

5

Klaras Gedanken kreisten unaufhörlich um den Artikel, der ihr beim Bügeln in einer der Morgenzeitungen aufgefallen war. Als sie die gelesenen Blätter am selben Abend aufräumte, suchte sie nach dem Bericht und riss die Seite heraus. Erst danach brachte sie den täglichen Stapel in den Vorraum zur Kohlenkammer, wo das Papier von einem der stundenweise beschäftigten Hilfsdiener später zu Briketts verarbeitet wurde. Der Mangel machte die Verarbeitung alter Zeitungen auch in einem Haushalt wie diesem notwendig. In den nächsten Tagen und Wochen verfuhr sie ebenso, wann immer sie der täglichen Presse habhaft werden konnte.

Es wurde jedoch nichts über die Lage der Kriegsgefangenen in Sibirien berichtet. Die Schlagzeilen wurden von der politischen Lage beherrscht, dem bewaffneten Kampf der Kommunisten und dem Widerstand der regierungstreuen Patrouillen in Berlin, von Leichen, die zu Bergen aufgeschichtet wurden, Generalstreiks in allen Teilen des Reiches, von der Ermordung Rosa Luxemburgs, die nicht nach Hamburg gekommen war, und Karl Liebknechts. Frieda sprach davon, sich dem Trauermarsch zu Ehren der beiden Politiker anzuschließen, aber Klara war überzeugt davon, dass das erste Hausmädchen mehr von Sensationslust als aufrichtiger Anteilnahme geleitet wurde. Jedenfalls blieben sie schließlich in der Villa – auch weil der Zug mitten durch Harvestehude führte und das anwesende Personal für die Sicherheit des Haushalts sorgen sollte.

Klara suchte weiter nach Informationen über Elsa Brandström und fand stattdessen wiederkehrende Berichte über Protestkundgebungen, Hungertote und Opfer der wieder aufflammenden Grippeepidemie, Einbrüche in Geschäfte, Überfälle und Diebstähle. Inzwischen waren weitere Wachmänner im Heuerbüro der Reederei rekrutiert worden, die Maat Claassen zum Schutz der Villa einwies, als wäre er der Chef einer Bürgerwehr. Es kam Klara vor, als breche nun endgültig das gesamte gesellschaftliche Gefüge zusammen, an das sie früher bedingungslos geglaubt hatte. Anfangs war dies langsam geschehen, aber nun vollzog sich der Wandel immer rasanter.

Wenige Tage später stand sie dann doch mit Frieda am Mittelweg inmitten von Schaulustigen. Diesmal galt die Aufmerksamkeit einem von Soldaten begleiteten Pferdefuhrwerk, das eine riesige Werbetafel zog. Der schlichte schwarze Schriftzug auf weißem Grund entsprach in etwa den plötzlich ganze Seiten füllenden Anzeigen, die Klara in den Zeitungen gesehen hatte, und den Flugblättern, die an allen Ecken verteilt wurden, als wären sie ein Ersatz für

Frieden und Brot. Der Mann, der hier gewählt werden wollte und dessen Namen sie nicht kannte, gab sich hanseatisch:

Deutsche Volkspartei
Für Euch als eisernes Staatsschiff
Der Mann am Ruder:
Heinrich Witthoefft

Es sah irgendwie seltsam aus, weil der Wagen gerade an einer Litfaßsäule vorbeirollte, darauf ein Plakat mit leuchtend roter Fahne und mit schwarzen und roten Lettern, die forderten:

Frauen!
Gleiche Rechte – Gleiche Pflichten
Wählt sozialdemokratisch!
Sozialdemokratische Partei Deutschlands

Wie sollten sich die einfachen Leute, die zur ersten demokratischen Wahl ohne jeden Standesunterschied im Deutschen Reich aufgerufen wurden, denn da auskennen? Wie sich entscheiden? Die Propaganda klang letztlich immer gleich, wenn auch mit unterschiedlichen Inhalten und Adressaten und jeweils anders bebildert.

»Gestern habe ich ein Plakat gelesen mit der Aufschrift ›Deutsche Frauen und Mütter, denkt an die Zukunft eurer Kinder, wählt ...‹, ach, ich weiß nicht mehr, wen. Alle gebrauchen so schöne Worte. Wie kann man sich denn bei den ganzen Parolen sicher sein, dass man die richtigen Politiker in die Nationalversammlung wählt?« Die Frage war Klara einfach herausgerutscht. Dabei wollte sie mit Frieda bestimmt nicht darüber diskutieren.

Zu ihrer Überraschung nickte die andere jedoch eifrig

und erwiderte ernst: »Wahrscheinlich werde ich bei den Leuten mein Kreuzchen machen, deren Namen mir am Wahltag sympathisch sind. Alles andere ist ja doch nur Gerede.« Mit finsterer Miene blickte Frieda in den Korb an ihrem Arm. »Weißt du, ich hab's mir überlegt: So lange es nur Kaninchenleberwurst für die Herrschaften gibt, wird der Dienerschaft kein Kalbfleisch aufgetischt.«

Dann bleibt ja wenigstens eine Sache so wie immer, fuhr es Klara durch den Kopf. Diesmal sprach sie nicht aus, was sie dachte.

»Am besten, wir gehen am Sonntag gemeinsam zur Urne«, setzte Frieda hinzu. »Die gnädige Frau wird uns sicher beiden gleichzeitig freigeben, wenn ich ihr sage, dass ich dich anleiten will.«

Innerlich aufstöhnend, aber ansonsten zurückhaltend, nickte Klara ergeben. Sie würde tun, was sie für richtig hielt, das brauchte Frieda jedoch nicht zu erfahren.

Da sich die Gaffer am Straßenrand zu verteilen begannen, wandten sich auch Frieda und Klara zum Gehen. Der den ganzen Tag über herrschende Ostwind frischte auf, zerrte an ihren Umhängen. Sie trugen beide nicht schwer an ihren Einkäufen, denn auf die Lebensmittelkarten der Familienmitglieder hatten sie verhältnismäßig wenig kaufen können. Doch da sie sich nun gegen den aufkommenden Sturm stemmen mussten, schienen plötzlich Bleigewichte in ihren Körben zu liegen. Sie waren nur noch wenige Schritte von der Villa entfernt, als die ersten Regentropfen fielen und sich die Wolkenfront in einem Unwetter zu entladen drohte.

Als die beiden Hausmädchen durch die Hintertür traten, wirkte das Souterrain wie ausgestorben. Von den Wachposten und Lohndienern keine Spur und selbst Ida, die ihren Arbeitsplatz so gut wie niemals verließ, war nicht in der Küche, um die Einkäufe entgegenzunehmen. Auf dem Herd verdampfte kochendes Wasser in einem Topf.

Geistesgegenwärtig griff sich Klara ein Handtuch, mit dem sie das Gefäß vom Feuer hob, bevor es Schaden nehmen konnte. Der Metallgriff war so heiß, dass sie sich trotz des Schutzes beinahe die Finger verbrannte. Ihr entglitt der Topf und schepperte neben der Herdplatte.

Im nächsten Moment hörte sie über sich lautes Poltern wie von unzähligen Schritten, das im Prasseln des Regens gegen die Fensterscheiben fast unterging.

Frieda, die gerade die Einkäufe auf dem Tisch ausbreitete, hielt in der Bewegung inne. »Ein Überfall!«, hauchte sie entsetzt.

»Glaube ich nicht«, meinte Klara. Dennoch zog sie zur Sicherheit eines von Idas Fleischmessern aus der Halterung über dem Herd, bevor sie sich auf den Weg nach oben machte. Sie konnte sich ja auch irren und es waren keine harmlosen Geister unterwegs. Im Vestibül angekommen, war Klara auf sämtliche Schreckensszenarien – einschließlich des plötzlichen Ablebens von Charlotte Dornhain – vorbereitet. Das Bild, das sich ihr tatsächlich bot, hatte sie jedoch keinesfalls erwartet.

In der Eingangshalle schienen alle Hausbewohner gleichzeitig wie aufgescheuchte Hühner in einem Stall umherzulaufen. Nur Maat Claassen gab sich betont ruhig, als sei er es gewohnt, eine junge Frau zu tragen. Seine Last wirkte federleicht, er hielt sie wie eine kostbare Skulptur aus Porzellan auf den Armen. Charlotte Dornhain öffnete gerade die Tür zum Salon für ihn, Ida lief nebenher und tupfte mit einem Tuch über die Stirn der offensichtlich Verletzten. Nie zuvor hatte Klara erlebt, dass die alte Dame einem Mitglied der Dienerschaft die Tür öffnete. Doch nicht allein dieser ungewöhnliche Anblick prägte sich ihr tief ein, sondern das schmerzverzerrte, bleiche Gesicht von Nele Dornhain.

Ellinor kam vom Telefonapparat bei der Treppe.

Klara wagte, sich dem gnädigen Fräulein in den Weg zu stellen. »Was ist geschehen?«

Mit hochgezogenen Augenbrauen registrierte Ellinor das Messer. Dann erwiderte sie: »Meine Schwester ist auf der Treppe gestürzt. Das ist weniger ein Grund zur Aufregung als zur Sorge.«

Unwillkürlich packte Klara ein lähmendes Schuldgefühl. Hatte sie einen Fehler gemacht? Zwar waren für das Putzen des Treppenhauses Scheuerfrauen zuständig, aber sie hätte vielleicht die Querstangen an dem über die Stufen verlegten Läufer besser kontrollieren müssen. Womöglich hätte sie, Klara Tießen, mit ein wenig mehr Aufmerksamkeit verhindern können, dass Fräulein Nele stolperte.

Ohne einen Sinn in ihrem Handeln zu erkennen, folgte sie Ellinor Dornhain bis zum Eingang des Salons. Deshalb hörte sie, wie das gnädige Fräulein ihrer Großmutter mitteilte: »Unser Hausarzt kommt auf dem schnellstmöglichen Wege.« Und mit einem tiefen Seufzer fügte Ellinor hinzu: »Was immer damit heutzutage gemeint ist.«

Der Seemann legte Nele vorsichtig auf das größte Sofa. Sofort warf sie sich auf die Seite, rollte sich zusammen wie ein kleines Kind und legte die Arme über ihr Gesicht. An den zuckenden Bewegungen ihres Körpers war zu erkennen, dass sie stumm schluchzte.

Klara war versucht, zu ihr zu laufen und die Ärmste zu trösten.

Sie wurde von Lavinia grob aus der Tür gedrängt, die in den Salon stürmte und verkündete: »Es erscheint mir nicht sinnvoll, wenn wir auf den Doktor warten. Nele gehört in ein Krankenhaus!«

»Glaubst du, daran habe ich nicht gedacht?«, gab Ellinor verärgert zurück. »Ich habe telefoniert, aber die Ambulanz hat alle Hände voll zu tun mit einer Schießerei am Gewerkschaftshaus. Ein Transport ist derzeit nicht möglich.«

»Wir haben ein Automobil und eine Fahrerlaubnis«, erinnerte Lavinia.

»Herr Richter fehlt uns in vielerlei Hinsicht«, murmelte ihre Großmutter.

»Das meinte ich nicht«, versicherte Lavinia rasch. Sie trat auf Nele zu. In einer hilflosen Geste streckte sie die Hand nach ihr aus, wollte ihr vermutlich den Kopf tätscheln, hielt jedoch in der Luft inne. Sie ballte eine Faust und ließ den Arm sinken. »Ich werde fahren!«

Klara stockte der Atem.

»Ich glaube nicht, dass du einfach so ein Automobil chauffieren kannst, mein Kind«, bemerkte die gnädige Frau.

»Dies ist kaum der richtige Zeitpunkt für deinen Größenwahn!«, schnaubte Ellinor im selben Moment.

»Was, glaubt ihr, habe ich an der Front gelernt? Telefonieren? Das konnte ich schon vorher«, zischte die Jüngste.

Mit wild entschlossener Miene wies sie Maat Claassen an: »Bitte helfen Sie mir, das Automobil aus der Garage zu schieben und zu starten. Ich werde meine Schwester in die Wünsche'sche Klinik bringen. Die ist nicht so weit weg wie das Eppendorfer Krankenhaus.«

»Lavinia, ich verbiete dir solche Eskapaden!«, rief Charlotte Dornhain entrüstet aus.

»Schau dir Nele an, Omama: Es geht ihr schlecht. Sie muss unter einen Röntgenapparat. Es kann alles Mögliche mit ihr geschehen sein bei dem Sturz, was nicht einmal unser Arzt bei einer häuslichen Untersuchung herausfinden kann. Bitte, lass mich den Wagen benutzen!«

Die Eindringlichkeit ihrer letzten Worte berührte Klara. Sie hatte Lavinia im Lauf der Jahre durchaus als eigensinnig kennengelernt, aber meistens war es der jüngsten Dornhain-Tochter um den Kauf neuer Kleider oder die Durchsetzung ihres Lebensstils gegenüber der Familie gegangen. Dass sie sich derart für ihre Schwester einsetzte war neu. Vielleicht hat sie etwas wegen des Zwists mit Herrn Michaelis gutzumachen, sinnierte Klara.

Ellinor ignorierte die Auseinandersetzung. Sie kniete sich neben das Sofa. »Nele?!« Ihre deutlich genesene Stimme klang noch immer etwas rau, war jedoch ungewöhnlich liebevoll. »Bitte, sag mir, wo hast du Schmerzen?«

Ein leises Wimmern war die Antwort. Es zerschnitt Klara das Herz.

»Kann ich etwas tun?«

Ida klopfte ihr auf die Schulter. »Ja. Bring das Messer zurück in die Küche, bevor du jemanden verletzt. Und dann mach dich für die Herrschaften manierlich zurecht. Du bist ja noch im Mantel.«

Trotz des vorwurfsvollen Blicks rührte sich Klara nicht von der Stelle. Irgendetwas Sinnvolles musste sie doch tun können!

»Wenn ich mal etwas bemerken dürfte«, meldete sich Henning Claassen zu Wort. »Mir scheint, das Fräulein Helene sollte *dallig* ins *Spitool* gebracht werden. Ich mach den Wagen startklar. Richter hat mir gezeigt, was wichtig ist.«

»Na bravo!« Charlotte Dornhain fuhr sich mit der Hand an die Stirn. »Es tun sich gerade die ungewöhnlichsten Talente hervor.«

»Vielleicht sollten wir uns doch mit dem Gedanken anfreunden, Nele in einer Klinik betreuen zu lassen«, erwog Ellinor.

»Sehr gerne. Aber ich halte es nicht für richtig, dass meine Enkelin ihre Schwester und wer weiß wen noch durch Harvestehude kutschiert. Wir wohnen nicht alleine in dieser Gegend und es sind am Markttag viel zu viele Menschen auf der Straße.«

Bevor sich der Wortwechsel zwischen der alten Patriarchin und Victor Dornhains Erbin weiter ausdehnte, rief Klara unbesonnen dazwischen: »Ich könnte mitfahren und aufpassen!« Kaum dass die Worte über ihre Lippen gesprudelt waren, bereute sie ihren Ausbruch. Ihr Vorschlag kam aus vollem Herzen, konnte aber von den Damen als vorlaut aufgefasst werden.

»Kannst du etwa auch ein Automobil lenken?«, empörte sich Charlotte Dornhain kopfschüttelnd.

»Bitte, hol den Mantel meiner Schwester und eine Decke«, bat Lavinia mit klarer, sachlicher Stimme. »Und einen Schirm. Sie muss es warm und trocken haben, wenn Maat Claassen sie zum Wagen trägt.«

Dieser Aufforderung folgte Klara sofort. Sie drückte Ida, die abwartend neben ihr stand, das Messer in die Hand. Dann eilte sie die Treppe hinauf, die Nele zuvor herabgestürzt war.

Flüchtig nahm sie wahr, dass der Läufer ordentlich fixiert über die Stufen floss. Keiner der Messingstäbe schien locker. Eine Unachtsamkeit des Personals war also nicht der Grund für das folgenschwere Stolpern. Klara spürte Erleichterung in sich aufsteigen. Doch dieses Gefühl ließ sie nicht lange zu. Noch wusste niemand, wie schwer sich ihr Lieblingsfräulein verletzt hatte.

6

»Wie konnten Sie nur so schwer stürzen? In Ihrem Zustand sollten Sie wirklich besser auf sich aufpassen«, mahnte die Krankenschwester.

In meinem Zustand sollte ich sterben, dachte Nele. Und dann fiel ihr ein, dass die Wünsche'sche Klinik ein guter Ort war, um dem Tod zu begegnen. In dieses Krankenhaus war der große Reeder Albert Ballin mit einer Tablettenvergiftung eingeliefert worden und verstorben, wie ihr Ellinor erzählt hatte. Die Hapag war seit Kriegsende genauso führerlos wie die Reederei Dornhain. Zwar wurden die Geschäfte hier wie dort von Bevollmächtigten weitergeführt. Aber nichts hatte seine Ordnung. Auch der Nachlass von

Victor Dornhain war noch nicht offiziell geregelt. Doch wann die Gerichte wieder ihre alltägliche Arbeit aufnahmen, war völlig ungewiss. Die Testamentseröffnung ist mein Ziel, sinnierte Nele. Danach werde ich Hamburg verlassen. Diesmal für immer.

»Versprechen Sie mir, dass Sie künftig besser auf sich aufpassen?«, insistierte die Pflegerin leutselig.

»Ja«, murmelte Nele. »Ja. Das tue ich.«

»Wenn Sie erst entlassen sind, möchte ich Sie hier nicht noch einmal antreffen. Der nächsten Krankenschwester sollten Sie in ein paar Monaten im Wöchnerinnenheim am Mittelweg begegnen. Bis dahin schonen Sie sich und dann wird das schon.« Vertraulich tätschelte sie Neles Arm, nachdem sie am Handgelenk ihren Puls gemessen hatte.

»Ja. Ja. Ja.«

»Nichts für ungut, junge Frau.« Die freundliche Pflegerin klang jetzt ein wenig ungehalten. »Im Krieg sind so viele gute Männer gefallen. Da tut der Nachwuchs dem Volksgedanken gut. Leider können Sie mit Ihrem gebrochenen Bein nicht zur Wahl …«

Ein bitteres Lachen entfuhr Nele. »Sie werden es nicht glauben, ich bin einmal auf die Straße gegangen und habe dafür demonstriert, dass es so weit kommt. Ich meine, dass Frauen das Wahlrecht erhalten. Und jetzt ist der Tag da und ich kann es nicht selbst erleben.«

»Man bekommt eben nicht alles sofort, was man sich wünscht. Wenn die Bolschewiken nicht an die Macht kommen, werden Sie bestimmt noch öfter zur Urne schreiten können. Diesen Preis werden Sie doch sicher gerne bezahlen für die Gesundheit Ihres Kindes, nicht wahr?«

Nele war es leid, andauernd »ja« sagen zu müssen. Sie nickte stumm und vergrub sich in dem überraschend weichen Bettzeug der Privatklinik. Glücklicherweise hatte die Schwester, deren Name ihr entfallen war, alle Handgriffe, Untersuchungen und sonstigen Aufgaben für diesen Morgen erledigt. Auch ihre Kommentare schienen sich erschöpft zu haben, denn endlich ging sie hinaus und zog die Tür des Einzelzimmers hinter sich zu. Nele war allein. Wie meistens, seit Lavinia sie ins Krankenhaus gefahren hatte.

Für das Erlebnis, Livi hinter dem Steuer eines Automobils zu erleben, war es die Sache beinahe wert gewesen. Unfassbar, mit welcher Bravour die Kleine den schweren Wagen durch die Straßen gelenkt hatte! Schade eigentlich, dass Nele den Spaß nicht voll auskosten konnte. Die starken Schmerzen störten den Genuss. Und dann war da diese alle anderen Gefühle praktisch ausschaltende Furcht. Nicht um ihr eigenes Wohl, sondern um das Leben des Kindes. Jenes Leben, das sie mit dem Sturz hatte auslöschen wollen.

Wie entsetzlich dumm von ihr!

Im Moment des Fallens bereute sie es bereits. Auch wenn sie Konrad verloren hatte, konnte sie dem Kind doch eine akzeptable Zukunft schenken. Natürlich wusste niemand, wie es im Deutschen Reich weiterging. Es hieß, die Friedensverhandlungen würden von den Feinden mit eiserner Hand geführt. Die bestehende Handelsblockade war der sichtbare Beweis, dass sich die Siegermächte am deutschen Volk für die Wunden rächen wollten, die der Krieg geschlagen hatte. Aber sie, Helene Dornhain, besaß die Möglichkeit, fortzugehen oder sogar nach Übersee auszuwandern. Sie konnte dem Frieden nachreisen und brauchte ihr Kind nicht der gesellschaftlichen Schmach einer unehelichen Geburt auszusetzen. Irgendwo auf dieser Welt konnten sie beide ein skandalfreies Leben beginnen. Ihr Vater hatte sie gewiss finanziell abgesichert – und wenn erst das Testament eröffnet war … All dies ging Nele in den Sekunden durch den Kopf, als ihr Körper in die Tiefe fiel. Dann schlug sie auf …

Ein Klopfen machte ihr bewusst, dass sie eingenickt war.

Wahrscheinlich kam ihre Großmutter vorbei. Oder Ellinor, um zu erzählen, wie sie sich als Wählerin fühlte. Vielleicht war es aber Lavinia, die sich nach ihren Chauffeurdiensten nicht mehr hatte bei Nele sehen lassen. Wenn er nicht im Gefängnis in Fuhlsbüttel sitzen müsste, hätte sich Richter sicher auch längst nach ihrem Befinden erkundigt. Nele wollte Ellinor unbedingt fragen, wie weit die Recherche in dieser Angelegenheit gediehen war.

Das Klopfen wurde energischer.

Sie richtete sich ein wenig auf. »Herein«, bat sie mit gespielter Munterkeit.

Es war Konrad.

Seinen Hut abnehmend, trat er ein. Zögernd blieb er an der Tür stehen, sah zu ihr her. Er setzte ein aufmunterndes Lächeln auf, das die sofort entstandene Spannung zwischen ihnen wohl auflösen sollte. Doch der Versuch misslang. Sein Lächeln wirkte gequält.

»Guten Tag, Nele.«

Sie schwankte zwischen dem Wunsch, ihn hinauszuwerfen, und der Sehnsucht, sich in seine Arme zu stürzen. Glücklicherweise wurde beides durch die Beinschiene verhindert, die so an das Bett montiert war, dass sie sich kaum bewegen konnte. »Guten Tag«, erwiderte sie leise, ihre Stimme zitterte.

»Ich habe gehört, dass du einen Unfall hattest.« Er ging langsam vorwärts, direkt auf das Kopfteil des Krankenlagers zu. Auf halbem Weg blieb er stehen, betrachtete sie forschend, als suche er in ihrem Gesicht oder in ihren Augen nach einer Erklärung für das Geschehene. »Wie geht es dir? Und dem Kind?«

»Gut. Es geht uns beiden gut.«

Ein Aufatmen erfasste seinen Körper. Offensichtlich haderte er mit der Frage, ob er sich ihr nähern durfte. Nach einer Weile, in der sie beide schwiegen, entschied er sich anscheinend für Distanz. Er stellte sich vor das Fußende, blickte skeptisch auf das hoch gelagerte Gipsbein in der Bettschiene.

Nele gingen so viele Worte durch den Kopf, aber sie wusste nicht, worüber sie sich mit ihrem Besucher unterhalten sollte. Um die belastende Stille zu durchbrechen, fragte sie: »Wer hat dir von meinem Treppensturz erzählt? Ich wusste nicht, dass du noch Kontakt zu meiner Familie pflegst.«

Im Moment, in dem sie es sagte, ahnte sie, dass er es nur von Lavinia wissen konnte. Mit wem sonst als mit seiner Ehefrau sollte er in Verbindung geblieben sein? Wie falsch von der Kleinen, dies nicht zuzugeben. Lavinia hatte Ellinor nach Konrad suchen lassen, obwohl sie seinen Aufenthaltsort kannte. Wie schäbig. Wie unerhört gemein. Wie ...

»... war Klara bei mir ...«

»Was?« Sie war so mit ihren verstörenden Gedanken beschäftigt, dass sie die Hälfte seiner Erklärung verpasst hatte. Verwirrt blickte sie zu ihm auf.

»Bist du auf den Kopf gefallen, Nele?« Sein Ton war eine Mischung aus Bestürzung und Belustigung. »Was ist daran nicht zu verstehen? Klara suchte mich auf und berichtete mir, was geschehen war und in welcher Klinik du liegst.«

»Klara?« Ihr Mund fühlte sich seltsam trocken an, in ihrem Kopf herrschte Leere.

Er wurde ungeduldig. »Das zweite Dienstmädchen in deinem Elternhaus, wie du dich vielleicht erinnerst.«

»Ich dachte, Livi ...«

»Nein. Nein, Nele. Mit Lavinia habe ich nichts zu schaffen. Wir sind geschiedene Leute, und es ist mir egal, ob ich dafür Brief und Siegel zur Bestätigung von einem Gericht erhalte. Meine Ehe war schon vor Jahren vorbei, genau genommen hat sie nie richtig begonnen, aber jetzt ist alles endgültig aus.«

Sie brauchte eine Weile, um ihre Gedanken und das Gehörte in ihrem Kopf zu sortieren. Nicht Livi hatte ihm von dem Sturz erzählt, sondern Klara. Die liebe, tapfere, kleine Klara. Wie seltsam, dass ausgerechnet das jüngste Hausmädchen etwas erreicht haben sollte, das keinem anderen Familienmitglied gelungen war – Konrad ausfindig zu machen. Aber wieso war er so verärgert über Livi? Er hatte sie doch auf der Terrasse umarmt, als wollte er sie am liebsten gleich in sein Bett mitnehmen.

So viele Ungereimtheiten. Nele gelang es nicht, das Chaos in ihrem Hirn zu ordnen. Hatte die Krankenschwester ihr vorhin ein Pulver gegen die Schmerzen in den Tee gegeben? Verabreichte man schwangeren Frauen dieselben Medikamente wie anderen Patientinnen? Wenn ja, dann machte das Mittel müde und lähmte ihren Verstand.

»Wieso Klara?«, murmelte sie.

»Warum nicht? Hat sie nicht in deinem Auftrag gehandelt?«

Nele war gerade noch geistesgegenwärtig genug, ihm die Antwort zu verweigern. Es erschien ihr zwar unsinnig, ihn in dieser Sache zu belügen. Aber sie wollte Klara nicht in den Rücken fallen, die vielleicht behauptet hatte, von ihr geschickt worden zu sein. »Wo hat sie dich gefunden?«, wollte sie wissen.

»In meinem Haus.«

»Oh!« Es verletzte sie, zu erfahren, dass er sich in der St. Benediktstraße neun befunden hatte, während sie sich um ihn sorgte. »Wie schön, dass das Wohnungsamt in deinem Sinne entschieden hat.«

»Hat es nicht. Ich habe mich im Souterrain im Dienstbotenquartier versteckt. Das war mir lieber, als unter den gegebenen Umständen mit dir und Lavinia unter einem Dach zu leben.« Er stützte sich mit den Händen auf dem Fußende des Bettes ab, der Hut glitt ihm aus den Fingern und fiel auf die Decke. Gedankenverloren blickte er darauf, griff aber nicht danach.

Schließlich sagte er: »Durch das Wohnungsproblem nahm ich ein paar alte Verbindungen auf, die vor langer Zeit – nicht zuletzt durch den Krieg – abgebrochen waren. Ohne die Unterstützung durch Ellinor und das angenehme Leben in der Villa deiner Familie war ich gezwungen, mir darüber klar zu werden, wie ich mir meine Zukunft vorstelle. Unsere Zukunft«, fügte er eindringlich hinzu. »Meine, deine und die unseres Kindes.«

Sie hörte ihn, verstand seine Worte, aber irgendetwas hinderte ihr Herz daran, das Gesagte wahrzunehmen. »Und zu welchem Ergebnis bist du gekommen?«, wollte sie wissen. Sie klang selbst in ihren eigenen Ohren noch matter, als sie sich fühlte.

Offenbar spürte er ihren Widerstand, bemerkte den fehlenden Enthusiasmus. Er nestelte zögernd an der Bettdecke, zog sie vorsichtig über das Gipsbein, hob sie dann wieder ein wenig an. Nach einer Atempause brach es aus ihm heraus: »Es bietet sich mir die Gelegenheit, Hamburg zu verlassen. In Berlin hat ein Architekt namens Walter Gropius einen Arbeitsrat für Kunst gegründet. Mit zukunftsweisenden Ideen von menschengerechtem Bauen. Gropius ist in etwa mein Jahrgang, hat aber bereits Industriegebäude entworfen, wie sie mir schon immer vorschwebten. Großartiger Mann. Er ist bekannt mit unseren Freunden aus Zürich, den Arps. Demnächst wird er zum Leiter der Großherzoglich-Sächsischen Hochschule für Bildende Kunst in Weimar berufen. Er will dort etwas ganz Modernes aufziehen. Und er sucht Mitstreiter ...«

»Sucht er *dich*?«, unterbrach Nele seinen Redefluss.

»Ich könnte als Dozent in Weimar arbeiten – ja. Die Erfahrungen, die ich beim Bau des Elbtunnels gewonnen habe, sind Gold wert.«

Nele überlegte, ob sie sich über die Neuigkeit freuen oder lieber in Tränen ausbrechen sollte. Für Konrad war die neue Aufgabe ein Glücksfall, das war ihr bewusst. Aber wenn er Hamburg verließ, verließ er auch sie. Dann war es endgültig. Seine Zukunft hatte also doch nichts mit ihr und dem Kind zu tun. Das waren alles nur schöne Worte. Ein von seiner Gattin nicht einmal geschiedener Mann, der in wilder Ehe mit seiner Schwägerin lebte und das gemeinsame uneheliche Kind großzog, hatte kaum Chancen auf eine Anstellung an einer renommierten Hochschule. Nele war noch nie in Weimar gewesen, aber sie war sicher, dass sich die gesellschaftlichen Strukturen nicht von denen anderer Kleinstädte in Deutschland unterschieden.

Sie schluckte die Traurigkeit hinunter. Warum regte sie sich so auf? Sie hatte doch seit diesem fürchterlichen Abend mit Konrad abgeschlossen!

»Wann wirst du fortgehen?«

»Ich möchte so schnell wie möglich fahren.« Er schmunzelte und diesmal wirkte sein Lächeln tatsächlich amüsiert. Ihn schien sogar eine gewisse Albernheit zu packen, als er leicht auf den Gips klopfte. »Allerdings kann ich dich so wohl kaum mitnehmen. Dieser Verband dürfte recht hinderlich auf einer Reise sein.«

»Aber Livi ...«, hob sie an, brach jedoch ab, weil sie sich nicht erinnern konnte, was sie eigentlich sagen wollte. Es musste an dem Schmerzmittel liegen, dass sie nicht in der Lage war, einen vernünftigen Gedanken zu fassen. Hatte der Teeersatz wegen des darin aufgelösten Pulvers so bitter geschmeckt? Nele ärgerte sich, weil ihre Gedanken ständig abschweiften. Sie spürte, wie ihre Lider schwer wurden.

»Liebste«, hob Konrad an, »ich sage es ein letztes Mal und du kannst es mir glauben oder es lassen. Das liegt ganz bei dir.« Er holte tief Luft, dann: »Ich möchte nicht mit Lavinia zusammen sein, sondern mit dir! Ich wollte nie etwas anderes. Du hast diese Szene auf der Terrasse missverstanden. Es war nichts zwischen Lavinia und mir. Ich hatte sie in diesem Moment um die Scheidung gebeten. Nicht mehr. Und nicht weniger.«

Als sein Monolog endete, schien es Nele, als lägen die Schwingungen seiner Worte noch eine ganze Weile in der Luft. Sie lauschte ihnen nach, hörte in sich hinein. Sie konnte sich nicht erklären, warum, aber endlich berührte er ihre Seele. Auf gewisse Weise lullte der Nachklang sie ein, umfing sie wie eine unsichtbare Umarmung.

Da sie nichts sagte, fuhr er fort: »Mir ist natürlich klar, dass du so schnell nicht mit mir fortgehen kannst. Aber ich erwarte dich, sobald du reisefähig bist. Ich werde in der Zwischenzeit in Weimar alles vorbereiten für …«

»Was für ein schöner Traum!«, entfuhr es ihr. »Aber die Realität sieht leider anders aus.« Sie zappelte ein wenig, nicht nur, um ihre Position im Bett zu verändern, sondern auch aus Nervosität. »Lavinia will dich nicht aufgeben – und ich will nicht die ewige Geliebte sein. So ist das. Livi war anständig zu mir, vielleicht hat sie dem Kind sogar durch ihr beherztes Handeln das Leben gerettet. Ich werde ihr jetzt nicht in den Rücken fallen.«

Es schien, als hielte er den Atem an. Dann stieß er hervor: »Nele, dieses Gespräch hatten wir schon viel zu oft. In den unterschiedlichsten Varianten. Ich würde dich vielleicht verstehen, wenn sich nicht gerade alles rings um uns her gravierend veränderte. Kannst du die Vergangenheit nicht endlich abstreifen?«

»Meinst du mit dem Wort Vergangenheit meine Familie? Ich kann mich nicht von ihr lösen, Konrad. Es geht hier um meine kleine Schwester.«

Fassungslosigkeit spiegelte sich in seinem Blick. Dann Trotz – und Zorn. Auch in seiner Stimme lag Ärger, als er ein wenig steif antwortete: »Mag sein. Du solltest jedoch begreifen, dass du nicht mehr nur Verantwortung für dich trägst, sondern auch für unser Baby. Ich denke nicht, dass du Lavinias Eigensinn über das Kindeswohl stellen möchtest.«

»Ach, Konrad. Lieber, lieber Konrad. Ich denke nur an das Kind.« Sie schluckte die Tränen hinunter, redete wie gehetzt weiter: »In Deutschland geht es nicht so unkonventionell zu wie am Monte Verità oder im Café Odeon. Dort konnten wir für eine Weile so tun, als wären wir ein Ehepaar. In Weimar wären wir aber letztlich nur zwei Ehebrecher mit einem Bastard.« Die Deutlichkeit, mit der sie ihre Situation in Worte fasste, schnitt ihr ins Herz. Es war einfach aus ihr herausgesprudelt – und der Klang der Wahrheit tat mehr weh, als nur daran zu denken.

»Kaum stehst du ein paar Wochen unter dem Einfluss deiner Großmutter, schon verändert sich deine Weitsicht«, schnaubte er verächtlich. »Deine Ansichten treffen mich tief. Ich hoffe, das weißt du. Deshalb werde ich nicht betteln. Ich verspreche dir, dass wir drei in Weimar ein friedliches Leben führen können, auf dem Papier verheiratet oder nicht. Goethe hat das dort schon vor einhundert Jahren mit Christiane Vulpius vorgemacht und Weimar ist weit genug von Hamburg entfernt, um uns alle Möglichkeiten zu bieten, wenn du nur wolltest.« Er beugte sich vor, um seinen Hut von der Bettdecke aufzuheben. »Aber, wie gesagt: Ich werde nicht um deine Liebe betteln.«

Sie biss die bebenden Lippen zusammen, um nicht in Tränen auszubrechen. Warum verstand er nicht, dass sie noch viel weiter als bis nach Weimar ziehen musste, um ihrem Kind ein friedliches Leben ohne Standesdünkel und das Mal der unehelichen Geburt zu schenken?

»Ich bin gekommen, um mich zu verabschieden«, sagte er leise. »Es soll kein Lebewohl sein, sondern ein Auf Wiedersehen. Ich werde in Weimar auf dich warten.« Seine Schritte hallten dumpf auf dem Linoleum. Er ging um das Bett herum, trat neben das Kopfende. In einer sanften, fast rührenden Geste legte er seine Hand über ihren Schopf. »So lange ich lebe, werde ich auf dich und unser Kind warten.« Er beugte sich hinunter und hauchte ihr einen zärtlichen Kuss auf die Wange.

Abrupt wandte er sich ab. Ohne ein weiteres Wort verließ er das Krankenzimmer.

Die Tür war noch nicht ganz ins Schloss gefallen, da liefen die ersten Tränen über ihr Gesicht. Ich kann nicht, dachte sie verzweifelt, während sich ihre Augen in einen überquellenden Stausee verwandelten. Warum versteht er nicht, dass uns Grenzen gesetzt sind? Dann brach sich ein haltloses Schluchzen Bahn.

7

Mit einer energischen Bewegung schlug Charlotte die *Hamburger Warte* zusammen. »Ich sollte mich wirklich mit anderer Lektüre befassen. Die Meldungen sind so unerfreulich. Als hätte das Geschrei nach einer Republik den Leuten das Gehirn aus dem Kopf geblasen.«

Ellinor sah von der Morgenausgabe des *Echos* nur kurz auf, um dann weiter den Text zu überfliegen, der sie interessierte. »Dass der Ausgang der Wahlen für derartigen Aufruhr sorgt, konnte niemand vorausahnen. Offensichtlich gibt es eine Menge schlechter Verlierer unter den neuen Politikern. Ich finde es ja auch unsäglich, dass wieder überall protestiert und sogar geschossen wird, aber wir dürfen vor dem Ausnahmezustand ebenso wenig die Augen verschließen wie vor der Stimme des Volkes ... Ach je! Es wird sogar von einem ›Blutbad in Bremen‹ gesprochen ...«, ihre Stimme verlor sich, während sie den aufwühlenden Artikel weiterlas.

Flüchtig flogen ihre Augen zum Autor des Berichts, doch einen Namen fand sie nicht, nur das Kürzel »L«. Stand es für Lehmbrook? Obwohl sie das Gefühl nicht zulassen wollte, erfasste sie Sorge um den Reporter.

»Dann sind diese neuen Politiker eben schlechte Verlierer. Wie nennen sich die Bolschewiken noch mal, die sich jetzt so peinlich an die Macht klammern und jeden als Verräter beschimpfen, der sie nicht gewählt hat?«

»Kommunisten«, murmelte Ellinor automatisch.

»Genau. Die meine ich. Erst rufen sie nach allgemeinen Wahlen und wenn sie die nicht gewinnen, ignorieren sie das Ergebnis. Diese Leute sind wirklich indiskutabel, denen kann man doch kein Land anvertrauen.«

Ellinor konnte sich nicht auf die Zeitung konzentrieren, während ihre Großmutter monoton vor sich hin plapperte. Trotzig beschäftigte sie sich dennoch weiter mit dem Inhalt. Ihre Augen wanderten von dem Bericht über den bewaffneten Aufstand in Bremen, zu der Spalte mit dem Aufruf an alle Beamten zum Streik. »Die Wahrscheinlichkeit, dass wir bald eine Testamentseröffnung erreichen, wird immer geringer«, schnarrte sie. »Bis man beim Nachlassgericht endlich wieder der regulären Arbeit nachgeht, sind wahrscheinlich keine Schiffe mehr übrig, die übertragen werden können.«

»Die Friedensverhandlungen erweisen sich als ebenfalls recht unangenehm. Ich neige dazu, den letzten Worten deines Vaters zuzustimmen und mich zu fragen, ob der Krieg nicht noch ein wenig weitergeführt hätte werden sollen, um bessere Bedingungen auszuhandeln. Die Demokraten und Sozialisten sind unseren Truppen in den Rücken gefallen. Das haben wir nun davon.«

»Ach, Großmutter«, seufzte Ellinor.

Ein strafender Blick war Charlottes einziger Kommentar. Pikiert zerbröselte sie das kostbare Weißbrot auf ihrem Teller.

Ellinor gab es auf. Dabei hätte sie gern noch den Artikel über das Für und Wider einer Wahl zur Bürgerschaft gelesen, die allerorts gefordert wurde. Anarchie drohe, wenn in Hamburg nicht erneut gewählt würde, hieß es. Entnervt verschob sie die Lektüre auf später. Ordentlich faltete sie das Blatt zusammen und legte es neben ihr spartanisches Frühstück, wo bereits ein Notizzettel lag. Es gab ein heikles Thema, über das sie mit Charlotte sprechen musste, bevor sich Lavinia zu ihnen gesellte. Glücklicherweise hatte die Kleine zu ihrem alten Rhythmus zurückgefunden und schlief immer deutlich länger als der Rest der Familie.

Sie übersah geflissentlich, dass ihre Großmutter eingeschnappt war. »So lange die Beamten streiken, werden wir wahrscheinlich auch keine Möglichkeit haben, bei den Behörden etwas für Herrn Richter zu erreichen. Das ist sehr schade, denn ich habe den Namen der Frau erfahren, die er angeblich überfallen haben soll.«

»Hoffentlich ist das eine angenehme Neuigkeit!«, meinte Charlotte wenig angetan. »Wenn man die Frau erst in einem Leichenschauhaus findet, dürfte der positive Effekt verpufft sein. Wie auch immer: Du solltest dein Wissen schnellstmöglich an unseren Anwalt weitergeben. Er nimmt sich der Angelegenheit bereits vorbildlich an.«

Sich still Mut zusprechend, verkündete Ellinor: »Ihr Name ist Adele von Carow.«

Die blau geäderten, mit braunen Altersflecken übersäten Hände bewegten sich plötzlich nicht mehr. Nur die Finger formten die weiche Krume zu kleinen Kügelchen.

»Ich habe den Namen nie zuvor gehört«, sagte Ellinor in die Stille. Sie senkte ihre Stimme, um möglichen Lauschern hinter der Tür keinen Klatsch zu bieten. Sie hielt es zwar für ausgeschlossen, dass Frieda, Klara oder ein anderes Mitglied des Haushalts mit großen Ohren den Unterhaltungen der Herrschaften folgten, aber in diesem speziellen Fall ging sie lieber auf Nummer sicher. »Kannst du einen Zusammenhang zwischen dieser Frau und Herrn Richter feststellen?«

Obwohl ihr Gesichtsausdruck und ihr Ton das Gegenteil bewiesen, behauptete Charlotte: »Nein. Natürlich nicht. Wer sollte das sein?«

Ellinor schluckte. »Ich habe mir gedacht, dass es sich bei Fräulein von Carow um *unsere* Adele handeln ...«

»Nun, *meine Adele* war sie gewiss nicht!«

»Also gut«, innerlich stöhnte Ellinor auf, »dann formuliere ich es anders: Ist Carow der Nachname der Frau, die damals als Gouvernante für uns Mädchen da war? Sie hieß Adele, daran erinnere ich mich. Aber viel mehr weiß ich nicht über sie. Außer natürlich das, was uns Vater in seinem Abschiedsbrief offenbart hat.«

»Dann solltest du es dabei belassen«, forderte Charlotte scharf. Sie schleuderte das winzige Teigbällchen auf den Teller, wo es über den Rand und auf den Tisch rollte. »Es gibt keinen Grund, an dieser unsäglichen Geschichte zu rühren. Stell dir doch bitte den Skandal vor, wenn herauskommt, dass der Morgenmann das ...«, sie rang um Worte, dann: »Wenn bekannt wird, dass der Diener deines Vaters dessen Flittchen vergewaltigte und ermordete, sind wir alle erledigt. Du schadest Richter mit deinem Wissen mehr, als dass du ihm nutzt.«

Sie war es also. Adele von Carow war der Mutterersatz für Ellinor, Nele und Lavinia gewesen. Sie hatte Victor Dornhain den Kopf verdreht und ihm eine weitere Tochter geboren. Eigentlich hatte Ellinor den skandalösen Zusammenhang zwischen der Frau und Richter schon vermutet, die Bestätigung durch ihre Großmutter drohte sie jedoch zu überwältigen. Sie versuchte, sich zu sammeln. Dabei ging ihr unglücklicherweise ausgerechnet jene Neuigkeit durch den Kopf, die sie durch Neles behandelnden Arzt in der Klinik erfahren hatte.

Wie der Vater, so die Tochter, dachte sie unwillig. Und

einen Atemzug später beschloss sie: Übereile nichts! Bring nichts durcheinander! Stifte keine Verwirrung! Regle eine Sache nach der anderen!

»Adele könnte Richter aber entlasten«, gab sie schließlich zu bedenken.

»Nur wenn sie noch lebt. Oder wenn sie nicht plötzlich ebenfalls Rache nehmen möchte. Wer weiß schon, was in den Leuten heutzutage vorgeht. Überall ist von Verrat die Rede. Dabei habe ich das Gefühl, von allen Werten, deren wir im Krieg verlustig gingen, ist es vor allem die Aufrichtigkeit, die den Menschen heutzutage fehlt. Ehre und Anstand. Das gibt es auch nicht mehr. Pah! Schöne moderne Welt.«

Aus einem missverstandenen Ehrgefühl heraus wollte mein Vater nicht mehr leben, fuhr es Ellinor durch den Kopf. Sie atmete tief durch, um die Bilder zu vertreiben, die wieder einmal vor ihr geistiges Auge traten.

»Vaters Abschiedsbrief beweist, dass Sievers von Adele wusste. Es könnte also durchaus sein, dass dieser ... dieser Kerl ihren Namen nur benutzte, um unserer Familie zu schaden. Seine Zeugenaussage kam mir von Anfang an unglaubwürdig vor.«

Überraschend ruhig antwortete Charlotte: »Und wenn es so wäre: Was bringt uns das?«

»Vielleicht wurde der Name nur erwähnt, um uns aufzuschrecken, und Adele geht es gut.« Sollte Ellinor erwähnen, dass sie ihre ehemalige Gouvernante am Grab ihres Vaters erkannt hatte? Sie unterließ es. Der Hinweis auf diesen Begräbnisgast würde ihre Großmutter nur noch mehr aufwühlen.

»Hieß es nicht, die Polizei habe bei ihrer Adresse Nachforschungen erstellt? Der Anwalt sagte, die fragliche Person sei versch...« Charlotte schien etwas einzufallen, denn sie unterbrach sich und fragte plötzlich: »Woher kennst du den Namen?«

»Ein Bekannter hat ein wenig im Stadthaus recherchiert und ihn herausgefunden«, erklärte Ellinor und versuchte, ihrer Stimme einen leichten Klang zu geben. »Leider war es ihm nicht möglich, auch noch die Anschrift zu erfragen.«

Lehmbrook hatte ihr am Telefon berichtet, dass er heimlich an die Akte Richter gelangt war. Er musste den Ordner jedoch zurückstellen, bevor er alle Details lesen konnte. Dann war das Gespräch abgebrochen, weil er in eine Redaktionskonferenz gerufen wurde.

»Seit wann pflegst du Bekanntschaften zu Männern, die in der Lage sind, ein wenig im Stadthaus zu recherchieren?«

»Durch meine wohltätige Arbeit für die Frauenvereine habe ich noch die ungewöhnlichsten Kontakte.« Die Lüge ging ihr so geschmeidig wie ein falsches Kompliment über die Lippen.

»Ah, wie originell!«

Es klopfte. Auf Charlottes »Ja, bitte« trat Klara ein. Ellinor konnte nicht verhindern, angesichts von Adeles Tochter zu erröten. Sie sah von dem Hausmädchen fort und starrte blicklos auf die zusammengefaltete Zeitung neben ihrem Gedeck.

Klara knickste ehrfürchtig. »Frau Lavinia lässt sich entschuldigen. Sie bat mich, Ihnen beiden auszurichten, dass sie im Bett frühstücken möchte.«

»Wenn sie es unbedingt will ...!« Charlottes Seufzen war vielsagender als jeder Kommentar über Lavinias Lebenswandel. »Wir sind allerdings bereits fertig. Du kannst abräumen, Klara.«

Ellinor fragte sich, ob ihre Großmutter das Thema damit für beendet erklärte. Wenn sich Klara im Raum befand, würden sie nicht über Adele sprechen können. Doch Charlotte fragte in das leise Geschirrklappern hinein: »Was wirst du nun unternehmen, Ellinor?«

»Ich habe keine Ahnung. Uns fehlt die Anschrift. Wir haben hier kein aktuelles Adressbuch, in dem ich nachschlagen könnte, und die Stadtbibliothek wurde vom Soldatenrat geschlossen.«

»Nun, dann haben wir noch ein wenig Zeit, über die Angelegenheit nachzudenken.« Charlotte schob ihren Stuhl zurück und erhob sich. »Danke, Klara, ich brauche keine Hilfe.«

Sie stolzierte zur Tür, verharrte dort, wandte sich noch einmal um. »Auch du solltest genau abwägen, worüber wir uns eben unterhielten, meine liebe Ellinor. Ich ziehe mich jetzt zurück, um genau dieses zu tun.«

Im Gehen rief sie plötzlich über die Schulter: »Du solltest dir auch einen Termin zur Bekanntgabe deiner Verlobung mit Christian Schulte-Stollberg überlegen. Lucia hat sich bereits mehrfach bei mir erkundigt, wann es denn nun endlich so weit sei.«

Als ihre Großmutter draußen war, stützte Ellinor ihren Arm auf und ihren Kopf in die Hand. Erschöpft von dem Gespräch schloss sie die Augen. Die schlimmste Auseinandersetzung, davon war sie überzeugt, stand noch bevor. Es war leider nicht abzusehen, wie Charlotte auf Neles Schwangerschaft reagieren würde. Hoffentlich erleidet sie keinen Herzinfarkt, dachte Ellinor bekümmert.

8

Das Wort »Ende« flimmerte über die Leinwand, der Pianist hob zu einem dramatischen Schlussakkord an – und dann war es so still im Lichtspielhaus, als würden alle Zuschauer gleichzeitig den Atem anhalten. Im nächsten Moment ging ein Seufzen durch den Saal, hier und da wurde ein ersticktes Schluchzen laut, verhaltener Beifall erklang, leises Geraschel und Gemurmel, Füßescharren von den sich langsam von den Sitzen erhebenden Besuchern. Niemand schien sich laut äußern zu wollen, in jedem hallte noch der Film nach.

Auch Klara fand kaum in die Realität zurück. Sie blieb sitzen, blickte versonnen auf die jetzt schwarze Projektionswand und übersah dabei sogar den Vorführer, der den roten Samtvorhang – ein wenig mühsam ohne elektrische Hilfsmittel – per Hand über die gesamte Breite zog. Selbst in einem großen Filmtheater wie dem Passage musste offensichtlich gespart werden.

»Ich hätte mich wohl nicht von den schönen Fotografien in den Schaukästen leiten lassen sollen. Die Geschichte war ja nun reichlich dramatisch«, meinte Henning Claassen geknickt. Er rutschte unruhig auf dem Kinosessel neben Klara hin und her. »Dass die Hauptperson am Herzschlag stirbt, bevor sie sich vergiften kann, war gar nicht *drollig*.«

Klara wischte sich über die feuchten Augen. »Wäre es Ihnen lieber gewesen, Henny Porten hätte tatsächlich noch Gift nehmen können, wie sie es beabsichtigte? Das fände ich einen sehr grausamen Tod nach allem, was sie durchmachen musste.«

»Nee, nee, das man nicht.« Der Maat grinste zerknirscht. »Mir wäre eine *vergnoegtere* Geschichte lieber gewesen. Aber woher sollte ich wissen, dass *Die blaue Laterne* nichts mit der gleichnamigen *Schankstuuv* in St. Pauli zu tun hat?«

»Im Film ist das eine ganz schöne Spelunke.«

»Die blaue Laterne, die ich meine, ist ganz in Ordnung. Da is' heute *Danz op de Deel.*«

Klara begann zu verstehen: »Weil ich nicht mit Ihnen zum Tanzen gehen wollte, haben Sie sich als Ersatz einen Kinobesuch ausgedacht, von dem Sie glaubten, er wäre so fröhlich wie ein Abend im gleichnamigen Lokal. Habe ich recht?«

»Hmmm.« Die Verwechslung zwischen dem Musiklokal und der dramatischen Geschichte auf der Leinwand war Maat Claassen offenbar sehr peinlich.

Automatisch streckte Klara die Hand für eine tröstende Berührung aus. Mitten in der Bewegung hielt sie jedoch inne und ließ die Hand sinken. Jetzt war es an ihr, verlegen zu sein. »Es hat mir aber trotzdem sehr gut gefallen, mit Ihnen auszugehen«, sagte sie mit gesenkter Stimme.

Ihre Bemerkung hob sofort seine Laune. »Na, der Abend ist ja noch nicht vorbei.« Mit einer federnden Bewegung sprang er auf, nahm – so gut es eben ging in der sich leerenden Sitzreihe – Haltung an. »Wohin darf ich das Fräulein denn noch einladen?«

»Ich weiß nicht... Vielleicht sollten wir besser nach Hause fahren. Ich fühle mich bei den ganzen Streiks und Unruhen nicht so wohl in der Innenstadt...«

»Na, Fräulein Klara, Sie brauchen sich in meiner Gesellschaft nun wirklich nicht zu ängstigen.« Zur Demonstration seiner Stärke, sicher ein bisschen auch aus Angeberei und vor allem aus Spaß, ließ er seinen beeindruckenden Bizeps unter dem blauen Matrosenhemd spielen. »Ich pass schon auf Sie auf!«

»Das ist sehr nett, aber ich möchte wirklich nirgendwo mehr hin«, beteuerte Klara, die sich endlich ebenfalls erhob und dabei ihren alten Strohhut gerade rückte. Claassens trauriger Blick berührte sie, deshalb schlug sie vor: »Wenn das Wetter in der Zwischenzeit gehalten hat, könnten wir ein wenig spazieren gehen. Wir brauchen ja nicht zur nächsten Anlegestelle des Alsterdampfers zu laufen. Die übernächste tut's doch auch.«

»Dann wollen wir mal nachsehen, ob mir das Glück hold ist.«

Tatsächlich regnete es nicht, wie sie nach dem Verlassen des Filmtheaters feststellten. Klara wünschte, ihr Verehrer hätte ein anderes Lichtspielhaus für den Kinobesuch an ihrem freien Nachmittag ausgesucht. Dann hätte sie sich besser entspannt. Die Mönckebergstraße lag für ihren Geschmack zu nah am Rathaus, wo es so gefährlich war wie nicht einmal in den dunkelsten Ecken am Hafen. Schießereien waren wieder an der Tagesordnung und wilde Gerüchte kursierten, welche die Gesetzlosigkeit auch noch anfachten: Angeblich wollten die Kommunisten die verlorene Wahl zur Nationalversammlung für ungültig erklären, was die Demokraten veranlasste, mit einem Generalstreik zu drohen. Kommunistische Arbeiter gegen sozialistische Arbeiter, die ihre Auseinandersetzung mit Waffengewalt austrugen. Noch waren die meisten Geschäfte und viele Gaststätten geöffnet und der Alltag funktionierte trotz der Hungerblockade einigermaßen, aber wie lange sollte der Bruderzwist noch gut gehen? Die gerade gewählten Mitglieder der deutschen Nationalversammlung hatten das aufrührerische Berlin bereits verlassen, um über die neue Verfassung im ruhigeren Weimar abzustimmen. Klara las nach wie vor die Zeitungen ihrer Herrschaften auf der Suche nach Informationen über die Lage der Kriegsgefangenen und dabei stachen ihr zwangsläufig alle Schlagzeilen ins Auge.

»Sie wirken so abwesend«, stellte Claassen fest und nahm ihren Arm, um sie durch die Menge der Passanten zu schieben, die unbedacht in die eine wie die andere Richtung der breiten Einkaufsstraße strömten und dabei einen Verkehrsstau erzeugten. »Wenn Sie nicht auf den Weg achten, werden Sie sich noch verlaufen!«

Unwillkürlich stahl sich ein Lächeln in ihr Gesicht. »Wollten Sie nicht auf mich achtgeben?«

»Da haben Sie ganz recht, Fräulein Klara. Sie sehen aber mehr aus wie jemand, der ganz weit weg ist mit seinen Gedanken. Wo waren Sie?«

»In Sibirien«, entfuhr es ihr.

Er nickte. »Ida hat mir von Ihrem Verlobten erzählt. Er ist seit dem ersten Kriegswinter in Gefangenschaft, sagte sie. Stehen Sie irgendwie in Kontakt mit ihm?«

Sie schüttelte so heftig den Kopf, dass die Bänder an

ihrem Hut flogen. Eigentlich wollte sie mit Henning Claassen nicht über Gabriel sprechen. Was machte es denn für einen Eindruck, sich erst zu einem Besuch im Filmtheater einladen zu lassen und dann über einen anderen Mann zu plaudern? Aber alles in ihr drängte danach, von Gabriel zu erzählen. Sie wünschte sich so sehr, ihre Ängste und Hoffnungen mit einem Menschen zu teilen. Wenn Fräulein Nele nicht diesen grässlichen Unfall gehabt hätte, wäre Klara inzwischen längst an sie herangetreten. Doch Nele befand sich noch in der Klinik und sonst gab es niemanden in der Villa am Harvestehuder Weg zwölf, dem Klara so viel Vertrauen entgegenbrachte und auf dessen Urteil sie Wert legte. Bis auf den Maat. Und diese Erkenntnis brachte sie gerade in große Schwierigkeiten, weil sich Höflichkeit, Mitteilungsbedürfnis und die Sehnsucht nach Wärme plötzlich feindlich gegenüberstanden.

»Na, was ist los?«, unterbrach er ihre im Wettstreit befindlichen Gefühle. »Sie machen mir den Eindruck, als wollten Sie nicht mehr mit mir reden. Jetzt sind Sie mir doch böse, weil der Film zu ernst war. Was bin ich nur für ein *Doesbaddel*!«

»Das stimmt doch gar nicht«, widersprach Klara eilig. »Ich fand es wirklich sehr schön im Lichtspielhaus und Sie sind sehr nett, Maat Claassen. Es liegt an mir. Ich bin ... ich ... bin ... nicht frei.« Warum tat es nur so weh, ihm dies mit aller Endgültigkeit zu offenbaren?

Eine Weile schlenderten sie schweigend die Straße entlang in Richtung Alsterdamm. Die Dämmerung war längst angebrochen. Die ersten Gaslaternen wurden entzündet und tauchten das überall gegenwärtige Elend in gnädigeres gelbes Licht. Als sie in die Spitalerstraße einbogen, begannen die Kirchenglocken zur Vesper zu rufen. In das Geläut mischten sich das Brummen, Klingeln und Tuten der nahen weißen Flotte auf der Alster, das Klingeln einer Straßenbahn und die Motorengeräusche der Militärfahrzeuge, die noch immer in der Überzahl den Verkehr beherrschten.

»Wissen Sie, Fräulein Klara«, hob ihr Begleiter schließlich zögernd – fast verlegen – an, »wenn Sie jemanden zum Reden brauchen, wäre ich gerne für Sie da. Ich verstehe, dass aus uns beiden nichts werden kann. Da muss ich durch. Aber ich bin immer Ihr Freund, wenn Sie einen wie mich dafür möchten.«

Am liebsten hätte sie ihn für dieses Angebot umarmt. »Das möchte ich unbedingt, Maat Claassen.«

Er blieb mitten auf dem belebten Pferdemarkt stehen, ließ ihren Arm los und streckte ihr die Rechte hin. »Als Freunde sollten wir uns aber endlich duzen. Ich bin Henning.«

Lächelnd schlug sie ein. »Klara.«

Sie konnte sich nicht schnell genug wegducken, um dem Kuss zu entgehen, den ihr der neue Freund plötzlich aufdrückte. Es ging ganz rasch und war fast nur ein Hauch. Dennoch überzog tiefe Röte Klaras Wangen, sie hob die Hand an ihre Lippen.

»'tschuldigung«, murmelte Henning Claassen betreten. »Es kam so über mich.«

»Ist ja nichts passiert«, erwiderte sie, wobei sie sich wohl mehr selbst zu beruhigen versuchte.

»Kommt nicht wieder vor.«

»Das will ich hoffen.«

Er nahm wieder ihren Arm und führte sie über die Spitalerstraße. »Dann erzähl mir jetzt endlich etwas von deinem Verlobten, Klara. Ich möchte alles wissen. Hat er dich eigentlich verdient?«

»Gabriel war so etwas wie ein sicherer Hafen für mich«, vertraute sie ihrem neuen Freund im Gehen an. Sie folgte seinen Schritten, ließ sich von ihm führen und achtete tatsächlich nicht mehr auf den Weg. »Ich war so glücklich, dass er mich heiraten wollte. Eine eigene Familie zu haben und ein anständiges Leben mit einem rechtschaffenen Mann und gemeinsamen Kindern zu führen – das war immer mein Traum.« Sie erzählte ihm nichts von ihrer verstorbenen Ziehmutter, bei der sie in Glückstadt aufgewachsen war, und ihrer vergeblichen Suche nach ihren leiblichen Eltern. Die Wünsche und Gefühle, die sie als Sechzehnjährige nach Hamburg getrieben hatten, waren so weit entfernt wie der Frieden vom Krieg.

»Er meldete sich als einer der ersten Freiwilligen und kam an die Front nach Ostpreußen«, berichtete sie weiter. »Bei der Schlacht um Tannenberg verlor sich schon im Dezember neunzehnhundertvierzehn seine Spur. Zunächst galt Gabriel als vermisst, aber dann erfuhren seine Eltern, dass er in Gefangenschaft geraten war. Wir hofften, dass er durch einen Verwundetenaustausch heimkehren könne, aber sein Name stand nicht auf den Transportlisten der Russen. Ich habe nie von ihm direkt gehört, immer nur über das Internationale Rote Kreuz, aber ich wusste, dass er lebt. Dann begann die Revolution in Russland und damit brach auch noch der letzte Kontakt ab.«

»Das ist ein schlimmes Schicksal«, brummte Henning.

»Ja, nicht wahr? Mir wäre so viel leichter ums Herz, wenn ich wenigstens wüsste, dass es ihm den Umständen entsprechend einigermaßen gut geht.« Klaras Redefluss brach ab. Jetzt war der Moment, ihm von dem Zeitungsbericht über die schwedische Krankenschwester zu erzählen, aber sie traute sich nun doch nicht, dem Maat ihre kühnen Ideen vorzutragen.

Als würden ihre geheimsten Gedanken verschmelzen, überlegte er laut: »Pflegt nicht das Rote Kreuz weiterhin Kontakt zu den Gefangenenlagern in Sibirien? Ich meine, da mal etwas läuten gehört zu haben. Natürlich kann ich mich irren und die Helfer haben sicher auch jede Menge Anfragen, aber würde es sich nicht lohnen, sich mal an diese Stelle zu wenden?« Nachdenklich starrte er vor sich hin, als würde sich am Ende der Straße nicht nur der Blick auf den Hauptbahnhof, sondern auch für die Antwort auf Klaras Sorgen öffnen.

»Wenn Fräulein Nele da wäre, wüsste ich, was ich tue«, sagte Klara. Dann erklärte sie ihm, dass das gnädige Fräulein lange für die Organisation gearbeitet hatte.

Henning stieß einen Pfiff aus. »Alle Achtung!«

Wie immer, wenn von Nele Dornhain die Rede war, erfasste Klara ein gewisser Stolz, als wäre die mittlere Reederstochter ihr eigener Besitz. Doch ihre Gedanken kehrten auch zurück zu dem Zeitungsbericht, der sie so beschäftigte. »Ich habe über eine gewisse Elsa Brandström gelesen, eine Schwedin, Diplomatentochter, glaube ich. Sie lebt wohl in Petersburg und kümmert sich im Auftrag des Roten Kreuzes um die deutschen Kriegsgefangenen und wird dabei auch von Krankenschwestern aus Deutschland unterstützt. Ich bin sicher, dass mir Fräulein Nele einen Kontakt zu der Dame herstellen könnte, wenn sie nicht im Krankenhaus läge.«

»Och, das kannst du bestimmt auch ohne die Hilfe des gnädigen Fräuleins. Du bist doch ganz schön *plietsch*!«

Klara hatte sich noch nie für sonderlich klug gehalten. Deshalb schüttelte sie den Kopf. »Nein, nein, lass man. Ich bin nur ein einfaches Dienstmädchen. Klar würde ich der Dame gerne einen Brief schreiben, aber ich kann doch nicht alles in einen Brief packen, was ich sagen möchte. Und ich habe nicht einmal eine Adresse, wohin ich mich wenden könnte.« Sie seufzte.

Schweigend gingen sie weiter. Sie hatten inzwischen die Lombardsbrücke erreicht, die eine Furt der Alster mit mehreren Bögen überspannte und die Binnen- von der Außenalster trennte. Über das wuchtige Bauwerk brauste nicht nur der Verkehr, sondern auch die Eisenbahn zwischen Hauptbahnhof und dem alten Kaiserbahnhof am Dammtor, sodass den Fußgängern nur ein Weg an der zur Innenstadt weisenden Seite blieb.

Klara lehnte sich über das Brückengeländer und betrachtete das verwaiste Schwanenhaus in der Mitte der Binnenalster. Das alte Futterhaus hatte in den letzten beiden Kriegswintern einiges von seinem Zauber eingebüßt, es wirkte verwittert und ein bisschen heruntergekommen. Klara wusste nicht, ob die Anzahl der Schwäne im Lauf der schweren Jahre dezimiert worden war, sei es durch Wilderer, oder ob sie verendet waren, weil sie unter Not und Hunger ebenso litten wie die Menschen. Wenn sie es sich genau überlegte, hatte sie die Tiere, die meistens ziemlich zutraulich und frech am Uferweg des Dornhain'schen Grundstücks auf der Suche nach Würmern oder ein paar Brotkrumen herumspazierten, schon lange nicht mehr gesehen. Sie hatte angenommen, dass sich die Wappenvögel der Hansestadt noch immer in ihrem Winterquartier befanden, aber vielleicht waren sie längst tot. Traurigkeit senkte sich über sie wie die Dunkelheit über den Jungfernstieg. Vom Wasser stieg Nebel auf und hüllte die Szenerie in ein milchiges Licht.

»Warum fährst du nicht einfach zu ihr?«

Hennings Frage holte sie in die Gegenwart zurück. »Zu wem?« Klara war anfangs ein wenig verwirrt, doch dann setzte sie vernünftig hinzu: »Ja. Du hast recht. Wenn es nicht zu aufdringlich wirkt, sollte ich Fräulein Nele einen Krankenbesuch abstatten.«

»Das meinte ich aber nicht. Was ich sagen wollte, ist, dass du diesem Fräulein Brandström am besten persönlich erzählst, was du auf dem Herzen hast. Wie viele Soldaten befinden sich noch in Kriegsgefangenschaft in Sibirien? Tausende sind es bestimmt. Deshalb erhält sie sicher sehr viele Briefe von Frauen wie dir. Wenn du eine rasche Antwort willst, musst du ihr persönlich gegenübertreten.«

»Ach, Henning, wie sollte ich das denn anstellen?« Klara war enttäuscht, weil sein Vorschlag so wenig praktikabel war. »Ich kann doch meine Stellung nicht kündigen für eine derart ungewisse Reise. Und woher soll ich das Geld dafür nehmen? Selbst wenn ich es bis nach Petersburg schaffe, wäre ich in der großen Stadt verloren ohne eine

Anschrift, ein Empfehlungsschreiben oder jemanden, den ich dort kenne.«

»Dafür braucht es vor allem Mut. Aber ich dachte eigentlich, dass der einer *Deern* wie dir nicht fehlt.«

Sie zuckte nur mit den Achseln.

Doch Henning ließ nicht locker. »Vielleicht benötigt dieses Fräulein Brandström noch jemanden, der kräftig anpacken kann. Dann kämst du bei ihr wieder in Stellung und würdest gleichzeitig etwas über deinen Gabriel herausfinden. Das nennt man zwei Fliegen mit einer Klappe schlagen. Warum willst du es nicht wenigstens versuchen?«

Seine Überzeugungskraft prallte an ihr ab. »Ach, Henning, wie soll das gehen?« Sie sprach mit ihm wie zu einem kleinen Kind, dem sie irgendwelche Flausen austreiben wollte. »Ich wüsste nicht einmal, wie ich nach Petersburg kommen sollte. Mit der Eisenbahn oder mit einem Schiff? Welche Dokumente braucht man dafür? Ist der Weg so sicher, dass ich die Reise wagen könnte? Ich meine, was bringt es Gabriel, wenn ich in irgendwelche Scharmützel gerate? Vor ein paar Blessuren habe ich keine Angst, aber wir wissen beide, dass es weder im Deutschen Reich noch bei unseren östlichen Nachbarn richtigen Frieden gibt. Wahrscheinlich würde ich gar nicht lebend bei Fräulein Brandström ankommen.«

Wie zur Bestätigung ihrer Worte erklang in der Ferne ein dumpfes Knallen. Vor dem Krieg hätte Klara angenommen, es würde irgendwo ein Feuerwerk abgebrannt. Inzwischen wusste sie, dass es Schüsse waren. Ein Frösteln lief durch ihren Leib, das jedoch nichts mit den herrschenden Temperaturen zu tun hatte. Sie zog sich das Wolltuch fester um die Schultern, das sie umgelegt hatte, weil ihr guter Mantel zu dünn war, die kalte Feuchtigkeit hielt er nicht ab.

Henning nahm ihren Arm. »Komm, Klara, wir sollten nach Hause gehen.«

»Ja«, stimmte sie zu. »Mir scheint, dass wir uns jetzt sogar beeilen sollten.«

Hand in Hand liefen sie los.

Henning brabbelte etwas in sich hinein, das der Wind zu Klara wehte: »Wahrscheinlich sind die Moneten das größte Problem!«

Es wärmte ihr Herz, dass er sich dermaßen den Kopf für sie zerbrach. Trotzdem war sie es nun müßig, mit ihm darüber zu sprechen. Stumm rannte sie an seiner Seite weiter.

9

Ellinor hatte es so satt. Sie war diese dauernden politischen Auseinandersetzungen leid, die sich zum Bruderkampf der Arbeiterbewegungen ausweiteten und inzwischen zum Ausnahmezustand geführt hatten. »Frieden, Freiheit und Brot!« hatten die Revolutionäre im November versprochen – Anfang März waren ihnen nur noch die Waffen geblieben, die von Hand zu Hand gingen und von jedermann leichter zu erwerben waren als ein Sack Mehl. In den Zeitungen, auf Flugblättern und Plakaten war andauernd von »Verrat« die Rede – das schien das Lieblingswort der Nachkriegszeit zu sein und Ellinor dachte, dass sie sich auch verraten fühlte. Oder betrogen.

Das Warten auf den Beschluss des Nachlassgerichts strapazierte ihre Geduld über ein erträgliches Maß hinaus. Sie wollte endlich offiziell ihr Erbe antreten dürfen, etwas Sinnvolleres tun als am Schreibtisch ihres Vaters in der Villa Unterlagen wälzen und Pläne schmieden, die sich eines Tages möglicherweise als Luftschlösser herausstellten. Allerdings nahm sie ihre Arbeit im Kontor nicht nur wegen der unsicheren Lage und der fehlenden juristischen Bestätigung nicht auf. Die Szene mit Bruno Sievers würde sie erst vergessen können, wenn sie nicht mehr Gewalt durch einen anderen Mann seines Kalibers befürchten musste. Aber das konnte erst geschehen, nachdem die Räte entmachtet und eine frei gewählte Bürgerschaft eingesetzt wäre. Doch wann würde das sein?

Seufzend schlug sie die Akte zu, in der sie gelesen hatte. Immer wieder zog es sie zu der Beteiligung ihres Vaters an den Luftschiffhallen und zur Deutschen Luftreederei. Die Idee eines Unternehmens, dessen Schiffe am Himmel entlangglitten, statt über die Weltmeere zu fahren, ließ sie nicht los. Victor Dornhain hatte stets mehr den Passagierverkehr als den Warenumschlag im Blick gehabt. Lag es da nicht nahe, sich gerade unter dieser Vorgabe stärker für die Nutzung der zivilen Luftfahrt einzusetzen? Außerdem hatte ihr Wilhelm Eckert vorgestern erst berichtet, dass einige Politiker bereits zur Sitzung der Nationalversammlung von Berlin nach Weimar flogen und trotz der Unruhen ein erster Liniendienst zwischen Berlin und Hamburg-Fuhlsbüttel aufgenommen werden sollte. Zwar behauptete ihr Prokurist noch immer, dass dieses Vorhaben so gewinnbringend sei, als würde man sich Zigarren mit Geldscheinen anzünden. Er verwies auf den Vertrag von Trier und die Auslieferung der Handelsflotte an die Siegermächte. Die Matrosen im Hamburger Hafen waren aus Protest in den Streik getreten. Den Luftschiffen würde es ebenso ergehen, meinte Eckert, jede Investition ginge über kurz oder lang verloren. Aber Ellinor nahm diese Warnung nicht ernst. Sie wurde diese innere Aufregung nicht los, die sie beim Gedanken an das Fliegen packte. Schmetterlinge wirbelten durch ihren Leib wie bei einer ersten Liebe.

Der Vergleich, der ihr durch den Kopf ging, ließ sie schmunzeln. Als hätte sie je eine Romanze erlebt! Sie hatte nie so leidenschaftlich geliebt wie Nele und war auch nie so versessen auf einen Flirt gewesen wie Lavinia. Es war geradezu lächerlich, dass sie, die eine tiefe Freundschaft bislang immer über die jede Vernunft zerstörende Liebe gestellt hatte, in derart berauschende Träume verfiel. Noch dazu bei einer geschäftlichen Angelegenheit!

Ein Klopfen an der Tür brachte sie in die Realität zurück. Klara trat ein, knickste und meldete: »Herr Schulte-Stollberg möchte Sie sprechen, gnädiges Fräulein.«

Ellinor konnte sich ein kleines Grinsen nicht verkneifen. »Der kommt ja wie gerufen«, entfuhr es ihr. Lauter sagte sie: »Ich lasse bitten!«

Während Klara den Gast holte, fuhr sie sich rasch über das Haar. Sie war nicht aufwendig zurechtgemacht, aber wann war sie das schon? Christian musste sie eben nehmen, wie sie war. Eine Kopie von Lavinia würde er nicht bekommen. Vielleicht wollte er die auch gar nicht. Jedenfalls war es tatsächlich an der Zeit, dass sie sich verlobten.

Dann würde sie auch nicht mehr an Schmetterlinge und die große Liebe denken. Wie albern von ihr, dies zu tun!

Christian ging um den Schreibtisch herum und küsste sie auf die Wange. Dann ließ er sich in dem Besuchersessel ihr gegenüber nieder. »Du siehst gut aus«, stellte er fest. »Es steht dir gut, wenn du nicht so blass bist.«

War sie errötet? Ellinors Hand fuhr an ihre Wange. Sie glühte. Der Gedanke an eine leidenschaftliche Liebe verwirrte anscheinend nicht nur ihre Urteilskraft, sondern brachte zudem ihr Blut in Wallung. Sie überlegte, ob sie ihre Gefühle herunterspielen sollte. Aber war Christian nicht der geeignete Mann, ihre Pläne zu erfahren? Sein Blick in die Zukunft war schließlich ein anderer als der des langjährigen Prokuristen ihres Vaters.

Sie ließ ihre Hand sinken und trommelte mit den Fingern auf dem Aktendeckel. »Ich habe mir eben noch einmal die Zahlen hinsichtlich des Flugverkehrs angesehen. Die Möglichkeiten, die sich dort bieten, erscheinen mir so großartig, dass ich unbedingt expandieren möchte. Das sieht man mir anscheinend an.«

»Ich hatte nicht erwartet, dass ich dich in ein Gefühlschaos stürzen würde, meine Liebe«, erwiderte er aufgeräumt. »Wir sind alte Freunde, haben einiges erlebt. Ich möchte dir vor allem Ruhe und Frieden schenken. Davon brauchen wir im Moment mehr als alles andere.«

Warum dachte sie bei ihren gemeinsamen Erlebnissen plötzlich vor allem an ihre Zeit als Kinder? Die kleine Nele hatte Christian einmal aus Zorn einen Finger gebrochen. Ellinor hatte später beobachtet, wie aus dem manchmal etwas böswilligen, unattraktiven, verwöhnten Jungen ein gut aussehender, intelligenter, höflicher Herr geworden war. Ob der wohl auch zu ein wenig mehr Romantik imstande war? Leise kicherte sie in sich hinein.

»Meines Erachtens sind Ruhe und Frieden wünschenswert«, sagte sie, »aber nicht ausreichend. Eine vernünftige Perspektive für das Geschäft finde ich auch nicht schlecht.«

Sein Lächeln wurde breiter. »Wahrscheinlich ist das Wort *vernünftig* nicht das beste in diesem Zusammenhang, *großartig* trifft es meines Erachtens schon eher. Ich bin sicher, dass die Zukunft im Luftverkehr liegt. In dieser Sache sind wir wieder einmal einer Meinung.«

»Das freut mich. Ich habe mir nämlich ...«

»Warte!«, unterbrach er sie. Plötzlich verlor sich seine Munterkeit. Er wurde ernst und wirkte fast ein wenig befangen. »Ich bin nicht gekommen, um mit dir über die Reederei zu diskutieren. Jedenfalls nicht nur. Lass uns bitte eine Ausnahme machen und unsere persönlichen Dinge zuerst besprechen.«

Ach je, fuhr es Ellinor durch den Kopf. War das Christians Art, einen Heiratsantrag zu machen? Da kamen doch wohl hoffentlich noch mehr Emotionen ins Spiel. Sie faltete die Hände über dem Ordner und blickte ihn erwartungsvoll an.

»Wir sollten einen Termin für unsere Hochzeit festlegen«, erklärte er in einem Ton, als gehe er mit ihr die Bilanzen durch. »Wenn wir den haben, können wir unsere Verlobung bekannt geben. Ich weiß, dass alle Voraussetzungen für ein größeres Fest im Moment ziemlich ungünstig sind. Aber ich habe läuten hören, dass für den Neunzehnten diesen Monats die Bürgerschaftswahl geplant ist. Wenn die Wahl an diesem Datum tatsächlich stattfindet und danach wieder bürgerliche Kräfte das Sagen in Hamburg haben, steht einer angemessenen Trauung nichts mehr im Wege. Wäre es dir recht, wenn wir den Mai in Betracht ziehen?«

Seine wohlgewählten Worte brachten sie aus der Fassung. Trotz aller Nüchternheit hatte sich Ellinor gewünscht, nicht in dieser Form vor vollendete Tatsachen gestellt zu werden. Hielt er sie etwa für gefühlskalt? »Willst du mich nicht erst fragen?«

Christian sah sie verdutzt an. »Was fragen?«

»Ob ich dich überhaupt heiraten möchte.«

Seine Verwirrung erreichte nun auch seine Augen. Seine Blicke flogen unruhig umher. »Ich verstehe dich nicht, Ellinor. Dass du mich heiraten wirst, ist doch sonnenklar.«

Ellinor horchte in sich hinein, doch Christians sachliche Ausführungen brachten keine Saite in ihrem Innersten zum Klingen. Nicht ein einziger Schmetterling wirbelte durch ihren Bauch. Irgendwie erschienen selbst ihr seine Worte für eine Heiratsverabredung zu nüchtern.

»Vermutlich ist es das«, entfuhr es ihr – und sie konnte sich gerade noch den Zusatz verkneifen: für alle anderen, aber für mich nicht. Wieder horchte sie in sich hinein. War sie sich wirklich nicht sicher? Oder ärgerte sie sich nur über die Selbstverständlichkeit seines Vortrags?

Er sah sie stumm an, forschte offenbar in ihrem Gesicht nach einer Antwort auf die Fragen, die ihn bestürmten. Schließlich lehnte er sich in dem Sessel zurück, schlug die Beine übereinander. »Ist das irgendeine neue Art von Humor an dir, die ich noch nicht kenne? Sich zu zieren ist doch sonst nicht deine Art. Warum willst du mich zappeln lassen? Über diese Spielchen sind wir doch längst hinaus.«

»Ja…«, hob sie gedehnt an, kam aber nicht weiter, weil es wieder an der Tür klopfte. »Ja!«, rief sie deutlich lauter und energischer.

»Entschuldigen Sie bitte, gnädiges Fräulein«, es war wieder Klara. »Eben ist ein Herr Lehmbrook gekommen, der Sie in einer dringenden Angelegenheit zu sprechen wünscht. Ich glaube, das ist…«

»Ich weiß, wer das ist«, unterbrach Ellinor rasch. Sie fing Christians entnervten Blick auf, der ihr signalisierte, dass sie den ihm unbekannten Mann fortschicken oder bestenfalls noch warten lassen sollte. Trotzig wies sie Klara an: »Bitten Sie Herrn Lehmbrook herein.« Mit einem süffisanten Lächeln fügte sie hinzu: »Du hast sicher nichts dagegen, meine Aufmerksamkeit kurz zu teilen, nicht wahr, Christian?«

So muss sich Lavinia vorkommen, wenn sie herumtändelt, sinnierte sie. Was für ein herrliches Gefühl!

Indes wirkte Christian ausgesprochen konsterniert. Er nickte beiläufig, erhob sich aber bei Jens Lehmbrooks Eintreten.

Irgendetwas rumorte in Ellinors Magengegend. Sie spürte, wie ihr die Hitze ins Gesicht stieg. Obwohl ihre Bewegung gar nicht so hastig war, fühlte sie sich ein wenig atemlos, als sie aufstand und ihrem Gast mit ausgestreckter Hand freudig entgegenging.

»Was führt Sie zu mir, Herr Lehmbrook?« Ihre Stimme klang fast unnatürlich leutselig. Ohne seine Antwort abzuwarten, stellte sie Christian vor: »Ich war gerade im Gespräch mit Herrn Schulte-Stollberg. Darf ich Sie bekannt machen?« Sie vermied es, eine Berufsbezeichnung oder den Grad ihrer Bekanntschaft hinzuzufügen.

Die Herren schüttelten einander schweigend die Hände.

»Nehmen Sie bitte Platz«, sie deutete auf den zweiten Besucherstuhl. Während sie wieder um den Schreibtisch herumging, wiederholte sie: »Was führt Sie zu mir?«

»Das wüsste ich auch gerne«, warf Christian ein.

Jens Lehmbrook blickte ein wenig irritiert von ihm zu Ellinor. Er blieb hinter dem Stuhl stehen. »Nun, ich weiß nicht, ob Ihnen mein Besuch gerade recht ist, Fräulein Dornhain. Vielleicht sollte ich besser wiederkommen. Es handelt sich um die Angelegenheit, die wir neulich in der Redaktion besprachen.«

Sie schenkte ihm ihr umwerfendstes Lächeln. »Nur heraus damit. Ich habe vor Herrn Schulte-Stollberg keine Geheimnisse.«

Erst als sie bemerkte, wie Lehmbrook zusammenzuckte und Christian ein selbstgefälliges Grinsen aufsetzte, wurde ihr bewusst, was sie mit ihrer so leicht dahingesagten Aufforderung eigentlich ausdrückte. Eine Frau, die keine Geheimnisse vor einem Mann besaß, war entweder dessen Geliebte, seine Verlobte oder Ehefrau. Das Grummeln in ihrem Bauch verstärkte sich angesichts dieser Ungeschicklichkeit. Doch warum wollte sie nicht, dass der Reporter von ihrer durchaus respektablen Beziehung erfuhr? Hinter Ellinors Schläfen pochte das Blut.

Ungerührt erwiderte Lehmbrook ihr Lächeln. »Nun, wenn das so ist...«, hob er an, unterbrach sich kurz zu einem beredten Schweigen, schob sich den Stuhl zurecht und setzte sich endlich hin.

Christian erkundigte sich in förmlichem Ton: »Um welche Angelegenheit handelt es sich, bitte?«

Mit einer Handbewegung forderte Lehmbrook Ellinor auf, den anderen Besucher einzuweihen.

»Herr Lehmbrook ist Journalist«, erwiderte sie daraufhin. »Ich bat ihn, im Fall unseres verhafteten Herrn Richter zu recherchieren.«

Christian stellte seine Beine gerade nebeneinander. »Du hast einen Journalisten gebeten, etwas für dich herauszufinden? Großer Gott, warum hängst du nicht gleich überall Plakate auf!«

»Ich habe keine Ahnung, was Sie damit aussagen wollen, aber wissen Sie: Manche Dinge sind mir nicht so wichtig, ich muss nicht alles erfahren«, parierte Lehmbrook die unverschämte Bemerkung und Ellinor war ihm zutiefst dankbar für seine Gelassenheit. Er sah sie intensiv an. »Sind Sie noch an meinen Nachforschungen interessiert?«

Sie würdigte Christian keines Blickes. »Selbstverständlich bin ich das! Bitte, sprechen Sie freiheraus.«

Lehmbrook beugte sich vor, sodass er Christian fast den Rücken zukehrte. »Nachdem ich endlich die Zeit fand, nach der Anschrift zu suchen, war es gar nicht so schwierig herauszufinden, wo Fräulein von Carow wohnte. Ich bin dorthin und habe mich mit ihren Nachbarinnen unterhalten. Was wir bereits erfahren haben, scheint zu stimmen: Sie ist dort schon lange nicht mehr aufgetaucht.« Er legte eine Kunstpause ein, dann: »Aber ich habe auch eine, wie ich finde, noch schlechtere Nachricht für Sie.«

»Darf ich fragen, wer Fräulein von Carow ist?«

Ellinor signalisierte Christian mit einer ungehaltenen Handbewegung, dass sie ihm dies momentan nicht zu beantworten gedachte. »Ja?«, sagte sie zu Lehmbrook.

»Ein Mann war in ihrem Zimmer und holte ein paar Sachen von ihr. Der Pensionswirtin bezahlte er die Miete für drei volle Monate im Voraus. Sowohl die Vermieterin als auch die Nachbarinnen dachten, es sei ihr neuer Freund, mit dem sie die Feiertage verbringen wolle.« Jens Lehmbrook schüttelte bedauernd den Kopf. »Es sieht nicht gut aus für Ihren Morgenmann, Fräulein Dornhain. Ich bat die Frauen unabhängig voneinander, den Mann zu beschreiben. Ich würde meinen rechten Arm verwetten, dass Ihr Herr Richter in Adele von Carows Wohnung war.«

»Puh!«, machte Ellinor. Erst jetzt bemerkte sie, dass sie während Lehmbrooks Bericht den Atem angehalten hatte. »Ich kann mir trotzdem nicht vorstellen, dass er schuldig ist.«

»Wer ist Adele von Carow?«, insistierte Christian.

Jens Lehmbrook senkte schweigend die Lider, woraufhin Ellinor Christian ins Bild setzte. Sie verriet ihrem alten Freund nicht, dass es sich bei der Frau um ihre einstige Gouvernante handelte, der auch er während ihrer Kinderfreundschaft sicher einmal begegnet war. Sie sprach lediglich von dem angeblichen Opfer des Kapitalverbrechens, das man Richter vorwarf. Als sie geendet hatte, sah sie Christian herausfordernd an: »Vielleicht kannst du dir ja einen Reim darauf machen. Ich bin – ehrlich gesagt – ein wenig konsterniert.«

Er legte seine Stirn in Falten, grübelte einen Moment, dann: »Hast du in dieser Sache mit Richters Gattin gesprochen, Ellinor?«

»Natürlich nicht. Ich gehe doch nicht zu der Ehefrau meines Dienstboten und frage sie, ob ihr Mann Notzucht mit einer anderen getrieben hat.«

»Wäre es nicht möglich«, sinnierte Christian, »dass dieses Fräulein von Carow ... so war der Name, nicht wahr? Dass dieses Fräulein von Carow eine Freundin der Familie ist und sich Richter einfach nur als guter Bekannter ihrer Angelegenheit annimmt? Wer weiß, was mit ihr geschehen ist. Vielleicht ist sie schwer krank. In der heutigen Zeit passiert so unglaublich viel mit den Menschen, das kann man sich oftmals kaum vorstellen.«

Ellinor starrte ihren Freund mit offenem Mund an.

Lehmbrook war indes weniger beeindruckt. »Wenn es sich so verhalten würde, könnte Herr Richter die Angelegenheit wohl am besten selbst aufklären. Warum führt er seine Ankläger nicht zu der einzigen Person, die ihn entlasten kann?«

Bevor Christian antworten konnte, hauchte Ellinor über diese durchaus romantische Lösung staunend: »Weil er sie schützen möchte.«

»Oh!«, rief Lehmbrook aus.

»So könnte es sein«, stimmte Christian zu.

»Am besten, ich lasse zu Frau Richter schicken. Ihr wird es gewiss lieber sein, hierherzukommen, als dass ich sie mit meinem Besuch überrumple. Wenn es sich um eine Freundin der Familie handelt, wird sie mir Auskunft geben können.«

Ellinor betrachtete nachdenklich die beiden Männer auf der anderen Seite ihres Schreibtisches. Obwohl sich ihre Überlegungen vor allem um Richters Schicksal drehten, kam sie nicht umhin, ihre Besucher zu vergleichen. Den vornehmen Christian Schulte-Stollberg, von den Haarwurzeln bis zu den Schuhspitzen ein Ausbund hanseatischer Eleganz, Erziehung und Eloquenz – und den verwegenen Jens Lehmbrook, dem das Leben nicht immer Gutes gezollt hatte und der trotzdem eine Abenteuerlust ausstrahlte, die ihr den Atem raubte. Ellinor sah von einem zum anderen und plötzlich war sie sich nicht mehr sicher, ob Christian tatsächlich der Richtige für sie war.

»Bitte halten Sie mich auf dem Laufenden«, sagte Lehmbrook in die Stille. Er erhob sich von seinem Platz. »Es interessiert mich, was aus der Anklage geworden ist – ohne dass ich die Geschichte gleich als Plakat an jede Litfaßsäule kleben wollte«, fügte er bissig hinzu. Und: »Allerdings verreise ich nächsten Monat für ein paar Tage. Ich hoffe, dass in der Zeit meiner Abwesenheit keine Katastrophen geschehen.«

Ellinor, die ebenfalls aufgestanden und zur Personalklingel getreten war, um nach einem der Mädchen zu läuten, hielt in der Bewegung inne. Aus irgendeinem Grund fühlte sie sich nicht wohl bei dem Gedanken, dass Jens Lehmbrook Hamburg verließ. »Wohin fahren Sie denn?«

»Ich fliege nach Berlin.«

»Sie tun – waaas?«

Christian drehte sich auf seinem Stuhl zu Lehmbrook um. »Nun sagen Sie bloß, Sie sind auch an Bord des ersten Verkehrsflugs von Fuhlsbüttel nach Johannisthal!«

»Allerdings.«

Die Saiten in ihrem Innersten, deren Klang Ellinor vorhin vermisst hatte, setzten zu einer Kakophonie unterschiedlichster Töne an. »Wovon sprecht ihr?«

Lehmbrook kam Christian mit seiner Antwort zuvor: »Sie wissen, dass ich nicht sehr viel von der zivilen Luftfahrt halte, gerade deshalb möchte ich am eigenen Leib erfahren, wie es ist, am Himmel entlangzureisen. Oder besser, ich möchte erleben, was ich vermute, dass es nämlich eine unbequeme und wenig zukunftsweisende Art des Reisens ist.«

»Da muss ich Ihnen ausdrücklich widersprechen«, hob Christian energisch an. »Bereits im Krieg hat sich gezeigt, dass der Luftfahrt fast grenzenlose Möglichkeiten eröffnet ...«

»Ich möchte mitfliegen!«, hörte sich Ellinor zu ihrer eigenen Überraschung laut aussprechen, was ihr durch den Kopf gegangen war.

»Schade. Ich fürchte, es sind alle Plätze bereits vergeben.« Lehmbrook wirkte aufrichtig enttäuscht.

»Leider werde ich meine Reservierung stornieren müssen«, versetzte Christian. »Das wollte ich dir noch erzählen, Ellinor, und von mir aus kann ich es auch gleich an die große Glocke hängen: Ich möchte mich um einen Sitz in der Bürgerschaft bewerben. Da die Wahl noch nicht sichergestellt ist, sollte jeder Demokrat in erster Linie für das Amt kämpfen und nicht ...«

Ellinor interessierte sich herzlich wenig für das, was auf der Erde geschah. »Kann ich deine Fahrkarte benutzen?«, unterbrach sie Christians Monolog.

Er wirkte irritiert. »Ja. Ich weiß nicht ... Ich hatte noch nicht die Zeit, das Ticket zurückzugeben ... Ja. Wenn du möchtest ... Aber wäre das nicht eine etwas ungewöhnliche Reisegelegenheit für eine alleinstehende junge Frau?«

»Nein«, versicherte sie eilig. »Das finde ich nicht. Bedenke den Nachlass. Ich komme nur den Verpflichtungen als Erbin meines Vaters nach.«

»Ja, aber ... Was willst du in Berlin? Es ist viel zu gefährlich dort für dich.«

»Ich werde Fräulein Dornhain nicht von der Seite weichen«, versprach Jens Lehmbrook mit einem amüsierten Schmunzeln.

Sie strahlte von Christian zu dem Reporter. »Dann ist es also abgemacht. Wir sehen uns vor dem Abflug an der Luftschiffhalle in Fuhlsbüttel, Herr Lehmbrook. Bitte verzeihen Sie, dass ich Sie nicht hinausbegleite. Ich habe noch einiges mit Herrn Schulte-Stollberg zu besprechen. Wegen der Reise«, fügte sie fröhlich hinzu und betätigte den Klingelzug, dessen Widerhall im Souterrain erklang.

Lehmbrook verneigte sich. »Ich werde auf Sie warten, Fräulein Dornhain.«

Erst nachdem die Zimmertür hinter dem Gast und Klara geschlossen war, wirbelte Ellinor zu Christian herum.

»Ich danke dir von Herzen, dass du mir ermöglichst, eine Flugreise anzutreten.« Am liebsten hätte sie ihn umarmt, aber ein derart ungestümes Verhalten lag nicht unbedingt in ihrer Natur. Ihr Lächeln musste für den Augenblick genügen.

Christian bedachte sie mit dem geduldigen Blick eines Vaters, der kurz davor stand, seine tollpatschige, in die Irre geleitete Tochter zurechtzuweisen. »Ich freue mich natürlich über deine Begeisterung, Ellinor. Aber ich würde zunächst gerne mein Gespräch von vorhin fortführen. Erinnerst du dich, dass ich dich fragte, für wann wir den Termin für unsere Hochzeit festsetzen wollen?«

»Nein«, erwiderte sie brüsk. »Ich erinnere mich nicht daran. Und ich finde derartige Überlegungen auch verfrüht. Meine Güte, Christian, ich habe meinen Vater vor gerade einmal vier Monaten verloren. Wollen wir nicht wenigstens das Trauerjahr abwarten?« Während sie sprach, wanderte sie im Zimmer auf und ab. Wieder an ihrem Platz hinter dem Schreibtisch angelangt, setzte sie sich hin und faltete die Hände mit einem gewissen Besitzerstolz über dem Ordner mit den Unterlagen von Victor Dornhains finanzieller Beteiligung an der Deutschen Luftreederei. »Erzähl mir lieber etwas über die Luftfahrt.«

Sie sah ihm an, wie verblüfft und verletzt er war. Dennoch fügte er sich ihrem Wunsch. Oder er flüchtete sich auf ein Terrain, auf dem er sich besser auskannte als bei der Terminplanung von Hochzeiten. Langsam begann er zu berichten, dass die DLR bereits vor vier Wochen als erste Fluggesellschaft der Welt einen planmäßigen Liniendienst aufgenommen hatte. Er nannte Flugzeugtypen, die Modelle der Luftschiffe, Höhenmeter und Passagierzahlen und den Preis von siebenhundert Mark für den Hin- und Rückflug von Hamburg nach Berlin.

Ellinor hörte ihm aufmerksam zu, obwohl sie gerade die technischen Begriffe nicht ohne Weiteres nachvollziehen konnte. Aber sie saugte selbst die verwirrendsten Informationen auf wie eine vertrocknende Blume den Regen. Sie war plötzlich so aufgeregt, dass sie kaum stillsitzen konnte. Das Blut rauschte durch ihre Adern und in ihrem Leib tanzten Schmetterlinge.

10

»Die gnädige Frau hat mich ausdrücklich gebeten, die Garderobe von Frau Lavinia zu reinigen. Deshalb musst du jetzt zu den Richters gehen. Ich kann nicht weg.«

Klara hob den Kopf von den Leinentüchern, die sie in rechteckigen Stapeln im Schrank ordnete. Eben hatte sie die Laken von der Weißnäherin geholt, die Löcher waren gestopft und ausgefranste Kanten geflickt. Noch bei Kriegsbeginn hätte die gnädige Frau die ausgebesserten Stücke der Fürsorge gegeben, heutzutage wurden damit die Betten der Herrschaften bezogen. Mit der Garderobe verhielt es sich ebenso. Vieles, das früher weggelegt worden wäre, wurde heute aufgetragen. Dabei gingen alle Damen des Hauses stets sehr achtsam mit ihrer Kleidung um; ausgenommen vielleicht Frau Lavinia, die so viele Kleider besaß, dass sie wahrscheinlich gar nicht merkte, wenn ein Stück mehr oder weniger am Haken hing.

Sie sah Frieda kurz an, die in der Tür zur Kammer stand, bevor sie sich weiter mit der Wäsche beschäftigte und gelassen entgegnete: »Fräulein Ellinor wollte, dass du gehst und ich in der Küche helfe. Darum hat *sie* ausdrücklich gebeten!«

»Tzzz!«, machte Frieda. »Und – wer hat das letzte Wort in diesem Haushalt? Die alte Dame oder eine ihrer Enkeltöchter? Ich bin sicher, der Kaiser von China müsste sich dem fügen, was die gnädige Frau wünscht. Also wirklich, Klara, das solltest du nach all den Jahren wissen.«

Wahrscheinlich bist du nur zu faul, dich auf den Weg nach Barmbeck zu machen, dachte Klara bei sich. Die Straßen- und Hochbahnangestellten waren jüngst in den Ausstand getreten, streikten gegen die Gewerkschaftsleitung und für eine bessere Besoldung, denn ihr Lohn lag weit unter dem Vorkriegseinkommen. Da auch die weiße Flotte inzwischen zur Hochbahngesellschaft gehörte, fuhren auch die Alsterdampfer nicht. Deshalb war ganz Hamburg auf den Beinen. Sofern man keine Mitfahrgelegenheit auf einem Lastkarren fand, musste man alle Besorgungen und Besuche auf Schusters Rappen erledigen, und nach Barmbeck lief man gewiss länger als eine Stunde. Wie gemein, sich mittels einer Anweisung vor dem Fußmarsch zu drücken!

»Ein Zettel mit der Adresse von Frau Richter und der Brief von Fräulein Ellinor liegen auf dem Tisch in der Küche«, erklärte Frieda. »Aber trödle nicht wieder herum!« Sprach's und stolzierte mit klappernden Absätzen davon.

Als wenn ich jemals trödeln würde!, protestierte Klara stumm.

Sie steckte ihren Kopf aus der Wäschekammer und rief Frieda über den Flur nach, der quer durch das Souterrain führte: »Was soll ich dem gnädigen Fräulein sagen, wenn sie fragt, warum ich ihre Anweisungen nicht befolge?«

»Gar nichts wirst du ihr sagen«, rief Frieda über die Schulter zurück. »Sie wird dich nämlich nicht fragen. Ich werde ihr die Situation erklären, falls dies nötig sein sollte, was ich allerdings kaum glaube. Nimm dich nicht so wichtig, Klara!«

Die herablassende Art des ersten Hausmädchens ärgerte Klara heute mehr als sonst. Sie war zwar daran gewöhnt, aber selten so dünnhäutig wie in den Tagen seit dem Kinobesuch mit Henning Claassen. Gabriels Schicksal machte ihr noch immer das Herz schwer. Aber inzwischen schwirrten ihr außerdem die Fragen durch den Kopf, die das Gespräch mit Henning ausgelöst hatte: Wo konnte sie Elsa Brandström finden? Sollte sie die schwedische Krankenschwester persönlich aufsuchen? Wie könnte sie das Geld für eine Reise auftreiben? Denn trotz der vernünftigen Argumente, die gegen solche Pläne sprachen, fühlte Klara tief in sich drinnen, dass nur sie allein Gabriel endlich nach Hause holen konnte. Aber wie sollte sie das bloß anstellen?

Jetzt musste sie sich jedenfalls erst einmal auf den Weg zur Wohnung der Richters machen. Wahrscheinlich hatte noch kein Mitglied des Haushalts – gleichgültig ob Herrschaft oder Personal – jemals Richters Frau gesehen. Klara kannte allein Richters Vornamen erst seit seiner Verhaftung und sie war sich sicher, dass es fast jedem anderen am Harvestehuder Weg zwölf ebenso erging. Während sie sich ihre Stiefeletten zuschnürte, packte sie plötzlich Neugier. Es versprach Abwechslung im täglichen Einerlei, herauszufinden, ob der freundliche Diener eine nette, hübsche, patente Frau hatte oder eher einen Hausdrachen. Klara wusste nicht, wie alt der Morgenmann und Kontorbote war, aber sie nahm an, dass Richters in absehbarer Zeit ihre Silberhochzeit feierten.

Über die hölzerne Krugkoppelbrücke wanderte Klara nach Uhlenhorst und von dort in nordöstlicher Richtung weiter. Es war überraschend kalt geworden und der Sprühregen schlug ihr ins Gesicht. Während sie die eine Straße hinauf-, die andere hinuntermarschierte, dankte sie im Stillen Henning Claassen, der ihr eine Wegskizze angefertigt hatte. Ein wenig ungelenk zwar, aber immerhin so verständlich, dass sie niemanden nach dem Weg fragen musste. Denn in der Gegend, die jenseits der Bürgerhäuser und Arbeitersiedlungen von verstreut in die Landschaft geworfenen Fabrikgebäuden geprägt wurde, kannte sie sich nicht aus. Die dunklen Gestalten, die mit eingezogenen Köpfen an ihr vorbeihuschten, wirkten auch nicht sehr auskunftsfreudig. Jeder schien unter seiner eigenen Last fast zusammenzubrechen. Klara schlug den Mantelkragen hoch und fasste ihn am Hals zusammen, ein Schauer lief durch ihren Körper, nicht nur wegen der feuchten Kälte, sondern auch aus Furcht.

Schließlich stand sie vor der angegebenen Adresse. Es war ein überraschend adrettes Mietshaus aus der Zeit der Jahrhundertwende. Der Namenstafel entnahm sie, dass »Richter« im Hochparterre wohnte. Die Haustür stand offen, der leicht faulige Geruch von gebratenem Kohl schlug ihr entgegen, das Treppenhaus wirkte jedoch so sauber wie gerade erst geputzt. Die Bewohner hielten auf Ordnung. Etwas anderes hatte sie von der privaten Umgebung des Morgenmannes nicht erwartet.

Hinter der in die Wohnungstür eingelassenen Milchglasscheibe war es dunkel. Hoffentlich bin ich nicht umsonst den weiten Weg gelaufen, fuhr es Klara durch den

Kopf. Sie betätigte die Klingel, doch nichts rührte sich, nicht einmal das Echo der Glocke war zu hören. Wahrscheinlich war der Strom abgeschaltet worden. Das passierte öfter in der letzten Zeit, sogar in den vornehmen Villen am Alsterufer, weil die Kraftwerke der Stadt nicht mehr mit ausreichend Kohle versorgt werden konnten. Deshalb hob Klara die Hand und klopfte. Erst vorsichtig, dann so laut, wie es ihre Höflichkeit gerade zuließ, und zweimal donnerte sie energisch mit der Faust gegen die hölzerne Einfassung.

Endlich hallten Schritte nach draußen. Dann eine gedämpfte weibliche Stimme: »Wer ist da?«

Die Frau fürchtete sich. Klara konnte es ihr in Anbetracht des Unrechts, das ihrem Mann geschehen war, nicht verdenken.

»Frau Richter? Ich komme aus Harvestehude und bringe einen Brief von Fräulein Ellinor Dornhain«, rief Klara so laut, dass ihre Worte von den bis zur halben Höhe gekachelten Wänden des Treppenhauses widerhallten. »Bitte öffnen Sie. Es ist wichtig.«

Ein Klappern, als würde eine Kette zurückgelegt, anschließend ein Schlüssel im Schloss gedreht. Ohne eine weitere Rückfrage schwang die Tür auf.

Im Treppenhaus war es ebenso dämmrig wie im Korridor, der sich in die Wohnung der Richters erstreckte. Deshalb nahm Klara im ersten Moment nur eine hochgewachsene schlanke Frau wahr und eine altmodische Hochsteckfrisur, das Gesicht konnte sie nur schemenhaft erkennen. Ihre Sinne wurden jedoch von dem Gestank nach Karbolsäure abgelenkt. Bei Richters roch es wie auf einer Krankenstation.

»Wer sind Sie?«

»Klara, das zweite Hausmädchen der Reederfamilie Dornhain«, stellte sie sich vor. Insgeheim dachte sie, dass die Nachfrage ziemlich überflüssig war. Sie hatte die Haube nicht abgelegt und unter dem Mantelkragen blitzte gewiss ein Teil ihrer Uniform heraus. Da die andere sie nicht hereinbat, zog sie den Brief aus ihrer Tasche. »Fräulein Dornhain legt Wert darauf, dass Sie dieses Schreiben sofort und persönlich erhalten, Frau Richter ...«

»Ich bin nicht *Frau Richter*«, stellte die Person in der Tür richtig, »aber ich werde meiner Freundin den Umschlag selbstverständlich geben. Frau Richter liegt leider krank zu Bett und kann ihn nicht selbst in Empfang nehmen.«

»Hmmm«, machte Klara. Sie zögerte. Fräulein Ellinor hatte Frieda eingeschärft, dass der Brief nur an die Empfängerin persönlich abzugeben sei. Niemand außer Frau Richter dürfe davon Kenntnis erhalten. Klara erinnerte sich an fast jedes Wort, weil sie während des Gesprächs zwischen dem gnädigen Fräulein und Frieda das Frühstücksgeschirr abgeräumt hatte. Sie war über die Dringlichkeit der Sache sehr verwundert, denn in der Regel hielt sich keine der Damen mehr im Morgenzimmer auf, wenn dort geputzt wurde. Aber Ellinor war mit ihrer Anweisung einfach hereingeschneit.

»Kommen Sie am besten erst einmal herein«, schlug die fremde Frau schließlich vor. »Auf der Türschwelle lässt es sich so schlecht reden.« Ohne Klaras Zustimmung abzuwarten oder sich darum zu kümmern, dass wieder gut abgeschlossen wurde, drehte sie sich um und ging den Flur entlang und in ein Zimmer.

Was für ein seltsames Verhalten!

Achselzuckend trat Klara näher. Sie drückte die Tür zu und folgte der Unbekannten. Es blieb ihr wenig Zeit, sich umzusehen, da sie mehr auf ihre Füße achten musste. Im Korridor des Ehepaars Richter war es so dunkel, dass sie Mühe hatte, ohne Stolperer das Zimmer zu finden, in dem die Frau verschwunden war.

Die Frau blies ein Streichholz aus, mit dem sie eine alte Messinglaterne entzündet hatte. Der Lichtschein der Schiffslampe tauchte den durch die Wohnungslage und die zugezogenen Spitzengardinen recht dunklen Raum in helleres Licht. Klara nahm Möbel mit sauberen Polsterschonern und polierte Holzoberflächen wahr. Nur ein aufgeschlagenes Buch auf dem Tisch zeugte von ein wenig Leben in der fast pedantischen Ordnung. Wer hier putzte, machte seine Arbeit sehr gut.

Erst mit einiger Verzögerung fiel ihr auf, dass sie von der Unbekannten angestarrt wurde. Fassungslosigkeit lag in dem Gesicht der Frau. Sie war nicht mehr jung, früher sicher einmal sehr attraktiv gewesen. Um ihre klaren Augen hatten sich Falten eingegraben, aber es lagen auch tiefe Schatten darunter, das Haar war von dicken grauen und weißen Strähnen durchzogen, unter denen sich die einstige kastanienrote Farbe nur noch vage erahnen ließ. Klara konnte sich nicht entsinnen, dieser Frau jemals zuvor begegnet zu sein. Und doch erfasste sie bei ihrem Anblick ein merkwürdiges Déjà-vu.

»Ich ...«, hob die Freundin der Richters an, brach aber ab, begann erneut: »Frau Richter ist schon lange bettlägerig.« Sie schien sich zu zwingen, den Blick von Klara zu wenden, sah auf das Streichholz zwischen ihren Fingern, drehte es nervös. »Wussten Sie das nicht?«

Klara schüttelte den Kopf. »Nein. Das wusste ich nicht. Herr Richter sprach bei seiner Arbeit nicht von privaten Dingen.« Plötzlich bedauerte sie seine diskrete Art. Er war immer freundlich zu ihr gewesen, sie hätte ihm gern ihre Hilfe angeboten.

»Ich …«, die Fremde schluckte, dann: »Ich führe hier seit ein paar Wochen den Haushalt. Seit Herr Richter abgeholt wurde, ist alles noch schwerer für seine Frau.« Sie deutete auf das Sofa. »Möchten Sie sich nicht setzen, Fräulein …?«

»Klara. Klara Tießen.«

»Ja. Ja, natürlich.«

Die andere schenkte ihr ein zaghaftes Lächeln, das ihr Gesicht sofort aufblühen ließ. Sie war eine schöne Frau, stellte Klara fest, trotz offenbar schwerer Jahre, die ihr Antlitz gezeichnet hatten. Klara fühlte sich dermaßen angezogen von ihr, dass sie Platz nahm, ohne sonderlich darüber nachzudenken.

»Ich würde Ihnen gerne etwas anbieten, aber die Lebensmittelrationen reichen kaum für die Kranke, und Geld für den Schwarzen Markt haben wir leider nicht.«

»Machen Sie sich bitte keine Umstände. Ich bin ja nicht zum Kaffeeklatsch hier.« Klara lächelte ein wenig gezwungen. Sie fühlte sich seltsam unwohl unter der anhaltenden Musterung der Fremden. Einerseits hatte sie selbst das Bedürfnis, die andere Frau genau zu betrachten, andererseits wünschte sie sich weit fort. »Eigentlich muss ich auch gleich wieder gehen. Es ist dem gnädigen Fräulein sicher recht, wenn ich Ihnen den Brief an Frau Richter aushändige.«

Ungeschickt griff sie in ihre Tasche, um den Umschlag, den sie zuvor wieder eingesteckt hatte, hervorzuholen. Dabei knickte das Papier ein. Wie dumm von ihr! Das war ihr zum letzten Mal vor vielen Jahren mit dem Empfehlungsschreiben ihrer Ziehmutter an Victor Dornhain passiert, das sie in den Haushalt am Harvestehuder Weg gebracht hatte. Den Inhalt jenes Schreibens hatte sie allerdings nie erfahren. Und so würde es wohl auch mit diesem sein, das sie nun auf den Tisch legte.

»Ich hoffe, Frau Richter ist in der Lage, die Zeilen von Fräulein Dornhain zu lesen.«

»Ich werde sie ihr vorlesen.«

Klara wusste nicht, ob dies im Sinne der Absenderin war, aber sie unterließ einen Einwand. Dennoch fragte sie vorsichtshalber: »Kann ich mich auf Sie verlassen?«

Die andere nickte.

»Danke. Dann werde ich jetzt wieder gehen.« Aus irgendeinem Grund fühlte sich Klara erleichtert, der bedrückenden Stimmung in dieser Wohnung entfliehen zu können. Außerdem sollte sie tatsächlich nicht trödeln. Sie sprang so eifrig hoch, dass es fast an Unhöflichkeit grenzte. Immerhin hatte sich die Fremde als durchaus gastfreundlich erwiesen. Dennoch stürmte sie raschen Schrittes hinaus.

»Geht es Ihnen gut? Werden Sie gut behandelt, wo Sie sind?«

Klara fuhr zu der Frau herum. »Wie meinen Sie das? Sind Sie von der kommunistischen Partei oder so etwas? Nur damit Sie es wissen: Ich möchte kein Mitglied werden und ich will auch auf keine Ihrer Versammlungen.«

»O Gott«, entfuhr es der anderen. Sie schien aufrichtig

bestürzt. »Jetzt habe ich Sie verschreckt, Klara Tießen. Entschuldigen Sie bitte mein forsches Auftreten. Nein. Ich bin kein Parteimitglied. Nirgendwo. Ich wollte nur ... ehmmm ... ich fragte mich nur, wie es ist, in einem großen, vornehmen Haushalt beschäftigt zu sein.«

»Hat Ihnen das nicht Herr Richter erzählt? Er arbeitet doch schon viel länger für die Familie Dornhain als ich.«

»Doch. Doch. Verzeihen Sie. Ich bin ein wenig verwirrt.«

Für einen Moment bezweifelte Klara, dass es richtig war, Ellinors Brief dieser anscheinend irgendwie gestörten Person zu überlassen. Aber was hätte sie anderes tun sollen? Außerdem stand sie schon an der Tür und wollte unbedingt fort von hier. Wahrscheinlich war es egal, aber vielleicht machte es die Sache formeller, wenn sie sich den Namen der Frau einprägte.

»Fräulein Dornhain wird gewiss nachfragen, wem ich das Schreiben ausgehändigt habe. Was kann ich ihr ausrichten?«

Der Gesichtsausdruck der Frau war in der dämmrigen Beleuchtung wieder nicht zu erkennen. Dass sich ihr Ton veränderte, jedoch deutlich zu hören. Sie klang seltsam hart, aber auf gewisse Weise stolz, als sie nach einer kleinen Pause antwortete: »Ich heiße Adele von Carow.«

11

Die Damen saßen beim Tee, als Klara aus Barmbeck zurückkam. Ellinor war inzwischen darüber im Bilde, dass sich Frieda über ihre Anweisung hinweggesetzt und Klara zu den Richters geschickt hatte. Natürlich wusste Frieda nicht, worum es ging, aber es war trotzdem ziemlich impertinent, dass sie nicht bedingungslos den Aufträgen ihrer Herrschaft folgte. Sonst hatte sich das erste Hausmädchen stets als zuverlässige Kraft erwiesen. Aber die Zeiten änderten sich vermutlich auch im Souterrain. Hoffentlich hielten dort keine kommunistischen Tendenzen Einzug.

»Leider ist Frau Richter wohl schon eine Weile krank und bettlägerig«, berichtete Klara. Sie hatte nur ihren Mantel abgelegt, bevor sie in den Salon geeilt war, ihre Schnürstiefel trug sie noch.

»Oh!«, rief Charlotte aus. »Wie bedauerlich! Kann man etwas für sie tun?«

»Ich weiß nicht...«, murmelte Klara unglücklich. »Das habe ich nicht gefragt, gnädige Frau.«

»Hast du den Brief nun abgegeben oder nicht?«, warf Ellinor ein. Über die Krankheit von Frau Richter würde sie sich Gedanken machen, wenn sie erfuhr, ob ihr eigentliches Anliegen Erfolg versprach oder nicht.

»In der Wohnung traf ich eine Freundin der Familie an, die versprach, Frau Richter das Schreiben vorzulesen. Sie scheint eine fürsorgliche Person zu sein. Ihr Name ist Adele von Caro...«

Porzellan klirrte, ein leiser Aufschrei folgte, dann ein Röcheln.

Ellinor saß ihrer Großmutter am nächsten, aber die Information lähmte sie jäh, sodass sie erst mit Verzögerung reagierte, während Klara und die bislang ungewöhnlich still an ihrem Tee nippende Lavinia an Charlottes Seite stürzten. Noch immer geistesabwesend tauchte Ellinor einen Zipfel der Leinenserviette in ein Wasserglas, begann, damit über das aschfahle Gesicht der um Atem ringenden alten Dame zu tupfen. Indes hatte Lavinia ihrer Omama bereits die oberen Knöpfe des hohen Kragens geöffnet und Klara sammelte die Scherben ein.

»Es ist alles zu viel für sie«, jammerte Lavinia. Sie griff nach einer weiteren Serviette, faltete diese zusammen und fächelte ihrer Großmutter Luft zu. »Klara, öffne die Fenster, so weit es geht.«

Charlotte keuchte. Dennoch gelang ihr ein schwacher Protest: »Die Heizung...«

»Reg dich bitte nicht auf, Omama! Das bisschen verschwendete Wärme ist nichts, wenn es um deine Gesundheit geht.« Lavinia sah kurz zu dem zweiten Hausmädchen. »Und, Klara, rufe bitte Maat Claassen. Er soll uns helfen, meine Großmutter in ihr Schlafzimmer zu bringen.«

Eine abwehrende Geste sollte Lavinias überraschend praktische Anordnungen unterbinden, doch Charlotte wirkte kraftlos. Ihr Versuch eines Kommentars endete in einem verzweifelten Japsen.

»Du musst dich jetzt unbedingt hinlegen, Omama«, ordnete Lavinia an.

Der Schreck saß Ellinor zwar noch in den Knochen, aber langsam begann sie sich wieder zu fangen. Offenbar hatte Adele nicht darüber gesprochen, in welchem Verhältnis sie zueinander standen, sonst wäre Klara sicherlich aufgeregter.

Wie zufällig neigte sie sich zu Charlottes Ohr und wisperte: »Mach dir keine Sorgen. Unser Geheimnis bleibt gewahrt.« Laut fragte sie: »Wo sind nur deine Strophanthin-Tropfen, Großmutter? Du hast sie so lange nicht benötigt, dass ich nicht mehr weiß, wo du sie aufbewahrst.«

»Frieda ...«, hob Charlotte an, unterbrach sich jedoch wegen eines aufsteigenden Hustens.

Der Notfall ersparte den Hausmädchen schließlich eine Strafe. Nachdem alle Erste Hilfe geleistet hatten und Charlotte – von dem telefonisch herbeizitierten Hausarzt gut versorgt und von unzähligen Kissen gestützt – in ihrem Schlafzimmer zur Ruhe kam, besaß Ellinor nicht mehr die Energie für ein Donnerwetter bei den Dienstboten. Genau genommen fühlte sie eine gewisse Erleichterung, dass Klara unbeabsichtigt die einzige Entlastungszeugin aufgetrieben hatte, die Richter vor einem Prozess und – schlimmer noch – dem Strang bewahren konnte.

Sie dachte lange darüber nach und entschied sich schließlich dagegen, Kontakt zu Adele aufzunehmen. Es war ausgeschlossen, dass sie sich selbst auf ein Treffen mit ihrer ehemaligen Gouvernante einließ. Es interessierte sie brennend, was aus der einstigen Geliebten ihres Vaters geworden war, das schon. Aber falls ihre Großmutter davon erfuhr, wäre das ein noch schwererer Schlag, von dem sich Charlotte vielleicht nie wieder erholte. Deshalb telefonierte sie am nächsten Morgen mit dem Familienanwalt und legte das weitere Vorgehen im Fall Richter ausnahmslos in dessen Hände – ohne jedoch die skandalösen Details zu erwähnen.

Erstaunlicherweise fragte Lavinia nicht nach dem Brief für Frau Richter. Ganz offensichtlich war sie mit einem anderen Problem belastet. Ellinor hatte ihre kleine Schwester selten so still und in sich gekehrt erlebt wie in diesen

Tagen. Livi beteiligte sich kaum an einem Gespräch, aß noch weniger als das Wenige, das auf dem Teller lag. Ellinor ertappte sie mehr als einmal dabei, wie sie am Fenster stand und gedankenverloren in den Garten blickte. War es möglich, dass ihr Konrads Abreise nach Weimar so zusetzte? Ellinor zögerte, Livi anzusprechen, sie wollte nicht über Neles baldige Entlassung aus der Klinik und noch viel weniger über deren Schwangerschaft diskutieren, von der sie meinte, sie sei noch immer ein Geheimnis. Deshalb drang sie nicht in die Kleine und wartete ab.

Lavinia suchte sich den Morgen der Bürgerschaftswahl aus, um sich Ellinor anzuvertrauen.

Ellinor betrachtete gerade die Schlagzeile im *Echo*, »Bürger, heraus und an die Urne! Es geht um Leben und Tod Hamburgs! Auch heute muss jede Frau wählen!«, als Lavinia unvermittelt ansetzte: »So lange Großmutter noch nicht bei Tisch ist, möchte ich dich um einen Rat bitten, Elli.«

»Ich kann dir nicht sagen, wen du wählen sollst«, erwiderte die Ältere freundlich. »Es ist deine freie Entscheidung, genauso wie bei der Wahl zur Nationalversammlung.«

»Darum geht es ja gar nicht.« Jetzt wirkte Livi ein wenig ungehalten. »Für Politik habe ich mich nie interessiert, warum sollte ich es gerade jetzt tun? Ich werde wieder die Person wählen, von der ich annehme, dass sie Vaters Zustimmung fände. Nein. Es geht um eine private Angelegenheit.«

Ellinor hatte an sich halten müssen, um Lavinia nicht spontan zu unterbrechen. Nachdem die Kleine fertig war mit ihrem Monolog, fragte sie sich allerdings, ob sie sich nicht lieber über das Zeitgeschehen austauschen wollte als womöglich über Livis Ehe. Dennoch schlug sie die Zeitung zu und erkundigte sich geduldig: »Wobei kann ich dir behilflich sein?« Hoffentlich kommt Großmutter bald, dachte sie dabei.

»Vor etwa einer Woche erhielt ich zwei Briefe und gestern kam wieder Post für mich an«, berichtete Lavinia. Eine zarte Röte färbte ihre Wangen. Ihre Augen schimmerten wie sonst nur bei allergrößter Rührung. »Die Familie von Finkenstein teilte mir neulich mit, dass Alice an der Grippe erkrankt sei. Sie hat bis zuletzt als Lazarettschwester gearbeitet.«

»Unterbrich mich, wenn mich meine Erinnerung trügt, aber hatte Alice von Finkenstein nicht eure Freundschaft beendet? Ich finde es ziemlich vermessen von ihren Angehörigen, sich trotzdem an dich zu wenden. Geschah dies auf ihren Wunsch hin? Brauchte sie Geld?«

»Ach was! Ihre Familie hat genug.« Eine Träne stahl sich aus Lavinias Augenwinkel. »Alice hat nach mir gefragt. Sie wollte wissen, wie ich den Krieg überstanden habe.« Sie schniefte. »Gestern traf ihre Todesanzeige ein.«

»Wie schrecklich!« In einer hilflosen Geste streckte Ellinor die Hand nach ihrer kleinen Schwester aus. »Hat sie noch erfahren, dass es dir gut geht?«

Stumm schüttelte Lavinia den Kopf.

»Oh!«

»Mein Stolz verbot mir, auf den ersten Brief zu antworten«, Lavinia begann bitterlich zu weinen.

Ellinor wusste, dass Livi und diese Frau einmal weit mehr verbunden hatte als nur eine Kameradschaft. Damals hatte sie angenommen, Alice habe Lavinias Ehe zerstört.

Inzwischen kannte sie die Wahrheit, obgleich sie annahm, dass Livi sich vielleicht über kurz oder lang in das Zusammenleben mit Konrad gefügt hätte, wenn sie der aufregenden Baronin nicht begegnet wäre. Da sie selbst dafür verantwortlich war, dass sich die beiden getroffen hatten, fühlte sie eine gewisse Schuld. Entsetzlicherweise spürte sie aber auch so etwas wie vage Erleichterung, dass die Frau ihrer Familie nicht mehr gefährlich werden konnte.

Sie zwang sich zu einem angemessenen Ton, während sie sich in halbherzigen Plattitüden erging: »Das tut mir alles sehr leid, Livi. Aber du musst nach vorne schauen.«

»Ja?« Die Jüngere ließ ihre Hände sinken und sah Ellinor aus großen Augen an. »Meinst du das wirklich?«

»Nun ... ja ... natürlich ...«, stammelte Ellinor, über so viel Hoffnung ein wenig irritiert.

»Es tut mir so gut, dass du das sagst.«

»Schön.«

»Der zweite Brief neulich stammte nämlich von Hauptmann von Amann. Meinst du, es ist ein Zeichen, dass er mir ausgerechnet in dem Moment schrieb, in dem Alice bereits dem Tode geweiht war? Ich meine, es hat doch etwas Mystisches. Als würde sich eine Tür schließen, damit ich eine andere Tür öffnen kann.«

Ellinor verkniff sich die Antwort, die ihr auf der Zunge lag. Sollte Livi ruhig an den Zauber glauben. Dennoch erinnerte Ellinor mit ihrem untrüglichen Sinn für die Realität: »Ich dachte, der Mann ist verheiratet!«

»Ja ... nein ...« Lavinia wischte sich die Tränenspuren fort. »Er ist verwitwet.«

»Ach?« Ellinor durchforstete ihr Gedächtnis, ob Livi

dergleichen schon erwähnt hatte. »So rasch?«, wunderte sie sich schließlich.

»Das Große Hauptquartier wurde im Februar aus Cassel-Wilhelmshöhe abgezogen«, erklärte Lavinia, »inzwischen sind die letzten verbliebenen Abteilungen in Kolberg in Pommern stationiert. Hauptmann von Amann schreibt, dass er während der Verlegung Urlaub erhielt und auf sein Gut reisen durfte. Glücklicherweise kam er zur rechten Zeit, seine Gemahlin starb in seinen Armen.«

»Die Grippe ist ein schwerer Schicksalsschlag für viele Menschen.«

»Ich glaube nicht, dass sie an der Infektion verstarb. Jedenfalls schreibt er nichts darüber.« Lavinia senkte die Lider und die Röte auf ihren Wangen vertiefte sich. »Er fragt an, ob ich ihn nicht in Kolberg besuchen möchte. Die Ostsee sei sehr schön im Frühjahr.«

»Mir scheint, die traurigen Umstände haben den Verstand des Herrn getrübt!« Ellinor stöhnte entnervt auf. »Er ist gerade erst wenige Wochen verwitwet und schon auf die Nächste aus. So etwas ist nicht in Ordnung, Livi. Tut mir leid, aber ich kann einer Reise nicht zustimmen. Du bist überdies eine verheiratete Frau …«

»Ich könnte mich scheiden lassen!«

»Ja. Darin stimme ich dir zu. Das solltest du. Aber ich möchte dich herzlich bitten, dich in dieser Sache momentan zurückzuhalten. Großmutter muss nach der Herzattacke von neulich wieder gesund werden, bevor wir sie mit irgendwelchen Veränderungen belasten.«

»Aber, Elli … Ich liebe ihn …!«

Ellinor verdrehte die Augen. »Als ich diesen Ausruf das

letzte Mal von dir hörte, warst du im Begriff, den Fehler deines Lebens zu begehen.« Um Lavinias Protest zuvorzukommen, fügte sie rasch hinzu: »Überstürze nichts. Warte bitte den Ausgang der Wahl ab. Und dann die Wiedereinsetzung einer ordentlichen Gerichtsbarkeit. Zur Testamentseröffnung wirst du hier gebraucht. Anschließend kannst du meinetwegen hinfahren, wo immer es dich hintreibt – so lange du den Anstand wahrst.«

Mit einem lange vermissten Strahlen auf den Lippen fischte Lavinia ein kleines Brötchen aus dem Brotkorb. »Es ist wirklich ein Problem, dass wir so wenig zu essen haben. Ich habe ganz furchtbaren Hunger«, verkündete sie. Die Tränen von eben waren vergessen.

12

Über Idas vom ständigen Umgang mit Küchendampf gerötete Wangen liefen Freudentränen. Dabei schien sie die Beleuchtung von Tietz' Warenhaus an einem Vorweihnachtstag im Frieden mühelos zu überstrahlen. Sie breitete die Arme aus und rief in einer Lautstärke, als wollte sie ganz Harvestehude informieren: »Ich freu mich so, Sie wieder in Freiheit zu wissen!«

Richter tat ihr den Gefallen und ließ sich herzlich umarmen. »Es tut gut, hier zu sein.« Dann löste er sich von der Köchin und schüttelte Frieda die Hand.

Das erste Hausmädchen musterte ihn forschend. »Sie sind ja nur noch Haut und Knochen! Vielleicht hat Ida noch etwas zu essen übrig. Sie brauchen dringend ein bisschen was zum Zusetzen.«

»Im Gefängnis war Schmalhans Küchenmeister«, rechtfertigte Richter seine Magerkeit.

»Es wird uns allen bald besser gehen«, behauptete Ida gut gelaunt. »Lebensmittellieferungen aus dem Ausland sollen auf dem Weg nach Hamburg sein. Dann kann ich endlich wieder etwas Ordentliches kochen und brauche mich nicht mit Ersatz zu begnügen.«

»Wurde ja auch Zeit«, erwiderte Frieda. »Hat das Kriegsversorgungsamt nicht angekündigt, dass die Vorräte nicht mal mehr bis zum Sommer reichen und wegen der vielen Streiks und Unruhen im Reich weder Kohlen noch Essbares in die Stadt transportiert werden können?«

»Der Preis für die Wohltaten der Sieger ist verdammt hoch!«, brummte Henning, der sich bei der Wiedersehensfreude bislang im Hintergrund gehalten hatte. »Als Gegenleistung für die Lebensmittellieferungen aus Amerika und von den Briten muss die gesamte deutsche Handelsflotte sofort ausgeliefert werden, nicht nur eine bestimmte Quote. Alle Schiffe über eintausendsechshundert Bruttoregistertonnen werden ausgeflaggt. Die ersten Pötte sind wohl schon in Liverpool angekommen... Nichtsdestotrotz: Willkommen zurück im Leben, Herr Richter!« Er trat vor und klopfte dem älteren Diener jovial auf die Schulter.

»Danke, Maat. Was Sie erzählen, klingt aber mehr nach einem Tag der Trauer als der Freude für mich.«

Henning nickte bekümmert. »Die Hapag, Hamburg-Süd und die Hamburg-Ostafrika-Linie haben den *blauen Peter* schon auf Halbmast gezogen. Die Reederei Dornhain wird auch sehr bald die Abschiedsflagge hissen müssen. Es trifft alle. Da hilft es leider auch nichts, dass die Seeleute auf die Barrikaden gehen.«

»Schiffe gegen Lebensmittel. Nun, den Matrosen hilft es auch wenig, wenn ihre Familien verhungern.« Richter wandte sich an Klara, nahm ihre Rechte zwischen beide Hände. »Dein Besuch bei mir zu Hause hat die Wende gebracht. Wenn du nicht gekommen wärst, säße ich wahrscheinlich immer noch ein.«

Bevor Klara antworten konnte, meldete sich Frieda noch einmal zu Wort: »Eigentlich hat sie nichts anderes getan als das, was ich ihr aufgetragen habe. Ich wäre ja selbst gegangen, aber die gnädige Frau hatte einen besonderen Wunsch.«

Was für ein Glück für dich, dass dir Fräulein Ellinor keinen Ärger gemacht hat, dachte Klara.

»Niemand macht Ihnen einen Vorwurf, Frieda«, erwiderte Richter, ohne Klaras Hände loszulassen. »Es ist ja alles gut geworden.« Er lächelte Klara an. »Ich bin froh, dass du da warst.«

»Ihr Dank gebührt Fräulein Ellinor«, sagte Klara bescheiden. »Die hat alles in die Wege geleitet.«

Sie hätte ihn gern nach der Freundin seiner Gattin gefragt, aber es war nicht der rechte Zeitpunkt dafür. Adele von Carow ging ihr nicht aus dem Kopf. Seit ihrer Begegnung hatte sich Klara mehr als einmal gefragt, warum sie derart zwiespältige Gefühle bei dem Gedanken an diese Frau befielen. Außerdem hatte sie den Namen in der letzten Zeit mehrfach zufällig aufgeschnappt, wenn sich Fräulein Ellinor und deren Großmutter bei einem Gespräch ohne Zuhörer wähnten. Das machte sie neugierig. Sie erinnerte sich, dass Herr Rosenberg vor langer Zeit einmal von einer früheren Angestellten gesprochen hatte, die Adele hieß, aber sie wusste nicht mehr genau, welcher Arbeit diese in der Villa nachgegangen war, und sie wollte Richter jetzt nicht mit ihren Fragen belasten. Irgendwann würde sich schon die Gelegenheit finden, sich bei ihm zu erkundigen.

Unschlüssig standen alle in der Küche. Auf die erste Wiedersehensfreude folgte ratlose Stille. Klara war sich sicher, dass jedes Mitglied der Dienerschaft Näheres über die Umstände von Richters Freilassung erfahren wollte. Gewiss brannten alle auch auf haarsträubende Geschichten aus dem Gefängnis, die gruseliger als die Geisterbahn auf dem Hamburger Dom waren. Es traute sich nur keiner, danach zu fragen. Alle schwiegen beharrlich.

»Nun setzen Sie sich man hin«, hob Henning endlich an. »Ich muss ja sagen, dass ich auch froh bin, wieder männliche Unterstützung zu haben. So ein Haushalt nur mit Frauen ist auf Dauer ganz schön anstrengend.« Er blickte grinsend von einer zur anderen, bis ihm Ida eine liebevolle Kopfnuss verpasste. Dann schob er sich einen Stuhl zurecht und ließ sich rittlings darauf nieder, während Richter in eleganterer Manier auf einem anderen Platz nahm.

»Sie kommen gerade recht, um Fräulein Nele mit dem Automobil aus der Klinik abzuholen«, meldete sich Frieda zu Wort. »Fräulein Ellinor sagte, dass ihre Schwester heute oder morgen entlassen wird.«

Richter stutzte. »Was ist passiert?«

Als wäre ein Damm gebrochen, sprudelten Frieda, Klara

und Henning plötzlich gleichzeitig los. Klara hielt sich zurück, als ihr bewusst wurde, dass sie sich kein Gehör verschaffen würde. Indes schienen Frieda und Henning einen Wettkampf darin auszutragen, wer als Erster die Neuigkeiten im Dornhain'schen Haushalt zum Besten gab. Richter wirkte ein wenig überfordert, sagte aber nichts. Der Redeschwall wurde erst unterbrochen, als Ida eine Tasse mit dampfendem Inhalt vor ihn hinstellte und mit erhobener Stimme verkündete: »Jetzt trinken Sie erst mal etwas Warmes!« Sie übertönte die eifrigen Berichterstatter – und tatsächlich verstummten Frieda und Henning.

Richter schloss genussvoll seine Finger um die Tasse. »Danke, Ida. So etwas habe ich seit Langem nicht mehr bekommen.«

»Die Zeitungen waren voll davon, dass im *Kittjen* ziemlich viel *Bedrog* getrieben wird«, meinte Henning. »Von *unerhörten Vorgängen*«, er gab seiner Stimme einen veränderten Klang, wollte wohl hochdeutsch und seriös klingen, »war die Rede. Die Rationen der Gefangenen sollen gekürzt worden sein und die Lebensmittel dann unter der Hand verkauft. Vom kleinsten Wärter bis hin zum Direktor – alle hingen sie da mit drin.«

»Das ist gut möglich, aber ich weiß über solche Vorgänge nichts.«

»Dem Arbeiter- und Soldatenrat haben die Berichte ziemlich geschadet«, plauderte Henning weiter. »Abgewählt wurden die. Allerdings haben auch die bürgerlichen Parteien schlecht abgeschnitten. Die SPD und die USPD haben die Mehrheit, sind sich aber gar nicht grün.«

»Ich hörte davon.« Als wolle er das Thema abschließen,

nippte Richter an seinem Getränk. »Ida, der Kaffee ist Ihnen vortrefflich gelungen!«, lobte er. Mit spielerischem Tadel drehte er seinen Zeigefinger vor der Köchin und fügte schmunzelnd hinzu: »Da haben Sie in die Lorke doch wohl keine echten Bohnen geschmuggelt?!«

Idas rote Wangen färbten sich dunkler. Sie zwinkerte Richter verschwörerisch zu.

»Auch wenn's nur Blümchenkaffee ist, bei Ihnen gab's schon immer den besten Kaffee an der Alster«, schwärmte Richter und nahm einen großen Schluck aus seiner Tasse.

»Dabei ist es geblieben und soll es auch bleiben. So wahr mir Gott helfe!«

»Lassen Sie den mal lieber aus dem Spiel, Herr Richter«, meinte Frieda ernst.

»So lange kein Regierungsmitglied aus Berlin bei den Friedensverhandlungen in Paris auch nur zuhören darf, liegt unser Schicksal sehr wohl in Gottes Hand«, knurrte Henning. »Was da ausklamüsert wird, bringt nichts Gutes. Zwangswirtschaft und freier Handel passen jedenfalls nicht zusammen.«

»Mir würde es für den Anfang genügen, wenn mit der neuen Bürgerschaft wieder Recht und Ordnung einkehrten«, gab Richter lakonisch zurück.

»Aye, aye. Eine neue Verfassung für Hamburg soll ja jetzt erst einmal erarbeitet werden.«

»Wissen Sie auch, dass eine Frau die erste Versammlung im Rathaus eröffnet hat?« Frieda war sichtlich stolz. Ob auf die Alterspräsidentin oder ihr Wissen, war ihr nicht anzusehen. »Das ist doch schon mal ein Fortschritt!«

Das Gespräch bewegte sich nun auf ein Thema zu, zu

dem Klara endlich auch etwas beitragen konnte. Deshalb sagte sie rasch: »Helene Lange ist eine der Gründerinnen der Deutschen Demokratischen Partei. Sie war früher Lehrerin und Vorsitzende vieler Frauenvereine. Das gnädige Fräulein hat mir erklärt, dass die Dame...«, Klara unterbrach sich und dachte kurz nach, um Ellinor Dornhain zu zitieren, »... durch weiblichen Einfluss die falschen Entwicklungen in der männlich geprägten Welt korrigieren wolle. Klingt das nicht wunderbar?« Selbstbewusst fügte sie hinzu: »Ich habe die DDP nämlich gewählt.«

Frieda öffnete den Mund, zweifellos zu einer despektierlichen Antwort. Doch das Klingeln einer der Glocken an der Schalttafel ließ sie verstummen. Im nächsten Moment teilte sie Klara mit: »Das Frühstück kann im Morgenzimmer abgeräumt werden.«

Voller Bedauern, weil sie nicht noch ein bisschen in der Wärme der Küche und bei Richter bleiben konnte, kam Klara ihren Pflichten nach.

13

Eine überraschend milde Brise schlug Nele entgegen, als sie die Wünsche'sche Klinik verließ. Im winterlichen Grau war sie ins Krankenhaus eingeliefert worden – heute schien nicht nur die Sonne bereits recht warm vom Himmel, am Rande des Mittelwegs duftete es sogar schon nach Frühling. Die zarten Knospen an den Bäumen waren wie ein Symbol der Hoffnung und Nele dachte unwillkürlich, dass das Kind zur Welt käme, wenn die Bäume in voller

Blüte standen. Sie blieb im Eingangsbereich stehen, klemmte sich die Krücken unter die Arme und legte die Hände auf ihren Bauch. Einen Moment lang horchte sie in sich hinein und sandte eine stumme Botschaft zu dem Lebewesen: »Keine Angst. Wir schaffen das. Jetzt schaffen wir es. Deine Tanten und deine Urgroßmutter werden nicht begeistert sein, aber du bist keine Schande für die Familie!«

Im Grunde sprach sie sich selbst Mut zu. Sie ahnte, dass Ellinor von ihrer Schwangerschaft wusste, aber sie war sich der Diskretion ihrer älteren Schwester sicher. Das Krankenzimmer, in das ständig eine Schwester oder der Arzt hereinkamen, war nicht der geeignete Ort, die Zukunft zu besprechen. Von Charlotte nahm Nele an, dass diese die Augen vor dem möglichen Skandal zunächst einmal lieber verschloss, und Lavinia interessierte sich ohnehin meist mehr für ihre eigene Befindlichkeit. Das Leben unter ihrem Herzen wuchs jedoch mit jeder Woche und ihr Bauch ließ sich nicht mehr so ohne Weiteres verbergen. Deshalb war Nele einerseits froh, noch mit ihren behelfsmäßig mit Sicherheitsnadel zusammengehaltenen eigenen Kleidern nach Hause entlassen zu werden. Andererseits aber war sie dankbar, dass sich die Aufmerksamkeit ihrer Familie nicht ausschließlich auf sie richten würde. Es war der Tag der Testamentseröffnung.

Ellinor hatte bei ihrem letzten Besuch auf Neles vorzeitige Entlassung gedrungen: »Es ist schon sehr entgegenkommend, dass wir nicht im Nachlassgericht antreten müssen. Die Leute vom Arbeiterrat hätten Erben wie uns mit Sicherheit dorthin zitiert. Das Mindeste, das wir daher tun sollten, ist, vollzählig bei dem Termin zu erscheinen, wenn dies irgendwie machbar ist.«

Natürlich wusste Nele, wie wichtig es war, die Geschäfte der Reederei endlich in Ellinors Hände zu legen. Auch wenn es keine Schiffe mehr gab, die unter der Dornhain'schen Flagge ausliefen. Ein Familienmitglied musste im Kontor die juristisch abgesegnete Präsenz zeigen. Um das Unternehmen abzuwickeln, aber auch, um einen Neuanfang zu wagen. Es musste schließlich irgendwie weitergehen. Das konnte nicht Wilhelm Eckert überlassen bleiben. Ellinor hatte Nele von Flugschiffen und Reisen am Himmel statt auf den Weltmeeren erzählt. Aber in ihrem Krankenbett, das gebrochene Bein hochgelagert, reichte Neles Horizont nicht so weit, um die Begeisterung der Älteren in irgendeiner Weise zu teilen.

Allerdings wusste Nele auch, dass sich Ellinor vor dem Tag fürchtete, an dem sie in das Büro ihres Vaters einziehen musste. Sievers' Attacke war ein Schatten, der ständig auf ihrer Schwester lastete. Doch nach der Bürgerschaftswahl war eine »Sicherheitswehr« eingesetzt worden, welche die Polizeitruppe der Räteherrschaft ersetzte und für die Entwaffnung der Zivilisten sorgen sollte. Selbst die Krankenschwestern sprachen davon, dass die neuen Männer im Stadthaus zwar noch keine Verringerung der vielen Raubüberfälle und Diebstähle, nicht einmal der täglichen Morde an Lebensmittelhändlern erreicht hätten, aber allein durch die vorgebliche Rechtschaffenheit für ein Gefühl der Sicherheit sorgten. Nele hoffte, dass Ellinor über den Angriff hinwegkommen werde, nachdem die alten Seilschaften nun wohl nichts mehr zählten.

»Fräulein Dornhain, Ihr Wagen ist da!«, meldete die Pflegerin in Neles Rücken.

Als hätte sie den dunkelgrünen Phaeton in der Auffahrt nicht längst erkannt!

Nele nickte, stützte sich wieder auf ihre Gehhilfen und humpelte vorsichtig ein paar Schritte. Dann musste sie innehalten, um Atem zu schöpfen. Das Laufen strengte sie fast so sehr an wie damals während ihrer Tuberkuloseerkrankung.

Zu ihrer größten Überraschung stieg plötzlich Richter aus dem Wagen und eilte auf sie zu. In ihre Freude über das Wiedersehen mischte sich der Schreck über seinen Anblick. Das Gefängnis hatte mehr Spuren hinterlassen als der Krieg, die alte Chauffeursuniform schlotterte um seinen Leib.

»Wie schön, dass Sie mich abholen können«, sagte Nele zur Begrüßung. »Ich wusste ja gar nicht, dass Sie wieder entlassen sind.«

»Gestern haben sich die Gefängnistore für mich geöffnet«, erklärte er feierlich, »und es ist mir eine große Ehre, die erste Fahrt hierhergemacht zu haben. Erlauben Sie mir, dass ich Sie zum Wagen trage?«

»Nein, nein. Um Himmels willen!« Nele schenkte ihm ein fröhliches Lachen. »Ich muss lernen, alleine zurechtzukommen. Wenn Sie der Krankenschwester meine Tasche abnehmen und ein bisschen Geduld mit mir haben, schaffe ich es schon.«

Es dauerte dann doch länger als erwartet, da sich die Türen zum Fond öffneten. Ellinor und Lavinia stiegen aus und kamen Nele entgegen, die Schwestern blieben mitten auf der Auffahrt stehen und umarmten sich. Anschließend hakten die beiden anderen Nele unter, sodass sie sich auf Ellinor und Lavinia stützte statt auf die Krücken, was zu einigem Gelächter führte.

So war es schon ewig nicht mehr zwischen uns, dachte sie beglückt, um sich jedoch gleich darauf zu fragen, wie lange die gute Stimmung wohl anhalten werde.

»Großmutter erwartet dich im Wagen«, sagte Ellinor. »Wir dachten, es wäre am sinnvollsten, wenn wir gleich alle zusammen herkommen und dann gemeinsam zum Notar fahren. Ganz ehrlich: Wenn es jetzt noch zu Verzögerungen in der Erbschaftssache kommt, laufe ich wahrscheinlich so lange mit dem Kopf gegen die Wand, bis alles geklärt ist. Und ich möchte nicht wissen, ob das mein Kopf oder die Wand besser übersteht.«

»Ich bin sicher, es wird alles gut«, beteuerte Nele.

»Die Verpflegung in der Klinik muss gut gewesen sein«, stellte Lavinia fest. »Du hast zugenommen. Das steht dir.«

»Ja«, erwiderte Nele schlicht.

Charlotte drückte Nele fest an sich, nachdem sich diese auf den Sitz hatte fallen lassen. »Geht es dir wirklich wieder gut, mein Kind?«, erkundigte sie sich besorgt.

»Was für eine Frage, Omama!«, rief Lavinia aus, bevor Nele antworten konnte. »Sie sieht so wohl aus. Früher dachte ich immer, ein Krankenhausaufenthalt wäre eine Qual, aber anscheinend ist es anders. Nele hat sich sichtlich erholt.«

Wenn sie doch nicht dauernd darauf herumhacken würde, dachte Nele entnervt.

»Ich habe mir nur das Schienbein gebrochen«, erinnerte

sie. Um das Thema zu wechseln, fügte sie hinzu: »Es ist wunderbar, dass Herr Richter uns wieder fahren kann.«

»So schlecht fuhr ich aber auch nicht«, maulte Livi prompt.

»Deinen Mut werde ich nie vergessen«, erwiderte Nele ernst. »Dafür bin ich dir unendlich dankbar. Dennoch ist es eine große Freude, Herrn Richter wieder unter uns zu wissen. Die Anklage wurde doch verworfen – oder muss er noch mit irgendwelchen Repressalien rechnen?«

»Selbstverständlich hat er das Gefängnis als unbescholtener Bürger verlassen!« Ellinor war offenbar empört, dass Nele etwas anderes für möglich hielt.

»Elli fand eine Entlastungszeugin«, wusste Lavinia zu berichten.

»Tatsächlich?«, fragte Nele überrascht.

Sie registrierte, dass Ellinor und Charlotte einen raschen Blick wechselten und daraufhin nach vorne sahen, als wollten sie Richters Augen im Rückspiegel begegnen. Die Trennscheibe verhinderte, dass der Chauffeur an der Unterhaltung im Fond teilnahm, aber gewisse Reaktionen konnte er durch den Spiegel wahrnehmen. Zwischen den dreien schien eine seltsame Einigkeit zu bestehen, geradeso, als teilten sie ein Geheimnis.

»Herrn Richter wurde der Name des angeblichen Opfers verschwiegen, weshalb er sich nicht ausreichend verteidigen konnte«, sagte Charlotte schließlich. »Ellinor gelang es herauszufinden, wer die Frau ist. Es war möglich, sie aufzutreiben und zu einer Aussage zu bewegen, sodass der Fall geklärt werden konnte.«

Ellinor nickte. »Leider ist es unter dem Arbeiter- und

Soldatenrat zu einer Reihe von willkürlichen Verhaftungen gekommen. Unser Rechtsanwalt berichtete, dass die neu eingesetzte Staatsanwaltschaft in vielen Fällen wegen Freiheitsberaubung gegen die führenden Genossen ermittelt.«

»Das nennt man dann wohl ein glückliches Ende«, resümierte Nele. Sie lehnte sich gegen die gut gepolsterte Rückbank, schloss die Augen und hoffte still, dass dies auch auf sie zutreffen möge.

Das Büro von Notar Dr. jur. Hagedorn befand sich in einem der eleganten klassizistischen, weißen Geschäftshäuser an der von Linden gesäumten Esplanade gegenüber dem Grandhotel. Auf dem Weg über den Stephansplatz war Nele aufgefallen, dass man die roten Fahnen von den öffentlichen Gebäuden eingeholt hatte. Zwar schien der Hunger weiter zu regieren, die meisten Passanten wirkten noch genauso bedrückt und schmal wie vor sechs Wochen, und an vielen Ecken bettelten Kriegsversehrte um Almosen, aber die Bedrohlichkeit fehlte. Vielleicht kam ihr das so vor, weil die Blockaden fehlten. Es waren auch nicht mehr so viele Männer mit Armbinden zu sehen wie vor ihrem Krankenhausaufenthalt. Offensichtlich hatten sich die Mächtigen der Revolution der Demokratie gebeugt.

Doktor Hagedorn empfing die Damen in einem mit dunklem Holz vertäfelten und alten englischen Schiffsstichen dekorierten Besprechungszimmer, dessen Mittelpunkt ein schwerer Eichentisch mit den dazu passenden, mit dunkelgrünem Samt bezogenen Stühlen bildete. Am Kopfende des Tisches lag eine schmale Aktenmappe.

»Wo ist Fräulein Tießen?«, fragte der Notar, nachdem er seinen Mandantinnen die Hand geschüttelt hatte.

Lavinia fing sich als Erste. »Wer?«

»Klara Tießen.« Hagedorn schielte nach dem Dokument. Da er sich anscheinend vergewissern wollte, trat er rasch an seinen Platz und öffnete es noch im Stehen. »Es besteht kein Irrtum. Der Name ist Klara Tießen und sie ist wohnhaft am Harvestehuder Weg zwölf.« Er hob seinen Blick zu Charlotte, die sich gerade an seine Seite setzte. »Ich bin sicher, ich hatte Sie gebeten, für die Anwesenheit aller Erben zu sorgen, gnädige Frau. Fräulein Tießen ist ebenfalls im Testament berücksichtigt. Ich kann nicht mit der Eröffnung beginnen, so lange sie nicht zugegen ist.«

»Klara ist durch einen wichtigen Grund verhindert«, erwiderte Charlotte ungerührt.

»Aber meine Einladung war deutlich, gnädige Frau!«

Charlotte lächelte liebenswürdig. »Ich weiß Ihre Gewissenhaftigkeit sehr zu schätzen, Doktor Hagedorn. Es ist aber sicher möglich, die Angelegenheit so zu behandeln, dass zunächst die Haupterbinnen den Inhalt des Testaments erfahren – und mögliche Legate den Betroffenen zu einem späteren Zeitpunkt mitgeteilt werden. Können wir nun bitte beginnen?«

»Ich bedaure außerordentlich ...«

Ein dumpfer Knall unterbrach Hagedorn. Lavinia hatte mit der flachen Hand auf den Tisch geschlagen. Sogar das Kind in Neles Bauch rührte sich vor Schreck. Mit flammendem Blick rief Livi aus: »Was hat die Eröffnung des Testaments meines Vaters mit unserem zweiten Hausmädchen zu tun?«

»Legate für zuverlässiges Personal sind nichts Ungewöhnliches«, sagte Nele matt und nahm gleichzeitig wahr, wie hohl ihre Worte klangen. Anscheinend hatte Victor weder Richter noch die Köchin oder Frieda berücksichtigt. Warum also nur das jüngste Mitglied der Dienerschaft? Jetzt erfasste auch sie Verwunderung.

Schweigen senkte sich über den Konferenztisch.

Schließlich verkündete Ellinor mit einem Aufstöhnen: »Er war auch ihr Vater!«

»Ellinor, hast du den Verstand verloren?«, kreischte Lavinia.

Ich fühle mich erbärmlich, wenn ich daran denke, was ich der Frau, die ich liebte, angetan habe. Ich sah jedoch keine andere Möglichkeit ...

Victors Worte hallten in Neles Kopf wider. Es war lange her, aber sie würde nie vergessen, mit welcher inneren Verzweiflung er von seiner verlorenen Liebe gesprochen hatte. War diese Frau Klaras Mutter? Was war aus ihr geworden?

Niemand reagierte auf Lavinia. Ihre älteste Schwester schwieg, ihre Großmutter nestelte an einem Taschentüchlein, was anscheinend ihre volle Aufmerksamkeit beanspruchte, und Nele hing ihren Erinnerungen nach.

Nach einer Weile räusperte sich Doktor Hagedorn. »Die Sachlage ist eindeutig, Frau Michaelis. Ich nahm an, Sie wüssten darüber Bescheid. Herr Dornhain hat mich schon vor langer Zeit für den Fall seines Todes instruiert. Er erklärte mir, dass er eine illegitime Tochter habe, die bei einer Ziehmutter in Glückstadt aufwuchs. Die leibliche Mutter stellte seinerzeit keine finanziellen Ansprüche gegen Herrn Dornhain und musste sich ihren Lebensunterhalt daher selbst verdienen. Allerdings war er durchaus geneigt, Fräulein von Carow eine Leibrente ...«

»Moment!«, rief Lavinia dazwischen. »Den Namen habe ich doch neulich erst gehört! War das nicht in irgendeinem Zusammenhang mit Richters Verhaftung?«

»Adele von Carow war ...«, hob Ellinor an, kam aber nicht weiter, weil Nele verblüfft einwarf: »Adele ist Klaras Mutter? *Unsere* Adele?«

»Adele? Welche Adele?« Lavinia wurde hysterisch. »Wieso weißt du von dieser Person und ich nicht?«

»Du wirst dich nicht an sie erinnern, du warst damals noch zu klein«, erklärte Ellinor. Mit ihrem sanften Ton versuchte sie offenbar, Ruhe in das Gespräch zu bringen. »Adele kam nach Mutters Tod in unser Haus. Sie war unsere Gouvernante.«

»Eine Gouvernante? Vater hat eine Angestellte ... ge... geschwängert!« Lavinia blieb vor Schreck der Mund offen stehen.

»Bitte führe eine andere Sprache«, mahnte Charlotte indigniert.

Hagedorn räusperte sich wieder. »Es tut mir leid, meine Damen, dass Sie dermaßen echauffiert sind, aber Sie sollten die Erinnerungen an den Verstorbenen vielleicht besser unter sich austauschen. Die Testamentseröffnung verlegen wir auf einen anderen Termin, bei dem es dann auch Fräulein Tießen möglich sein wird, zugegen zu sein.«

»Nein!« Jetzt schien auch Ellinor die Contenance zu verlieren. »Bitte! Eine Verschiebung dulde ich keinesfalls!«

»Wie ich bereits ausführte, sieht das Gesetz die Anwesenheit aller erbberechtigten Personen vor.«

Ellinor versuchte, sich wieder zu fassen. »Könnten Sie vielleicht bei uns anrufen und Klara bitten, umgehend hierherzukommen? Wenn es Ihre Zeit erlaubt, Herr Doktor Hagedorn, bräuchten wir sicher nur eine halbe Stunde, um auf ihre Ankunft zu warten.«

»Du willst dich doch nicht etwa mit Klara an einen Tisch setzen!«, protestierte Charlotte, aber ihre Stimme klang seltsam schwach.

»Was sonst, Großmutter? Es wird ohnehin Zeit, dass wir Nele und Livi über Vaters Abschiedsbrief informieren. Wir haben viel zu lange geschwiegen.«

»Er hat einen Brief hinterlassen?«, wunderte sich Nele. »Wusste er denn, dass er einen tödlichen Anfall erleiden würde? Ich dachte immer, solch ein Schicksalsschlag kommt ganz plötzlich.«

Charlotte war erbleicht. »Euer Vater ist desertiert«, presste sie zwischen den Lippen hervor. »Victor hat sich erschossen!«

»O mein Gott!« Fassungslos vor Schmerz und Trauer schlug sich Nele die Hand vor den Mund.

Lavinia starrte ihre Großmutter nur an. Und während sie sie ansah, liefen ihr Tränen über die Wangen. Als der Weinkrampf heftiger zu werden drohte, kreuzte sie ihre Arme auf der Tischplatte und legte ihren Kopf darauf. Ihr Körper bebte unter ihrem stillen Schluchzen.

»Ich habe Ellinor verboten, es euch zu sagen«, erklärte Charlotte leise. »Die Revolution brachte alles durcheinander. Und dann diese Tragödie. Ein Selbstmord in der Familie ist absolut inakzeptabel. Wir hätten uns von dem Skandal niemals erholt.«

Nele sah die alte Dame stumm an. Ihr Herz, das immer voller Liebe für ihre Großmutter war, verhärtete sich. Die Worte hallten in ihr nach wie das Echo eines Klagelieds. Es war immer nur um das Ansehen der Familie gegangen, nicht einmal im Tod war die Wahrheit kostbarer als die Ehre. Niemals waren die Gefühle des Einzelnen respektiert worden: bei ihrem Vater nicht, als er sich in Adele verliebte und eine weitere Tochter zeugte, und auch nicht bei ihr und Konrad. Wie verlogen, Klara nicht nur die Mutter, sondern auch alle Möglichkeiten zu nehmen, die ihr als Jüngste von Victor Dornhain eigentlich offenstanden, anstatt mit Anstand eine Mesalliance einzugehen und dem Bürgertum eine durchaus legitime zweite Ehe zu präsentieren. Statt Anerkennung hatte Klara die Anstellung als Dienstmädchen im Haushalt ihres Vaters und ihrer Großmutter erhalten. Wie abscheulich, dass sich Victor und Charlotte von ihr hatten bedienen lassen, wohl wissend, in welcher Beziehung sie zueinander standen. Sogar Ellinor wusste davon und hatte nichts unternommen. Nele schüttelte innerlich den Kopf, in ihr loderte wilder Zorn. Das ist alles so würdelos, dachte sie bitter. Aber frei von Skandalen.

»Am besten lasse ich Sie kurz alleine.« Hagedorn schien der Anspannung, die in der Luft lag, entfliehen zu wollen. »Ich werde das Telefongespräch anmelden und Fräulein Tießen herbitten.«

»Ich würde vorschlagen, dass Sie ihr den Grund für Ihre Bitte nicht verraten«, meldete sich Ellinor unerwartet sachlich zu Wort. »Die Wahrheit dürfte sie reichlich durcheinanderbringen. Sagen Sie ihr bitte, meine Großmutter verlangt unverzüglich nach ihr. Das dürfte genügen.«

Nachdem sich die Tür hinter dem Notar geschlossen hatte, herrschte Schweigen, unterbrochen nur von Livis leisem Wimmern.

Zwar konnte Nele dem Drang nicht nachgeben, fortzulaufen, so weit es ging, aber sie konnte wenigstens etwas Distanz zwischen sich und den Rest ihrer Familie bringen. Sie erhob sich von ihrem Stuhl, griff nach den Krücken und humpelte zum Fenster. Die fragenden Blicke ihrer Großmutter und Ellinors schienen ihren Rücken zu durchbohren. Sie spürte sie so deutlich, als würde sie den beiden in die Augen sehen.

»Ich brauche frische Luft!«, verkündete sie, als sie die belastende Stille nicht mehr ertrug. Ungeschickt drehte sie den Knauf, bis das Fenster endlich aufsprang. Ein milder Frühlingshauch wehte ihr eine Haarsträhne aus dem Gesicht, als sie sich nach draußen beugte. Auf der Straße entdeckte sie den dunkelgrünen Phaeton. Ein Gedanke ging ihr durch den Kopf wie eine vom Himmel fallende Sternschnuppe. Langsam wandte sie sich wieder um.

»Was hat Richter mit der ganzen Sache zu tun?«

»Dieser Sievers ... dieser ...«, Ellinor rang für einen Moment um Fassung, dann: »Bruno Sievers, der frühere Gesindemakler, sann auf Rache. Nachdem er vergeblich versucht hatte, Vater zu erpressen, suchte er sich das nächste Opfer. Er verging sich an Adele. Wenn sie ihm nicht zufällig begegnet wäre, hätte er sich wahrscheinlich eine von uns, sicher aber Klara ausgesucht. Adele flüchtete sich zu Richter, mit dem sie über die Jahre losen Kontakt gehalten hatte. Dann beging Richter den Fehler, nun seinerseits eine Erpressung zu wagen. Er konfrontierte Sievers mit seinem Wissen und trotzte ihm unseren Wagen und eine Fahrerlaubnis ab. Damit wurde auch er zur Zielscheibe von Sievers' Bösartigkeit. Die Sache eskalierte bekanntlich, als ich mit Commander Bellows im Kontor auftauchte. Als er wusste, dass er sterben würde, nutzte Sievers seine letzte Gelegenheit, unsere Familie in Misskredit zu bringen. Vermutlich nahm er wirklich an, dass Adele aus Scham ins Wasser gegangen war. Sie hatte ja aus Angst vor weiteren Übergriffen bei Richter Schutz gesucht.«

Lavinia hob den Kopf. Verstört sah sie in die Runde. »Bin ich schuld wegen der Sache mit Meta damals? Ich dachte doch nicht, dass sie mein Vertrauen missbraucht und diese Kette von schlimmen Geschichten in Gang bringt.«

»Unsinn«, beteuerte Charlotte.

»Wir sollten endlich aufhören, uns an Ehrvorstellungen und Halbwahrheiten zu klammern, anstatt der Realität ins Auge zu sehen«, sagte Nele, bevor sie ihre Entscheidung ausreichend durchdacht hatte. Livi hatte ihr das Stichwort gegeben.

Jetzt oder nie, dachte sie und fuhr tapfer fort: »In unserer Familie sind ein paar Dinge geschehen, die viele Menschen auf schreckliche Irrwege leiteten und deshalb endlich einer Korrektur bedürfen.«

Sie legte eine Kunstpause ein, wartete, dass sie die volle Aufmerksamkeit ihrer Großmutter und ihrer Schwestern erfuhr. Für einen Moment kam es ihr vor, als säße Konrad mit am Tisch. Er hatte so lange darauf gewartet, dass sie sich endlich unumwunden zu ihm bekannte. Sie wollte ihn heiraten. Aus ganzem Herzen. Gleichgültig, was Lavinia davon hielt und wie lange es noch dauern würde. Sie gehörten zusammen und ihr Kind sollte nicht im Souterrain versteckt werden müssen. Nele beschloss, sich nach der Testamentseröffnung nur noch kurz am Alsterufer einzufinden. Sie würde ihre wichtigsten Sachen zusammenpacken, in Ermangelung von Konrads privater Adresse ein Telegramm an die Kunsthochschule senden und dann den nächsten Zug nach Weimar nehmen.

»Ich möchte euch eine wichtige Mitteilung machen«, begann sie und beobachtete, wie Ellinor die Luft anhielt.

14

Zum ersten Mal in ihrem Leben verspürte Klara den dringenden Wunsch nach einem Fläschchen mit Riechsalz.

Sie zweifelte nicht an dem, was ihr der Notar eben eröffnet hatte. Es war kein übler Scherz. Weder Doktor Hagedorn noch Charlotte Dornhain hätte sie in die Kanzlei beordert, wenn nicht der Wahrheit entspräche, dass sie, Klara Tießen, Victor Dornhains illegitime Tochter war. Kurz hatte sie erwogen, dass es sich vielleicht um einen Irrtum handeln könnte. Es sollte ja vorkommen, dass Frauen schwanger wurden und nicht genau sagen konnten, wer der Vater des Kindes war. Von solchen Dingen hatte Klara schon gewusst, als sie noch bei ihrer Ziehmutter in Glückstadt lebte. Aber auch diesen Gedanken schob sie rasch zur Seite. Wenn er sich seiner Vaterschaft nicht sicher gewesen wäre, hätte Victor Dornhain sie niemals in seinem Testament bedacht.

Bilder des strengen, aber gütigen Reeders traten vor ihr

geistiges Auge. Sie blickte so lange in sich hinein, bis die Erinnerungen durcheinanderwirbelten wie bei einem Kaleidoskop. Den Mittelpunkt der Spiegelungen bildete plötzlich das schöne, früh gealterte Gesicht der Frau, die Klara bei den Richters angetroffen hatte. Adele von Carow. Ihre Mutter. Eine Verrückte, vor der sie sich auf seltsame Weise gefürchtet hatte. Vielleicht hatte sie sie erkannt. Dann war verständlich, warum sie sich so seltsam verhielt. Das Karussell in Klaras Kopf drehte sich immer schneller, als ihr bewusst wurde, dass Ellinor, Nele und Lavinia ihre Halbschwestern waren – und die gnädige Frau ihre Großmutter. Schwindel erfasste sie, es wurde ihr übel.

Klara senkte die Lider, schaute wieder auf, blickte sich vorsichtig um. Fast alle an dem großen Konferenztisch sahen irgendwohin, nur nicht direkt zu ihr. Bis auf Nele. Ihre Augen begegneten sich. Ein wenig unsicher anfangs, aber dann mit festem Blick. Nele, die Klara von ihrer ersten Begegnung an bewunderte, schien ihr auf diese Weise zu signalisieren, dass sie ihr willkommen war. Und hätte Klaras Herz nicht längst an der mittleren Tochter gehangen, es wäre ihr in diesem Moment in tiefer Ergebenheit zugeflogen.

»Herr Dornhain hat sich Ihnen gegenüber als sehr großzügig erwiesen, Fräulein Tießen«, hörte sie Doktor Hagedorn durch den Nebel ihrer Emotionen sagen. »Sie haben nun die Möglichkeit, ein sorgloses Leben zu führen. Sollten Sie dabei Beratung benötigen, stehe ich Ihnen selbstverständlich zur Verfügung.«

Sie nickte. Unfähig zu sprechen.

»Ich nehme an, dass Sie künftig nicht mehr für die

Familie als Hausmädchen tätig sein werden«, setzte der Notar hinzu.

»Selbstverständlich nicht!«

Charlotte Dornhains entrüsteter Ausruf traf Klara wie ein Pfeil. Dass sie mit dem Geldsegen ihr Zuhause im Souterrain der Villa am Alsterufer verlor, verstärkte ihre Konfusion. Wo sollte sie denn hin? Ihre Ziehmutter lebte nicht mehr ...

»Wir können Klara doch nicht einfach von einer Stunde auf die andere auf die Straße setzen!«, widersprach Nele. »Ich meine, dass wir auch eine Verpflichtung ihr gegenüber haben.«

»Am besten wäre natürlich, Klara würde raschestmöglich heiraten«, erwiderte ihre Großmutter. »Eine angemessene Ehe hielte auch den Skandal in Grenzen. Gewiss würde keinem unserer Bekannten auffallen, über welch ansehnliche Mitgift unser ehemaliges Dienstmädchen verfügt. Ich gehe davon aus, dass wir uns auch weiterhin in unterschiedlichen Kreisen bewegen.«

»Eine Ehe birgt die größte Sicherheit für eine Frau«, stimmte Hagedorn zu. »Sofern sie nicht mit einem Mitgiftjäger geschlossen wird.« Sein Kommentar war vermutlich lustig gemeint und sollte die Stimmung auflockern, doch keine der Damen lachte.

In sachlichem Ton meldete sich Ellinor zu Wort: »Soviel ich weiß, ist Klara mit dem Sohn des Uhrmachers Rosenberg verlobt. Doch der ist noch nicht aus dem Krieg heimgekehrt. Deshalb dürfte eine Heirat im Moment nicht an erster Stelle von Klaras Plänen stehen.«

Sie sprechen über mich, als wäre ich gar nicht anwesend,

fuhr es Klara durch den Kopf. Ein guter Dienstbote ist im Haushalt wie ein Möbelstück, seine Anwesenheit gilt als selbstverständlich und fällt im besten Falle nicht auf. Das hatte ihr Frieda am Anfang mal erklärt und daran schien sich auch nichts zu ändern, nachdem sie zum Familienmitglied geworden war.

»Vielleicht sollten wir Klara selbst einmal sagen lassen, was sie nun zu tun gedenkt.«

Überrascht blickte Klara zu Lavinia. Ausgerechnet die verwöhnteste aller Dornhain-Töchter machte den praktischsten Vorschlag. Ihr kam trotzdem kein Wort über die Lippen.

Lavinia schien sich in ihrer Rolle zu gefallen, denn sie fuhr unverdrossen fort: »Da Klara nun über ausreichend Geld verfügt, um sich in einem guten Hotel einzumieten, sollten wir ihr bei der Wahl ihres Quartiers behilflich sein. Ich gebe ihr gerne ein paar Kleider von mir, damit sie angemessen ausstaffiert ist. In ihren alten Sachen wird sie ja nun kaum herumlaufen können – und zu kaufen gibt es bekanntlich nichts. Ich finde, dies wäre ein guter Anfang.«

Was soll ich allein in einem Hotel den ganzen Tag lang tun?, dachte Klara erschüttert. Sie brauchte eine Aufgabe, eine ordentliche Tätigkeit, die ihr die Sorgen und Grübeleien nahmen. So viele Fragen, Erinnerungen, Gedanken stürmten auf sie ein. Wie sollte sie damit zurechtkommen? Sie würde über kurz oder lang verrückt werden, davon war sie überzeugt, und dagegen half auch kein Geld der Welt.

Wahrscheinlich sind die Moneten das größte Problem!

Eine Stimme hallte durch Klaras Kopf. Henning Claassen. Er war der einzige und beste Freund, den sie besaß. Sie musste mit ihm reden. Er würde sie verstehen und bestimmt eine Lösung finden – sofern einer wie er nicht abgeschreckt wurde von der Tatsache, dass sie sich als uneheliche Tochter des Reeders entpuppte. Nun verfügte sie über einen bescheidenen Reichtum, aber immense Probleme hatte sie trotzdem. In welchem Zusammenhang hatte er diesen Satz eigentlich gesagt?

»Klara!«, drängte Lavinia. »Nun sag doch etwas! Dir ist ein Wunder geschehen und du ...«

»Siehst du nicht, dass sie unter Schock steht?«, warf Nele ein.

»Das stehen wir alle«, murmelte Charlotte Dornhain. »Und nicht nur wegen Klara.«

»Ich möchte nach Russland ... ich meine, in die Sowjetunion ... reisen«, hörte Klara sich mit leiser, brüchiger Stimme sagen. Eigentlich sprach sie nicht zu den versammelten Mitgliedern ihrer neuen Familie und dem Notar, sondern zu sich selbst. Sie wollte die Gedanken in Worte fassen, die ihr durch den Kopf gingen. Laut klangen sie aber gar nicht so hirnrissig. Unter den gegebenen Umständen waren sie sogar die logische Konsequenz aus ihrem Erbe.

»Gütiger Himmel«, entfuhr es der alten Dame, »ich hatte alles erwartet, nur nicht, dass Klara eine Kommunistin ist!«

»Das bin ich nicht«, widersprach Klara hastig, »und es geht mir um Menschlichkeit und Liebe und nicht um Politik. Ich habe von einer schwedischen Krankenschwester gelesen, die sich für das Rote Kreuz um deutsche Kriegsgefangene in Sibirien kümmert.«

»Sie heißt Elsa Brandström. Man nennt sie auch den Engel von Sibirien«, stimmte Nele zu. Sie sah Klara aufmerksam an, schien als Erste den Sinn dessen zu erfassen, was Klara sagen wollte: »Möchtest du dich ihr anschließen, um Gabriel Rosenberg nach Hause zu holen?«

Klara nickte, wieder sprachlos.

»Wie romantisch«, murrte Charlotte, »aber selbstverständlich absolut undurchführbar.«

»Fräulein Tießen ist volljährig. Sie kann tun und lassen, was sie möchte.« Hagedorn zog seine Taschenuhr hervor, ließ den Deckel geräuschvoll aufschnappen und blickte auf das Zifferblatt. Offenbar war das seine Art, den Damen mitzuteilen, dass seine Zeit begrenzt war. Aber keine achtete wirklich darauf.

Nele sagte: »Wenn du möchtest, helfe ich dir, Kontakt zu Elsa Brandström aufzunehmen. Ich kenne ein paar Leute beim Roten Kreuz, die dir weiterhelfen können. Du musst dir nur ganz sicher bei dem sein, was du vorhast. Die Reise nach Sibirien wird kein Spaziergang.«

»Ach«, Lavinia machte eine wegwerfende Handbewegung, »da ich die Westfront überlebt habe, wird Klara es wohl im Osten schaffen.«

»Seid ihr nicht mehr bei Trost?«, brach es aus der Großmutter heraus. »Es ist unverantwortlich, dass wir unser Personal ... dass wir Klara nach Russland schicken. Dort herrscht Bürgerkrieg. Das ist kein Umfeld für ein junges Mädchen. Außerdem ist das Geldverschwendung. Klara sollte besser an ihre Zukunft denken. Und natürlich auch daran, keinen Skandal zu entfachen.«

Endlich fasste Klara den Mut, die alte Dame direkt anzusprechen: »Das tue ich, gnädige Frau. Ich denke an nichts anderes. Gabriel ist meine Zukunft. Ihn möchte ich heiraten. Deshalb werde ich ihn zurück nach Hause holen. Da ich nun die Mittel dafür besitze, möchte ich nichts anderes.«

»Es macht bei deinen Freundinnen sicher einen guten Eindruck, wenn unser ehemaliges zweites Hausmädchen als Mitarbeiterin des Roten Kreuzes zu den Kriegsgefangenen geht«, beschwichtigte Ellinor ihre Großmutter. »Niemand muss erfahren, wie ihr Vorhaben finanziert wird. Du brauchst dich nicht wegen eines Skandals zu sorgen.« Sie fügte nicht hinzu, dass die illegitime Schwester auf diese Weise elegant von der Bildfläche verschwand, aber Klara verstand sie sehr wohl.

»Klara, kannst du schauspielern?«, fragte Nele plötzlich. Alle starrten sie an.

»Ich weiß nicht ...«, hob Klara zögerlich an, brach aber hilflos ab.

»Wenn du es könntest, sollten wir ein wenig Theater spielen«, erklärte Nele. »Es wird nur einen oder zwei Tage dauern. So lange brauche ich, um meine alten Kontakte beim Roten Kreuz aufleben zu lassen. Ich werde mich beeilen, weil ich selbst Hamburg verlassen möchte. Aber dir tue ich gerne den Gefallen. Wenn du versprichst, mit niemandem im Haushalt über deine neue Verbindung zu uns zu reden, kannst du gewiss noch so lange unter den Dienstboten bleiben, bis alles geregelt ist.«

Charlotte schnappte hörbar nach Luft, was Klara ihr nicht verdenken konnte. Ihr stockte ja selbst der Atem.

Unbeirrt fuhr Nele fort: »Ich denke, du wirst einen Kursus als Krankenpflegerin absolvieren müssen. Das wird dich deinem Ziel näher bringen, auch wenn es aufwendig erscheint, und sicher wirst du in einem Schwesternheim unterkommen. Damit wären alle Probleme gelöst. Du musst nur noch für kurze Zeit deine alten Pflichten als Dienstmädchen erfüllen. Sobald wir die organisatorischen Dinge mit dem Roten Kreuz geklärt haben, kannst du kündigen.« Sie schenkte Klara ein Lächeln und zwinkerte verschwörerisch.

»Nicht nur Klara benötigt für die Umsetzung deiner Ideen ein schauspielerisches Talent«, bemerkte Ellinor trocken, »sondern wir auch.«

Lavinia nickte. »An mir soll's nicht liegen. Endlich passiert mal etwas.«

»Du darfst dich nicht beklagen, mein Kind. Am heutigen Tag ist allerlei passiert.«

Charlotte nickte Hagedorn zu. Unverzüglich sprang er auf und half ihr von ihrem Stuhl an seiner Seite. Ihre Enkeltöchter erhoben sich ebenfalls, eine nach der anderen, wobei Klara mit dem Automatismus einer Untergebenen am schnellsten reagierte. Für einen Moment standen alle stumm da. Klara blickte so unsicher zu der alten Dame hin, als erwartete sie eine kirchliche Absolution.

»Nun gut«, entschied Charlotte. »Wir machen es so, wie Nele es vorgeschlagen hat. Ich kann mich auf dich verlassen, nicht wahr, Klara?«

Eine Lawine von Steinen rollte ihr vom Herzen. Klara konnte nicht anders: Sie versank in einen tiefen Knicks, ergriff Charlottes Hand und führte sie an ihre Lippen.

15

Dunst hing über den Äckern und Wiesen in Fuhlsbüttel. Er lag wie ein Schleier auf der Erde, während am bleichen Himmel die ersten Sonnenstrahlen durchschimmerten und die letzten von der Nacht übrig gebliebenen Sterne vertrieben. Ein herrlicher Tag brach an.

Richter ließ den Wagen in langsamem Tempo an der Luftschiffhalle vorbei zu der asphaltierten Piste rollen, wo sich trotz der frühen Morgenstunde bereits zahlreiche Schaulustige versammelten. Die Bahn hatte ihre besten Zeiten aber wohl bereits mit der Aufgabe des Feldes als Militärflugplatz hinter sich, der Weg wirkte ziemlich holperig. Ellinor wurde gehörig durchgeschüttelt. Doch sie hielt jedes Schlagloch tapfer aus. Wenn sie schon im Automobil zusammenzuckte, brauchte sie die Reise in einem Passagierflugzeug sicher gar nicht erst anzutreten.

Alles wirkte maroder, als sie es sich vorgestellt hatte. Ob Wilhelm Eckerts Skepsis bezüglich einer größeren Investition in die Luftfahrt vielleicht doch berechtigt war? Die Reste von eingetretenen Latten und vereinzelte aus dem Erdreich ragende Holzstümpfe zeugten von einem Zaun, der die Anlage früher vor unerwünschten Besuchern geschützt hatte. In der Not des Winters war vermutlich Brennmaterial daraus geworden. Ersatz gab es nicht, was den Eindruck nicht verbesserte. Ungehindert scharten sich Männer und Frauen jeden Alters, manche mit ihren Kindern an der Hand, um die riesigen, auf der Wiese parkenden Vögel. Männer in pelzgefütterten Jacken und mit ledernen Kappen auf dem Kopf versuchten, sich einen Weg durch die Gruppen zu bahnen, doch selbst diejenigen, die Postsäcke schleppten, fanden kaum hindurch. Freiwillig schienen die Gaffer ihre Plätze nicht einmal für die Piloten zu räumen.

»Wir können jederzeit umkehren, wenn du es möchtest«, sagte Christian Schulte-Stollberg. Er hatte es sich nicht nehmen lassen, Ellinor nach Fuhlsbüttel zu begleiten. So sitze er wenigstens neben ihr in Victor Dornhains Wagen, wenn schon nicht an Bord der Junkers-Maschine, hatte er seinen Wunsch begründet. Dass er dafür in der Morgendämmerung aufstehen musste, schien ihn nicht zu beeindrucken. Müßiggang war seine Sache nicht. Er wirkte so korrekt und präsent wie zu jeder späteren Stunde des Tages.

Trotz der Aufregung konnte Ellinor ihre Müdigkeit jedoch nicht verbergen. Sie versuchte, ein Gähnen zu unterdrücken. »Ich habe mir fest vorgenommen, die Reise am Himmel zu wagen. Du stimmst doch mit mir überein, dass der Flugverkehr eine große Chance für unsere wirtschaftliche Zukunft ist.«

»Inzwischen bin ich mir dessen nicht mehr so sicher.« Nachdenklich blickte Christian aus dem Fenster. »Bis jetzt sind noch nicht alle Forderungen aus dem Friedensvertrag bekannt. Dass alle Militärflugzeuge des Deutschen Reiches ausgeliefert werden müssen, ist beschlossene Sache. Das verwundert nicht. Aber wie verhält es sich mit den zivil genutzten Luftschiffen und anderen Fluggeräten? Vor allem mit Neubauten und sensationellen technischen Entwicklungen wie der Junkers F 13? Nach der Übereignung der Handelsflotte rechne ich mit allem, Ellinor.«

»Na wunderbar!«, kommentierte sie die düsteren Aussichten sarkastisch. »Wenn es so kommen sollte, habe ich meine Chance immerhin genutzt. Wer weiß, wann ich noch einmal fliegen darf?!«

»Ich bin sicher, dass sich die Zeiten irgendwann zum Besseren ändern werden.« Er griff nach ihrer Hand, verwob ihre Finger in seine. »Ich werde dir die Welt zu Füßen legen, wenn ...«

»Das tust du doch bereits jetzt, indem du mir deine Fahrkarte überlässt.«

»... wenn du mich heiraten wirst«, schloss er in einem etwas weniger enthusiastischen Ton.

Ellinor entzog ihm ihre Hand. »Ich verspreche dir, dass wir über unsere Zukunft reden, wenn ich aus Berlin zurück bin.« Da sie ihm die Enttäuschung über ihr mangelndes Entgegenkommen ansah, schenkte sie ihm ein gewinnendes Lächeln. »Bis dahin sorgst du als neu gewähltes Mitglied der Bürgerschaft für Ordnung und dafür, dass die Hamburger Unternehmen bald wieder Profit machen können.«

»Ich gebe mir Mühe.«

»Pass gut auf dich auf! Noch haben sich die Zeiten nicht gewandelt. Wie man hört, brodelt es wieder in der Arbeiterschaft.«

Christians Augenbrauen hoben sich. »Wo hört man denn so etwas? Sind diese Informationen das Ergebnis deiner neuen Kontakte zur Presse?«

Sein abfälliger Kommentar ärgerte sie. »Herr Eckert informierte mich.« Sie klopfte gegen die Trennscheibe, die nicht ganz zugezogen worden war, und rief durch den offenen Spalt: »Bitte halten Sie hier an, Herr Richter.«

Das Automobil bremste, das Brummen des Motors erstarb.

»Ich lasse dich nicht gerne allein auf diese Reise gehen ...«, begann Christian.

Sie seufzte. »Das merke ich. Aber nun sind wir hier und ich werde meine Meinung nicht ändern.«

»Wie bin ich nur auf den Gedanken verfallen, dir dieses dumme Ticket zu überlassen?«

Richter stand auf Ellinors Seite und riss den Wagenschlag auf.

»Das ›dumme Ticket‹ kostet mehr als das Doppelte eines durchschnittlichen Monatslohns. Deshalb gedenke ich es jetzt zu nutzen.« Sie reichte Christian die Hand. »Unterlasse dieses Theater, mein Lieber, und wünsche mir eine gute Reise. Selbst meine Großmutter hat sich mit dem unkonventionellen Verkehrsmittel abgefunden. Du brauchst mich übrigens nicht bis zum Einstieg zu bringen.«

Christian neigte sich vor und hauchte ihr einen zarten Kuss auf die Wange. »Mir macht nicht nur das Fahrzeug Sorgen, sondern auch dein Begleiter. Schau mal, da ist er schon.« Er ließ sie los und zeigte ziemlich unerzogen mit dem Zeigefinger durch die offene Tür.

Sie erkannte die Gestalt sofort, die sich von den Wartenden gelöst hatte und auf den Wagen zugelaufen kam. Dabei hatte Jens Lehmbrook Mühe, mit dem einen Arm gleichzeitig seine Tasche und seinen Hut festzuhalten. Seine Gestik war nicht gerade sehr elegant. Er wirkte äußerst ungeschickt. Und ungemein rührend.

»Bist du etwa eifersüchtig?«, fragte Ellinor, ohne die Augen von dem Mann zu lassen, der auf sie zueilte.

»Nein«, gab Christian trocken zurück. »Das bin ich nicht. Vielmehr treibt mich die Sorge um deinen guten Ruf um.«

Was bist du nur für ein Dummkopf!, dachte Ellinor. Laut sagte sie: »Um meinen Ruf brauchst du gewiss nicht zu fürchten. Wenn das deine einzige Sorge ist, bin ich ja beruhigt. Auf Wiedersehen.« Sprach's und stieg behände aus. Sie wollte ihm keine Gelegenheit zu einer Antwort geben.

»Bringen Sie Herrn Schulte-Stollberg bitte zurück in die Stadt«, wies sie Richter an, obwohl dies natürlich nicht notwendig gewesen wäre. Der Chauffeur würde ihren alten Freund sicher nicht am Rande des Flugfelds aussetzen.

»Selbstverständlich, gnädiges Fräulein.« Er tippte sich gegen die Mütze, verbeugte sich knapp. »Hals- und Beinbruch wünsche ich Ihnen, wenn ich das mal so salopp sagen darf.«

Ellinor nahm Richter schmunzelnd ihre kleine Reisetasche ab, reichte ihm dann die Hand zum Abschied. »Sie dürfen. Maat Claassen hat mir schließlich schon Mast- und Schotbruch gewünscht. Ich wüsste gern, wie man unter Fliegern dazu sagt, um gleich die richtigen Worte benutzen zu können.«

»Holm- und Rippenbruch«, meldete eine tiefe Männerstimme neben ihr.

Sie drehte sich um. »Wie bitte?«

Jens Lehmbrook zuckte grinsend die Schultern. »Man sagt in der Luftfahrt *Holm- und Rippenbruch*. Ich habe mich erkundigt.« Mit gesenkter Stimme fügte er hinzu: »Es ist schön, dass Sie gekommen sind.«

»Hatten Sie etwas anderes erwartet?«

»Erlauben Sie einem Mann keine Zweifel?«

»Nicht, wenn es sich um meine Person handelt.«

»Das macht Sie so besonders, Fräulein Dornhain. Die meisten Frauen legen es darauf an, einen Mann möglichst lange an der Nase herumzuführen. Sie aber lassen einen nicht im Unklaren über Ihre Haltung.«

Ellinor warf einen Blick zurück auf den Wagen. Richter saß inzwischen wieder hinter dem Steuer und lenkte das Fahrzeug vorsichtig durch die Menge. Durch die Scheibe erkannte sie im Inneren Christians vertrautes Gesicht. Seiner Miene nach machte er sich trotz ihres rüden Widerspruchs Sorgen. Wohl mit Recht, fuhr es ihr amüsiert durch den Kopf.

»Sie haben keine Ahnung von mir«, sagte sie zu Lehmbrook. Dann straffte sie die Schultern. »Wir sollten den Piloten nicht warten lassen. Sind wir die einzigen Passagiere an Bord?«

»Es reisen noch zwei Herren nach Berlin«, berichtete der Reporter, während er versuchte, mit ihr Schritt zu halten.

Sie marschierte energisch los, bahnte sich eine Gasse durch die Zuschauer.

»Halten Sie auf das Flugzeug mit den großen Tragflächen dort drüben zu, das neben dem Doppeldecker steht. Da sind wir richtig«, erklärte er im Laufen. »Die Maschine ist ganz neu und verfügt über vier Plätze. Es ist das erste Flugzeug, das es den Passagieren ermöglicht, in einem geschlossenen Raum zu sitzen. Bis vor Kurzem musste man hinter dem Piloten in einer offenen Kabine Platz nehmen. Bei einer Geschwindigkeit von weit über einhundert Kilometern die Stunde war das in der Höhe sicher nicht angenehm.«

»Ich nehme an, man hat furchtbar gefroren.«

Lehmbrook musterte sie von der Seite. »Zumindest wären Ihre hübsche Jacke und dieser nette kleine Federhut gänzlich unpassend gewesen.«

Dank Lavinia hatte sie sich etwas aufwendiger gekleidet. Die Kleine verfügte über einen schier unglaublichen Fundus an Garderobe. Wann hatte sie diese vielen Sachen eigentlich alle gekauft? Ellinor hatte neben ihrer jüngsten Schwester vor deren Kleiderschrank gestanden und sich gefühlt wie in der vornehmsten Abteilung von Hermann Tietz' Warenhaus – in Vorkriegszeiten. Eine Schneiderin war gerufen worden, um einige Änderungen vorzunehmen. Das Kostüm musste passend für Ellinors Figur gemacht werden und Lavinia wünschte sich die eine oder andere Modernisierung für ein paar Sommerkleider. Obwohl Livi so tat, als nehme sie die erneute Einladung von Hauptmann von Amann nicht so wichtig, war Ellinor überzeugt, dass sie bereits die ersten Vorbereitungen dafür traf. Allerdings standen Lavinias Glück die Unruhen überall im Reich im Wege. Nicht nur in Berlin und München flammten immer wieder blutige Auseinandersetzungen zwischen Demokraten und Spartakisten oder Kommunisten auf – Ellinor hatte voller Bestürzung in der gestrigen Zeitung gelesen, dass der sächsische Kriegsminister von einem aufgebrachten Mob in Dresden gelyncht worden war. Unter diesen Vorzeichen versprach ihre Reise am Himmel deutlich mehr Sicherheit als womöglich eine Zugfahrt die Ostsee entlang.

Die breiten Tragflächen des Metallflugzeugs schimmerten silbern in der Sonne. Es war das einzige Verkehrsmittel seiner Art, die anderen Maschinen schienen überwiegend aus Holz und Stoff gebaut zu sein. Ellinor konnte das Material auf die Entfernung nicht erkennen, aber sie nahm sich vor, sich nach ihrer Rückkehr genau zu erkundigen, wie es sich etwa mit dem Doppeldecker daneben verhielt. Der Rumpf »ihrer« Maschine war komplett geschlossen, das Cockpit jedoch offen wie bei den altmodischeren Exemplaren, eine kleine Scheibe sorgte für einen gewissen Schutz des Piloten, ohne ihm gleich die Sicht zu nehmen.

Ein Kribbeln zog durch ihren Körper. Faszination und Fragen stürmten gleichzeitig heftig auf sie ein. Kühn wandte sie sich an einen jungen Mann in der üblichen Fliegerkluft, der die Postsäcke überprüfte, die transportbereit auf der Wiese neben dem großen, silbernen Vogel gestapelt waren und nur noch verstaut werden mussten: »Können Sie mir vielleicht sagen, ob die Möglichkeit besteht, vorne beim Piloten zu sitzen?«

Er richtete sich erstaunt auf. »Da ist normalerweise mein Platz. Ich bin der Copilot. Auf kurzen Strecken kann auch mal ein Passagier auf dem fünften Sitz mitgenommen werden. Heute nach Berlin braucht mich der Chef allerdings.«

»Vielen Dank für Ihre Auskunft.« Ellinor strahlte ihn an. Insgeheim beschloss sie, ihren nächsten Flug nicht mehr in der Kabine zu erleben. Wenn schon, denn schon. Halbe Sachen waren nichts für sie.

Lehmbrook lehnte gegen den Rumpf und beobachtete

die beiden Herren von elegantem Habitus und mittlerem Alter, die gerade über den Flügel zur Kabinentür kletterten. Bei denen handelte es sich offenbar um ihre Mitreisenden. Wahrscheinlich waren es Geschäftsleute, möglicherweise Politiker, vielleicht auch Gutsbesitzer. Jedenfalls deutete alles an ihnen darauf hin, dass es sich um zwei vornehme Herren von Stand handelte. Ellinor lächelte. Ihre Großmutter wäre begeistert über diesen Umgang.

Als Ellinor neben ihn trat, raunte Lehmbrook ihr zu: »Ein Startenor und ein Musikdirektor. Wenn der eine nicht anfängt zu singen und der andere seinen Dirigierstab eingepackt lässt, steht uns ein ruhiger Flug bevor.«

»Da habe ich falsch geraten«, wisperte sie kichernd.

»Dachten Sie, der feine Zwirn wiese auf uralten Adel hin? Du lieber Himmel, haben Ihresgleichen es noch immer nicht bemerkt? Die Zeiten ändern sich! Die bessere Gesellschaft von früher wird heutzutage durchsetzt von Leuten, die aussehen wie Prinzen, mit denen sich aber hochwohlgeborene Herrschaften niemals freiwillig an einen Tisch setzen würden, geschweige denn in ein Flugzeug.«

»Nun, Sie sind ja auch an Bord.«

Er grinste. »Ich liebe Ihre Schlagfertigkeit.«

Wie es wohl wäre, wenn er mehr liebte als das?, fragte sie sich prompt.

Der Pilot rettete sie aus dem allzu frivolen Wirrwarr ihrer Gedanken. Mit einem Klemmbrett in der Hand, auf dem er sich Notizen machte, trat er vor sie und Lehmbrook. Er war ein sehr großer, sehr magerer, sehr attraktiver Mann, der trotz seines Aussehens die für seinen Beruf wünschenswerte Ruhe ausstrahlte. Zum ersten Mal wurde

Ellinor die ganze Tragweite ihrer Reiseplanung bewusst – diesem Mann vertraute sie ihr Leben an!

»Kardorff«, stellte er sich vor. »Ich werde Sie nach Berlin fliegen. Und Sie sind Fräulein Dornhain, nehme ich an?!«

»Ellinor Dornhain«, bestätigte sie mit einem Nicken.

»Mir wurde gesagt, dass Sie Anteilseignerin der Hamburger Luftschiffhallen sind.«

Stolz erfasste sie. Auf ihr Erbe und die neuen Aufgaben, die vor ihr lagen. »Das ist richtig. Ich beabsichtige zudem, in die Deutsche Luftreederei zu investieren.«

Neben ihr stieß Jens Lehmbrook einen leisen Pfiff aus.

Der Pilot schenkte ihr ein charmantes Lächeln. »Dann sollte ich mich bemühen, Ihnen den Flug so angenehm wie möglich zu machen. Ist es Ihre erste Reise in einem Flugzeug?«

»Allerdings.«

»Unsere *Nachtigall* hier«, er tätschelte liebevoll die Metallkonstruktion, »wird Sie sicher ans Ziel bringen. Steigen Sie bitte ein, die Rückbank ist für Sie reserviert. Es ist ein sehr bequemer Platz.«

»Ist es möglich, neben Fräulein Dornhain zu sitzen?«, machte sich der Reporter bemerkbar. »Mein Name ist Jens Lehmbrook. Ich bin ein alter Freund der Familie.«

Ellinor blies die Wangen auf und stieß die Luft zischend wieder aus, widersprach jedoch nicht.

»Der Platz wurde ohnehin bereits für Sie vorgesehen, Herr Lehmbrook, da Ihre Mitreisenden darum baten, getrennt voneinander in den vorderen Sitzen Platz zu nehmen. Ein Streit unter Opernliebhabern, fürchte ich. Darf ich nun bitten, gnädiges Fräulein?« Der Pilot nahm ihr die

Tasche ab, reichte diese weiter an seinen Copiloten. Dann halfen ihr die Flieger über die Tragfläche zur Kabinentür.

Unwillkürlich warf sie einen letzten Blick zurück. Ihre Augen blieben an der Luftschiffhalle hängen, einem niedrigen Gebäude, das an eine Fabrik oder ein Lagerhaus erinnerte. Was hatte ihr Vater wohl im Sinn gehabt, als er sich am Wiederaufbau der abgebrannten Halle beteiligte? Ob er vermutete, dass sie als seine Nachfolgerin den Weg beschreiten würde, den er ihr mit dieser einen Investition vorgab? Es war schwer vorstellbar, dass ein traditionsbewusster Mann wie Victor Dornhain Geld in ein letztlich unsicheres Unternehmen steckte. Vielleicht plante er bereits damals, seiner Erbin die Zukunft zu weisen. Er war zweifellos ein guter Geschäftsmann gewesen. Und ein guter Vater, fuhr es Ellinor durch den Kopf. Ihr Gedanke traf eine Saite in ihrem Herzen. Als sie in die Kabine stieg, klang in ihr unerwartet der Frieden an, den sie mit Victors Tod endlich zu schließen bereit war.

Das Innere des Flugzeugs wirkte auf den ersten Blick wie die Kopie des Fahrgastraums eines Automobils: eine Sitzbank im Fond und zwei Sessel davor, vier große Fenster und eine geschlossene Trennwand zum Cockpit, der einzige Unterschied waren die Gurte, mit denen sich die Passagiere anscheinend anschnallen mussten. Die beiden Herren auf den vorderen Plätzen kämpften mit der Mechanik, als Ellinor sich an ihnen vorbei nach hinten quetschte. Sie musste sich klein machen, anders konnte sie sich nicht bewegen. Dennoch grüßte sie freundlich, bevor sie endlich auf das Polster sank.

Jens Lehmbrook ließ sich leise stöhnend an ihre Seite

fallen. Die Enge machte ihm offenbar zu schaffen. »Der Beginn von Schiffsreisen und Zugfahrten ist deutlich bequemer«, knurrte er und hantierte ungeschickt mit den Sitzgurten. Das Anschnallen war ihm mit einer Hand kaum möglich.

»Schreiben Sie im Kopf eine Liste mit dem Für und Wider eines Fluges?«, wollte sie wissen. Sie haderte, ob sie ihm behilflich sein sollte. Allerdings wollte sie ihm weder zu nahetreten noch ihn mit übertriebener Fürsorge beleidigen.

»Keine Sorge, Ihr Name befindet sich nicht auf der Sollseite.«

Ellinor betrachtete seine vergeblichen Bemühungen und entschied sich, beherzt einzugreifen. »Lassen Sie mich das mal machen«, forderte sie mit aufgesetzter Fröhlichkeit, »sonst fliegen Sie nicht mit der Maschine nach Berlin, sondern vorher raus.« Mit zwei energischen Griffen schnallte sie ihn an.

Nach vollendeter Aktion zog sie sich rasch zurück. Die Nähe, die sie eben empfunden hatte, drohte ein Karussell in ihrem Kopf in Gang zu setzen, das sie lieber im Stillstand wusste.

»Danke für Ihre Mühe«, murmelte er. Offenbar fiel es ihm schwer, ihre Hilfe ohne einen bissigen Kommentar anzunehmen, denn er fügte besserwisserisch hinzu: »Ich könnte gar nicht hinausfallen, weil mein Körper nicht durch die Fensteröffnung passt. Und, sehen Sie, die Tür wird gut verschlossen.«

»Sie können den Gurt ja wieder lösen«, gab sie gleichgültig zurück.

Eine gewisse Unruhe lenkte den Reporter von seiner eigenen Befindlichkeit ab. Das Brummen des Motors dröhnte plötzlich so laut in die Kabine, dass eine Unterhaltung ohnehin ausgeschlossen war. Die beiden Piloten hatten im Cockpit Platz genommen, die Junkers rollte langsam von ihrem Standplatz. Jens Lehmbrook beugte sich vor, um aus dem Fenster zu schauen.

In Ellinor stieg eine Mischung aus Panik, Freude und Aufregung hoch. Ein flaues Gefühl machte sich in ihrer Magengegend breit, ihr Herzschlag beschleunigte sich zu einem Rasen. Schweißperlen sammelten sich unter ihren Achseln, ihre Hände, die sie im Schoß gefaltet hatte, wurden feucht. Sie spürte das Pulsieren ihrer Schlagader. Am liebsten hätte sie die oberen Knöpfe ihrer Bluse geöffnet, doch fühlte sie sich nicht in der Lage, sich in irgendeiner Weise zu bewegen. Als das Flugzeug abhob und ihr Gewicht in den Sitz gedrückt wurde, presste sie die Lider aufeinander.

Ihr erster Gedanke war: Wir fallen! Wir fallen sofort auf den Boden zurück!

Dumpf drang durch das Motorengeräusch ein sonores Aufatmen zu ihr durch. Es klang irgendwie theatralisch und stammte vermutlich von dem Opernsänger in der ersten Reihe.

Als würde die Geschwindigkeit des Flugzeugs den harten Kontrast zu ihrer Wahrnehmung bilden, wurde Ellinor mit einer gewissen Zeitverzögerung bewusst, dass sie tatsächlich flogen. Der Pilot hielt die Maschine auf Kurs. Ein Absturz war nicht zu befürchten.

Langsam löste sich ihre Anspannung. Ihre Hände entkrampften sich.

Sie öffnete die Augen – und begegnete Jens Lehmbrooks tiefem Blick.

Er sah sie nachdenklich an. Besorgt, zärtlich, liebevoll. In dem Moment, in dem sie den Boden unter sich verloren und Ellinors Lider geschlossen waren, legte er seine Seele in seinen Blick. Wahrscheinlich nahm er an, sie könne nicht bemerken, was er für sie empfand. Und sicher wollte er seine wahren Gefühle vor ihr verbergen. Doch durch ihre unerwartete Reaktion las sie in ihm wie in einem Buch, das ihr eine lange Geschichte erzählte und auf der letzten Seite endlich die Wahrheit über die Hauptperson verriet.

Durch das Fenster fiel das Morgenlicht und blendete sie. Natürlich, dachte Ellinor, wir fliegen ja nach Osten. Der Sonne entgegen.

Sie lächelte still in sich hinein. Ein bislang nicht gekanntes Glücksgefühl erfasste sie. Es war nicht nur der Beginn eines Tages, sondern der Anfang einer neuen Zeit.

EPILOG

*Die größte Vergeudung unseres Lebens
besteht in der Liebe, die nicht gegeben wurde.*

Elsa Brandström
(1888–1948)

Fräulein
Helene Dornhain
über Kunsthochschule »Bauhaus«
Weimar, Deutschland

Petrograd, den 21.7.1919

Liebe Nele,

obwohl ich mir so lange wünschte, Sie auf diese Weise ansprechen zu dürfen, fällt es mir sehr schwer. Das vertraute Du will mir nicht gelingen, weshalb ich jetzt lieber beim Sie bleibe. Vielleicht gewöhne ich mich irgendwann an die freundschaftliche Form, aber ich wollte unbedingt schon jetzt schreiben und Ihnen zur Geburt Ihrer Tochter gratulieren. Bitte verzeihen Sie, wenn ich mich dabei ungeschickt ausdrücke.

Die politische Lage zwingt uns hier zur Geduld, die Post braucht ewig hierher, die Karte von Herrn Richter war lange unterwegs, weshalb ich mich erst heute melden kann. Seien Sie jedoch versichert, dass meine Wünsche Sie, Herrn Michaelis und das kleine Mädchen aus vollem Herzen begleiten. Herr Richter schrieb mir, dass Sie heiraten werden, sobald die Scheidung von Herrn Michaelis rechtskräftig ist. Zu Ihrer bevorstehenden Hochzeit wünsche ich Ihnen ebenfalls schon heute alles Gute. Zu einem späteren Termin werde ich es sicher nicht schaffen, da ich morgen mit einer Abordnung des Roten Kreuzes endlich nach Krasnojarsk aufbreche. Ich hoffe so sehr, dass ich dort meinen Gabriel in die Arme schließen kann.

Darf ich Sie um einen Gefallen bitten? Es ist mir nicht möglich, unter den gegebenen Umständen mehr als einen Brief ins Deutsche Reich zu versenden. Wäre es Ihnen möglich, meiner Mutter oder – wenn Ihnen dies angenehmer ist – Herrn Richter eine kurze Nachricht zukommen zu lassen? Adele und ich hatten nur wenig Zeit, uns auszusprechen und ein wenig kennenzulernen. Ich weiß nicht, ob wir jemals eine Familie werden. Aber ich sehe es als meine Verpflichtung, ihr zu versichern, dass ich wohlauf bin und sie in meinen Gedanken ist.

Ich wünsche Ihnen, liebste Nele, alles Glück der Welt. Es wäre wunderschön, wenn wir uns eines Tages wiedersehen.

In Verbundenheit für immer
Ihre Klara

NACHWORT

Wer meinen Roman *Das Haus am Alsterufer* gelesen hat, weiß, dass ich die Geschichte der Familie Dornhain zum ersten Mal als Teenager aufschrieb. Das alte Manuskript ging irgendwann bei einem meiner vielen Umzüge verloren, doch das Schicksal des Reeders und seiner Töchter blieben in meinem Gedächtnis und in meinem Herzen. Deshalb war es für mich ein Ausflug in meine kreative Vergangenheit, als mich meine wundervolle Agentin Petra Hermanns vor etwa zwei Jahren fragte, ob ich nicht eine Familiensaga schreiben wolle. Und da das Wort *Saga* eine weite Zeitreise impliziert, lege ich mit *Sterne über der Alster* die Fortsetzung vor. Dieses Buch steht aber durchaus auch für sich allein, zumal sich die »Zeitreise« hier auf wenige Monate beschränkt, dafür aber auf historische Begebenheiten, die über das weitere Schicksal Deutschlands entschieden und ihre Nachwirkungen letztlich bis heute zeigen.

Die Tage und Wochen um und nach dem 9.11.1918 waren so ereignisreich, dass ich sie kaum in den ruhigen Fluss einer erfundenen Geschichte bringen konnte. Ich habe mich bemüht, die sich überstürzenden Ereignisse einigermaßen in eine Ordnung zu bringen, wobei ich die Chronologie zum besseren Verständnis ein wenig verändern musste. Ich schuldete dies der Romanhandlung. Wenn Sie, liebe Leserinnen und Leser, aber darin Anregungen finden, sich ausführlicher mit der deutschen Geschichte zu befassen, würde ich mich sehr freuen. Ich kann es nur empfehlen.

Die Umstände des Selbstmordes von Victor Dornhain erinnern natürlich an den Tod Albert Ballins. Der große Hamburger Reeder starb am 9.11.1918 an einer Tablettenvergiftung. Bis heute ist nicht geklärt, ob es sich um einen Unfall oder um Suizid handelte. Da die Person Ballins ein Vorbild für meine Figur Victor Dornhain war, habe ich mir diese Duplizität erlaubt. Der frühere Alsterdamm wurde 1947 übrigens in Ballindamm umbenannt, das Gebäude der Hapag, in dem sich 1918 der Soldatenrat einrichtete, ist heute die Zentrale der Hapag-Lloyd AG.

Sehr viel genauer noch bin ich der Überlieferung gefolgt, die von der Abdankung Kaiser Wilhelms II. im belgischen Spa berichtet. Lavinia Dornhains Erlebnisse entsprechen dem, was damals wohl geschah. In Spa erinnert heute praktisch nichts an den Sitz der OHL: Das Hotel Britannique ist inzwischen ein staatliches Internat.

Die Furcht vor den Auswirkungen der russischen Revolution auf den Rest Europas muss unmittelbar nach dem Ersten Weltkrieg immens gewesen sein. Räteherrschaft, Demonstrationen und Streiks verbesserten die politische Lage nicht. Die Unruhen nahmen teilweise sogar bürgerkriegsähnliche Zustände an – und waren im Frühjahr 1919 noch nicht beigelegt. Allein in Hamburg folgten nach dem Osteraufstand die Hungerunruhen im Sommer 1919 und weitere blutige Proteste. Die Demokratie hatte in Deutschland einen unglaublich schweren Start. Dies war allerdings nicht nur bedingt durch die Kaisertreue vieler Militärs und gewählter Politiker sowie im Gegenzug die starre Haltung der Spartakisten, sondern vor allem durch den Druck, den die Siegermächte aufbauten.

Historiker behaupten heute, dass das Deutsche Reich mitnichten die alleinige Schuld am Ersten Weltkrieg trägt. Damals sah man es jedoch anders. Die Hungerblockade, die erst im Sommer 1919 aufgehoben wurde, sollte als Bestrafung für das deutsche Volk gelten. Der Versailler Vertrag ist das bittere Zeugnis einer alliierten Politik, die vor allem Genugtuung verlangte. Allein die gezahlten hundert Milliarden Mark in Gold an die französische Regierung als Entschädigung waren und sind eine unfassbare Summe. Heute gehen Wissenschaftler davon aus, dass die Forderungen des Friedensvertrags die Machtergreifung Hitlers begünstigten und damit indirekt zum Zweiten Weltkrieg führten. Jedenfalls wurden die letzten Schulden dieser Reparationsforderungen von Bundeskanzlerin Merkel von unser aller Steuern bezahlt – es handelte sich um zweihundert Millionen Euro, die am 3.10.2010 überwiesen wurden.

Unabhängig davon nahm das Nachkriegsleben 1918 irgendwie seinen Lauf. Die Gewerkschaften vertraten die Rechte der Arbeiter in dieser schwierigen Zeit, setzten unter anderem den Achtstundentag und das Faktum der Tariflöhne durch. Neu gegründete Hochschulen wie etwa die Universität Hamburg und das »Bauhaus« in Weimar setzten Maßstäbe. Vor allem der technische Fortschritt entwickelte sich aus den noch vom preußischen Militär in Auftrag gegebenen Erfindungen weiter. Hier sei vor allem die Luftfahrt genannt.

Die Geschichte des Flughafens Hamburg-Fuhlsbüttel entspricht in etwa der Realität in meinem Roman: Nach dem Brand der ersten Luftschiffhalle wurde 1917 ein neues Gebäude errichtet. Der erste Passagierflug von Hamburg nach Berlin fand am 1.3.1919 statt, eineinhalb Jahre später wurde Fuhlsbüttel zum internationalen Drehkreuz durch die erste Zwischenlandung einer KLM auf dem Weg von Amsterdam nach Kopenhagen. Erstaunlicherweise war die Deutsche Luft-Reederei – DLR – die erste zivile Fluggesellschaft der Welt, die einen Linienbetrieb aufnahm. Zunächst von Berlin nach Weimar, dann eben auch von Hamburg nach Berlin, im Sommer von Hamburg ins Ostseebad Warnemünde und so weiter. Die Junkers F 13 spielte jedoch nicht von Anfang an die Rolle, die ich dieser Maschine in meinem Roman zugeschrieben habe. Ich habe die technische Entwicklung ein wenig vorgezogen, weil ich Ellinor Dornhain unbedingt in dieses Flugzeug setzen wollte, das bis heute den Prototyp aller Passagierflugzeuge bildet. Der eigentliche Jungfernflug dieser damals technischen Sensation, die den Flugzeugbau grundlegend revolutionierte, fand am 25.6.1919 statt.

Im Jahr 1921 fiel die Junkers F 13 der Bestimmung über ein Bauverbot aus dem Versailler Vertrag zum Opfer. Bereits fertiggestellte Maschinen durften nicht mehr ausgeliefert werden, Neubauten waren für mindestens zwölf Monate verboten, was die Expansion der Junkers-Werke und den Fortschritt natürlich verzögerte. Schwerer noch traf es den florierenden Flughafen in Hamburg-Fuhlsbüttel: Die Siegermächte verlangten den endgültigen Abriss der Luftschiffhalle. Im Lauf desselben Jahres mussten die Eckpfeiler gesprengt und die Halle musste bis auf den letzten Stein abgetragen werden. Der zivile Luftverkehr von und nach Hamburg brach damit erst einmal zusammen. Heute steht an Ort und Stelle nicht nur der älteste, sondern auch einer der größten internationalen Flughäfen Deutschlands.

Abschließend noch ein Wort zu der in der Handlung erwähnten Elsa Brandström. Die schwedische Diplomatentochter und Krankenschwester wurde »Engel von Sibirien« genannt, weil sie sich in einer Zeit für die Kriegsgefangenen einsetzte, in der deutsche und österreichische Soldaten zwischen die Fronten der russischen Revolution gerieten. In den Lagern herrschten katastrophale Zustände, die Elsa Brandström in ihren Tagebüchern sehr detailreich beschreibt. Ich bedauere sehr, dass ich ihr nicht mehr Platz in meinem Roman einräumen konnte. Vielleicht darf ich aber ein andermal über das Leben dieser bewundernswerten Frau schreiben.

Nach dem Buch ist vor dem Buch. Deshalb verabschiede ich mich jetzt von meinen Figuren, atme tief durch und freue mich auf das nächste Projekt. Gleichzeitig möchte ich mich bei meiner Programmleiterin Julia Eisele ganz besonders herzlich dafür bedanken, dass wir auch den weiteren Weg gemeinsam gehen wollen. Dasselbe gilt für das gesamte Team des Piper Verlags. Meiner Lektorin Marion Voigt danke ich für die unendliche Mühe, die sie sich mit diesem Manuskript gegeben hat. Wobei ein einziges Danke kaum ausreicht, sie wird wissen, was ich meine. Danke möchte ich auch Petra Hermanns sagen und meinem Mann Bernd Gabriel, meiner Tochter Jessica und meinem Schwiegersohn Johannes Posel sowie all jenen Menschen, die für mich da waren und unbürokratisch etwa auf meine vielen Fragen geantwortet haben – stellvertretend seien die Pressestelle der Zürcher Hochschule für Künste genannt und des Flughafens Hamburg sowie die Abteilung für Luft- und Raumfahrt des Deutschen Museums in München. Da ich in der Aufregung jetzt sicher irgendjemanden vergessen habe, fasse ich noch einmal zusammen: Ich danke allen, die mich unterstützt und mir geholfen haben, aus ganzem Herzen.

Und was Sie betrifft, liebe Leserinnen und Leser, so hoffe ich auf ein Wiedersehen mit Ihnen!

Micaela Jary